Brigitte Riebe ist promovierte Historikerin und arbeitete zunächst als Verlagslektorin. Sie hat mit großem Erfolg zahlreiche Romane veröffentlicht, in denen sie die Geschichte der vergangenen Jahrhunderte wieder lebendig werden lässt. Ihre Bücher wurden in diverse Sprachen übersetzt. Die Autorin lebt mit ihrem Mann in München.

BRIGITTE RIEBE

Die Schwestern
vom Ku'damm

ROMAN

JAHRE DES
AUFBAUS

ROWOHLT TASCHENBUCH VERLAG

Liedtext auf S. 153 aus:
Irgendwo auf der Welt gibt's ein kleines bisschen Glück,
Comedian Harmonists,
Text: Werner Richard Heymann, Robert Gilbert

Liedtext auf S. 154 aus: Lili Marlen,
Lale Andersen, Text: Hans Leip

Liedtext auf S. 259/260 aus: Auf Wiedersehen,
Comedian Harmonists, Text: Erwin Bootz

Veröffentlicht im Rowohlt Verlag, Hamburg, Oktober 2019
Copyright © 2018 by Rowohlt Verlag GmbH, Reinbek bei Hamburg
Covergestaltung Hafen Werbeagentur, Hamburg
Coverabbildung ullstein bild – Marche, Elisabeth Ansley /
Trevillion Images
Satz aus der Adobe Garamond
bei CPI books GmbH, Leck
Druck und Bindung GGP Media GmbH, Pößneck, Germany
ISBN 978-3-499-29171-5

Für Reinhard – danke für alles

Sei klug und halte dich an Wunder.

MASCHA KALÉKO

PROLOG

Berlin, Juni 1932

Das Schönste, was sie jemals gesehen hat!

Überwältigt greift Rike nach der Hand ihres Vaters. Ganz kurz geniert sie sich dafür, weil sie doch seine Große ist und schon lange kein Baby mehr wie ihre jüngeren Geschwister. Aber die Zwillinge jagen sich längst übermütig auf den Rolltreppen, Oskar wie immer vorneweg, Silvie ihm hinterher. Als Mama ihn ermahnt, denkt er nicht daran, zu gehorchen. Wozu ist er schließlich der Kronprinz der Familie? Für Papa steht fest, dass natürlich er einmal sein Nachfolger wird. Deshalb nimmt Oskar sich schon jetzt mehr raus als seine beiden Schwestern zusammen. Sogar im Auto hat er Rabatz gemacht, als Papa verlangte, die ganze Familie solle während der Fahrt zum Ku'damm schwarze Augenbinden tragen – um die Überraschung noch größer zu machen.

Nun steht Rike im Foyer, legt den Kopf in den Nacken und blickt nach oben, aber sie erkennt das Kaufhaus Thalheim & Weisgerber kaum wieder, so sehr hat es sich verändert. Hier, vom Erdgeschoss aus, kommt es ihr viel luftiger und auch größer vor, dabei hat es nach wie vor drei Stockwerke.

Aber dieses riesige neue Glasdach, durch das der blauweiße Sommerhimmel grüßt!

Lichter, so hell, dass es sie fast blendet.

Farben, nichts als Farben.

Ein Marmorbrunnen im Parterre, der gleich neben ihr bunt erleuchtete Fontänen sprüht.

Die neuen Rolltreppen, die lautlos nach oben oder unten gleiten und mühsames Steigen ersetzen.

Geräumige Probierkabinen mit weißen Vorhängen.

Dezente Duftbrisen, die im Intervall durch die Belüftungsanlagen strömen.

Verführung zum Kaufrausch – allerdings nur für jene, die es sich auch leisten können.

Überall Stangen mit Kleidern, Mänteln, Hosen, Blusen, Jacken, dahinter zahllose Regale und davor einladende Verkaufstische, auf denen sich Hemden, Strümpfe, Handschuhe und Gürtel stapeln, alles eben, was die moderne Dame und der moderne Herr zum Leben brauchen. Dazwischen elegant drapierte Schaufensterpuppen, so lebensecht, als würden sie im nächsten Moment zu laufen oder zu sprechen beginnen. Rike berührt die feinen Stoffe verstohlen im Vorbeigehen und spürt dabei Leinen, Wolle und Seide. Sie liebt alles, was gewebt, gewirkt oder gesponnen ist, interessiert sich für Schnitte und Kleidergrößen, Kragenformen und Ärmelvarianten, viel mehr als für die Gebirgszüge Europas oder diese endlosen englischen Vokabeln, die ihr nun schon im zweiten Jahr auf dem Westendgymnasium eingetrichtert werden. Mathe dagegen und überhaupt alles, was mit Zahlen zu tun hat, liegt ihr, auch wenn so mancher vielleicht den Kopf darüber schüttelt, weil sie doch ein Mädchen ist.

«Ein Zauberreich», murmelt sie und lässt ihren verzückten Blick über all die ausgestellten Schätze gleiten, während die 13-köpfige Gruppe mit der Rolltreppe in den ersten Stock fährt. «Und du, Papa, du bist hier der Magier!»

«Es gefällt dir?», hört sie ihn sagen.

Rike nickt begeistert, merkt dann aber plötzlich, dass sie gar nicht gemeint war. Mama ist es, der Papas besorgte Frage gilt, ihre wunderschöne Mutter mit den schwarzen Haaren und den gewitterblauen Augen, für die die neue Mode mit der betonten Schulterpartie, den wadenlangen Röcken und der enggegürteten Taille wie gemacht ist. Heute trägt Alma Thalheim ein blaues Seidenkleid mit cremeweißen Tupfen nebst passendem Bolero, das sie geradezu königlich aussehen lässt. Aber selbst schlicht in Rock und Twinset gekleidet, gelingt es ihr spielend, andere Frauen zum Verblassen zu bringen.

Rike liebt ihre Mutter so sehr, dass es manchmal fast weh tut, auch wenn sie ihr seit der Geburt der Zwillinge nicht mehr allein gehört. Bevor Mamas Bauch so dick geworden ist, dass sie schon Angst bekam, er würde platzen, waren sie beide eine Einheit, die nichts und niemand auseinanderbringen konnte.

Mama-Rike.

Rike-Mama.

Doch mit den beiden Schreihälsen, die gut drei Jahre nach ihr zur Welt kamen, war diese Idylle schlagartig vorbei. Mama ist nun immer müde und wirkt bedrückt, muss sich oft ausruhen und hat plötzlich kaum noch Zeit für ihre Älteste. Erst hat Rike viel geweint, irgendwann hat sie jedoch beschlossen, das Beste daraus zu machen, weil es sich ja doch nicht ändern lässt. Inzwischen hat sie gelernt, nach außen hin tapfer zu sein, aber so richtig leicht fällt es ihr noch immer nicht, ihre Mama mit den Zwillingen zu teilen.

«Und das ist wirklich euer Ernst, Fritz?» Mamas rauchige Stimme klingt eher gereizt als freudig, während sie die Auslage im ersten Stock inspiziert. «Dieser ganze sündteure Pomp? Ausgerechnet jetzt, wo noch immer so viele Menschen keine Arbeit haben.»

«Ich muss meiner ebenso klugen wie charmanten Schwägerin recht geben», schaltet sich nun Onkel Carl ein, und heute klingt er gar nicht so locker wie sonst. «Ihr solltet vorsichtiger sein, Fritz. Die Nationalsozialisten mögen keine Konsumtempel, die den arischen Einzelhandel bedrohen. Erst recht nicht, wenn sie auch noch zur Hälfte in jüdischer Hand sind. Das könnte äußerst unangenehme Konsequenzen haben. Und glaube mir, leider weiß ich sehr genau, wovon ich rede.»

Selten genug, dass Papas jüngerer Bruder sich überhaupt ins Kaufhaus bequemt. Mode und Menschenmassen sind ihm gleichermaßen zuwider. Heute aber hat er sogar seine Frau Lydia mitgebracht sowie seine Söhne Gregor und Paul. Carls sandfarbenes Haar ist zerzaust, als hätte ihm die Lust zum Kämmen gefehlt, nicht gerade das, was man von einem seriösen Staatsanwalt erwartet. Außerdem raucht er zu viel und soll darüber hinaus ein Faible fürs Nachtleben haben, auch wenn Rike nur erahnen kann, was damit gemeint sein könnte.

Sogar Oma Frida, die sonst alles gut findet, was ihr Ältester sich ausdenkt, zieht ein bedenkliches Gesicht. Unsicherheit und zu große finanzielle Wagnisse hasst sie noch mehr als Streitigkeiten zwischen ihren beiden Söhnen. Alle in der Familie wissen, wie sehr sie noch immer um ihren Mann trauert: Wilhelm Albert Thalheim, der mit seinem imposanten Geschäft für Knöpfe und Galanteriewaren nahe dem Potsdamer Platz den Grundstock für Wohlstand und Aufstieg der Familie gelegt hat, verstorben kurz vor der Geburt der Zwillinge.

«Markus ist getauft», erwidert Papa mit fester Stimme, und sein Gesicht rötet sich, ein untrügliches Zeichen, dass er sich zu ärgern beginnt. Das blütenweiße Hemd mit der blauen Krawatte scheint plötzlich zu eng, so nervös zupft er am Kragen herum. «Und damit so protestantisch wie du und ich. Es ist *der* ideale Zeitpunkt, Carl! Die Leute fassen endlich neuen Mut, und nichts anderes tun wir auch. Außerdem werden sich die Nazis auf Dauer nicht halten können. Und falls du jetzt wieder mit all den Landtagen ankommst, in denen sie inzwischen schon sitzen – für mich zählt einzig und allein die anstehende Reichstagswahl. Und da werden sie grandios scheitern!»

«Und wenn nicht?», fragt Mama. Sie schaut dabei nicht Papa an, sondern seinen Compagnon, den die Kinder der Familie ebenfalls «Onkel» nennen, obwohl er gar nicht ihr richtiger Onkel ist. Bislang hat Markus Weisgerber kein Wort gesagt, sondern nur die ganze Zeit vielsagend in sich hineingelächelt. Mama erwidert sein Lächeln nicht. «Wäre es nicht klüger gewesen, erst einmal abzuwarten, wie die politische Lage sich weiterentwickelt, bevor man solch immense Investitionen riskiert?» Ihre schlanke Hand mit dem Schlangenring am kleinen Finger, den sie niemals ablegt, flattert durch die Luft und sinkt dann zurück auf ihren flachen Bauch.

Wortlos starrt Markus Weisgerber zurück, und für einen Augenblick scheint die Luft zwischen den beiden zu brennen. Seit einiger Zeit reagiert Mama fast immer angespannt, sobald er in ihre Nähe kommt. Früher haben sie viel zusammen gelacht, doch wenn sie sich jetzt begegnen, fühlt es sich an wie kurz vor einer Explosion.

«So oder so habt ihr jetzt Schulden bis zum Sankt-Nimmerleins-Tag. Denn die alten Verbindlichkeiten sind doch auch noch längst nicht abgestottert, wie jeder sich ausrechnen kann, der das Einmaleins beherrscht.» Tante Lydia schnappt nach Luft, und ihr himmelblauer Hut mit den altmodischen Schleifen wippt dabei empört auf und ab. «Immer ganz hoch hinaus – ja, das passt zu euch beiden Hasardeuren! Was ich allerdings nicht Mut nennen würde, sondern eher grenzenlose Unvernunft. Denn das alles hier» – ihr molliger Arm, in pastelligem Tweed verpackt, beschreibt einen weiten Kreis – «lässt sich doch in einem einzigen Leben nicht zurückverdienen, selbst wenn alle Kassen von früh bis spät klingeln. Und mehr als einmal reich heiraten gelingt vermutlich nicht einmal dir, lieber Fritz!»

«Wenn euer Abenteuer schiefgeht, dann ist mein großzügiger Vater also auf einen Schlag seine schöne Schuhfabrik los.» Mamas kurzes Lachen klingt bitter. «Denn den habt ihr doch sicherlich zusätzlich zur Bank angepumpt, oder etwa nicht?»

Rike hasst es, wenn die Erwachsenen so miteinander reden, zynisch, ohne jedes Gefühl. Macht sofort Schluss damit, würde sie am liebsten schreien, ihr tut euch doch nur weh. Aber wer hört schon auf eine Elfeinhalbjährige?

«Dein geschätzter Vater, liebe Alma, kriegt jeden Pfennig zurück», versichert Markus, der in seinem hellgrauen Flanellanzug mit dem englischen Streifenhemd frisch und dynamisch aussieht. Neben ihm wirkt Papa in strengem Anthrazit älter, aber auch seriöser. «Und mehr als das, denn natürlich kassiert auch er die üblichen Zinsen. Das Angebot, uns für eine Weile finanziell unter die Arme zu greifen, kam übrigens von ihm. Und niemand weiß doch besser als du, welch gwiefter Geschäftsmann er ist. Mach dir also bitte keine Sorgen!»

«Wieso ist er dann heute nicht hier?», fragt Mama spitz. «Das wäre doch das Mindeste an Anstand gewesen!»

«Weil wir für ihn sowie für Herrn Direktor Hallwein und dessen Kollegen vom Vorstand der Commerzbank bereits gestern Abend eine Spezialführung durch das neue Haus veranstaltet haben», erwidert Papa. «Glaub mir, Liebling, wir wissen, wie wir mit unseren hochverehrten Investoren umzugehen haben!»

Markus lächelt noch eine Spur gewinnender. Die braunen Locken, das Kinngrübchen, die geradezu unverschämt weißen Zähne – Rike hat schon immer für ihn geschwärmt. Aber so gut wie heute hat er ihr noch nie gefallen, beinahe, als verleihe ihm der Luxus des frischrenovierten Kaufhauses ebenfalls neuen Glanz.

«Mensch, Leute, jetzt lasst doch mal all diese kleinlichen Bedenken sein», sagt er launig. «Und freut euch lieber so richtig mit uns! Mein Freund Fritz, ein Heer von Handwerkern, unser gesamtes Personal sowie meine Wenigkeit haben in den vergangenen Wochen kaum geschlafen, miserabel gegessen, dafür von früh bis spät geackert – und det allet nur, um euch heute vor Begeisterung komplett vom Hocker zu hauen! Und was is nu: Hör ich Klatschen, oder hör ich Klatschen?»

Applaus ertönt, herzlich, aber nicht überwältigend.

«Herr Weisgerber hat recht», mischt sich nun Ruth Sternberg ein, die Chefin der Maßschneiderei im dritten Stock, die, wie Papa immer behauptet, goldene Hände hat. Als einzige der Angestellten hat er sie heute mit zu dieser Zusammenkunft gebeten, was bedeutet, dass sie für ihn quasi zur Familie gehört. Sie hat ihre kleine Tochter Miri mitgebracht, die schüchtern neben der temperamentvollen dunkelhaarigen Mutter steht. «Natürlich sind wir kein Karstadt und erst recht kein KadeWe, aber das streben wir ja auch gar nicht an. Bei uns geht es um Mode, Mode und noch einmal Mode: mit Schick und Pfiff, erschwinglich für ein gutbürgerliches Publikum. Wir sind und bleiben Thalheim & Weisgerber, das Familienkaufhaus am Ku'damm mit Geschmack und Herz!»

Zwei junge Mädchen mit weißen Schürzen und Häubchen schieben im Foyer, in das sie alle zurückgekehrt sind, Servierwägelchen mit Sektkühlern, Gläsern, Tellern und Silberplatten voll belegter Häppchen herein. Die Erwachsenen prosten sich zu, und Mama entzieht sich Papas überschwänglicher Umarmung viel zu schnell. Die Kinder dürfen mit Waldmeisterbrause anstoßen und so viel von den liebevoll garnierten Fleischsalat-, Schinken- und Käseschnittchen nehmen, wie sie wollen. Und erst diese Süßigkeiten! Baumkuchen, Windbeutel, Obsttörtchen, Käsesahne und sogar Malakofftorte – es ist fast wie im Paradies. Vor allem Gregor und Paul, die zu Hause mit Leckereien knappgehalten werden, greifen zu, als hätten sie seit Tagen gehungert.

Rike ist immer noch so erfüllt von all dem Schauen und Staunen, dass sie kaum etwas hinunterbringt. Aber sie will als Älteste der Kinderschar keinesfalls eine Spielverderberin sein, also stochert sie zumindest mit der silbernen Kuchengabel in ihrem Windbeutel herum.

«Du hast aber ein schönes Kleid an», sagt Miri leise, die die Größere schon lange sehnsüchtig beäugt hat und endlich den Mut findet, sie anzusprechen. «Bestimmt doch von deiner Mama, oder?» Sie hält sich ein bisschen schief, weil sie immer Probleme mit dem Rücken hat. Als Kleine musste sie monatelang in einem Gipsbett liegen, damit die Wirbel fester wurden und sie überhaupt richtig gehen konnte. Deshalb darf sie auch nicht herumtoben wie andere Kinder, sondern muss immer vorsichtig sein. «Ich kann auch schon ganz gut nähen. Meine Mama hat mir alles gezeigt.»

Rike nickt, weil sie nicht undankbar erscheinen will, aber sie fühlt sich gar nicht wohl in diesem lauten roten Samt. Außerdem zwickt ihr Kleid unter den Achseln, und über der Brust spannt es auch. Schuld daran sind diese harten juckenden Hügelchen, die ihr seit neustem plötzlich wachsen. Misstrauisch beäugt Rike sie morgens im Badezimmer, und manchmal kneift sie die Augen zu und hofft, sie würden einfach wieder verschwinden. Ja, sie will natürlich erwachsen werden und auch einen Busen haben wie richtige Frauen, aber doch noch nicht jetzt.

Die Zwillinge tragen Marineblau, Oskar einen teuren Bleyle-Matrosenanzug mit knielangen Hosen und weiß abgesetztem Kragen, Silvie das passende Kleidchen. Mama liebt es, sie gleich anzuziehen, was die beiden früher widerspruchslos geschehen ließen, seit einer Weile jedoch protestieren sie dagegen.

«Ich will aber nicht aussehen wie dieser Schmutzfink!», mault Silvie jetzt immer, wenn es ans Anziehen geht, weil Oskar jedes Kleidungsstück früher oder später ruiniert. Auch heute hat sein Anzug schon wieder Flecken und einen langen Riss im rechten Hosenbein. Um sich von ihm abzusetzen, hat Silvie darauf bestanden, sich die Haare wachsen zu lassen, während sie als Kleinkinder mit ihren akkuraten Bubiköpfen kaum auseinanderzuhalten waren. Zu so schönen dicken Affenschaukeln, wie Rike sie voller Stolz trägt, reicht es zwar noch lange nicht, aber Silvie ist auch so eine Augenweide, blond, heiter und geschmeidig, ganz anders als ihre dunkelhaarige, ein wenig staksige ältere Schwester, die oft so ernst und verschlossen wirkt.

«Und ich erst recht nicht wie ein Mädchen!» Das Maximum an Abscheu, das Oskar in seine Stimme zu legen vermag. Dabei liebt er Silvie abgöttisch und schleicht sich an vier von fünf Nächten in ihr Bett, um bloß nicht allein schlafen zu müssen, was sie ebenso genießt wie er.

Auch wenn sie sich manchmal streiten, dass die Fetzen fliegen: Diese beiden haben nicht nur die blitzeblauen Thalheimaugen von Papa geerbt, sie verbindet auch etwas, das die restliche Welt ausschließt, das hat Rike schon beim ersten Blick in den Doppelstubenwagen feststellen müssen. Sobald Silvie krähte, begann auch Oskar zu schreien und umgekehrt, und natürlich bekamen sie alle Kinderkrankheiten ebenfalls zur selben Zeit. Gegen diese Symbiose kommt sie nicht an, was immer sie auch versucht. Trotzdem fühlt Rike sich für alles verantwortlich, was die beiden anstellen, und manchmal konnte sie das Schlimmste tatsächlich verhindern. Aber dazu muss sie verdammt aufmerksam sein, also schaut sie jetzt immer wieder zur linken Rolltreppe, auf der Oskar schon eine Weile seine Possen reißt.

Übermütig tänzelt er zuerst nur auf einem Bein, was ihm offensichtlich aber bald zu langweilig wird, da der erhoffte Applaus der Erwachsenen ausbleibt. So verfällt er auf die absurde Idee, ausgerechnet hier den Salto auszuprobieren, den er schon seit Wochen überall hingebungsvoll übt. Der Absprung gelingt ihm noch einigermaßen, dann aber kann er offenbar die Geschwindigkeit der rollenden Stufen nicht richtig einschätzen. Er landet schräg, rutscht aus, fällt hin und knallt dabei mit dem Gesicht auf. Seine feinen blonden Haare verfangen sich in den geriffelten Stufen. Immer tiefer wird er hineingezogen, kann aus eigener Kraft nicht mehr hoch – und beginnt gellend zu schreien.

Mama kreischt entsetzt auf.

Rike verstummt vor Schreck.

Silvie brüllt los, als sei sie selbst schwer verletzt.

Papa rennt zur Rolltreppe und stoppt die Fahrt. Oskars Haare müssen an einigen Stellen mit Hilfe von Ruth Sternbergs großer Stoffschere bis auf die Kopfhaut abgesäbelt werden, um ihn überhaupt freizubekommen. Dabei wimmert er leise vor sich hin und sieht schließlich aus wie ein mageres, zerrupftes Vögelchen, das aus dem Nest gestürzt ist.

Quer auf seiner Stirn klafft ein breiter blutender Riss.

Onkel Carl bringt ihn mit Papas Auto in die Charité, damit er dort fachkundig versorgt werden kann.

Tief besorgt bleiben die anderen im Kaufhaus zurück.

Mama und Papa sitzen auf einmal ganz nah beieinander wie schon lange nicht mehr. Rike fühlt sich schuldig, weil sie nicht gut genug aufgepasst hat. Silvie weint, will sich von keinem trösten lassen. Der Zauber der festlichen Einweihung ist jäh verflogen. Keiner hat mehr Lust, zu trinken oder gar zu essen.

Es gibt nur noch ein einziges Thema: Oskar und seine gefährlichen Eskapaden – bis er zwei Stunden später am Arm von Onkel Carl wieder zu ihnen zurückkehrt. Die Stirnwunde ist mit vielen Stichen genäht, der wüste Stachelkopf noch immer blutverkrustet, sein Lächeln aber wieder schon so strahlend wie das eines Siegers …

1

Berlin, Mai 1945

Kein Laut drang von draußen in ihr Kellerversteck, kein Pfeifen der Stalinorgeln, kein Flugzeugdröhnen, kein abgehacktes Flakgeschütz oder dumpfes Panzerdröhnen. Es war dämmrig in dem niedrigen Raum, stickig, weil das kleine Fenster die ganze Nacht geschlossen gewesen war, und sehr still. Rikes müder Blick glitt über die kleine Gruppe Schutzsuchender, die hier auf dem harten Boden lag, ausgehungert seit Wochen, erschöpft und verdreckt, weil nur noch die Pumpe ein paar Straßen weiter Wasser spendete, das zu kostbar zum Waschen war. Sie war die Einzige, die nicht schlief, weil sie die letzte Nachtwache übernommen hatte.

Von ihrem Vater schon seit Tagen keine Spur.

Als letztes Aufgebot des Volkssturms war der fünfundfünfzigjährige Friedrich Thalheim mit einem Gewehr und einer Kiste Panzerfäuste ausgerüstet worden und anschließend mit ein paar weiteren älteren Männern sowie einer Gruppe Hitlerjungen zur Verteidigung der Spandauer Brücke losgezogen. Doch die Brücke war inzwischen längst in russischer Hand, so wie ganz Berlin.

Deutschland hatte kapituliert. Hitler war tot und der mörderische Krieg endlich zu Ende.

Warum also kam der Vater nicht nach Hause? Hatten die Russen ihn gefangen genommen?

War er tot?

Ein für Rike unerträglicher Gedanke, wo sie doch schon nichts von Oskar gehört hatten. Opa Schubert, der Vater ihrer Mutter, lebte in der Schweiz, seit Jahren so gut wie ohne Kontakt zur Familie. Oma Frida, die Großmutter väterlicherseits, inzwischen schwer vergesslich, hatte 1943 ihre gemütliche Wohnung in der Bleibtreustraße verlassen müssen, weil sie allein nicht mehr zurechtkam, und war zu Tante Lydia nach Potsdam in die Französische Straße gezogen. Ausgerechnet in jenen Bezirk der alten Garnisonstadt also, den es beim britischen Bombenangriff vor gut zwei Wochen am schwersten getroffen hatte.

Hatten die beiden die Katastrophe überlebt?

Und war das Stofflager aus ihren letzten Vorräten, das Rike und ihr Vater unter größten Mühen in der Nauener Vorstadt unter dem Dach einer ehemaligen Weberei eingerichtet hatten, ebenfalls ein Raub der Flammen geworden? So vieles hing für sie davon ab, die ganze Zukunft – und sie durfte mit niemandem darüber sprechen.

Es herrschte absolute Funkstille.

Kein Wunder, waren doch die meisten Telefonverbindungen unterbrochen; es verkehrten weder Züge noch S-Bahnen, und sogar der Schiffsverkehr zwischen Berlin und Potsdam war eingestellt worden. Auch von Onkel Carl gab es nichts Neues. Schon vor Jahren hatte der aus Gewissensgründen sein Amt als Staatsanwalt niedergelegt, um zunächst als Nachtwächter im Potsdamer Hotel «Zum Einsiedler» zu arbeiten und später in ebendieser Funktion bei der UFA in

Babelsberg. Die Beinverletzung von 1917 hatte ihn vor einer erneuten Rekrutierung verschont. Seine Söhne Gregor und Paul jedoch hatten zuletzt an der Ardennenfront gekämpft und befanden sich, sofern noch am Leben, mit Sicherheit irgendwo im Westen in alliierter Kriegsgefangenschaft.

Würden die beiden nach Hause zurückkehren?

Niemand war derzeit in der Lage, diese Frage zu beantworten.

Kein Thalheim-Mann weit und breit. Claire, die zweite Ehefrau ihres Vaters, kam als Familienvorstand nicht in Frage. Sie war zu sehr mit ihrem Kummer um Friedrich beschäftigt. Anfangs hatte Rike die rotblonde Halbfranzösin mit größter Skepsis betrachtet, erst recht, als diese nicht nur nach wenigen Wochen einen goldenen Ring am Finger trug, sondern auch noch im Handumdrehen schwanger geworden war. Doch im Lauf der Jahre war Claire ihr mit ihrer freundlichen, leicht überdrehten Liebenswürdigkeit ans Herz gewachsen. Ein Mutterersatz konnte sie für Rike natürlich niemals sein. Florentine, die inzwischen zwölfjährige Tochter, die sie Friedrich knapp neun Monate nach der Hochzeit geschenkt hatte, vergötterte dagegen ihre *maman*, während Rike in Claire eine Vertraute, in guten Tagen sogar eine Art Freundin sah. Ab und zu haderte sie jedoch bis heute mit dieser in ihren Augen übereilt geschlossenen Ehe.

Wie hatte Friedrich seine Alma, ihre heißgeliebte Mutter, so schnell durch eine andere Frau ersetzen können?

Für Rike fühlte sich deren Tod noch immer an wie eine Wunde, die sich vielleicht niemals schließen würde. Jener rabenschwarze Tag vor dreizehn Jahren hatte ihre Kindheit jäh beendet. Die Mutter blutüberströmt zwischen hupenden Autos mitten auf dem Ku'damm liegend, war ein Schreckensbild, das ihr bis heute Albträume bereitete. Es hatte Rike allergrößte Überwindung gekostet, überhaupt wieder in einen Wagen zu steigen, und sie war erleichtert gewesen, als schließlich die meisten Automobile für die Kriegswirtschaft beschlagnahmt wurden.

Und nun womöglich auch noch der Vater, jener ehrgeizige Mann mit den großen Plänen, der das Unternehmen geschickt durch schwierigste Zeiten geführt hatte – bis zu jener Schreckensnacht im November 1943, als die britischen Bomben, die die Kaiser-Wilhelm-Gedächtnis-Kirche zum Einsturz brachten, auch ihr nahe gelegenes Kaufhaus am Ku'damm zerstört hatten.

Er war stets ihr Vorbild gewesen, ihr Halt, ihr Ein und Alles, erst recht seit dem Tod der Mutter. Um ihm nachzueifern, hatte sie sich nach dem Abitur an der Friedrich-Wilhelms-Universität für Betriebswirtschaft eingeschrieben. Garantiert hätte sie längst einen Abschluss in der Tasche – wäre nicht dieser verdammte Krieg dazwischengekommen, der die Seelen der Menschen ebenso zerstört hatte wie die Straßen und Häuser von Berlin.

Ihrem Vater durfte einfach nichts Schlimmes passiert sein!

Rike wünschte sich in diesem Moment, sie hätte darum beten können, doch die Schrecknisse der letzten Jahre hatten jedes religiöse Gefühl in ihr ausgelöscht.

Rike betrachtete die schlafende Flori, ausnahmsweise mal nicht mit einem Bleistift in der Hand, obwohl sie garantiert sofort wieder loszeichnen würde, sobald ihre Augen offen waren. Neben ihr und Claire hatte sich Eva Brusig mit ihren fünfjährigen Töchtern zusammengerollt, geflohen aus dem brennenden Dresden. Es war eine Zufallsbekanntschaft an der Wasserpumpe gewesen, doch Silvie hatte sofort dafür plädiert, die Flüchtlingsfamilie aufzunehmen, weil Grete und Hanni Zwillinge waren. Allerdings hatten sie unterwegs alle Papiere verloren und konnten somit nicht offiziell als im Haushalt lebende Personen registriert werden. Was zur Folge hatte, dass ihnen auch keinerlei Lebensmittelmarken zustanden. Die Thalheims mussten somit drei zusätzliche Esser mit durchfüttern.

«Und wenn schon? Wir tun es doch für Oskar!», hatte Silvie mit feuchten Augen gesagt, als Rike einen Einwand gewagt hatte, weil sie selbst doch so wenig hatten. «Vielleicht findet sich ja eine mitleidige Seele, die sich seiner annimmt, wo immer er gerade auch sein mag. Außerdem hör ich die Kleinen so gern reden. Klingt doch fast wie Vogelgezwitscher.»

Silvie – mit ihrem naiv-unerschütterlichen Glauben an das Gute! Nicht einmal die stark gedrosselte Kalorienzufuhr hatte ihrer Schönheit etwas anhaben können. Rike selbst bestand fast nur noch aus Haut und Knochen wie die meisten anderen ringsumher, und ihre dunklen Augen wirkten in dem ausgezehrten Gesicht übergroß. Dass es hier unten keinen Spiegel gab, bedauerte einzig und allein Silvie. Natürlich war auch ihre Schwester dünner als früher, aber sie hatte noch immer den prachtvollen Busen, der die Männerblicke auf sich zog, und die langen, perfekt geformten Beine, die jetzt allerdings ein ölverschmierter Monteuranzug verbarg. Es war Claires Idee gewesen, die Mädchen und sich selbst so auszustaffieren, der Versuch einer Schutzmaßnahme gegen den Hass und die unersättliche Gier der Roten Armee, die angeblich allem Weiblichen auf deutschem Boden drohten.

Ob das allerdings wirklich helfen würde?

Flori, die jüngste der drei Schwestern, schien den Ernst der Lage noch nicht so recht zu begreifen. Der abgewetzte Blaumann schlackerte um ihre zarten Gliedmaßen, und obwohl sie schon annähernd so groß war wie ihre grazile Mutter, wirkte sie darin ein wenig verloren. Doch die letzten Monate hatten auch sie verändert. Sie war nicht mehr das schüchterne Kind, das in seinen Traumwelten lebte, das bewiesen die Zeichnungen, die sie auf jeder nur denkbaren Unterlage hinterließ. Anstelle von Tierskizzen oder liebevoll kolorierten Märchenfiguren zeigten sie nun mit wenigen Strichen hingeworfene Gestalten, die Säcke schleppten, Bollerwagen zogen oder geduckt hinter eingestürzten Mauern kauerten.

Rike war froh, dass Flori irgendwann vor Erschöpfung eingeschlafen war. So konnte die Kleine wenigstens nicht ständig um Essen betteln und alle mit ihrer endlosen Fragerei nerven, ob die Russen auch Kindern weh tun würden.

Waren die Soldaten der Roten Armee nicht eigentlich als Befreier nach Berlin gekommen? Aber warum machten dann solch schreckliche Nachrichten über ihr Wüten in der besiegten Stadt die Runde? War das ihre Rache für Untaten, die die Wehrmacht im Osten begangen hatte, obwohl doch jede Wochenschau die deutschen Soldaten als strahlende Helden präsentiert hatte, die tapfer und ehrenvoll für ihr Vaterland kämpften?

Rike hatte auch hierauf keine Antwort.

Bei Licht betrachtet, wusste sie eigentlich so gut wie gar

nichts mehr: fünfundzwanzig Jahre, Halbwaise, ledig und kinderlos, ohne Berufsausbildung oder akademischen Abschluss und vor allem bar aller Illusionen, so lautete ihr nicht gerade ermutigendes persönliches Fazit. Ihre einstige Welt lag begraben unter Tonnen von Schutt – und mit ihr so ziemlich alles, woran sie einmal geglaubt hatte. Anfangs hatte die allgemeine Woge der Begeisterung für Hitler auch sie erfasst, doch es war nur ein Strohfeuer gewesen, das rasch wieder erlosch. Sehr bald schon war es Rike verleidet gewesen, sich als Teil dieser begeisterungsfähigen, dem Führer blindergebenen Jugend zu fühlen, in die die Nationalsozialisten so große Hoffnungen setzten. Dafür hatte vor allem Onkel Carl gesorgt, der jüngere Bruder ihres Vaters, der nicht müde wurde, seiner Nichte in langen Gesprächen die richtigen Fragen zu stellen. Später dann mehrte Walter Groop Rikes Bedenken, jener sensible junge Soldat aus Köln, den sie eigentlich heiraten wollte – bis die jüngere Schwester ihn ihr ausgespannt hatte, denn das war die andere Seite der scheinbar unschuldigen Silvie.

Gerade verlagerte diese im Schlaf ihre Position. Dabei verrutschte der alte Schal, den Silvie sich um den Kopf geschlungen hatte, und gab ein paar Strähnen frei, alles andere als duftig, doch definitiv noch immer sehr blond. Rikes Gefühle ihr gegenüber waren nach wie vor zwiespältig. Inzwischen gelang es ihr wieder, die geliebte kleine Schwester von früher in ihr zu sehen, doch ein falsches Wort oder ein zu kecker Blick genügte, um die alten Wunden wieder aufzureißen.

Obwohl Walter nicht wiederkommen würde.

Zur Jahreswende 42/43 war er in Stalingrad gefallen.

Seitdem galt auch ihr Bruder als vermisst. Nach über zwei Jahren noch immer keine Nachricht von Oskar – damit war er für Rike tot, und sie zwang sich, dieses eigentlich Undenkbare wieder und wieder zu denken, in der Hoffnung, sich endlich daran zu gewöhnen.

Silvie freilich behauptete steif und fest das Gegenteil.

«Ich würde doch spüren, wenn er nicht mehr am Leben wäre», fuhr sie jedes Mal wütend auf. «Zwillinge können das. Aber ich spüre nichts. *Rien de rien.* Die Russen haben Oskar gefangen genommen. Abertausende deutsche Soldaten sitzen in deren Lagern und müssen in sibirischen Bergwerken oder Steinbrüchen unter erbärmlichen Bedingungen schuften. Unser Bruder ist einer von ihnen.»

«Und warum hören wir dann nichts von ihm? Kein Brief – nicht einmal ein paar lumpige Zeilen!»

«Weil sie ihn doch nicht lassen, du Mondschaf! Aber Oskar wird uns schreiben. Bestimmt schon ganz bald. Du weißt doch, wie gewitzt er ist! Und irgendwann kommt er wieder frei. Dann kehrt er zu uns zurück. Das weiß ich ganz genau ...»

Es machte Rike ganz krank, sie so reden zu hören. Denn jedes Mal glomm dann doch wieder ein winziger Hoffnungsschimmer in ihr auf, der die Sehnsucht nach dem verschollenen Bruder noch quälender machte. Wie unbekümmert und draufgängerisch war Oskar von jeher gewesen, ein Sonnenschein, der alle zum Lachen bringen konnte! Keiner war in der Lage, ihm etwas übelzunehmen, so waghalsig seine Streiche und Kapriolen auch immer ausfallen mochten. Er war verrückt nach Geschwindigkeit und hatte schon in Kindertagen zahlreiche Unfälle gebaut, mit und auf allem, was Räder hatte. Seine Sucht nach Abenteuern wuchs, je älter er wurde. Natürlich hatte er das Notabitur nur mit Ach und Krach bestanden, von ihm lachend als Lappalie abgetan. Was bedeuteten schon Noten, wo er doch als Pilot oder zumindest Rennfahrer eine strahlende Karriere vor sich hatte? Den väterlichen Plan, als Nachfolger das Kaufhaus in der nächsten Generation weiterzuführen, nahm er achselzuckend hin.

Irgendwann einmal. Warum auch nicht?

Aber erst, wenn er ausgiebig gelebt hätte.

Sich Oskar als Soldat vorzustellen war Rike nie wirklich gelungen, und es war ihr selbst dann noch schwergefallen, als er während eines kurzen Heimaturlaubs leibhaftig in der grauen Uniform vor ihr gestanden hatte. Ihr Vater schien Schlimmes zu befürchten, denn als sein Sohn in den Krieg zog, hatte er ihm als Talisman den Ehering der toten Mutter mitgegeben, den Oskar seitdem an einer stabilen Schnur um den Hals trug. Er musste versprechen, ihn wieder zurückzubringen, jedem einzelnen von ihnen, doch Rike hatte gespürt, wie wenig er selbst davon überzeugt war.

«Wie geht es dir?», hatte sie gefragt. «Die Wahrheit, bitte! Mir ist klar, dass es an der Front ganz anders zugeht, als es die Propaganda uns vorgaukelt. Ist es auszuhalten?»

«Frag lieber nicht, Schwesterherz!» Der Versuch eines Lächelns, das sofort wieder erlosch. Plötzlich hatte Oskar das Gesicht eines Greises, und die alte Narbe auf seiner Stirn schien zu glühen.

«Aber ich muss es wissen!», hatte sie beharrt. «Nun sag schon.»

«Hängst du noch immer so an deinem verehrten Dante?»

Rike nickte.

Die Verse des berühmten italienischen Dichters gehörten zu ihrer Lieblingsliteratur. Vor dem Krieg hatte sie bei einer älteren Dame aus Perugia, die nur ein paar Straßen weiter lebte, Italienischstunden genommen und träumte seitdem davon, sein schönes Land ausführlich zu erkunden. Rom, Venedig, Florenz, Mailand, diese Namen waren wie kostbare Perlen, die Rike im Halbschlaf durch ihre Hände gleiten ließ. Vielleicht würde das Reisen später möglich sein, wenn die dunkle Zeit endlich vorbei war. Sie selbst sehnte sich nur noch nach Frieden. Alle, die das Denken noch nicht ganz verlernt hatten, taten das, auch wenn es lebensgefährlich war, so etwas laut zu äußern.

«Dann stell es dir ungefähr so vor wie die unterste Stufe seines Infernos, aus dem es kein Entrinnen gibt. Nein, es ist sogar noch schlimmer! Dieses Abschlachten konfrontiert dich mit dem Übelsten in dir. Und wer blickt schon gern klaftertief in den eigenen seelischen Morast?»

Als Silvie sich im Schlaf bewegte, wurde Rike aus ihren Gedanken gerissen. Was würde sie darum geben, könnte er jetzt bei ihnen sein: einfallsreich, unerschrocken, stets zu einem Scherz aufgelegt! Doch Oskar war schon seit langem unerreichbar, und so war ihr nichts anderes übrig geblieben, als sich selbst der Verantwortung zu stellen.

Sie mussten essen, um zu überleben, und Rike hatte den schmierigen Wurstersatz und das ungenießbare Eichelmehlbrot, an dem man sich die Zähne ausbiss, ebenso über wie die anderen im Keller. Was es noch auf Lebensmittelkarten gab, war nicht nur viel zu wenig, sondern oft dazu kaum genießbar, gepanschtes, wertloses Zeug, das den Magen nur für kurze Zeit besänftigte. Kaum Fett oder Fleisch, bestenfalls Eipulver, Graupen statt Mehl, Kunsthonig anstelle von Zucker. Gemüse war zur raren Delikatesse geworden. Sogar den Muckefuck, der den Bohnenkaffee längst abgelöst hatte, gab es nur noch streng rationiert. Hätten sie nicht noch auf ein Restchen Eingemachtes aus besseren Zeiten zurückgreifen können, es wäre noch übler gewesen. Draußen im Garten hatten sie aus zusammengeklaubten Ziegelsteinen eine Notherdstelle errichtet, mit Holz heizbar, auf der sich wenigstens Suppe kochen ließ, auch wenn es eine halbe Ewigkeit dauerte, bis die harten Graupen endlich durch waren. Es tat weh, dass die Zweige des alten Kirschbaums dafür herhalten mussten, unter dem Rike als Kind so gern gelesen hatte, nachdem sie den geliebten Apfelbaum bereits geopfert hatten. Wie Mahnmale streckten die beiden einstmals so üppigen Bäume ihre verkümmerten Äste in den blauen Frühlingshimmel. Aber Holz war in Berlin inzwischen so knapp geworden, dass man nehmen musste, was immer man kriegen konnte.

Ihr leerer Magen begann wütend zu knurren, und den anderen würde es gewiss ähnlich ergehen, sobald sie wach wurden. Könnten sie es wagen, ihr Versteck zu verlassen, ohne zu wissen, wie nah die Russen waren?

Ein Geräusch von draußen ließ Rike aufhorchen – und nicht nur sie.

Flori schlug die Augen auf und lauschte.

«Taps», sagte sie mit verklärtem Lächeln. «Rike, mein Schnuckelchen ist wieder da! Er hat bestimmt gespürt, wie oft ich ihn gezeichnet habe.»

«Das könnte irgendein Hund sein», erwiderte Rike absichtlich schroff, weil sie neue stundenlange Heulereien befürchtete, falls die Kleine sich irrte. «Dein Westie ist schon vor Wochen verschwunden. Also mach dir bitte keine sinnlosen Hoffnungen.»

Wieder ertönte Bellen, dieses Mal um einiges lauter.

«Aber das *ist* Taps», beharrte Flori. «Und schon viel näher, hörst du nicht?» Sie war aufgesprungen. «Wahrscheinlich sucht er uns. Weil er nämlich Angst hat, so allein da draußen. Ich muss sofort zu ihm!»

«Das wirst du schön bleiben lassen!» Rike, inzwischen ebenfalls auf den Beinen, hielt sie fest, aber Flori wehrte sich dagegen und begann zu weinen.

«Was ist denn los, *ma puce*?», fragte Claire schlaftrunken, die sich nicht einmal in den Kriegsjahren ihre französischen Redewendungen abgewöhnt hatte. «Und macht doch bitte keinen so schrecklichen Radau, Kinder!»

Inzwischen waren auch die anderen Frauen im Keller wach, Silvie, Eva Brusig und die Zwillinge, die sofort loszwitscherten.

«Wir bleiben alle da, wo wir sind.» Rikes Stimme zitterte leicht, so angespannt war sie. Aber sie musste auf ihre Autorität pochen. Falls jemandem aus der kleinen Truppe etwas zustieß, würde sie sich das niemals verzeihen. «Und wenn Taps zehnmal draußen kläfft!»

«Wie kannst du nur so herzlos sein?» Silvie drückte die kleine Schwester fest an sich. «Unser Zwerg hier musste doch schon genug durchmachen. Außerdem ist Taps ein Familienmitglied.» Sie zog ein schmutziges Taschentuch aus ihrer Brusttasche und wischte Floris Tränen weg. «Ich gehe nachsehen. Und sollte es tatsächlich dein kleiner Rabauke sein, dann bringe ich ihn mit, einverstanden?»

Glückliches Strahlen auf dem schmalen Kindergesicht. Jetzt, wo es so blass war, fielen die unzähligen Sommersprossen noch mehr auf. Wie eine zartbräunliche Milchstraße waren sie auf Stirn, Nase und Wangen getupft, zusammen mit den Kupferlocken eine reizvolle Kombination, die schon im Kinderwagen neugierige Passanten in entzücktes Staunen versetzt hatte. Im Lauf der Jahre war Florentine Thalheim immer hübscher geworden, und jetzt, an der Schwelle zum jungen Mädchen, besaß sie fast elfenhafte Grazie.

Wenn die Russen diese kleine Schönheit in die Hände bekämen …

Rike konnte plötzlich kaum noch schlucken.

«Kann ich nicht doch mit?», bettelte Flori. «Bitte!»

«Keine geht», stieß Rike hervor. «Weder du noch Silvie. Ich verbiete es euch!»

«Und ob ich gehe!», widersprach Silvie aufsässig. «Das Glück unserer Kleinen ist mir nämlich wichtig. Außerdem habe ich keine Angst. Vor niemandem. Und verbieten lasse ich mir erst recht nichts, schon gar nicht von dir!»

Entschlossen ging sie zur Tür, drehte den Schlüssel um und stapfte hinaus. Ihre Schritte polterten über die alte Eisentreppe, die hinauf in den Garten führte.

Alle starrten ihr hinterher.

«Wie mutig sie ist», sagte Eva Brusig bewundernd. «Fast wie ein junger Mann. Also, ich würde mich nicht jetzt allein nach draußen trauen!»

«Oder verbohrt», murmelte Rike. «Um nicht zu sagen, leichtsinnig. Muss man das Schicksal wirklich mit aller Macht herausfordern?»

Um ruhiger zu werden, griff sie zu dem Strickzeug neben sich. Sie hatte Handarbeiten von jeher gehasst, doch inzwischen war auch sie aus Not dazu übergegangen, alte Jacken und Pullover aufzuribbeln, um etwas Neues daraus fabrizieren. Mit den Ergebnissen jedoch war Rike niemals zufrieden. Alte Wolle blieb alte Wolle, ganz egal, was man daraus strickte. Es mochte vor Kälte schützen, schön allerdings fand sie dieses ganze selbstgemachte Zeug nicht. Voller Sehnsucht dachte sie an die schicken Kleider und Kostüme, die sie vor dem Krieg getragen hatte.

Wie selbstverständlich war es damals für die ganze Familie gewesen, stets an die neueste Mode zu kommen. Großzügig hatten sie schon nach einer Saison Kleidungsstücke ausgemustert, die heutzutage der reinste Luxus wären. Ein winziger Rest des früheren Glanzes befand sich noch in drei Koffern, die Rike für den Notfall gepackt hatte. Sie standen in Oskars altem Zimmer, hinter der spanischen Wand, auf der er sich zu Schulzeiten mit kühnen Strichen künstlerisch ausgetobt hatte. Nun lag das Kaufhaus Thalheim in Trümmern. Nach dem Bombenangriff war das Glasdach des Kaufhauses zersplittert, die meisten Mauern waren niedergebrannt oder in sich zusammengestürzt. Rike war bei diesem Anblick am Morgen danach zu erschüttert gewesen, um zu weinen, aber der Gedanke an diese Katastrophe ließ die ganze Familie seitdem nicht mehr los. Gott sei Dank hatte sie zufällig ein paar Tage zuvor zwei Singer-Nähmaschinen zur Reparatur gebracht. Die waren unbeschädigt geblieben, Garant für einen Neuanfang und zusammen mit dem geheimen Potsdamer Stofflager ihr größter Schatz.

Die Nähmaschinen im Garten zu vergraben wie das Tafelsilber, einen Satz antiker Leuchter und Mamas Schmuck, hatte sie nicht gewagt, aus Angst, sie könnten im feuchten Erdreich verrotten. Also hatte sie sie schließlich zusammen mit Silvie in den Geräteschuppen geschleppt und dort Berge von Lumpen und altem Gerümpel darübergehäuft. Man musste schon das Unterste zuoberst wühlen, um sie zutage zu fördern. Zuletzt hatten sie in Ermangelung einer besseren Idee noch die beiden Fahrräder hineingeschoben, die heute, wo alle anderen Verkehrsmittel stillstanden, kostbarer waren denn je. Kein ideales Versteck, wie Rike bewusst war, aber sie waren einfach zu groß, um sie anständig zu tarnen.

Claire dagegen hatte darauf beharrt, ihren noch verbliebenen Schmuck in einem unscheinbaren Säckchen bei sich zu behalten. Den Ehering hatte sie abgezogen, doch noch bis gestern prangte die goldene Uhr am Handgelenk, die Friedrich Thalheim ihr zur Geburt der gemeinsamen Tochter geschenkt hatte.

«Unsere Befreier werden dich niederschlagen oder sogar Schlimmeres, um in ihren Besitz zu kommen», hatte Rike immer wieder gewarnt, bis Claire sie endlich doch ablegte. Wo sie sie jetzt versteckt hatte, verriet sie nicht, aber weit konnte es nicht sein, da sie den Keller seitdem nicht verlassen hatte.

«Wo Silvie wohl bleibt?», drang Floris Stimme in Rikes Gedanken, als die Kellertür mit einem lauten Knall aufflog.

Ein großer, massiger Mann in erdbrauner Uniform kam herein, der Silvie vor sich herstieß, gefolgt von einem zweiten jüngeren, der den kleinen Terrier am Genick gepackt hielt. Ein halbes Dutzend weiterer Soldaten kam hinzu, bis der Keller übervoll war. Claire zog Flori so eng an sich, als wolle sie sie nie mehr freigeben.

«*Saldat?*», knurrte der Erste.

«Kein Soldat», antwortete Rike schnell, der das Herz bis zum Hals schlug. Jetzt nur nichts Falsches sagen! «Nirgendwo. Keine Männer. Nur Zivilisten. Mütter und Kinder.»

Sie hatten eine weiße Fahne aus dem Fenster gehängt und alles verbrannt, was im Haus an das Dritte Reich erinnerte, darunter das Parteibuch ihres Vaters, der auf massives Drängen der Industrie- und Handelskammer schließlich doch der NSDAP beigetreten war. Silvie hatte sich bereit erklärt, Oskars alte HJ-Trophäen zu beseitigen, auch seine zahlreichen Sportauszeichnungen, die sie zunächst als Andenken behalten wollte – jedenfalls konnte Rike nur hoffen, dass sie es tatsächlich getan hatte.

Warum hatte sie die Schwester nicht kontrolliert? Silvie konnte so spontan, so unüberlegt handeln.

Rike begann zu schwitzen. Hatte der Mann aus Russland sie verstanden? Aus schrägen schwarzen Augen starrte er sie weiterhin bohrend an.

Taps strampelte wie wild, um sich aus dem unbequemen Griff zu befreien. Schließlich drehte der Hund sich blitzschnell nach links und schnappte dabei mit seinen spitzen Zähnen nach der Hand seines Peinigers. Mit einem Schmerzenslaut ließ der ihn fallen und hob dann den Stiefel, um zuzutreten.

«Nein!» Flori riss sich von ihrer Mutter los. «Das darfst du nicht! Er wollte doch nur …»

Der junge Soldat erstarrte mitten in der Bewegung und wandte sich nun ihr zu. Dann begann er zu grinsen. Sein Schmerz schien vergessen.

«Frau», sagte er und schnalzte einladend mit der Zunge. «*Schenschina*, komm!»

Schutzsuchend schmiegte Taps sich an Floris Bein. Die rührte sich nicht von der Stelle.

«Das ist ein Kind», sagte Claire mit dünner Stimme. «*Un enfant. A little girl. Merde*, ich kann leider kein einziges Wort Russisch. Aber umbringen kann ich Sie, mein Herr, falls Sie es wagen sollten, ihr etwas anzutun. Lassen Sie gefälligst die Hände von meiner unschuldigen Tochter!»

«Frau», wiederholte der Soldat, nun schon ungeduldiger. Er wirkte wie höchstens zwanzig, wenn nicht noch jünger. Stirn und Wangen waren von eitrigen Aknepickeln übersät. «*Syuda!*»

«Nix *syuda*», entgegnete Silvie wütend. «Nicht bei unserer kleinen Schwester. Und auch sonst bei keiner von uns, kapiert?»

Seelenruhig zog er ein Messer aus seinem Gürtel.

«Frau!», befahl er drohend. «*Seychas-sche!*»

Claire und die beiden Schwestern tauschten angsterfüllte Blicke. Von Eva Brusig und ihren Zwillingen, die sich in eine Ecke gedruckt hatten, kam ausnahmsweise kein einziger Laut.

«Er meint es ernst», murmelte Rike. «Todernst, das höre ich, obwohl ich kein Wort verstanden habe. Was sollen wir tun?»

«Ihm vielleicht eine aufs Maul hauen?», zischte Silvie zurück. «Größte Lust dazu hätte ich. Und dem Dicken gleich hinterher, der mich so grob von der Straße gezerrt hat. Den halben Arm hat er mir dabei ausgekugelt!»

«Damit uns dann seine Kameraden umbringen? Die

scharren doch schon vor Ungeduld mit den Füßen. Außerdem ist der Kerl dreimal so schwer wie du. Das überleben wir nicht!»

«Ich gebe ihnen meinen Schmuck», sagte Claire bedrückt. «Was nützt mir der ganze Juwelenplunder, wenn mein Kind leiden soll?»

Bevor die anderen etwas entgegnen konnten, riss sie schon an der Schnur, die sie um den Hals trug.

Ein brauner Beutel fiel auf den Boden.

«Da!» Sie deutete darauf. «Nehmt es. Gold! Alles echt.»

Blitzschnell hatte der junge Soldat sich gebückt, den Beutel aufgehoben und ihn geöffnet.

«*Zoloto*», sagte er verblüfft, nachdem er hineingeschaut hatte. «*Chyasy. Uhri!*» Claires kostbare Armbanduhr verschwand blitzschnell in seiner Hosentasche. Er lachte kurz, steckte sich den Beutel in den Gürtel, dann packte er mit besitzergreifender Geste Floris Arm.

«Frau», sagte er nachdrücklich, als sei er den unfreiwilligen Aufschub nun mehr als leid. «*Dawei!*»

In diesem Augenblick öffnete sich erneut die Tür. Eine schlanke Frau in dunkelgrüner Uniform kam herein; auf dem Kopf eine gleichfarbige Armeemütze mit rotem Stern. Noch bevor sie etwas gesagt hatte, nahmen die anwesenden Russen Haltung an, und der junge Soldat ließ Floris Arm so abrupt wieder los, als habe er sich verbrannt.

«Kapitan Natalia Petrowa», sagte sie in hartem, aber fehlerfreiem Deutsch. «Fünfte Panzerdivision. Dieses Haus ist hiermit beschlagnahmt.»

2

Berlin, Mai 1945

Der Garten duftet und blüht, ganz so wie früher, als Herr Gruhlke mit seiner Engelsgeduld noch dafür verantwortlich war. Langsam geht Rike über das Gras, das sich unter ihren nackten Füßen anfühlt wie ein taufrischer Teppich. Die Obstbäume stehen in voller Blüte, und nah am Haus breitet die große Magnolie verschwenderisch ihre rosaweiße Pracht aus.

Aber blüht die nicht eigentlich erst viel später?

Egal, jetzt geht es ihr nur um Spüren und Genießen.

Sie trägt ein weißes Seidenkleid, das bei jeder Bewegung locker um ihre Beine schwingt. Ihre dunklen Haare sind offen, wellig und weich. Kein Hunger plagt sie, und für einen köstlichen Augenblick scheinen alle Sorgen vergessen. Ein Glücksgefühl steigt in ihr auf, wie sie es lange nicht mehr gespürt hat. So frei und leicht und stark ist sie, viel mutiger, als sie jemals gedacht hätte.

Weiter und weiter geht sie, denn der Garten ist auf einmal riesengroß, und mit jedem Schritt wächst Rikes Freude. Am Gartentor sieht sie eine Frauengestalt stehen, hochgewachsen und schlank, in der lässig-eleganten Haltung, wie sie nur eine einzige auf der ganzen Welt beherrscht.

Mama.

Ihre Lippen formen die Buchstaben erst lautlos, schließlich flüstert Rike sie. Und schreit sie dann.

«Mama!»

Die Gestalt hebt die Hand, als wolle sie ihr zuwinken, doch als Rike ihr entgegenrennt, wird sie immer blasser, bis sie sich schließlich ganz auflöst …

«Rike, wach auf!» Silvie beugte sich besorgt über sie.

«Was ist los?», murmelte Rike schlaftrunken.

«Du hast im Schlaf laut geschrien», sagte Silvie. «Bestimmt wieder einer deiner bösen Träume. Verstehen konnte ich nichts, aber es klang so angstvoll. Da habe ich dich lieber geweckt.»

«Danke.» Ihre Lippen waren vor Trockenheit rissig, und sie verzog angewidert die Nase, denn aus der hintersten Ecke des Kellers roch es streng aus dem Exkrementenkübel. Für einen Moment war sie zu schwach, um aufzustehen. Erst nach und nach fühlten sich ihre Gliedmaßen wieder kräftig genug an, um sie zu bewegen.

Wir müssen raus hier, dachte Rike, sonst werden wir noch alle krank. Und etwas zu essen brauchen wir auch. Nun wollen sie uns sogar das Dach über dem Kopf wegnehmen. Aber wenn wir jetzt das Haus verlassen, ist es dann für immer verloren? Und was droht uns erst auf den zerbombten Straßen Berlins?

Sie setzte sich auf, fuhr mit den Fingern durch die störrischen Haare und betrachtete dabei die mutlose kleine Truppe auf dem Kellerboden.

Ich rede mit dieser Russin, dachte sie. Eine muss es tun. Und schlimmer als jetzt kann es kaum kommen.

Der Entschluss war plötzlich so klar, dass er keinen Aufschub duldete. Rike stand auf, dann ging sie zur Tür, die hinauf ins Haus führte.

«Du willst doch nicht etwa rauf zu diesen – Barbaren?», fragte Claire angstvoll.

«Doch», sagte Rike, um einiges zuversichtlicher, als ihr eigentlich zumute war. «Genau das will ich. Und zwar zu Kapitän Petrowa. Ihr wartet hier solange auf mich.»

Nicht nur Silvie konnte mutig sein. Rike würde allen beweisen, dass sie ihrer jüngeren Schwester in nichts nachstand.

«Aber Taps muss auch raus», wandte Flori ein. «Siehst du nicht, wie er schon alles zusammenkneift? Ich könnte ihn ja schnell mal in den Garten bringen.»

Schon wieder der Hund! Eigentlich hing Rike ebenso wie der Rest der Familie an dem lustigen kleinen Kerl, aber in der augenblicklichen Situation war es mühsam, sich auch noch um ihn zu sorgen zu müssen.

«Gut. Dann lassen Silvie und ich ihn eben draußen sein Geschäft machen.» Sie gab sich alle Mühe, ruhig und besonnen zu klingen. «Du bleibst solange bei Claire.»

«Aber ...»

«Nichts aber», unterbrach sie Rike. «Sonst können wir Taps leider nicht behalten. Willst du das?»

Flori biss sich auf die Lippen, aber wenigstens war sie jetzt still.

Rike und Silvie lehnten an der Hausmauer und sahen Taps dabei zu, wie er im verwilderten Garten ein paar vergnügte Runden drehte und es auf einmal gar nicht mehr eilig mit dem Pinkeln hatte. Gedankenverloren betrachtete

Rike das, was vom einst so üppigen Garten übrig war. Früher hatte sie Herrn Gruhlke gern beim Gärtnern geholfen, neue Pflanzen gesät und sich gefreut, wenn sie dann zu blühen begannen. Besonders liebevoll hatte sie sich um die Rosenhecke seitlich der sonnigen Terrasse gekümmert, die sie Sommer für Sommer mit ihrem Duft verwöhnt hatte und die jetzt total verwildert war. Aber Herr Gruhlke war in Russland gefallen. Und wer von ihnen hatte sich schon in der Verfassung gefühlt, an so etwas wie Rosenschneiden oder Heckenpflege zu denken, solange jederzeit direkt neben einem eine Bombe einschlagen konnte?

«Warum bist du so hart zu ihr?», fragte Silvie. «Das hat Flori nicht verdient.»

«Das bin ich doch gar nicht», verteidigte sich Rike. «Ich bin bloß vernünftig, weil uns hier sonst alles um die Ohren fliegt. Allerdings würde ich mir wünschen, dass du mich dabei unterstützt, anstatt mir bei jeder Gelegenheit in den Rücken zu fallen.»

Ihre Beschwerde saß. Silvie wurde nachdenklich. «Und du willst wirklich mit dieser herrischen Russin reden?», fragte sie schließlich in sanfterem Tonfall.

«Hast du einen besseren Vorschlag?», kam prompt Rikes Gegenfrage.

«Nein. Leider nicht. Soll ich mitgehen?»

«Bleib lieber unten und hab ein Auge auf die anderen», erwiderte Rike. «Die alte Alarmglocke neben dem Lichtschalter ist noch intakt, das habe ich erst neulich ausprobiert. Falls die Russen Anstalten machen, euch auf den Leib zu rücken, klingelst du. Dann höre ich es oben schrillen und kann sofort reagieren.»

Sie brachten Taps zurück in den Keller, und Rike machte sich auf den Weg. Doch bereits auf der Treppe wurde ihr mulmig zumute, und sie musste auf halber Strecke stehen bleiben.

Was, wenn die Offizierin gar nicht mehr im Haus war und sie stattdessen zwischen die russischen Soldaten geriet?

Und wenn schon.

Sie konnte sich nicht leisten, einen Rückzieher zu machen, denn sie brauchten dringend eine Lösung, mit der es sich halbwegs leben ließ.

Rike atmete aus und nahm die letzten Stufen.

Im Erdgeschoss der Villa angelangt, bot sich beim vorsichtigen Blick in die Küche ein verheerendes Bild. Wie gnadenlos hatten die russischen Soldaten in Erna Kolowskis einstigem Heiligtum gewütet! Fast zwanzig Jahre hatte die Schlesierin «ihre» Familie Thalheim mit heimatlichen Spezialitäten verwöhnt, bis sie nach den ersten schweren Bombenangriffen zu ihrer Familie zurückgekehrt war. Rike wusste nicht einmal, ob sie noch am Leben war, denn der anfangs rege Briefverkehr war nach und nach eingeschlafen.

Aber falls doch, dann hätte Erna spätestens bei diesem Anblick vermutlich der Schlag getroffen: Die Türen der meisten Hochschränke waren herausgerissen, der schwarzweiß gefliese Fußboden mit Porzellan- und Glasscherben übersät. Auf dem Gasherd standen große Töpfe, aus denen es nach Kohl und ranzigem Fett stank, wie auch immer die Soldaten das bewerkstelligt haben mochten, denn die Gasleitungen funktionierten schon seit Wochen nicht mehr.

Rike zwang sich wegzuschauen.

Es sind lediglich *Dinge*, dachte sie, die sich wieder reparieren oder ersetzen lassen. Jetzt geht es um uns, die Menschen.

Ihre Angst wuchs, aber sie ging trotzdem weiter und stieß die Wohnzimmertür einen Spaltbreit auf. Der Salon, wie Claire das großzügige Wohnzimmer gern nannte, glich einem Heereslager: überall Uniformteile, Militärdecken, Stiefel, Gewehre, Essnäpfe, halbleere oder leere Flaschen. Zum Glück waren wenigstens die persischen Seidenteppiche in Sicherheit. Die nämlich hatten Rike und ihr Vater schon vor Monaten zusammengerollt und mit einer Fuhre Brennholz für Tante Lydia und Oma Frida ins Stofflager nach Potsdam transportiert. Auf den nachtblauen Sofas lümmelten sich schlafende Soldaten, ebenso auf dem Boden. Es stank nach Schnaps und Zigaretten, und natürlich lagen überall Kippen verstreut. Aber die Sessel wirkten so unversehrt wie die schweren Taftvorhänge, die hochbeinigen Bauhausstühle und der ausziehbare Esstisch für bis zu sechzehn Personen. Allerdings war die Wand, an der das Venedigaquarell gehangen hatte, leer, und der Tresor, der sich dahinter verbarg, stand offen. Das schwarze Leder der Corbusier-Liege war aufgeschlitzt. Und hatten sie es tatsächlich fertiggebracht, vor der Terrassentür auf dem bis dato makellosen Eichenparkett ein Feuer zu entfachen?

Andere sind ausgebombt, ermahnte Rike sich, bevor ein neuer Anfall von Wehmut sie überwältigen konnte, auf der Flucht, wenn nicht gar mausetot.

Also schau nicht zu genau hin! Außerdem konnten sie das Wichtigste hier gar nicht finden …

Vorsichtig zog sie sich zurück und stieg so leise wie möglich nach oben. Sie durften einfach nicht aufwachen. Gegen keinen der Russen hätte sie mit ihrem aktuellen Fliegengewicht auch nur die geringste Chance gehabt.

Wo mochte Kapitan Petrowa stecken?

In Claires und Friedrichs Schlafzimmer war sie jedenfalls nicht. Ebenso wenig in Silvies «Bude», wie diese lakonisch ihre vier Wände zu nennen pflegte. Auch Oskars einstiges Zimmer war leer. Gleiches galt für Floris Kabinett mit dem kleinen Türmchen, das früher einmal ein Mädchentraum in Rosa und Weiß gewesen war, inzwischen aber ziemlich verwahrlost wirkte.

Rike ging weiter hinauf in den zweiten Stock, stieß Tür um Tür auf. Hier waren die Decken niedriger, die Zimmer kleiner und einfacher ausgestattet, da vor allem für die Unterbringung von Hauspersonal gedacht, bis auf das großzügig geschnittene Gästeapartment mit Balkon direkt über dem Elternschlafzimmer, in dem früher Freunde und Bekannte der Familie gewohnt hatten, wenn sie zu Besuch in Berlin waren.

Jetzt blieb nur noch das ausgebaute Dachgeschoss – Rikes Reich. Ihr Vater hatte sich gleich zu Kriegsbeginn zu dieser kostspieligen Maßnahme entschlossen und damit verhindert, dass seine Älteste nach der Volljährigkeit das Elternhaus verließ, um mit ihren Freundinnen Elsa und Lou eine gemeinsame Wohnung zu beziehen, wie sie es eigentlich vorgehabt hatte. Damals war es bereits schwierig gewesen, an geeignete Baumaterialien zu kommen, aber Friedrich Thalheim hatte all seine Beziehungen spielen lassen, um die Tochter daheimzuhalten.

«Ich mache mir sonst zu viele Sorgen um dich», hatte er

behauptet, doch inzwischen wusste Rike, dass ihre Anwesenheit im Haus vor allem eine Beruhigung für ihn selbst gewesen war. Entstanden war eine luftige, bewusst sparsam möblierte Zweizimmerwohnung mit Kochnische und einem kleinen Bad. Sie hatte sich hier wohlgefühlt, auch wenn diese Lösung zumindest vorerst den Abschied von einem selbstbestimmten Leben bedeutete, wie sie es sich schon als Gymnasiastin erträumt hatte. Nach der Enttäuschung mit Walter war sie also das geblieben, was sie immer gewesen war: Papas vernünftige Große, die zuerst an ihn dachte – und danach an sich selbst.

War das vielleicht der Grund gewesen, warum Walter sich ganz überraschend für die heitere Silvie entschieden hatte, die so lebte und liebte, wie ihr der Sinn stand? Oder hatten ihn nur die aufregenden Kurven und das helle Lachen ihrer jüngeren Schwester bezaubert? Verdammt, diese quälenden Gedanken ließen sie einfach nicht mehr los!

Unwillkürlich war Rike stehen geblieben.

«Hände hoch!» Die harte Stimme der Russin ließ sie zusammenfahren. Die Offizierin stand in der geöffneten Tür, eine Armeepistole in der Hand, mit der sie auf Rikes Brust zielte.

«Entschuldigung!» Rike war dem harschen Befehl sofort gefolgt. «Ich wollte nur ...»

«Was?»

«Mit Ihnen reden, Kapitan Petrowa», stieß sie hervor. «Ich bin unbewaffnet und komme in friedlicher Absicht.»

«Das haben die Menschen in Russland auch geglaubt, als die ersten deutschen Panzer in unser Land rollten», sagte sie. «Sie haben die fremden Soldaten herzlich begrüßt und ihnen Blumen geschenkt – bevor sie von ihnen niedergestreckt wurden.»

«Ich bin kein Soldat», sagte Rike mit dünner Stimme, «und habe niemals im Leben einem Menschen in Russland oder anderswo ein Leid zugefügt. Gleiches gilt für die Frauen und die Kinder im Keller. Wir müssen raus aus diesem unhygienischen Loch, sonst bekommen wir noch Ruhr oder Typhus. Und das wäre doch sicherlich nicht in Ihrem Sinn.»

«Das Haus ist beschlagnahmt», raunzte Kapitan Petrowa zurück, ließ die Pistole aber sinken. Aus der Nähe sah sie älter aus, als Rike zunächst gedacht hatte. Um die Augen lag ein feiner Fältchenkranz, und auch die Linien um Nase und Mund hatten sich schon in die Haut eingegraben. Besonders irritierend waren ihre goldenen Schneidezähne, die beim Sprechen aufblitzten.

Was mochte sie schon alles erlebt und durchlitten haben?

Sicherlich nichts, was ihre Sympathie für die Deutschen befördert hatte, denn ihre tiefliegenden Augen wirkten auf Rike wie blassblaue Eisseen – aber ihr Deutsch war makellos.

«Ich weiß», sagte Rike. «Darf ich die Arme trotzdem wieder runternehmen?»

Kurzes Nicken.

Rike räusperte sich mehrmals. Ihre Kehle fühlte sich staubtrocken an. Im Garten gab es eine kleine Zuflucht, um die sie die Russin nun bitten würde. Erna hatte anfangs dort gewohnt, inzwischen stand sie seit Jahren leer. Das kleine Gebäude war schlecht heizbar und schon ein wenig marode, aber in der momentanen Lage erschien es Rike wie das Paradies.

«Es geht um das Gartenhäuschen», sagte sie. «Zwei Zimmer mit Toilette und Dusche, falls es jemals wieder Wasser aus der Leitung geben sollte. Wenn wir vielleicht dort unterkommen könnten?» Sie atmete tief aus. «Und etwas zu essen bräuchten wir auch», setzte sie hinzu. «Das gilt vor allem für die Kinder.»

«Kommen Sie», forderte die Russin sie auf und wedelte mit der Pistole, um ihre Worte zu unterstreichen. «Hier hinein.»

Beklommen folgte Rike ihr.

Ein alter Koffer, eine abgelegte Uniformjacke, ein paar benutzte Gläser, ein halber Brotlaib, ein Stück Speck auf einem aufgeschlagenen Tuch, das verführerisch duftete. Was könnte man damit für Köstlichkeiten zubereiten!

Sie zwang sich, möglichst flach zu atmen, um die Magensäfte nicht zu stark zum Fließen zu bringen, und sah sich dabei unauffällig weiter um. Nichts von der Einrichtung schien beschmutzt oder gar zerstört. Erleichterung breitete sich in ihr aus. Natalia Petrowa hatte sich in ihrem Wohnzimmer häuslich eingerichtet, mochte Ordnung jedoch ganz offensichtlich ebenso wie Rike, das machte die Vorstellung erträglicher. Auf dem Schreibtisch, einer Sonderanfertigung aus Birkenholz, die ihr Vater ihr zum Studienbeginn geschenkt hatte, stapelten sich Landkarten, die oberste markiert mit diversen roten und blauen Linien, die die Russin eilig zudeckte.

Offensichtlich waren sie nicht für feindliche Augen gedacht.

«Wer ist das?» Kapitan Petrowa hatte die Waffe inzwischen abgelegt und hielt ihr nun ein gerahmtes Aquarell

hin, das Rike schon ein Leben lang begleitete: das Porträt
ihres Vaters in Uniform. Die Strapazen des Kriegs waren
unübersehbar in dem schmalen Gesicht, doch die Augen
leuchteten, und die ganze Haltung des jungen Mannes
zeigte Entschlossenheit und ungebrochenen Lebenswillen.

«Dein Mann – Faschist?»

«Mein Vater», erwiderte Rike, ohne auf die gefährliche
zweite Frage näher einzugehen. «1918 in Frankreich nach
dem Großen Krieg. Sein bester Freund hat das Bild gemalt – ein Jude.»

«Ist er …» Die rasche Handbewegung quer über den
Hals war eindeutig.

«Nein», sagte Rike rasch. «Markus Weisgerber und seine
Frau konnten Deutschland rechtzeitig verlassen. Soviel ich
weiß, leben sie in Amerika. Wir alle vermissen ihn sehr.»

Abermals hatte sie einen Frosch im Hals und räusperte
sich. Diesen Namen auszusprechen beschwor erneut den
tödlichen Unfall mit all seinen Konsequenzen herauf. Warum hatte sie schon als Kind ihre Augen und Ohren überall
haben müssen? Wenn sie ihrer Mutter an jenem Tag nicht
heimlich gefolgt wäre …

«Faschist?» Für einen Moment war Rike so tief in ihren
schmerzlichen Erinnerungen gewesen, dass sie gar nicht
mehr weiter zugehört hatte. «Faschist?», wiederholte die
Russin nun drängender.

Offenbar hatte sie gründlich in Rikes rotem Album ge-
stöbert. Das Foto, das sie dort aus den weißen Ecken gelöst hatte, zeigte Oskar und Walter, beide in Uniform, mit
ernster Miene vor einem Panzer der Wehrmacht. Eigentlich
hatte sie es ja nach Walters Spontanverlobung mit Silvie

in tausend Fitzelchen zerreißen wollen, aber bis auf einen verwackelten Schnappschuss, auf dem man kaum etwas erkannte, war es das einzige, das sie von Walter besaß – und somit war es heil geblieben.

«Ein Freund der Familie», sagte Rike steif und deutete auf Walter. «Ende 1942 in Stalingrad gefallen. Der neben ihm ist unser Bruder, der seitdem als vermisst gilt.»

Kapitan Petrowas Gesicht zeigte keinerlei Regung.

«Wo ist der Vater?», fragte sie weiter. «Auch in Russland? Im Keller war kein Mann.»

«Das wissen wir leider nicht.»

«Warum?»

«Um zur Wehrmacht eingezogen zu werden, war er schon zu alt. Zudem hatte er sich nach dem Großen Krieg geschworen, niemals wieder eine Waffe anzurühren. Trotzdem musste mein Vater zum Volkssturm, sonst hätte man ihn erschossen. Die alten Männer haben sie zum Schluss ebenso wenig verschont wie die Kinder.» Sie musste schlucken. «Ich frage mich, wo er wohl sein mag. Wir haben viel zu lange nichts von ihm gehört.»

«Faschisten – ein ganzes Volk von Faschisten!» Für einen Moment sah es so aus, als würde die Russin ausspucken wollen, dann aber hatte sie sich wieder unter Kontrolle. «Vielleicht ist er tot; vielleicht haben ihn die Soldaten der siegreichen Roten Armee gefangen genommen. Er wird für seine Taten büßen – ihr alle werdet büßen!»

Trotz des milden Frühlingstags bekam Rike Gänsehaut. Sollte sie um Gnade betteln? Doch angesichts Petrowas eisiger Blicke entschloss sie sich, darauf zu verzichten und lieber eindeutig Position zu beziehen.

«Dies ist kein Haus, in dem Hitler angebetet wurde», sagte sie. «Mein Bruder wollte niemals Soldat sein; mein Onkel Carl, einst Staatsanwalt, ist freiwillig zum Nachtwächter geworden, um nicht länger dem Unrecht dienen zu müssen. Nicht alle Deutschen sind schlecht. Es gibt in diesem Land durchaus Menschen mit Ehre und Gewissen.»

Sie hatte sich in Rage geredet und erschrak plötzlich. Hatte sie durch ihre Kühnheit jetzt alles verdorben?

Kapitan Petrowa musterte sie aufmerksam.

Täuschte Rike sich, oder hatte ihre Miene sich tatsächlich ein wenig entspannt?

«Ist Geld im Haus?», fragte sie plötzlich. «Der Tresor war leer. Andere Verstecke?»

Rike schüttelte den Kopf.

«Es war Krieg», erwiderte sie leise, den direkten Blickkontakt vermeidend. «Unser Geschäft wurde ausgebombt. Wir haben alles verloren.»

«Acht Tage», sagte die Russin schließlich. «Danach seid ihr weg. General Bersarin und sein Stab brauchen annehmbare Quartiere. Er hätte jeden Grund dafür, aber er wird euch besiegte Deutsche nicht verhungern lassen. Neue Lebensmittelmarken sind im Druck. Bis dahin müsst ihr durchhalten.»

Rike sah sie fragend an.

«Ein Name, den ihr euch gut merken solltet.» Jetzt klang die Stimme von Kapitan Petrowa stolz. «Nikolai Erastowitsch Bersarin. So heißt der Kommandant von Berlin.»

❍ ❍ ❍

Der kleine Zug, der am Abend die Villa am Branitzer Platz verließ, bestand aus vier Frauen und Taps, der wie eine helle Porzellanstatue oben auf dem Bollerwagen thronte. Tränenreich hatte Eva Brusig sich verabschiedet, um mit ihren Zwillingen weiter in den Spreewald zu ziehen, wo entfernte Verwandte in Lübbenau eine kleine Gurken-fabrik betrieben. Das Gezwitscher der Mädchen vermissten sie alle schon jetzt, aber wo hätten sie die fremde Familie unterbringen sollen, wo sie doch künftig so eng zusammen-rücken mussten? Keine schaute zurück, genauso wie Rike es ihnen eingeschärft hatte, nicht einmal Flori, die allerdings leise vor sich hin schluchzte. Sie selbst presste ihre Zähne so fest aufeinander, dass ihr Kiefer zu schmerzen begann. Dabei tat Rike das Herz so weh, dass sie Angst hatte, es könnte jeden Augenblick in tausend Stücke zerspringen.

Sie war drei gewesen, als sie die Villa zum ersten Mal gesehen hatte, auf dem Arm ihres Vaters, weil ihre hoch-schwangere Mutter sie nicht mehr tragen konnte. Aufgeregt hatte Rike sich an ihn geschmiegt. Alles war so hell und groß, noch nicht fertig eingerichtet, doch bereits mit einigen Mö-beln bestückt, die es wohnlich machten. Wie ein herrliches Schloss, so war es ihr damals vorgekommen. Langsam war er mit ihr von Zimmer zu Zimmer gegangen. *Das ist jetzt unser Zuhause, Rike.* Sie hatte seine warme Stimme noch immer im Ohr. *Für dich, die Mama, dein neues Geschwister-chen und für mich. Alles, was du hier siehst, gehört uns. Und niemand auf der ganzen Welt kann uns das nehmen …*

Es war viel mehr als ein Haus, was sie nun zurücklassen mussten, es war eine ganze Welt. Hier waren die Schwestern gemeinsam herangewachsen, hier hatten sie zu Schulzeiten gebüffelt und die ersten Feste gefeiert. Hier war Mama im Wohnzimmer aufgebahrt worden, in demselben Raum, in dem Papa nur Monate später im engsten Familienkreis seine zweite Hochzeit gefeiert hatte. Hier hatte Walter sie geküsst und danach ungeniert mit Silvie betrogen. Hier hatte sie Oskar zum letzten Mal umarmt, bevor er zurück nach Russland musste. Jeder Raum atmete Familiengeschichte, jedes Zimmer steckte voller kleiner und großer Geheimnisse.

Rike zwang sich, stur nach vorn zu blicken, während sie den Branitzer Platz immer weiter hinter sich ließen. Sie waren lebendig und einigermaßen gesund. Sie konnten füreinander sorgen. Irgendwann würde Papa wieder zu ihnen stoßen, daran hielt sie unverbrüchlich fest.

Ohnehin hatten sie heute großes Glück gehabt, denn das Besäufnis der Russen begann bereits am Nachmittag, nachdem ein Kübelwagen die nötige Schnapsration angeliefert hatte. Als Singen und Grölen aus den geöffneten Fenstern drangen, liefen Rike und Silvie im Schutz der einsetzenden Dämmerung zum Gartenhäuschen und wühlten dort nach den versteckten Nähmaschinen. Sobald ihre schweißnassen Hände auf Metall stießen, hätten die beiden Schwestern vor Erleichterung beinahe aufgeschrien. Claire stand draußen Schmiere, während sie die schweren Ungetüme mit alten Kohlensäcken verhüllten und auf den Bollerwagen hievten, der bereits ihre anderen Habseligkeiten barg.

Abgesehen von diesen beiden Kostbarkeiten war es nicht viel, was sie nun durch die zerbombten Straßen zogen. Herumtrödeln durften sie nicht, denn die strikte Ausgangssperre für Deutsche trat bereits um zweiundzwanzig Uhr in Kraft. Wie ermutigend wäre es gewesen, ein Fahrrad zu haben, aber auf die Räder hatten sich die russischen Besatzer als Erstes gestürzt, um laut lachend ungelenke Runden in den stillen Straßen des Westends zu drehen. Uhren, Fotoapparate und Radiogeräte waren ebenfalls konfisziert; ihnen blieben nur die Koffer, die sie aus Oskars Zimmer geholt hatten, ihre alten Rucksäcke, einige Blecheimer, ein paar Decken, eine Handvoll Geschirr und Besteck sowie zwei Töpfe, einige Petroleumlampen und das bisschen an Essen, das sie noch hatten.

«Und Omas alte Wohnung ist wirklich noch intakt?», fragte Silvie in die angestrengte Stille.

«Ist sie», versicherte Rike, ohne zu verraten, wie viel Mut ihr dieser Kontrollgang nach Charlottenburg zwei Tage zuvor abverlangt hatte. Beim leisesten Motorgeräusch war sie zusammengezuckt, beim Anblick jeder russischen Uniform hatte sie unwillkürlich den Kopf eingezogen und sich ganz klein gemacht. Doch sie hatte beide Wege unbeschadet zurücklegen können. «Allerdings ist das Nachbarhaus eine halbe Ruine. Und auch nebenan scheint es im Dachstuhl gebrannt zu haben, aber offenbar konnte das Feuer gelöscht werden. Das Beste von allem: Die Fischers, unsere Mieter, sind auf und davon, ohne dass wir sie erst auf die Straße setzen müssten.»

Sie blieb stehen.

«Schaut mal, eine Wasserpumpe. Lasst uns gleich mal ein paar Eimer auf Vorrat füllen. Wer weiß, wo wir die nächste finden.»

Mit den vollen Eimern war der Bollerwagen allerdings noch schwieriger zu manövrieren, doch sie setzten ihren Weg unbeirrt fort.

«Diese Fischers waren Nazis der übelsten Sorte.» Claires Stimme klang ungewohnt hart. «Der Mann hatte einen untergeordneten Posten in der Reichskanzlei, obwohl er sich aufgeführt hat wie der persönliche Adjutant des Führers. Dass alle Juden aus dem Haus vertrieben wurden, schien ihn regelrecht in Ekstase zu versetzen, während meine Schwiegermutter dadurch erst so richtig mental abgerutscht ist. Das habe ich Friedrich schon damals gesagt, als er den Mietvertrag abgeschlossen hat. Und weißt du, was euer Vater mir geantwortet hat? ‹Dann zahlen sie wenigstens pünktlich. In Zeiten wie diesen zählt jeder Pfennig.›»

«Das hat er bestimmt nicht so gemeint», kam von Silvie.

«Hat er doch», widersprach Claire. «Und weißt du auch, wie er mich vor ihnen genannt hat? *Clara!* Als ob er sich plötzlich für meine Herkunft schämen müsse.»

«Die Franzosen sind und bleiben unsere Erbfeinde», leierte Flori herunter. «Das hat Frau Gunsch uns im Unterricht gepredigt. Deshalb hat sie mich auch von Anfang an schikaniert. ‹Flo-ren-tine, so heißt doch kein anständiges deutsches Mädel!›, hat sie angeekelt gesagt, um mir prompt die nächste Strafarbeit aufzubrummen.» Sie stieß einen tiefen Seufzer aus. «Was bin ich froh, dass sie diese olle Penne zugemacht haben!»

«Ich hoffe sehr, du wirst Gunsch und Konsorten nicht länger ertragen müssen», sagte Rike. «Allerhöchste Zeit, dass ein frischer Wind durch Berlin weht – und ihr endlich wieder etwas Vernünftiges lernt!»

Inzwischen hatten sie schon ein gutes Stück der rund fünf Kilometer zurückgelegt, die sie von ihrem neuen Domizil in der Bleibtreustraße trennten. Rike war froh um die Ablen-

kung, denn links und rechts erstreckte sich eine bedrücken-
de Trümmerlandschaft: Ruinen, ausgebrannte Kübelwagen,
Bombenkrater. Der Straßenbelag war an vielen Stellen aufgebrochen, die einstmals sorgfältig gepflasterten Bürgerstei-
ge glichen einem Holperweg, auf dem der schwere Bollerwagen hin- und herrumpelte. Nicht einmal die laue Mailuft
roch wie in ihrer Erinnerung; dafür stank es penetrant nach
verbranntem Gummi und leicht süßlich nach verwesenden
Tierkadavern, für die sich niemand verantwortlich fühlte.
Die wenigen Menschen, die unterwegs waren, schienen in
Eile; fast jeder schleppte oder zog etwas hinter sich her, den
Blick auf ein unbekanntes Ziel gerichtet.

«Ich will aber nicht zurück aufs Gymnasium», maulte
Flori. «Ich werde sowieso Malerin. Und Malerinnen müssen
weder Mathe noch Latein können.»

«Da täuschst du dich ganz gewaltig, *ma puce*», widersprach Claire. «Du willst deine Bilder doch verkaufen. Und
dazu musst du sehr wohl rechnen können. Außerdem kann
man Kunst ohne klassische Bildung gar nicht verstehen, geschweige denn selbst fabrizieren.»

«Malen will ich. Zeichnen und malen von morgens bis in
die tiefe Nacht, sonst gar nichts. Und hör bitte endlich auf
mit diesem kindischen Spitznamen – ich bin schon lange
kein Floh mehr!», begehrte Flori auf.

«Und was ist mit essen?», fragte Silvie. «Sogar Künstler
kommen auf Dauer nicht ohne aus. Sonst fällt ihnen nämlich bald vor Schwäche der Stift aus der Hand.»

«Ihr seid schrecklich.» Floris Wangen hatten sich rosig ge-
färbt, unübersehbar das Erbe ihres leicht erregbaren Vaters,
der schnell aus der Haut fahren konnte, wenn ihm etwas

quer kam. «Immer müsst ihr alles besser wissen. Manchmal könnte man meinen, ich hätte drei Mütter – dabei reicht mir schon die eine!»

Alle lachten, was unendlich guttat in dieser trostlosen Ödnis ringsumher, und für ein paar Minuten war sogar der Bollerwagen, den die Erwachsenen abwechselnd immer zu zweit zogen, nicht mehr ganz so schwer. Taps, die ganze Zeit über zu einer Brezel zusammengerollt, setzte sich auf und begann zu bellen.

«Er hat sicherlich schon wieder Hunger», kommentierte Flori altklug. «Dieses scheußliche Brot macht eben niemanden satt.»

«Mal sehen, womit wir ihn füttern können», murmelte Claire. «Ich weiß, wie sehr du ihn liebst, aber garantiert ist auch auf den neuen Lebensmittelmarken kein Hundefutter vorgesehen.»

«Dann bekommt er eben mein Essen, und ich trinke nur noch Wasser.» Die helle Kinderstimme drohte zu kippen. «Schaut mal, hier ist schon wieder eine Pumpe! Verdursten muss ich also sicher nicht.»

«Wir kriegen den kleinen Kerl schon satt», beschwichtigte Silvie die beiden. «Jetzt haben wir endlich Frieden, da kann es doch eigentlich nur besser werden. Wir werden arbeiten und Geld verdienen …»

«Und womit, wenn ich fragen darf? Keine von uns hat doch einen richtigen Beruf! Aus der Villa haben sie uns vertrieben, unser schönes Kaufhaus ist abgebrannt. Wenn jetzt auch noch meinem geliebten Friedrich etwas zugestoßen ist …» Claires Tränen begannen ungehemmt zu fließen.

Sie hatten den Ku'damm erreicht. Die mondlose Nacht

war zu dunkel, um irgendetwas weiter entfernt zu erkennen. Dennoch schweifte Claires Blick unweigerlich nach links, in jene Richtung also, in der früher das Kaufhaus gestanden hatte.

«Schau nicht hin», sagte Rike bewegt. «Und hör bloß auf mit diesem Geflenne, sonst fang ich auch noch an. Lass uns lieber zusehen, dass wir endlich zu Omas Wohnung kommen. Ich bin nämlich so müde, dass ich gleich im Gehen einschlafe.»

Wenig später standen sie vor der leicht zurückgesetzten Tür von Hausnummer 33. Der Frauenkopf auf dem Bogen darüber war den Schwestern stets wie ein freundlicher Torwächter erschienen. Heute allerdings starrte er vor Ruß und wirkte eher erschreckend als einladend. Vor dem Krieg hatte sich jedes der Thalheimkinder darum gerissen, gemütliche Nachmittage bei Oma Frida zu verbringen, die alle Kartenspiele beherrschte und Pfannkuchen backen konnte wie sonst niemand auf der Welt. In das pudrig bezuckerte Schmalzgebäck mit der selbstgemachten Aprikosenmarmelade zu beißen – welch Hochgenuss! Oskar konnte problemlos ein halbes Dutzend davon vertilgen, auch wenn er seine Gier später mit Übelkeit bezahlen musste. Doch es waren beileibe nicht nur die kulinarischen Köstlichkeiten, die die Großmutter so beliebt bei ihren Enkeln machten, sondern auch ihre verschmitzte Liebenswürdigkeit und ihr Sinn für Humor, der selbst dann noch aufblitzte, als sie immer mehr zu vergessen begann. Eines Tages hatten sie allerdings plötzlich scharfen Senf im Mund gehabt anstatt Marmelade, von Oma Frida als Scherz weggekichert. Nur Rike hatte beobachtet, wie sie später in der Küche heimlich geweint hatte.

Es fühlte sich seltsam an, die einst so vertrauten Stufen hinauf in den ersten Stock zu steigen. Die Fischers hatten keine Ahnung gehabt, dass Friedrich Thalheim einen zusätzlichen Satz Schlüssel besaß, die Rike bis heute wie ihren Augapfel gehütet hatte. Jetzt brauchte sie ein paar zittrige Momente, bis ihre Hand das Schlüsselloch getroffen hatte.

Doch schließlich ging die Wohnungstür auf.

Ein langer Flur, von dem die Zimmer abgingen, Schlafzimmer, Wohnzimmer, eine geräumige Wohnküche, in der sie sich früher alle immer am liebsten aufgehalten hatten, Toilette und Bad, zu Oma Fridas Zeiten alles sauber und gepflegt, möbliert mit vielen ihrer geliebten Erinnerungsstücke. Jetzt war Rike sogar froh, dass es keinen Strom gab und die Dunkelheit alles mildtätig verhüllte, denn die Fischers hatten, wie sie von ihrem ersten Besuch wusste, ihren Zorn und ihre Enttäuschung über den unerwünschten Kriegsausgang an die Wände von Küche und Flur geschmiert. Eine Zeitlang würden sie mit diesen hässlichen Parolen wohl leben müssen, denn Wandfarbe zum Überstreichen gab es ebenso wenig wie alles andere – aber immerhin waren sie nun fürs Erste in Sicherheit. Für einen Moment hatte sie plötzlich sogar den zarten Lavendelduft in der Nase, der stets aus Oma Fridas Schränken und Schubladen geströmt war, aber das konnte ja eigentlich nichts anderes als eine sentimentale Einbildung sein.

Sie räusperte sich.

«Flori, du bleibst am besten mit Taps in der Küche. Wir anderen tragen unseren bescheidenen Hausstand hinauf, als Erstes natürlich die Nähmaschinen. Den Bollerwagen nehmen wir dann zuletzt in Angriff …»

«Dieses schwere, schmutzige Ding willst du auch nach oben in die Wohnung schleifen?» Claires Stimme klang empört. «Nicht dein Ernst!»

«Natürlich werden wir das. Oder möchtest du vielleicht morgen für jeden Tropfen zwanzigmal hintereinander zur Wasserpumpe an der Kantstraße rennen, weil der Wagen geklaut wurde?»

Es kam keine Widerrede mehr.

Sie keuchten und schleppten, schleppten und keuchten, bis endlich alles oben war. Die Fischers hatten bei ihrem überstürzten Auszug einiges zurückgelassen, neben dem Küchentisch, ein paar wackligen Stühlen und zwei Hockern auch drei in die Jahre gekommene Bettgestelle mit ältlichen Matratzen, auf die sie nun ihre Decken packten.

«Keine schöne Vorstellung, in solch ollen Nazibetten zu pennen», maulte Silvie. «Wer weiß, was sie darin alles veranstaltet haben …»

«Immer noch besser als auf dem blanken Boden», erwiderte Rike. «Könnte schließlich sein, dass wir länger hierbleiben müssen.»

«Glaubst du, wir dürfen irgendwann wieder zurück in die Villa?», fragte Claire.

«Das wird sich zeigen. Immerhin haben wir ein Dach über den Kopf und stehen damit weitaus besser da als viele andere in der Stadt.»

Im Funzelschein vertilgten sie ihre mageren Vorräte, bis auf einen letzten Rest Brot und zwei Fingerbreit Rübensirup für ein Notfrühstück; Taps musste sich mit zwei Schüsselchen Wasser und ein paar Rinden zufriedengeben. Morgen würde Rike, die von allen Familienmitgliedern am besten mit Zahlen umgehen konnte, sich auf den Weg machen, um neue Lebensmittelmarken zu besorgen. Aber zuerst würden sie schlafen – in Ruhe und seit langem einmal wieder in richtigen Betten, auch wenn fanatische Nazis darin gelegen hatten.

○ ○ ○

Als Rike morgens erwachte, war die Wohnung sehr still. Sie lief als Erstes in die Küche und schöpfte sich einen Becher Wasser aus dem Trinkeimer. Die Tür zum einstigen Wohnzimmer, das sie zum Schlafen umgerüstet und Flori und ihrer Mutter überlassen hatten, stand halb offen. Die Kleine hatte sich unter der Decke zusammengekringelt. Nur eine rötliche Locke lugte hervor.

Von Claire keine Spur, ebenso wenig wie von Taps.

Rike hatte eine Ahnung, wo sie die beiden finden würde. Nach der rudimentären Verrichtung der Notdurft in einen der Eimer, an die sie sich wohl niemals gewöhnen würde, säuberte sie noch einmal ihre Hände so gut es eben ging, steckte eine Scheibe Brot als Wegzehrung ein, schulterte den Rucksack und verließ das Haus – allerdings nicht, ohne draußen am kupfernen Klingelschild noch einmal innezuhalten.

Liepmann, Fraenkel, Buschmann, Wunsch, Abrahamson – keiner der vertrauten alten Namen stand noch da, sondern lauter Hermanns, Wolters, Eisenhardts und andere, die ihr nichts sagten. Die früheren Bewohner waren spätestens 1943 abtransportiert worden, als Berlin «judenfrei» werden musste. Oma Frida hatte ihre jüdischen Nachbarn sehr geschätzt und es zutiefst bedauert, dass sie nach und nach verschwanden. Erst nach jener Schreckensnacht, als man auch die Letzten brutal auf einen Lastwagen gezerrt und weggekarrt hatte, war sie richtig wunderlich geworden, wie sie anfangs in der Familie zu sagen pflegten, bis alle nach und nach das ganze Ausmaß ihrer Erkrankung erkannten.

Ob die Nachbarn alle tot waren?

Rike schauderte bei diesem Gedanken, und sie schritt noch schneller voran. Als sie den Ku'damm erreichte, musste sie schlucken. Die meisten Schaukästen waren umgefahren worden und blockierten ihren Weg. Viele der Schaufenster waren zertrümmert und bestenfalls mit Brettern vernagelt. Keine Spur mehr von dem einstigen Glanz des berühmten Berliner Boulevards, auf dem sie selbst früher so gern mit Elsa und Lou flaniert war. Endlos lang hatten sie sich nicht mehr gesehen, aber als Hebamme war Lou auch in Kriegszeiten ständig im Einsatz, und Elsa war vor den Bombenangriffen zu Verwandten ins Erzgebirge geflüchtet.

Inzwischen hatte Rike Seitenstechen und musste ihr Tempo drosseln, aber sie wollte doch unbedingt so schnell wie möglich zu Claire, bevor diese aus Mutlosigkeit womöglich noch eine Dummheit beging. Vorbei am einstmaligen Konfektionsgeschäft Wachtel, einem früheren Konkurrenten, das zwei jüdischen Brüdern gehört hatte, und bereits 1938 zumachen musste. Vorbei am Café Reimann, dem einst beliebten Künstler- und Intellektuellentreff, das als Nische für Schwule und Lesbierinnen zur Zielscheibe der «arischen Herrenmenschen» geworden war, die alles auslöschen wollten, was sie für jenseits ihrer Norm befanden. Zum Café

Kranzler, einer ausgebrannten Ruine, die sie später passierte, schaute sie lieber erst gar nicht hinüber, um sich nicht noch mieser zu fühlen.

«Claire?», rief Rike, noch bevor sie dort angekommen war, wo einst das Kaufhaus Thalheim seine Kunden mit liebevoll dekorierten Schaufenstern angelockt hatte und heute nur noch rußige Trümmer in den Maihimmel ragten. «Claire, steckst du da irgendwo? Ich bin's, Rike!»

Keine Antwort, was Rikes Unruhe weiter verstärkte. Sie hätte wetten können, sie hier zu finden, aber offenbar hatte sie sich getäuscht. Schließlich lenkte aufgeregtes Bellen ihren Blick auf die gegenüberliegende Seite, zur Ruine der Kaiser-Wilhelm-Gedächtniskirche.

«Nicht einmal dieses Gotteshaus hat überlebt», sagte Claire dumpf, nachdem Rike die marode Fahrbahn überquert hatte und bei ihr angelangt war. Taps wollte sich kaum beruhigen lassen und bellte weiter, als spüre er genau, dass etwas ganz und nicht in Ordnung war. «Und war doch so groß und mächtig. Wie können wir schwache Menschlein da weitermachen? Mein Friedrich, falls er überhaupt noch lebt, unser Kind, das anständig erwachsen werden soll, Silvie und du – von mir selbst ganz zu schweigen –, wie könnte ich das alles bewältigen? Ich habe einfach keine Kraft mehr, Rike! Manchmal möchte ich mich nur noch hinlegen und einfach nicht mehr aufwachen.»

Ihr Blick flackerte, und sie hatte so verwaschen geredet, dass Rike sie kaum verstehen konnte. Eine nahezu leere Wodkaflasche, die neben ihr über den Boden rollte, lieferte die Erklärung.

«War doch nur ein ganz kleiner Schluck», verteidigte sich

Claire. «Die lag da einfach so herum, als hätte sie nur auf mich gewartet. Erst hat es ganz gutgetan, aber jetzt fühle ich mich noch schlechter ...»

«Du bist müde und ausgehungert.» Rike legte ihr behutsam den Arm um die knochigen Schultern. «Das kann einen schon mal mürbe machen. Doch jetzt ist Frieden, Claire – *Frieden*, auch wenn wir es noch nicht so richtig begriffen haben. Das ‹Tausendjährige Reich› ist tot, aber wir leben. Alles kann wieder schön werden. Wir müssen es uns nur wieder richtig zutrauen.»

«Aber wie denn? Wo sollen wir leben? Was essen? Und woher bekommen wir Geld ...»

Claire starrte sie hilfesuchend an.

«Da! Siehst du?» Rike deutete auf einen offenen Lastwagen, der einen Trupp lachender Frauen mit Schaufeln und Eimern geladen hatte und einem anderen, größeren Lastwagen folgte. «Was die können, das können wir auch. Wir helfen mit, die zerstörte Stadt aufzuräumen. Damit rangieren wir ab sofort bei den Lebensmittelmarken nicht mehr ganz unten. Keine Friedhofsrationen mehr, Claire. Endlich wieder satt sein!»

«Wir sollen also Bauarbeiter werden, ohne jegliche Vorkenntnisse?»

«Trümmerfrauen», verbesserte Rike. «Und das bedeutet mehr Brot, mehr Fett und sogar ein bisschen mehr Fleisch. Wir müssen nicht länger als Hungerhaken herumlaufen. Und Schutteimer schleppen kann ja schließlich nicht so schwierig sein!»

«Und du meinst, das schaffe ich auch?» Claire klang noch immer äußerst skeptisch.

«Und ob!», versicherte Rike. «Du bist viel stärker, als du glaubst. Würdest du sonst seit Jahren mit unserem schwierigen Vater auskommen?»

Die Spur eines Lächelns, winzig, aber immerhin.

«Ich bin bei weitem nicht so tüchtig wie du ...»

«Papperlapapp! Du kannst viel mehr, als du dir zutraust. Außerdem bist du dann abends zu müde für schwarze Gedanken, das garantiere ich dir», sagte Rike. «Anstatt sinnlos zu grübeln, schläfst du wie ein Stein bis zum nächsten Morgen. Ich laufe jetzt gleich zum Charlottenburger Rathaus und melde dich, mich und Silvie für diese Arbeit an. Vielleicht können wir ja schon ganz bald anfangen.»

«Und die Kleine? Was machen wir dann mit Flori?»

«Schule, was sonst? Aus Flori soll schließlich etwas Vernünftiges werden. Und bis die wieder losgeht, findet sich sicherlich auch eine Lösung.»

Es machte Rike glücklich, dass Claire nickte und ein weiteres kleines Lächeln zustande brachte.

Das Stück bis zum Rathaus bewältigte sie ohne Schwierigkeit, bis auf ihren knurrenden Magen, den die trockene Brotscheibe eher aufgerüttelt als besänftigt hatte. Allerdings ließ sie das Ausmaß der Bombenschäden rechts und links der Strecke immer betroffener werden. Sie ging vorbei an Trümmerfeldern und Geröllhalden, sah lauter herausgerissene Kabel und zerstörte Wasserleitungen, die wie zerstückelte Eingeweide urzeitlicher Wesen aus der Erde ragten. Das einstmals so imposante Gebäude in der Berliner Straße war schwer zerstört. Unwillkürlich musste Rike an jenen Tag denken, als der Vater sie in die stattliche Kriegsgedächtnishalle mit ihren Gipsfiguren und kunstvollen Glasfenstern geführt hatte, auf die viele Charlottenburger so stolz waren.

«Nie wieder Krieg, Rike!» Noch heute hatte sie seine mahnenden Worte im Ohr, die sie damals mit ihren knapp zehn Jahren so beeindruckt hatten. «Dieses sinnlose Sterben bringt nichts als Leid und Not über die Menschen. Später stellen sie dann pompöse Denkmäler auf. Aber das macht keinen Toten wieder lebendig.»

Und jetzt war das Rathaus selbst eine halbe Ruine …

Erst nach einigem Suchen entdeckte Rike in einem erhalten gebliebenen Seitenflügel ein Behelfsbüro. Dort erhielt sie nach dem Vorzeigen der drei Kennkarten die Zusage für einen Arbeitseinsatz rund um den Ku'damm, der schon morgen beginnen sollte.

Sie versuchte, den bohrenden Hunger zu ignorieren, und ging weiter zur Sybelstraße. Ihre gute Laune verschwand, als sie die schier endlos erscheinende Schlange Wartender vor dem Gebäude sah, vor dem Krieg ein renommiertes Mädchengymnasium, inzwischen zum Lazarett umfunktioniert, wie die Kampferschwaden zeigten, die nach draußen strömten, sobald die Tür aufging. Jetzt hatte man hier die Charlottenburger Ausgabestelle für Lebensmittelmarken eingerichtet.

«Det kann dauern, Frollein», brummelte der Glatzkopf vor ihr, als sie unruhig von einem Bein aufs andere trat und ihn dabei versehentlich mit dem Ellenbogen berührte. «Und vordrängeln is nich. Wir haben nämlich alle mächtig Kohldampf.»

Sie begnügte sich mit einem resignierten Nicken, was ihn offenbar anspornte.

«Och ausjebomt, wa?», fragte er, nun freundlicher.

«Eher nicht», erwiderte Rike knapp.

«Aber hier hab ick Se noch nie jesehen …»

Allmählich wurde es ihr zu viel.

«Hören Sie, ich bin jetzt leider ganz und gar nicht in der Stimmung …»

Die junge Frau mit dem hellblonden Pagenschnitt, die vor dem Glatzkopf stand, drehte sich abrupt um. Rike hielt die Luft an. Die Frau kam ihr größer vor als in ihrer Erinnerung, aber das kam vielleicht daher, dass sie so dünn geworden war. Doch sonst war alles vertraut an ihr: die dunklen Augen, die hohe Stirn, die markante Nase, die schmalen, festen Lippen. Sie trug ein rotes Kleid mit weißen Streifen, das ihr irgendwie bekannt vorkam, und starrte sie an wie eine Erscheinung.

«Rike?», sagte sie ungläubig. «Ulrike Thalheim?»

«Miriam? Mensch, Miri Sternberg in Platinblond, ich glaub es nicht!»

Und schon lagen sie sich in den Armen, lachend und weinend zugleich. Die anderen Wartenden starrten sie an, doch das war den beiden jungen Frauen ganz egal.

«Ich dachte, ich würde dich niemals wiedersehen», sagte Rike. «Nachdem sie deine Mutter weggebracht hatten, warst du plötzlich auch verschwunden. Papa hatte ja alles versucht, um doch noch eine Ausreisegenehmigung für euch beide zu besorgen. Er hat so viel von deiner Mutter und ihrer Arbeit gehalten! Aber dafür war es leider zu spät. Ihr hättet Deutschland viel früher verlassen müssen.»

Miriams Gesicht versteinerte.

«Ja, das hätten wir, Rike. Aber welches Land hätte uns

denn schon aufgenommen – eine jüdische Schneiderin mit ein bisschen Erspartem und einem unehelichen Backfisch? Mama hatte sich bereits aufgegeben, sie hat fast nichts mehr gegessen, nur noch gebetet und geweint. Das KZ Buchenwald hat sie kaum ein paar Wochen überlebt. Es war lediglich eine Frage der Zeit, bis sie auch mich deportieren würden. Da habe ich beschlossen, zum U-Boot zu werden – und zwar zum blondierten U-Boot, weil die nämlich weniger auffallen.»

«Ich verstehe nicht ganz …»

«So nennen sich die Juden, die untergetaucht sind, bis der Krieg vorbei war.»

«Du warst die ganze Zeit über in Berlin? Aber wo hast du dich denn versteckt?»

Miriam zuckte die Schultern.

«Überall und nirgendwo. Tagsüber in Cafés, Kinos und Läden, nachts in Bars, bei netten Menschen oder in zugigen Lauben. Ich hatte ja noch ein paar von Mamas alten Modellkleidern, das war sehr hilfreich. Blond, jung, mondän gekleidet – an älteren Galanen, die mich einladen wollten, hat es zumindest anfangs nicht gemangelt. Später dann, als die vielen Bomben fielen, wurde es schwieriger. Natürlich war ich immer auf der Hut, und manchmal bin ich auch in ganz schön brenzlige Situationen geraten. Gehungert habe ich oft und fürchterlich gefroren dazu, aber ich war zu jeder Zeit fest entschlossen, zu überleben, koste es, was es wolle.»

«Und das hast du.» Rike umarmte sie erneut. «Ich bin so unendlich erleichtert, dich zu sehen, Miri! Wohnst du jetzt auch irgendwo hier in Charlottenburg?»

«Ich … habe leider keine richtige Bleibe. In eines dieser Camps für versprengte Juden gehe ich auf keinen Fall. Ich spüre den Lagerkoller schon, wenn ich nur daran denke, auch wenn ich das Eingesperrtsein selbst noch nie erleben musste. Eine alte Frau lässt mich vielleicht ein paar weitere Nächte bei sich schlafen, aber sobald ihre Tochter aus Leipzig zurückkommt, ist es auch damit vorbei.» Es war spürbar, wie schwer ihr diese Antwort fiel. «Und wat Neues?» Miriam verfiel ins Berlinern, wie schon als Kind, wenn ihr etwas unangenehm war. «Kannste verjessen! Is ja so vieles kaputt, und bis det allet wieder jebaut wird …»

«Doch», sagte Rike. «Die Bleibe hast du ab jetzt. Du kommst nämlich mit zu uns, in die Bleibtreustraße. Aus der Villa mussten wir raus, da hausen jetzt die Russen, aber Omas alte Wohnung steht noch. Wird zwar ein bisschen eng, aber das kriegen wir trotzdem irgendwie hin. Ich lasse dich gleich mit in unser Haushaltsbuch eintragen. Dann müsste das mit den Marken auch in Ordnung gehen.»

«Mit zu euch? Und das ist wirklich dein Ernst?» Miriams Augen schimmerten verdächtig.

«Sehe ich vielleicht aus, als ob ich scherze?» Rike zog eine übertriebene Grimasse. «Silvie macht einen Luftsprung, wenn sie dich sieht. Und Claire haut dich nach der ersten Überraschung garantiert um ein neues Kleid an, und wenn die letzte Gardine daran glauben müsste …»

Beide lachten.

«Aber dein Vater? Was wird Herr Thalheim dazu sagen, wenn ich so urplötzlich wiederauftauche – und dann auch noch gleich bei euch einziehen will?»

Sofort wurde Rike wieder ernst.

«Der ist derzeit verschollen. Wir alle hoffen, dass Papa lebt und wir ihn so schnell wie möglich heil zurückbekommen, aber wissen tun wir leider gar nichts.»

Die Schlange vor ihnen war inzwischen deutlich kürzer geworden.

«Die Thalheims arbeiten übrigens ab morgen als Trümmerfrauen», sagte Rike. «Bis auf Flori natürlich, die ist dafür noch zu klein. Hörst du das verzweifelte Gurgeln in meinen Gedärmen? Höchste Zeit, dass das endlich aufhört. Wenn man Schutt schippt, bekommt man deutlich mehr zu essen.»

«Ich wünschte, das könnte ich auch», sagte Miri leise. «Aber du weißt ja, mein Rücken, das alte Leiden … ich darf nichts Schweres heben, sonst muss ich womöglich wieder monatelang ins Gipsbett.»

«Heben darfst du nicht», sagte Rike, «das ist klar. Schleppen erst recht nicht. Aber nähen könntest du doch, oder?»

«Wenn ich Stoff und Faden habe, jederzeit.»

«Und was wäre mit einer funktionierenden Singer oder genau genommen sogar mit zweien?»

«Ist das dein Ernst?» Miriam begann zu strahlen. «Ich dachte schon, die wären alle zu Waffen eingeschmolzen worden.»

«Sehr wohl mein Ernst! Du bleibst zu Hause und hütest Flori, bis die Schule wieder anläuft. Danach sehen wir weiter.»

Miriam bückte sich nach der abgeschabten Aktentasche, die neben ihr stand.

«Mein wichtigstes U-Boot-Gepäck», sagte sie vielsagend, «von dem ich mich all die Jahre niemals getrennt habe:

Mamas scharfe Schneiderschere und lauter phantastische Schnittmuster.»

○ ○ ○

Der Weg zurück in die Bleibtreustraße verging wie im Flug, erst recht, nachdem sie Rikes Rucksack in dem kleinen Laden an der Ecke mit einigen Lebensmitteln bestückt hatten.

«Dreimal Stufe zwei», jubelte Rike. «Das bedeutet 600 Gramm Brot, 100 Gramm Wurst, 30 Gramm Fett und 25 Gramm Zucker pro Person. Ein echtes Festmahl wartet auf uns!»

«Flori und mir steht dagegen mit Stufe fünf nur knapp die Hälfte zu», sagte Miriam zerknirscht. «Die Kleine ist eure Schwester. Klar, dass ihr der etwas abgebt. Aber mir, einer Fremden …»

«Du riskierst noch einen Klaps, wenn du weiter solchen Unsinn schwatzt», sagte Rike gut gelaunt. «Du hütest unser Küken, das ist mindestens so ehrenvoll, wie Steine zu schleppen. Claire wird dir unendlich dankbar sein, wenn sie hört, dass ihr Floh in guter Obhut ist.» Sie hielt inne. «Aber müsstest du nicht eigentlich bevorzugt werden?», fügte sie nachdenklich hinzu. «Nach allem, was du durchgemacht hast?»

«Bloß nicht», wehrte sich Miri. «Hast du auch nur eine Ahnung, wie sehr ich diesen gelben Stern gehasst habe, der uns zu Aussätzigen gemacht hat? Nie wieder im Leben eine Sonderbehandlung! Ich bin ein stinknormales Berliner Mädchen, nicht anders als du. Wir sind genauso wir ihr – nur eben jüdisch.»

Sie liefen die Treppen zur Wohnung hinauf und klopften an die Tür, weil die Klingel ja noch immer nicht funktionierte. Silvie öffnete und stieß einen spitzen Schrei aus, als sie erkannte, wen Rike im Schlepptau hatte.

«Miri? Aber ich dachte, du bist …»

«… wiederauferstanden von den Toten», sagte Rike knapp, «und ab sofort unsere neue Mitbewohnerin.» Sie musterte ihre Schwester. «Was schaust du denn so bedröppelt drein? Ich dachte, du würdest bei ihrem Anblick Luftsprünge machen!»

«Kommt erst mal rein», sagte Silvie. «Dann werdet ihr schon sehen.»

Der dunkelblonde Mann, der leicht gebeugt am Küchentisch saß, hatte deutlich mehr Grau im Haar als in ihrer Erinnerung. Aber seine Kopfhaltung … und die Geste, mit der er sich über das Gesicht fuhr …

«Papa?», flüsterte Rike.

«Leider nicht.» Noch bevor er zu sprechen begann, begriff sie, dass sie sich geirrt hat. Doch je älter sie wurden, desto ähnlicher waren sich die Thalheim-Brüder geworden.

«Ich bin's nur, Carl.»

«Onkel Carl, endlich!» Sie flog ihm um den Hals, was er zu genießen schien. «Wie hast du uns gefunden?»

«War ja nicht weiter schwierig», erwiderte er. «Ich hatte schon gehofft, dass ihr hier seid. Ihr lebt und seid alle gesund, das ist das Allerwichtigste. Lydia und Oma Frida geht es auch einigermaßen. Die Potsdamer Wohnung ist allerdings zerbombt. Aber sie konnten ein paar ihrer Habseligkeiten retten. Bin gerade dabei, eine anständige neue Unterkunft für die beiden zu suchen. Denn hier bei euch ist es ja schon eng genug, und da, wo sie einstweilen untergekrochen sind, können sie auf Dauer nicht bleiben.»

Jetzt erst fiel Rike Claires verweintes Gesicht auf, und auch Flori hatte ganz rote Augen. Irritiert schaute sie zu Carl.

«Aber nicht Papa!» Ihre Stimme zitterte. «Du bist doch nicht etwa gekommen, um uns zu sagen, dass er …»

«Er lebt.» Claire begann erneut zu weinen. «Euer Vater, mein Friedrich, lebt. Aber wo … und wie …»

«Die Russen haben ihn interniert», sagte Carl. «Derzeit sitzt Fritz im Untersuchungsgefängnis in der Potsdamer Lindenstraße.»

«Aber da wird er doch nicht bleiben müssen …» Rikes Stimme drohte zu versagen.

«Kapitalisten wie ihn, die sich zudem aktiv am Kampf gegen die Rote Armee beteiligt haben, erwartet seitens der Sowjets nichts Gutes», erwiderte Carl. «So realistisch sollten wir alle sein. Im schlimmsten Fall muss er sogar mit der Unterbringung in einem Speziallager rechnen.»

«Sibirien?», sagten Silvie und Rike wie aus einem Mund.

«Das wohl eher nicht. Rund um Berlin werden gerade einige solcher Lager in Betrieb genommen. In eines davon würden sie ihn bringen. Aber das kann dauern.»

«Und woher weißt du das alles so genau?», fragte Silvie, die sehr blass geworden war, während Claire gar keinen Ton mehr herausbrachte.

«Sagen wir mal so: Ich habe gewisse Verbindungen.»

«Zu den russischen Besatzern?», bohrte Silvie nach.

«Ja, ich bin in der Tat mit einigen von ihnen in Kontakt», erwiderte Carl verhalten.

Silvies Neugierde war noch nicht befriedigt.

«Wie hast du das denn angestellt? Uns haben sie lediglich grob herumgeschubst und dann aus dem Haus geworfen.»

«Die Anzahl der überlebenden Nazi-Gegner in Potsdam ist ziemlich übersichtlich. Da ergibt sich so etwas fast zwangsläufig», lautete Carls ruhige Antwort.

«Aber so ein Lager, das übersteht Papa nicht! Du weißt doch, sein Magen und überhaupt ...» Rike sank kraftlos auf einen Stuhl. «Du hast deine Karriere für deine Überzeugung geopfert, sogar die Aussicht auf ein Richteramt, das musst du den Russen sagen. Papa war lediglich ein unbedeutender Mitläufer, der keiner Fliege etwas zuleide getan hat. Zudem hat unser Kaufhaus über Jahre viele Menschen ernährt. Ja, er war der Chef, aber niemals ein raffgieriger Ausbeuter, der Lieferanten übers Ohr gehauen oder Angestellte schikaniert hätte. Geweint haben sie, unsere Leute, als das Kaufhaus Thalheim in Flammen aufging, weil es für viele so etwas wie ein Zuhause war. Er wollte nie mehr ein Gewehr berühren, aber er hatte doch keine Wahl. Und ohne dein schlimmes Bein hätten sie auch dich zuletzt noch zum Volkssturm gezwungen. Bitte hol ihn da raus! Das musst du, Onkel Carl. Schließlich bist du sein einziger Bruder.»

Carl schaute sie eindringlich an.

«Glaubst du, das könnte ich jemals vergessen?», fragte er leise.

3

Berlin, Juni/Juli 1945

Claire schaffte die ungewohnt harte Arbeit am besten – darüber war sie selbst erstaunter als alle anderen. Schon nach ein paar Tagen bewegte sie sich so sicher und geschmeidig zwischen den Schutthaufen, als hätte sie ein Leben lang nichts anderes getan. Von wegen verwöhnte Gattin, die hauptsächlich zum Repräsentieren taugte! Sie packte derart tatkräftig zu, dass die anderen Frauen im Trupp sich anstrengen mussten, um halbwegs mitzuhalten. Zudem sorgten ihre Verbesserungsvorschläge dafür, dass die Arbeit für alle einfacher und gleichzeitig effektiver wurde. Man hatte provisorische Gleise entlang der zerstörten Straßen gelegt, auf denen Loren verkehrten, die den Schutt zu Sammelstellen brachten, an denen sie wiederum auf Laster geladen und abtransportiert wurden.

«Die Händekette von der ersten Frau bis hin zu den Loren muss lückenlos sein, sonst gibt es zwischendrin zu viel Verlust. Wenn wir schon schuften wie die Kulis, dann soll es wenigstens etwas bringen», sagte Claire und schob sich das zum Dreieck gebundene Kopftuch energisch aus der Stirn, bevor sie erneut zur Schaufel griff. Ihre langen rotblonden Wellen, früher meist elegant hochgesteckt, gehörten der Vergangenheit an. Miriam hatte auf ihre Bitte hin die Schneiderschere angesetzt und sie auf Kinnlänge gestutzt, was Claire erstaunlich gut stand und sie um Jahre jünger machte. «Mein Friedrich soll schließlich stolz auf mich sein, wenn er wieder zu uns zurückkehrt.»

Inzwischen konnte sie seinen Namen wieder aussprechen, ohne dabei in Tränen auszubrechen, was Rike bewunderte, die schon einen Kloß im Hals verspürte, wenn sie an ihren Vater nur dachte. Tagsüber bewahrte sie das anstrengende Bücken und Schleppen zumeist davor, denn ihr fiel das Trümmerschaufeln auch nach Wochen alles andere als leicht. In der Nacht setzen ihr jedoch heftige Albträume zu. Zudem schmerzte der Rücken, Arme und Beine fühlten sich an, als seien sie mit Bleigewichten beschwert, und ihre Hände mochte sie erst gar nicht mehr anschauen, so alt und zerschunden waren sie. Silvie hatte irgendwo einen Rest Pferdesalbe aufgetrieben, mit dem sie sich gewissenhaft einrieb, und natürlich wusste sie auch Rat gegen hässliche dunkle Nägel: In einem kleinen Salbentopf bewahrte sie pulverisierten Bimsstein auf und verwandelte ihn unter Zugabe von Wasser in eine Art Schlamm, der am Finger hellgrau trocknete und nach dem Abrieb erstaunlich saubere Nägel zauberte.

Was Silvie nicht unbedingt die Sympathie der anderen Frauen eintrug, ebenso wenig wie ihre unverblümte Art, mit den anwesenden Männern zu flirten. Schwere Schuttarbeiten konnten die Trümmerfrauen trotz guten Willens mit ihren Schaufeln und Eimern nicht bewerkstelligen, obwohl sich die so unterschiedlichen Frauen rasch zu einem funktionieren Trupp zusammenrauften: Usch, Pauline, Hilde, Gretel, die Thalheim-Frauen sowie ein gutes Dutzend anderer. Dafür waren die Berliner Baufirmen mit ihren Lastwagen und Baggern zuständig, für die in der zerstörten Stadt nun die goldene Stunde schlug. In ihrem Fall handelte es sich um Erwin Brose, der vor 1939 einen kleinen Betrieb geführt hatte und als Weltkriegsversehrter einer neuerlichen Einberufung entgangen war. Während der Naziherrschaft waren ihm diverse Zwangsarbeiter zugeteilt worden, zumeist aus Polen, die er offenbar so anständig behandelt hatte, dass einige davon auch nach Kriegsende freiwillig weiter für ihn arbeiteten.

Darunter waren auch Antek und Dariusz, der Erstere ein gutmütiger blonder Bär mit riesigen Händen, der Zweite ein attraktiver Dunkelhaariger, der in Krakau Klarinette gespielt hatte, bevor er Zwangsarbeit im Großdeutschen Reich leisten musste. Silvie hielt sich auffallend gern in seiner Nähe auf und überhörte alle Ermahnungen der Vorarbeiterin Hilde Lemke, einer energischen Witwe aus Wilmersdorf. Dariusz war gewandt und schlagfertig, wusste sich zu behaupten und sprach gut deutsch. Viele der Frauen schauten sich gern nach ihm um, denn gesunde junge Männer waren Mangelware in der zerstörten Stadt.

Rike hatte längst herausgefunden, dass Silvie sich auch nach der Arbeit mit Dariusz traf. Der junge Pole war bestens vertraut mit den Regeln und Gegebenheiten des Schwarzmarktes am Brandenburger Tor, vom Volksmund *Schwarze Börse* genannt, und nahm sie auf der Lenkstange seines Fahrrads dorthin mit. Und plötzlich hatte Silvie neue Sandalen, einen breiten Ledergürtel und ein weißes Bolero, um das alle sie beneideten. Zwar bestritt sie energisch, dass zwischen Dariusz und ihr mehr als Freundschaft bestünde, aber sie summte schon morgens beim Aufstehen vergnügt vor sich hin und wäre am liebsten Tag für Tag im Sommerkleid anstatt im Blaumann zur Arbeit gegangen. Irgendwann schlug Silvie der älteren Schwester ernsthaft vor, sich gemeinsam heimlich in den Garten der Villa zu schleichen und den dort vergrabenen Schmuck wieder auszubuddeln.

«Was wir uns mit Mamas Juwelen alles leisten könnten, überleg doch nur mal, Rikelein! Salami, Speck, Weißbrot, Zucker – sogar ganze Sahnetorten gibt es auf dem Schwarzmarkt, vorausgesetzt natürlich, man hat das Entsprechende anzubieten. Auf Schmuck sind alle besonders scharf. Das habe ich mit eigenen Augen gesehen.»

«Und wenn die Russen uns beim Ausgraben erwischen?», wandte Rike ein, der bei der Aufzählung dieser lang entbehrten Köstlichkeiten ebenso das Wasser im Mund zusammenlief. «Was dann? Willst du vielleicht unser Leben für eine halbe Stunde Schlemmen aufs Spiel setzen?»

«Natürlich nicht. Ich hab nur mal laut gedacht, das wird ja wohl noch erlaubt sein. Wenn wir wenigstens Zigaretten hätten! Die sind inzwischen die eigentliche Währung. Damit könnten wir uns alles leisten. Aber woher nehmen und nicht stehlen?» Sie begann spitzbübisch zu lächeln. «Man müsste irgendwo einbrechen. Ist vermutlich gar nicht so schwierig. Dariusz hat übrigens gesagt …»

«Was du gefälligst bleiben lässt!», beendete Rike die Unterhaltung. «Und wenn dein schmucker Pole dir das beibringen will, dann solltest du dich schleunigst nach anderer Gesellschaft umschauen.»

In Wahrheit fiel es Rike schwer, erneut die Vernünftige

herauszukehren, denn der Hunger hielt sie trotz erhöhter Rationen noch immer fest im Griff, und die anstrengende körperliche Arbeit tat ein Übriges. Hätte Onkel Carl sie nicht ab und zu auf seiner schwarzen Zündapp besucht, die jedes Mal in der gesamten Bleibtreustraße für Aufsehen sorgte, sie hätten gewiss noch öfter mit knurrendem Magen ins Bett gehen müssen. Wie er mit seiner alten Beinverletzung das schwere Motorrad so lässig bedienen konnte, blieb Rike ein Rätsel. Ebenso behielt er für sich, woher er die raren Köstlichkeiten hatte, darunter einen halben geräucherten Schinken, die er ebenso kommentarlos auf den Küchentisch stellte wie bei einem früheren Besuch das intakte Radiogerät, vor dem sie nun allabendlich gemeinsam hockten.

Rike brannte auf den Nägeln, ihn über das Stofflager auszufragen, das sie noch während des Krieges zusammen mit ihrem Vater in Potsdam eingerichtet hatte, aber nie waren sie ungestört gewesen. Heute jedoch bot sich endlich die Gelegenheit dazu.

«Keine Bombentreffer, also alles in Ordnung, denke ich.» Viel mehr war aus ihm nicht herauszubekommen.

«Weißt du das ganz genau?», hakte Rike nach. «Vielleicht ist man dort doch irgendwann eingebrochen. Jetzt, wo die Leute so wenig haben.»

«Davon ist mir nichts bekannt. Ich habe einen rüstigen Rentner gebeten, ein Auge auf die Schlösser zu haben. Der würde sogar zu Fuß nach Berlin laufen, um Bescheid zu geben, wenn etwas wäre, so ernst nimmt er diese Aufgabe.»

«Dann fährst du ganz bald mit mir dorthin?», bettelte sie. «Ich möchte mich an Ort und Stelle mit eigenen Augen überzeugen.» Am liebsten hätte sie ihm die ganze Wahrheit gesagt. Aber sie hatte ihrem Vater in einem Ausnahmemoment versprochen, nichts zu verraten, und sich bislang eisern daran gehalten.

«Machen wir.» Er klang zögerlich. «Aber wo soll hier eigentlich der ganze Plunder unterkommen? Ihr tretet euch doch schon jetzt mächtig auf die Füße.»

Noch karger gerieten seine Antworten, sobald es um Persönliches ging. Vor Jahren hatte Silvie ihn heftig knutschend mit einer blonden jungen Frau in der S-Bahn gesehen und diese Neuigkeit natürlich sofort an Rike weitergetragen, aber sie hatten beide niemals gewagt, ihn darauf anzusprechen. Ob die junge Schönheit bei Carl im Holländischen Viertel ein und aus ging oder vielleicht sogar längst bei ihm wohnte, wussten sie nicht. Mit seiner Ehefrau lebte er jedenfalls schon lange nicht mehr unter einem Dach. Geschieden waren die beiden jedoch nicht, vielleicht auch wegen Oma Frida, um die Lydia sich rührend kümmerte.

Die beiden Ausgebombten bei sich aufzunehmen, schien Carl nicht einen Augenblick erwogen zu haben. Immerhin war es ihm inzwischen gelungen, eine neue Unterkunft für sie aufzutreiben, eine echte Meisterleistung angesichts der massiven Bombenschäden, die Potsdam zu beklagen hatte. Anstatt wie bisher in der noblen Französischen Straße im Zentrum mussten sie sich nun allerdings mit einer weitaus bescheideneren Unterkunft in einem der alten Babelsberger Weberhäuschen begnügen, das sie zudem mit einer anderen Familie teilten.

«Mutter mag das neue Zuhause», sagte er. «Die einfachen Menschen, die Nähe zur Kirche, das viele Grün ringsumher, das alles gefällt ihr. Lydia dagegen hat einiges zu meckern. Aber das ist ja nichts Neues.»

Hast du eigentlich noch Gefühle für deine Ehefrau?, hätte Rike ihn am liebsten gefragt, aber sie befürchtete, damit einen wunden Punkt zu berühren. So verwandte sie ihre Neugierde besser darauf, sich erneut nach ihrem Vater zu erkundigen.

«Fritz?» Carls mit einem Mal angespannter Gesichtsausdruck verhieß nichts Gutes. «Ich wollte euch eigentlich nicht noch mehr beunruhigen.»

«Rede!», forderte sie.

«Man hat mir zugetragen, dass die Lindenstraße in absehbarer Zeit von den bisherigen Insassen geräumt werden soll. Scheint, als hätten sie neue Anwärter für ihre Zellen.»

«Und was wird dann aus ihm?» Rikes Herz machte einen angstvollen Satz.

«Vermutlich bringen sie ihn in eines dieser Speziallager. Was allerdings prekär wäre. Denn inzwischen habe ich läuten hören, von dort käme man nicht so schnell wieder weg.»

«Dann darfst du es erst gar nicht so weit kommen lassen, Onkel Carl!» Rike hielt es nicht länger auf dem Hocker. «Silvie braucht dringend eine Autorität in der Familie, denn auf mich hört sie nicht, weil ich ja ‹nur› ihre Schwester bin. Neuerdings treibt sie sich mit einem jungen Polen aus unserem Trümmertrupp herum, charmant und ziemlich gewitzt, wenn du mich fragst, ein ehemaliger Zwangsarbeiter, der in Berlin geblieben ist. Ich weiß, es klingt entsetzlich, wenn ich das sage, nach allem, was man ihnen angetan hat. Aber ich fürchte, dieser Dariusz ist drauf und dran, kriminell zu werden, wenn er es nicht schon längst ist …»

Zu Rikes Überraschung war auch ihr Onkel aufgestanden und zog sie fest an seine Brust.

«So ein Mädchen wie dich habe ich mir immer gewünscht, weißt du das eigentlich?», sagte er leise. «Klug, mutig, voller Verantwortungsgefühl. Früher habe ich sogar davon geträumt, dich eines Tages zu adoptieren.»

«Mich?», sagte Rike überrascht. «Aber ich habe doch meine Eltern …»

Er ließ sie so abrupt wieder los, als habe er sich verbrannt.

«Und du hast deine Jungs», fügte sie hinzu.

«Ja, die Söhne …» Er begann zu lächeln. «Ihre Post hat mich endlich auf langen Umwegen erreicht: Gregor ist in der Nähe von Birmingham in britischer Gefangenschaft, und Paul hat es bis nach Marseille verschlagen, wo er in einem amerikanischen Lager sitzt. Es klingt nicht gerade nach Zuckerschlecken, was sie da erleben, bei keinem von beiden, aber sie werden es überstehen. Und das ist sehr viel mehr, als anderen vergönnt ist.»

«Tante Lydia und du, ihr müsst sehr glücklich sein.» Rike dachte an Oskar, und es fiel ihr unendlich schwer, weiterzusprechen. «Zu wissen, dass die überlebt haben, die man liebt …»

«Natürlich liebe ich sie, und ich wünsche mir von Herzen, dass beide so rasch wie möglich gesund zurückkommen. Aber eigentlich hatte ich mir immer eine Tochter gewünscht. Außerdem bist du Almas Kind.» Seine Stimme klang plötzlich ungewohnt zärtlich.

«Mama hat dir einmal viel bedeutet?» Rike kämpfte um jedes Wort.

«Allerdings. Ich habe sie sogar noch vor deinem Vater

kennengelernt. Alma fand mich geistreich und amüsant. Ich denke, sie war drauf und dran, sich in mich zu verlieben, doch dann hat mein Bruder sie mit seinen kühnen Visionen eines Lebens im großen Stil eingefangen. Mammon, gesellschaftlicher Glanz und Luxus ohne Ende – was war ich schon dagegen mit meinen brotlosen Dichtern und den Philosophen, die von einer besseren Welt träumten? Ein Narr. Ein Bücherwurm. Ein gewissenhafter, aber leider stockbiederer Jurist mit einem steifen Bein. Sogar unser eigener Vater hat ihr zu Friedrich geraten, seinem strahlenden Ältesten, der die Menschen so gut um den Finger wickeln kann. Doch das Schicksal hat es anders gewollt. Mein Bruder konnte mir die geliebte Frau zwar wegnehmen, aber sie dauerhaft glücklich machen, das konnte er nicht.»

Ihre Blicke trafen sich, und Rike sah, wie sein Gesicht sich veränderte.

«Hätte Alma sich sonst nach anderen Männern umsehen müssen?», fuhr er fort und sah dabei so verletzt aus, dass sie es kaum ertragen konnte. «Sie könnte noch leben. Und genau das werde ich ihm bis zum letzten Atemzug übelnehmen.»

«Und Tante Lydia?», musste sie einfach weiterfragen. «Wenn du Mama geliebt hast, war deine Frau dann nur eine Notlösung?»

«Ach, Kind», sagte er wehmütig. «Eure Jugend haben wir euch gestohlen. Was wisst ihr schon vom Leben?»

Noch nie zuvor hatte Rike ihn so offen über sich sprechen hören. Carl schienen diese Enthüllungen über die Maßen erschöpft zu haben, denn er ging zum Wasserhahn und drehte ihn auf.

Sinnlos, wollte sie schon rufen, da kommt doch nichts!

Aber zu ihrer Überraschung begann ein bräunliches Rinnsal zu tröpfeln, das langsam stärker und immer klarer floss, je länger er es laufen ließ.

«Willkommen zurück in der Zivilisation», sagte Carl, nachdem er sich Hände und Gesicht benetzt hatte. «Wenn sich nur alles so leicht abwaschen ließe wie ein bisschen Dreck! Jetzt arbeiten also auch die Wasserwerke wieder. Gas und Elektrizität gibt es zumindest stundenweise. Zahlreiche Kinos haben ihren Betrieb wiederaufgenommen; überall in der Stadt finden Konzerte und Theatervorführungen statt. Zeitungen werden gedruckt, und der Rundfunk sendet viele Stunden am Tag. Bald werden sogar die Schulen aufmachen. Und an der Wiederherstellung der U- und S-Bahn-Linien wird emsig gearbeitet. Hätte nach geltendem Kriegsrecht alles nicht passieren müssen, geschieht aber doch. Das predige ich all denen, die trotzdem noch unzufrieden sind. Ich finde, Stadtkommandant Bersarin und seine Leute machen ihre Arbeit gar nicht so übel!»

«Kennst du ihn persönlich?», wollte Rike wissen.

«Kennen wäre maßlos übertrieben. Ich bin ihm zusammen mit anderen begegnet, und wir haben mit Hilfe eines Dolmetschers ein paar freundliche Worte gewechselt. Der Kommandant von Berlin hat Wichtigeres zu tun, als sich mit arbeitslosen Nachtwächtern abzugeben.»

«Aber das bleibst du doch sicherlich nicht», sagte Rike. «Wirst du wieder als Jurist arbeiten?»

Carl zog die Schultern hoch.

«Das Einzige, was ich gelernt habe. Bedauernswerterweise kann ich weder singen noch schauspielern, sosehr mich die schönen Künste seit jeher angezogen haben. Ich wäre ein lausiger Maler, und obwohl ich Lyrik liebe, liest sich leider alles ziemlich trocken, was ich zu Papier bringe. Augenblicklich schlage ich mich mit diesem und jenem durch. Aber sollte man meine Dienste tatsächlich für einen Neuanfang benötigen, so würde ich …»

Er brach ab, wieder einmal. Zu viel von sich preiszugeben lag ihm einfach nicht.

Für einen Augenblick wurde es ganz still in der Küche.

«In Babelsberg gab es ebenfalls jede Menge Zwangsarbeiter», fuhr Carl nach einer Weile fort. «Und sie wurden dort genauso mies behandelt wie anderswo im Deutschen Reich. Ich habe von meinem Pförtnerhäuschen aus zugeschaut, obwohl sich in mir alles dagegen empört hat. Aber ich war feige, Rike, viel zu feige, um den Mund aufzumachen oder erst recht etwas Vernünftiges für sie zu tun. Ja, ich bin von Anfang an gegen die Nazis gewesen und im Herzen ein Antifaschist, aber gewiss kein aktiver Widerstandskämpfer. Das ist die traurige Wahrheit.»

«Na gut, dann wart ihr eben alle beide keine Helden», erwiderte Rike. «Weder du, der Zuschauer wider Willen, noch dein Bruder, der Mitläufer aus geschäftlichem Kalkül. Aber jetzt sitzt er hinter Gittern, und du bist frei, das ist der entscheidende Unterschied. Jetzt kannst du zum Helden werden, während er auf deinen Mut und deine Unterstützung angewiesen ist. Wir brauchen Papa dringend zurück, und zwar alle miteinander, Silvie, ich, Claire und die kleine Flori sowieso. Ich flehe dich also an in Mamas und in unser aller Namen …»

«Wie hieß diese russische Offizierin in der Villa noch einmal?», unterbrach er sie jäh. «Petrowa?»

«Natalia Petrowa. Weshalb fragst du?»

«Ich muss los.» Er war schon halb aus der Tür. «Beim nächsten Mal werde ich versuchen, Mehl und ein paar andere Zutaten aufzutreiben, damit ihr euch Eierkuchen backen könnt. Ihr hört von mir!»

○ ○ ○

Ein paar Tage später war Silvie zu Beginn der Sperrstunde noch nicht zu Hause. Rike hatte schon den ganzen Abend über ein seltsames Gefühl gehabt und ihre Schwester nur äußerst ungern in die laue Juninacht losziehen lassen. Zu ihrem Bolero trug sie ein weißblaues Kleid mit kornblauen Saumlitzen, das Miri aus einem alten Bettbezug genäht hatte; an den Füßen hatte Silvie die weißen Sandalen, über deren Herkunft sie nichts verraten wollte.

Natürlich war sie wieder mit Dariusz unterwegs, vorausgesetzt, es gab nicht noch einen weiteren Galan, den Silvie aus gutem Grund bisher unterschlagen hatte. Claire und Flori hatten sich nach der letzten Gassirunde mit Taps längst ins Schlafzimmer verzogen, nur Miriam harrte noch bei ihr aus.

«Sie ist kein Kind mehr», versuchte sie Rike zu beruhigen, als diese immer nervöser wurde. «Deine Schwester hat Hummeln im Hintern. Das weißt du, und daran wirst du nichts ändern können.»

«Aber wenn sie in Gefahr gerät? Oder irgendwelche Dummheiten anstellt? Sie wird noch schwanger nach Hause kommen. Oder über kurz oder lang als Amüsierdame in einer üblen Russenbar landen!»

«Durchaus möglich», räumte Miriam ein und legte die Bluse beiseite, an der sie bislang gestichelt hatte. «Aber selbst wenn: Es ist ihr Leben, Rike. Silvie wird es genau so führen, wie sie es für richtig hält. Schließlich bist du nicht …»

«… ihre Mutter, ich weiß.» Rike trank einen Schluck von dem dünnen Pfefferminztee und schüttelte sich, weil sie viel mehr Lust auf eine kühle Berliner Weiße mit Schuss gehabt hatte. «Aber sie ist so unstet, so sprunghaft, das macht mich noch ganz kirre. Den einen Tag will sie zum Film, den nächsten möchte sie Rundfunksprecherin werden oder plötzlich Drehbücher schreiben, das sind doch lauter Hirngespinste. Lernen soll sie endlich etwas, und zwar von der Pike auf. Du kannst nähen, ich kann einigermaßen rechnen, aber unsere Silvie kann bislang nichts als nur schön sein!»

«Darüber wäre so manche junge Frau überglücklich», warf Miriam ein.

«Ja, aber in ihr steckt so viel mehr! Papa hat sie von Anfang an zu sehr verwöhnt. Ich weiß nicht einmal, ob Mama sie positiv beeinflussen könnte, wäre sie noch am Leben. Denn in meinen Erinnerungen hatte sie immer schrecklich viel mit sich selbst zu tun.»

«Es wird höchste Zeit, dass du sie endlich loslässt. Ich weiß, wie schwer das für dich ist. Gerade deshalb solltest du es angehen», sagte Miriam.

«Silvie?»

«Deine Mutter. Und glaube mir, ich weiß sehr genau, wie schwierig das ist.»

Im Schein der Küchenlampe wirkte ihr Gesicht auf einmal sehr erwachsen. Plötzlich konnte Rike sich vorstellen, wie Miriam in dreißig, vierzig Jahren aussehen würde.

«Wir sollen sie – vergessen?», fragte sie ungläubig. «Unsere Mütter?»

«Natürlich nicht! Sie werden immer bei uns sein. Und trotzdem dürfen wir uns nicht krampfhaft an das Gestern klammern. Sie sind tot, wir aber leben, und dazu brauchen wir beide Hände, ohne dass eine sich immer hinten festhält. Wenn wir nicht an die Zukunft glauben, werden wir auch keine haben.»

Rike begann an ihrer ramponierten Nagelhaut zu zupfen.

«Wie könnte unsere Zukunft schon aussehen?», sagte sie mutlos. «Früher, da hatte ich immer einen Plan. Doch seitdem ich Tag für Tag diesen endlosen Schutt schippe, ist alles vor mir nur noch trübe und verschwommen.»

«Ich hab dich neulich mit deinem Onkel reden hören», sagte Miri. «War natürlich keine Absicht, ich wollte euch beide wirklich nicht belauschen, aber hier kriegt man eben jedes Räuspern mit …»

«Schon in Ordnung», sagte Rike.

Hatte sie sich verraten – und damit auch ihren Vater? Nein, beruhigte sie sich wieder. Bis auf Carls Geständnis über die Gefühle für ihre Mutter war kein Wort gefallen, was nicht für fremde Ohren bestimmt gewesen wäre. Und selbst wenn, Miriam konnte Geheimnisse für sich bewahren, das wusste Rike.

«Es ging um Stoffe in Potsdam. Ihr habt einige Vorräte retten können?»

«Haben wir», sagte Rike. «Offenbar sind sie sogar unversehrt geblieben. Man müsste sich natürlich vor Ort vergewissern …»

«Und warum haben wir das nicht längst getan?»

«Weil der Krieg gerade erst zu Ende ist und die Menschen wahrlich andere Sorgen haben, als an Kleidung zu denken?»

«Unsinn! Frauen wollen immer schön sein, erst recht nach schlimmen Zeiten. Alle haben sie gelitten und gedarbt und die Schnauze davon inzwischen gründlich voll. Jetzt wollen sie leben, dem ganzen Schrecken eine lange Nase zeigen – in modischen Kleidern! Wir hätten ihnen so viel mehr zu bieten als alte Armeedecken oder umgearbeitete Uniformjacken, geschweige denn gewendete Nazifahnen. Neue Stoffe, was für ein Wahnsinn! Sie werden uns lieben, werden uns alles aus den Händen reißen, was wir anbieten – mit ihren letzten Kleidermarken und dem Ersparten aus dem Stopfstrumpf. Das sind unsere neuen Kunden, Rike! Und zwar die der allerersten Stunde, die uns auch später niemals vergessen. Weitere werden ihnen folgen, viele, ganz, ganz viele. Vom Schwarzmarkt ganz zu schweigen, auf dem wir viele tolle andere Waren damit eintauschen können …»

«Aber wie sollen wir das anstellen?», fragte Rike, die mit einem Mal eine Spur zuversichtlicher klang. «Unser Kaufhaus ist eine Ruine. Wir haben weder Schaufenster noch Verkaufsflächen.»

«Dann schaffen wir eben welche! Einstweilen zeigen wir alles direkt an der Frau. Die erste Modenschau im Frieden. Wäre das nicht knorke? Und weißt du auch, wo sie stattfinden wird?»

Rike schüttelte den Kopf.

«Na, vor euren Loren. Direkt zwischen den Trümmerhaufen! Wir legen Planken aus, die sind der Laufsteg, über den dann die Mannequins laufen. Eure Kolleginnen werden die Ersten sein, die sich darum reißen – und sie erzählen es weiter, darauf kannste wetten: Schwestern, Müttern, Freundinnen, Nachbarinnen. Halb Charlottenburg wird da sein, wirst schon sehen!»

Erhitzt schob Miriam sich die Locken aus dem Gesicht. Der dunkle Scheitel wurde immer breiter. Das platinblonde Gift, das sie so lange spielen musste, um zu überleben, würde bald schon der Vergangenheit angehören. Wie stark sie war, wie mutig! Und hatte doch so viel Schlimmes erleben müssen.

«Welche Mannequins?», fragte Rike irritiert.

«Silvie, Claire, du, wer sonst? Ich denke, wir können sogar Flori für gewisse Modelle einspannen. Und ein paar mehr rekrutieren wir unter euren Kolleginnen – natürlich nur die allerhübschesten!»

«Du bist ja vollkommen meschugge!»

«Genau das hat Mama auch immer gesagt.» Miriams Stimme war plötzlich ganz zittrig. «Und danach hat sie mich an die Nähmaschine gescheucht, damit ich mein Talent am Stoff austobe.»

Rike hatte schließlich die Küche geräumt, damit Miri dort auf dem ramponierten Sofa, das einer der Nachbarn an sie abgetreten hatte, endlich zur Nachtruhe finden konnte. Für sie war an Schlaf nicht zu denken, zu wild kreisten ihre Gedanken, um Silvie, die tote Mutter, den eingesperrten Vater, aber auch um die Potsdamer Stoffe und die neuen Kleider, die daraus entstehen sollten.

Ja, was Miriam ihr heute vorgeschlagen hatte, war eine Art Neuanfang, wenngleich anders, als sie ihn sich vorgestellt hatte – grober, einfacher, aber direkter. Seit Rike zum ersten Mal vor der Ruine des Kaufhauses Thalheim

90

am Ku'damm gestanden hatte, träumte sie davon, es eines Tages wieder aufzubauen. Daran war momentan natürlich nicht zu denken, aber es konnte gelingen, das sagte ihr ein inneres Gefühl, auch wenn zuvor noch viele Hindernisse zu bewältigen waren. Und bis dahin würden sie im Kleinen beginnen.

Sie mussten nach Potsdam, die Stoffe besichtigen und sie dann irgendwie nach Berlin transportieren. Aber wo sie anschließend lagern? Das Material musste greifbar sein, denn ein ständiges Hin und Her würde zu viel Zeit und Kraft kosten. Erneut kam ihr der Speicher in den Sinn, wo sie einen einigermaßen großen Abstellraum besaßen und notfalls auch noch Nachbarn um die Benutzung ihrer Abteile bitten konnten. Natürlich müsste alles erst von Grund auf gesäubert werden, das war lästig, aber machbar. Außerdem brauchten sie mehr Schneiderinnen und natürlich auch weitere Nähmaschinen, auf denen diese arbeiten konnten.

Woher sollten sie dies alles nehmen? Eine große Aufgabe lag vor ihnen.

Inzwischen war Rike hellwach, hatte das Bett verlassen und lief rastlos in dem kleinen Zimmer auf und ab. Das Geheimnis, von dem nicht einmal Claire wusste, drückte sie immer heftiger. Im Potsdamer Lager war viel mehr versteckt als nur Stoffrollen. Ein enormes Risiko, das ihr Vater und sie nach endlosen Diskussionen schließlich eingegangen waren – aber wo hätte man im Inferno der letzten Kriegsjahre Wertvolles sonst unterbringen können? Silvie, die Hungern noch mehr verabscheute als Rike, würde sie in der Luft zerreißen, wenn sie davon erfuhr, aber diese eiserne

Reserve war eben für Investitionen gedacht und nicht zum Sattwerden.

War jetzt schon der richtige Zeitpunkt, um darauf zurückzugreifen?

Rike legte sich zurück aufs Bett, um weiterzugrübeln, und musste irgendwann doch eingeschlafen sein, denn als sie die Augen wieder aufschlug, war es hell, und Silvie saß neben ihr.

«Wie siehst du denn aus?», fuhr sie hoch. Ein Veilchen prangte in Silvies Gesicht, die Beine waren zerschrammt, die Lippen blutig! «Dein schönes neues Kleid ist ganz zerrissen. Wo kommst du überhaupt jetzt erst her? Von einer Prügelei?»

«Bersarin ist tot», erwiderte Silvie. «Da ist die Volkspolizei ziemlich durchgedreht.»

«Tot?», wiederholte Rike ungläubig.

«Mausetot. Mit einer Zündapp beim Tiergarten in eine Lastwagenkolonne gerast. Deshalb haben sie wohl auch bei einer Razzia an der Schwarzen Börse so viele festgenommen. Ich dachte schon, die kommen nun alle in die Rote Burg am Alexanderplatz, aber die ist ja auch nur noch ein wüster Steinhaufen.»

Sie kicherte, während Rike vor Zorn innerlich zu beben begann.

«Finde ich kein bisschen lustig», sagte sie, mühsam beherrscht. «Ganz im Gegenteil. Wir machen uns riesige Sorgen, weil dir wer weiß was passiert sein könnte, und du amüsierst dich königlich!»

«Aber wir sind doch gerade noch rechtzeitig abgehauen, Dariusz und ich», sagte Silvie, schon ein wenig kleinlauter. «Obwohl wir nur ein Fahrrad hatten. Er ist geradelt wie ein

Verrückter. Deshalb sind wir dann ja auch hingefallen. War nicht weiter schlimm, nur ein paar Schrammen und eben der Schreck. Aber nach Hause konnte ich dann nicht mehr. War ja schon nach der Sperrzeit ...»

«Du hast bei ihm übernachtet?»

Silvie begann verlegen mit einer blonden Strähne zu spielen.

«Wo sollte ich sonst hin? War ja auch viel näher als nach Hause. Und wenn du jetzt wissen willst, ob ich mit ihm geschlafen habe ...»

Rike stand auf.

«Erspar mir das bitte! Du bist volljährig und damit für dich selbst verantwortlich. Aber ich habe keine Lust, deinetwegen vor Sorgen halb verrückt zu werden. Auf dich kann man sich einfach im Ernstfall nicht verlassen. Das muss sich ändern, liebe Schwester. Solange du hier lebst, beachtest du gefälligst gewisse Regeln, verstanden?»

«Und die bestimmst allein du», erwiderte Silvie, halb aufsässig, halb schuldbewusst, «Fräulein Oberwichtig, die alles weiß und niemals einen Fehler macht.»

«Die Sperrstunde für Deutsche haben die Sowjets festgelegt. Ich erwarte von dir, dass du sie künftig einhältst.» Es war Rike gelungen, einigermaßen ruhig zu antworten, und sie war froh darüber.

Die Schwestern starrten sich schweigend an.

«Und wenn nicht?», sagte Silvie schließlich.

«Dann solltest du dir eine neue Bleibe suchen. Mit allen Konsequenzen.» Rike musste plötzlich an das denken, was Miri gestern gesagt hatte, und rang sich ein halbes Lächeln ab, um die Situation wieder etwas zu entspannen. «Und jetzt sieh zu, dass du in deinen Blaumann steigst, sonst kommen wir noch zu spät! Witwe Lemke hat dich ohnehin auf dem Kieker.»

Der Tag an den Loren schleppte sich noch mühsamer dahin als sonst. Heute war keine der Frauen in Arbeitsstimmung, denn die Nachricht vom überraschenden Tod des Kommandanten hatte sich wie ein Lauffeuer verbreitet.

«Vielleicht war es ja gar kein Unfall.» Die rote Usch, die immer alles besser wusste, biss in ihr dünn belegtes Brot und legte dabei die Stirn in Falten. «Vielleicht war er denen in Moskau zu mild mit uns, deshalb haben sie ihn kurzerhand elegant entsorgt. Und der, der jetzt nach ihm anrauscht, bringt erst recht die Eiszeit nach Berlin!»

«Ein Unfall auf offener Straße? ‹Elegant› nenne ich was anderes», protestierte Pauline, die einen kleinen Schrebergarten hatte und unter der Hand Gemüse verkaufte. «Den hätten sie doch viel unauffälliger beseitigen können, mit Gift beispielsweise, schön still und leise in seiner Wohnung, wenn sie so etwas vorgehabt hätten. Außerdem hab ich gehört, dass die Tage der sowjetischen Alleinherrschaft über Berlin gezählt sein sollen. Angeblich rücken schon ganz bald die westlichen Alliierten an, Amis, Briten und Franzosen. Die wollen jetzt auch alle was vom Kuchen abhaben.»

«Na, ob das dann wirklich besser für uns wird?», wandte Usch ein.

«Garantiert!», versicherte Gretel, die aus Bayern stammte und noch immer unter argem Heimweh litt. «Ich habe von daheim gehört, dass die amerikanischen GIs in München Kaugummis und Schokolade an die Kinder verteilt haben, als sie mit ihren Panzern in die Stadt gerollt sind. Das gab's doch hier in Berlin nirgendwo, ganz im Gegenteil! Geschossen haben sie bis zur allerletzten Minute; sogar nach der Kapitulation kam es noch zu Toten und Verletzten ...»

«Kommt ganz darauf an, wo du wohnst», sagte Pauline. «Ich kenne da jemanden im Einwohnermeldeamt, der hat mir das geflüstert. Angeblich wird es vier Sektoren geben: Der Osten Berlins soll bei den Russen bleiben, den reichen Süden schnappen sich die Amis, der Westen kommt zu den Briten und das, was noch übrig bleibt, kriegen dann die Franzosen.»

Der Westen kommt zu den Briten.

Ein Satz, beiläufig hingesagt, den Rike bis zum Abend nicht mehr aus dem Kopf bekam. Der Westen Berlins, das waren Spandau, Wilmersdorf, Charlottenburg, Tiergarten – das waren *sie*! Dann würden vermutlich auch die Russen aus der Villa abrücken, denn das Westend gehörte ebenfalls zu Charlottenburg.

Sie zwang sich, ruhig zu bleiben. Niemand wusste, wo die Grenzen am Ende verlaufen würden. Lieber erst abwarten, damit die Enttäuschung nicht zu groß wurde.

Trotzdem musste sie den ganzen Heimweg lang daran denken. Silvie und Claire wollten heute den kargen Einkauf übernehmen, Miriam und Flori waren im Umland beim Hamstern, umgenähte Schürzen als Gegengeschäft im Rucksack, das schenkte ihr ein paar Augenblicke für sich selbst.

Doch vor dem Haus parkte Carls schwarze Zündapp, und er selbst stand wartend vor der Tür.

«Heute mal ausnahmsweise mit leeren Händen», sagte er,

während sie Seite an Seite die Treppen hinaufstiegen. «Oder vielleicht doch nicht so ganz. Ich hätte da vielleicht eine Überraschung. Aber zuerst müssen wir uns kurz unterhalten.»

«Bersarin ist tödlich verunglückt», sagte Rike, als sie zusammen am Küchentisch saßen. «Die ganze Stadt spricht von nichts anderem. Wird nun alles noch schlechter für uns?»

«Das weiß ich nicht», erwiderte er. «Niemand weiß das. Aber der Kommandant hat vor seinem Tod alles in gute Bahnen geleitet. Ich kann mir nicht vorstellen, dass sein Nachfolger das wieder zerschlägt.»

«Und wenn die westlichen Alliierten anrücken?»

«Das weißt du also auch schon», sagte Carl. «War eigentlich Teil meiner Überraschung, aber umso besser. Ja, sie werden kommen, bis Anfang Juli sogar schon, wie es heißt. Es wird eine große Konferenz in Potsdam geben, und dann ist Berlin in vier Sektoren unterteilt. Ihr …»

«… wir gehören ab da zu den Briten. Auch die Villa im Westend. Ist das wirklich wahr?» Gespannt hing Rike an seinen Lippen.

«So heißt es zumindest bislang. Genau deswegen bin ich hier. Es gäbe da eventuell eine Möglichkeit, Fritz aus seinen Schwierigkeiten zu befreien. Risikoreich, das muss ich hinzufügen.»

«Und welche? Heraus damit, Onkel Carl!» Rike hing vor Anspannung halb über dem Tisch.

«Die Sowjets brauchen dringend Geld», erwiderte er. «Ihr riesiges Land ist verbrannt, die Industrie liegt darnieder. Sie haben alles in den Kampf gegen Nazideutschland investiert,

Menschen, Güter, Technologie, einfach alles. Es wird Jahrzehnte dauern, viele, viele Jahrzehnte, bis sie sich wieder davon erholt haben. Natürlich reden sie nicht öffentlich darüber. Denn zum Kommunismus passt es ja eigentlich nicht. Aber sie sind an Zahlungen jeder Art sehr interessiert. Das hat man mich wissenlassen.»

«Wir haben Geld», erwiderte Rike.

«Ich weiß. Aber bis das Bankgeschäft wieder floriert ...»

«Bares», unterbrach sie ihn. «Rasch verfügbar. Wie viel brauchen wir?»

«Du verblüffst mich immer wieder, Rike.» Seine Augen begannen zu leuchten. «Wie viel? Das soll dir besser jemand anders sagen. Sie wartet draußen.»

«Sie?»

Er nickte und ging hinaus. Kurz darauf kam er mit einer schlanken Frau in dunkelgrüner Offiziersuniform in die Küche zurück, die Rike bestens bekannt war.

«Kapitan Petrowa war so freundlich, sich in dieser heiklen Angelegenheit als Vermittlerin zur Verfügung zu stellen», sagte Carl. «Falls Sie Platz nehmen wollen ...»

«Nicht nötig.» Die Eisaugen flogen blitzschnell durch den Raum, schließlich hefteten sie sich auf Rike. «Wir wollen keine Zeit verlieren.»

Und dann nannte sie die geforderte Summe.

Durchaus beachtlich, schlichtweg unerreichbar für die allermeisten besiegten Deutschen. Für die Trümmerarbeit wurden den Frauen 60 Pfennig Stundenlohn bezahlt, plus der Einordnung als Schwerarbeiter auf der Lebensmittelkarte. Und dennoch war die Forderung nicht ganz so hoch, wie Rike insgeheim befürchtet hatte.

«Das wäre machbar», sagte sie knapp. «Und wie sieht es mit Sicherheiten aus?»

«Sicherheiten?» Die Russin stieß ein kurzes Lachen aus. «Sie sind wahrlich nicht in der Position, um Bedingungen zu stellen.»

«Die brauche ich aber. Was, wenn mein Vater gar nicht mehr am Leben ist? Wenn Sie ihn während der Haft misshandelt haben ...»

«Er lebt und ist in ordentlichem Zustand. Mein Wort muss genügen.» Es gab einen kurzen Blickwechsel mit Carl, der Rike irritierte. Machten die beiden etwa gemeinsame Sache, oder war da etwas anderes zwischen ihnen? Ihr Onkel war äußerst empfänglich für weibliche Reize, aber galt das auch für Natalia Petrowa? «Sind Sie nun einverstanden, oder soll ich gehen?»

Innerlich sprang Rike über alle Hürden. Diese Gelegenheit ungenutzt verstreichen zu lassen, würde sie ein Leben lang bereuen.

«Bin ich», sagte sie. «Übermorgen könnte ich Ihnen die Summe aushändigen.»

Petrowas dunkle Brauen schnellten nach oben. «So spät?»

«Schneller geht es leider nicht.»

«Meinetwegen. Ich komme her, um das Geld abzuholen. Gleiche Zeit. Sorgen Sie dafür, dass wir ungestört sind. Behalten Sie vor allem unseren Handel für sich. Das muss ich in aller Eindringlichkeit verlangen. Sonst ...»

Etwas Unheilvolles schwang im Raum.

«Und wann kommt mein Vater frei?» Am liebsten hätte Rike geschrien.

«Vierundzwanzig Stunden später. Genosse Thalheim wird sich darum kümmern.»

Es gab keine Gelegenheit mehr, sich mit Onkel Carl abzusprechen, denn die beiden verließen gemeinsam die Wohnung. Für einen Moment fühlte Rike sich ganz benommen.

Was hatte sie da nur eingefädelt? Wenn die Russin sie über den Tisch zog und der Vater trotzdem gefangen blieb, klaffte ein riesengroßes Loch in der eisernen Reserve – ganz umsonst.

Doch wenn es klappte, war er frei. *Frei!*

Langsam konnte sie wieder gleichmäßig atmen.

Jetzt musste sie nur noch irgendwie nach Potsdam gelangen. Carl wollte sie nicht fragen, Dariusz mit seinen diversen Beziehungen nach der gestrigen Nacht ebenso wenig. Der einzig Motorisierte, den sie sonst kannte, war Erwin Brose. Nachdenklich stellte sie sich vor den kleinen Spiegel, den Silvie im Badezimmer aufgehängt hatte.

Mit ihrem Aussehen war momentan wahrhaft kein Staat zu machen, aber wenigstens schienen die Haare unter dem Tuch einigermaßen sauber geblieben, und ihre Zähne waren noch immer weiß. Sie kniff sich in die Wangen, damit sie rosiger aussahen, und fuhr sich mit der Zunge über die Lippen.

Plötzlich musste sie über sich selbst grinsen.

Brose sah sie seit Wochen jeden Tag im Blaumann, wenn sein Laster abends den Schutt abtransportierte, ohne dass sie sich auch nur ein einziges Mal etwas dabei gedacht hätte. Aber jetzt wollte sie etwas von ihm, das war der gravierende Unterschied. Männer hatten es gern, wenn die Frauen hübsch waren, die sie um etwas baten, das hatte schon ihre

Mutter gesagt, und nicht einmal der Krieg hatte daran etwas geändert.

Sie ging nach nebenan, öffnete den ersten Koffer, schließlich den zweiten, doch alles Kramen und Herumwühlen machte sie nicht glücklicher. Miriam hatte recht – mit jedem Wort. Die Kleider von früher hatten inzwischen ihren Schick verloren. Höchste Zeit, dass etwas Neues entstand!

Notgedrungen entschied Rike sich schließlich für ein grauweißes Modell, das nicht ganz so verknittert war. Dazu zog sie Silvies Bolero an, dem der Vortag ein paar dunklere Schlieren verpasst hatte, aber es schmeichelte zumindest ihrem Teint. Die Sommerschuhe waren leider ausgelatscht, daran ließ sich auf die Schnelle nichts ändern, denn Leder war im Krieg zur Mangelware geworden. Sie musste Brose eben ablenken, damit er nicht auf die Füße starrte. Am besten schaute er überhaupt nicht zu weit nach unten. Denn von Seidenstrümpfen konnte sie nur träumen, und die aufgemalte Naht auf den nackten Beinen, zu der viele Frauen jetzt notgedrungen griffen, fand sie einfach nur dämlich.

Sie wollte gerade aus der Tür, als Silvie und Claire mit den Einkäufen nach Hause kamen.

«Mein neues Bolero, wenn ich mich nicht irre», sagte Silvie. «Gefragt hast du zwar nicht, aber ich borge es dir trotzdem gern. Steht dir eigentlich gar nicht so schlecht. Ich hoffe nur, es bringt dir Glück!»

«Das hoffe ich auch», erwiderte Rike. «Denn Glück können wir alle jetzt verdammt gut gebrauchen.»

◦ ◦ ◦

«Wir sind da», sagte Miriam, als sie keinerlei Anstalten machte, auszusteigen. «Das muss die alte Weberei sein, von der du erzählt hast.»

Rike, die während der Fahrt die Augen geschlossen hatte, um ihre innere Unruhe zu verbergen, war plötzlich hellwach.

«Gebt mir ein paar Augenblicke», sagte sie, an Miri und Antek gewandt, der Broses Laster nach Potsdam gefahren hatte. «Ich hole euch dann nach.»

Die Schlösser waren unversehrt und ließen sich ebenso leicht öffnen wie beim letzten Besuch. Und ja, es roch nach Stoff, das hatte Rike sofort in der Nase, als sie die Lagerhalle betrat und den ersten Staub weggehustet hatte. Mochten die beiden da draußen ruhig denken, sie verlöre sich in nostalgischen Gefühlen – in Wahrheit hatte sie etwas ganz anderes vor. Zielstrebig ging Rike auf das mittlere Regal zu und schob die eingewickelten Stoffballen zur Seite. Es war kein echter Tresor, der sich dahinter verbarg, dafür hatte die Zeit damals nicht gereicht, und zu oft hatten sie auch nicht wiederkommen wollen, um bloß keinen neugierig zu machen, aber die Ziegel ließen sich verschieben, und dahinter …

Rike stieß einen Seufzer der Erleichterung aus.

Da lag er, der Barschatz der Thalheims, geparkt für einen ersten Neustart nach Kriegsende. Sie packte das erste Jutebündel, öffnete es und griff hinein. Geld – nach all der Zeit des Mangels fühlte es sich richtig seltsam an, wieder mehrere Scheine auf einmal zu berühren. Rike nahm ein paar heraus und steckte sie sich in die Brusttasche. Dann überprüfte sie den Inhalt der anderen Jutebündel und verstaute sie anschließend in ihrem Rucksack. Papas Plan, an dem sie damals lange gezweifelt hatte, war goldrichtig gewesen. Mit dem, was nach dem Kopfgeld noch übrig sein würde, ließe sich durchaus etwas anfangen.

Rike verschloss das Versteck wieder und arrangierte die verhüllten Ballen unauffällig. Jetzt lastete die Bürde des Geheimnisses noch schwerer auf ihr, denn sie trug sie buchstäblich auf dem eigenen Buckel.

Auch die Seidenteppiche waren noch da, zwei dicke Juterollen, deren Anblick sie erleichterte. Aber sie musste sich ja auch noch vergewissern, wie es den Stoffen ergangen war. Sie schob ein paar Hüllen zurück. Sie wirkten blasser als in ihrer Erinnerung, doch auf die Schnelle konnte sie weder Mäusefraß noch sonst irgendeinen Ungezieferbefall erkennen. Und wenn einiges doch gelitten hatte, so musste man damit leben.

Noch einmal tief ausatmen, dann ging sie zurück zur Tür und schob sie auf.

«Ich wäre dann so weit», sagte sie. «Wir können loslegen.»

Gemeinsam mit Miriam und Antek trug sie die Stoffballen in den Laster, er schleppte die Teppiche hinaus, dann verschloss Rike das Tor zur Weberei wieder, und sie fuhren zurück nach Berlin.

«Bin schon sehr gespannt, wie sauber Claire und Silvie den Speicher bekommen haben», sagte Miriam, als die Bleibtreustraße immer näher kam. «Lena wollte ihnen dabei zur Hand gehen. Die kann übrigens auch ziemlich gut nähen. Und sie braucht dringend Geld.»

«Welche Lena?» Rike fuhr aus ihren Gedanken hoch.

«Lena Eisenhardt aus dem dritten Stock. Ihr Mann ist

während der Ardennenoffensive gefallen. Jetzt muss sie zwei kleine Kinder allein durchbringen. Wenn sie für uns näht, könnte sie zu Hause bei ihnen bleiben.»

«Ihre Wohnung hat früher den Liepmanns gehört», sagte Rike. «Oma Frida hat immer mit ihnen Bridge gespielt.»

«Ich weiß», sagte Miriam. «Und mein Herz blutet, wenn ich an sie denke. Aber können Lenas Kinder etwas dafür? Und wir brauchen doch tüchtige Näherinnen!» Sie stupste die Freundin in die Seite. «Was ist eigentlich los mit dir? Du bist heute so komisch, Rike.»

Weil ich das Kopfgeld für meinen Vater im Rucksack habe – und noch viel mehr, dachte sie. Und mit keinem darüber sprechen darf.

«Nur ein bisschen müde», sagte sie matt. «Das ist alles.»

Antek, der neben ihr am Steuer saß, legte ihr plötzlich ein Stück Papier in den Schoß.

«Was ist das?», fragte Rike.

«Brief von Dariusz», sagte Antek.

Sie faltete das Blatt auf.

«*Ty jeteś Tadna dziewceyna Silvie …*» Sie sah ihn an. «Leider verstehe ich kein Wort. Ist das Polnisch?»

«Polnisch», bestätigte er. «Schwere Sprache – schwer wie Deutsch. Vielleicht noch mehr.»

«Für Silvie?» Das war das Einzige, was sie verstanden hatte.

Er nickte.

«Warum auf Polnisch? Und warum gibt er ihn ihr nicht persönlich?»

«Kann nicht. Ist weg. Nach Hause. Und polnisch, weil schwierig. Schämt sich vielleicht.»

«Dariusz hat Berlin verlassen?»

Abermals Nicken.

«Dann musst du ihr den Brief geben», sagte Rike. «Und auch übersetzen. Denn ich kann kein Polnisch, und mir würde Silvie das niemals verzeihen. Tust du das für deinen Freund?»

Antek starrte nach vorn.

«*Tak*», sagte er schließlich resigniert. «Freund? Na ja. Dariusz immer Freude, Antek immer Arbeit.»

«Das Leben kann manchmal ganz schön gemein sein», sagte Miriam. «Danke, dass du uns gefahren hast, Antek!» Sie schaute zu Rike. «Ich möchte ja zu gern wissen, wie du diesen Brose dazu gebracht hast, dir seinen Laster plus Fahrer auszuleihen.»

Möchtest du nicht, dachte Rike. Nur noch einen einzigen Schritt – und ich hätte Erwin Brose eine gescheuert. Aber ich musste ja lieb sein. Deshalb hab ich seine schmierigen Avancen ertragen. Wenn er jetzt allerdings glaubt, dass ich abends mit ihm im Tiergarten spazieren gehe und mich von ihm im Dunkeln angrabschen lasse, dann hat er sich geschnitten.

«Ein netter Mensch», sagte sie. «Zum Glück sind ja noch nicht alle von dieser Sorte ausgestorben.»

Sie luden die Stoffe vor der Bleibtreustraße aus und trugen sie nach oben in den Speicher, der vor Sauberkeit regelrecht glänzte.

«Da schaust du!», sagte Silvie strahlend, als Rike verblüfft reagierte. «Und jetzt sag nur noch ein einziges Mal, auf mich könne man sich im Ernstfall nicht verlassen!»

Wie sie allerdings die nächsten Stunden überstanden

hatte, wusste Rike später nicht mehr. In ihr war ein einziges Flattern und Ziehen, und sie war so unruhig, dass sie ständig zusammenfuhr. An Schlaf war kaum zu denken, und herunter brachte sie auch nur mit größter Mühe etwas, was sich bei der Arbeit an den Loren am nächsten Tag natürlich rächte. Sie musste immer wieder Pausen einlegen, weil ihr beim Bücken schwarz vor Augen wurde, und natürlich überraschte Brose sie exakt in einer dieser Pausen.

«So haben wir aber nicht gewettet, Fräulein Thalheim», begann er zu wettern. «Erst meine Gutmütigkeit ausnutzen und dann einen auf faule Socke machen …»

Sie entschuldigte sich, stand auf und arbeitete sofort weiter, um jedes Aufsehen zu vermeiden. Trotzdem sah sie offenbar so mitgenommen aus, dass Witwe Lemke sie energisch früher nach Hause schickte.

«Hilft doch niemandem, wenn du hier aus den Latschen kippst, Mädchen», sagte sie mütterlich. «Schmier dir 'ne ordentliche Stulle und dann sieh zu, dass du 'ne Runde Schlaf abbekommst. Morgen geht es sicher wieder besser!»

In einem fiesen Nieselregen lief Rike los und war gerade zu Hause angelangt, als auch schon die Klingel ging.

«Sie haben das Geld?», fragte Natalia Petrowa, kaum dass sie die Wohnung betreten hatte.

In der Hand hielt sie eine braune Aktentasche.

«Hier.» Rike blätterte die Scheine auf den Küchentisch. «Zwanzigtausend Mark. Ein stattliches Vermögen.»

Die Offizierin ließ sie so professionell durch ihre Finger gleiten, als zähle sie jeden Tag Geld.

«*Da*», sagte sie schließlich und verstaute alles in der Aktentasche. «Korrekt.»

«Und mein Vater?», fragte Rike.

«Morgen. Wir liefern ihn ab. Und kein Wort – zu niemandem!»

○ ○ ○

Dass Stunden so zäh verstreichen konnten!

Tausendmal lag es Rike schon auf der Zunge, und sie hätte es dem Rest der Familie am liebsten ins Gesicht geschrien.

Er kommt. Unser Warten hat schon bald ein Ende.

Doch was, wenn die Russin sie hintergangen hatte?

Dann würden die allgemeine Enttäuschung und Trauer noch größer sein. Also biss sie die Zähne zusammen und hielt weiterhin durch, obwohl es fast über ihre Kräfte ging.

Silvie hatte sich gleich nach der Arbeit heulend im Schlafzimmer eingeschlossen. Antek hatte das Schichtende abgepasst, um ihr, wie er Rike versprochen hatte, den Brief von Dariusz zu übergeben und zu übersetzen.

Du bist ein schönes Mädchen, Silvie, hatte der junge Pole geschrieben. *Aber nichts für mich …*

Doch irgendwann versiegten Silvies Tränen. Sie wischte sich die Augen trocken und kam mit hocherhobenem Haupt wieder heraus.

«Der hat mich gar nicht verdient.» Ihr Kinn bebte noch immer ganz leicht. «Sich einfach so aus dem Staub zu machen, wie feige ist das denn! Da werden andere kommen, ganz, ganz andere …»

Es wurde Abend. Dunkelheit senkte sich langsam über die Stadt, und das Zeitfenster wurde immer enger.

Sie lassen ihn doch nicht frei.

Die Verzweiflung, die sich in Rike breitmachte, wurde fast übermächtig. Blicklos starrte sie vor sich hin, hörte kaum, was die anderen redeten, die einige von Miriams Schnittmustern auf dem Küchentisch ausgebreitet hatten und Pläne schmiedeten, wie die neuen Kleider aussehen würden.

«Weite Röcke», sagte Silvie schwärmerisch. «Unbedingt! Damit man sich endlich wieder als Frau fühlen kann.»

«Also, ich hab die schmalen Silhouetten eigentlich immer gern getragen», wandte Claire ein. «Nichts macht doch schlanker und gleichzeitig femininer. In Paris wissen sie das seit Jahren. Und Stoff sparen sollten wir auch, *n'est-ce pas?* Damit unsere Vorräte möglichst lang halten.»

Flori hatte von einer der Nachbarinnen ein altes Skizzenbuch geschenkt bekommen und es schon halb mit lauter Entwürfen gefüllt.

«Bunt müssen sie vor allem sein, die neuen Kleider», verlangte sie. «Damit Berlin endlich wieder fröhlich wird …»

«Moment!», unterbrach sie Rike. «Seid mal einen Moment still. War da nicht eben ein Pochen an der Tür?»

«Also, ich hab nichts gehört. Außerdem kann man doch wieder klingeln», sagte Claire. «Und zu dieser Uhrzeit kommt bestimmt kein Besuch mehr.»

«Schau doch bitte trotzdem mal kurz nach», bat Rike mit zittriger Stimme, unfähig, selbst aufzustehen. «Würdest du das tun?»

Er könnte es sein. Er musste es sein!

«Wenn du unbedingt meinst.» Claire erhob sich und ging hinaus in den Flur.

Dann hörten sie einen spitzen Schrei und rannten ihr hinterher.

Claire hing an einem großen, dünnen Mann, an dem alles grau war – Jacke, Haar, Gesicht –, und weinte bitterlich.

«Ich bin wieder da, Kinder», sagte Friedrich Thalheim. Sein Mund verzog sich, aber erst beim zweiten Versuch brachte er so etwas wie ein verunglücktes Lächeln zustande. «Zurück aus der Hölle. Ich dachte schon, ich würde euch alle niemals wiedersehen!»

4

Berlin, Herbst 1945

Die ersten Wochen hatte er nahezu ausschließlich im Bett verbracht, bleich, müde, so gut wie teilnahmslos. Nichts konnte Friedrich Thalheim wieder zum Leben erwecken, weder die rührende Fürsorge Claires noch die liebevolle Anteilnahme seiner Töchter. Essen mochte er kaum etwas, obwohl ihm schon die Rippen unter dem alten Seemannspulli hervorstachen, den Carl ihm geschenkt hatte, selbst seinen Tee trank er nur, wenn die anderen ihn mehrfach dazu aufgefordert hatten. Sein grau melierter Bart ließ ihn noch erbärmlicher aussehen, und er ging erst in die Badewanne, wenn Claire ihm besonders energisch zusetzte.

Wo war der gewitzte Unternehmer geblieben, der sich durch nichts und niemanden aus der Bahn hatte werfen lassen? Dieses magere, ständig hustende Bündel von einem Mann war nur noch ein Schatten seiner selbst. Über das, was ihm an der Front und in den endlosen Wochen der Lindenstraße zugestoßen war, konnte oder mochte Friedrich Thalheim nicht reden, sooft Rike und Silvie auch in ihn drangen.

«Das ist nichts für eure Ohren», wehrte er ab, drehte sich um und sprach ab da erst recht kein Wort mehr.

Einzig Flori gelang es, den Schutzwall zu durchbrechen,

den er um sich gezogen hatte. Sie lümmelte sich einfach neben dem Vater auf das Doppelbett und begann zu zeichnen, als störe sie weder sein Röcheln noch das rasselnde Schnarchen, das ihre Mutter Nacht für Nacht halb in den Wahnsinn trieb. Irgendwann schenkte er ihr ein Lächeln, das sie erwiderte, um sich gleich wieder über ihr Blatt zu beugen. Taps schien diese Allianz aus Tochter und Vater zu billigen, denn er quartierte sich am Fußende ein, wo er entspannt die Tage verdöste.

Erst als das Geräusch der Singer, an der Miri mit Hochdruck arbeitete, nicht mehr nur stundenweise, sondern von früh bis spät in der Wohnung summte, kam Bewegung in Friedrich Thalheim. Er setzte sich im Bett auf und lauschte hinüber ins Zimmer der Töchter. Dort hatten sie die Bettgestelle inzwischen entfernt und im Keller zwischengelagert. Die Matratzen stellten sie tagsüber hochkant, damit Miri mehr Platz zum Nähen hatte.

Als er verstrubbelt an der Tür erschien, erschrak sie.

«Jetzt habe ich Sie gestört, Herr Thalheim», entschuldigte sie sich. «Aber diese schwarzen Schätzchen haben nun einmal ihre ganz eigene Melodie.»

Zwei Stockwerke über ihnen surrten noch zwei weitere: Lena Eisenhardt und ihre Cousine Gusti nähten dort inzwischen ebenfalls für die Thalheims.

«Wir müssen doch genügend Ware haben, wenn sie uns nach der Modenschau unsere Kleider aus den Händen reißen», sagte Miriam.

«Modenschau?», wiederholte er, als habe er das Wort noch nie gehört, dabei redeten sie doch jeden Abend von nichts anderem.

«Unser großes Ereignis», bekräftigte sie. «Wir müssen sie ja draußen veranstalten, weil alles in Schutt und Asche liegt, und dazu darf es nicht zu kühl sein. Sie wissen doch, wie windig der Herbst in Berlin sein kann. Wenn erst einmal die kalte Brise aus Osten weht ... Also gibt es nur eins: emsig nähen!»

Er sah sie lange an, dann schüttelte er den Kopf.

«Wie erwachsen du geworden bist», sagte er leise. «Deine Mutter wäre ungeheuer stolz auf dich. Dass ich sie nicht retten konnte ...» Er brach ab.

«Ich weiß», sagte Miriam. «Aber Sie haben es zumindest versucht. Das rechne ich Ihnen hoch an, und dafür werde ich Ihnen immer dankbar sein. Andere dagegen haben sich damals von uns abgewandt, als seien wir plötzlich zu Aussätzigen geworden, das hat mir schwer zugesetzt. Auch ein Grund, warum ich froh war, mich verstecken zu können.»

«Ruth Sternberg hatte Mode im Blut», sagte er. «So ein sicheres Gespür für Stoffe und Schnitte habe ich selten bei jemandem erlebt. Als Direktrice wäre sie eine der ganz Großen geworden, das weiß ich. In Frankreich oder Amerika hätten sie ihr vermutlich die Füße geküsst.» Er kam näher und hielt das Kleid, das Miriam über einen Stuhl gelegt hatte, gegen das Licht. «Sieht ganz so aus, als hättest du ihr Talent geerbt.»

«Das ist eines von Mamas Schnittmustern», sagte Miriam leise. «Ich habe es nur leicht abgewandelt, einfacher gemacht, weniger pompös, vor allem an der Schulterpartie. Das passt besser zur augenblicklichen Lage. Die Frauen wollen zwar schön sein, aber bis sie sich wieder wie Diven fühlen, wird es wohl noch eine ganze Weile dauern.»

«Die Stoffe aus dem Potsdamer Lager?», fragte er weiter, als kehre eine verloren geglaubte Erinnerung zurück.

«Rike hat sie von dort geholt», erwiderte Miriam. «Mit dem Laster von Bauunternehmer Brose und dessen polnischem Fahrer. Silvie und Ihre Frau haben in der Zwischenzeit den Speicher gewienert und ein paar weitere Abteile gleich mit dazu, die die Nachbarn uns zur Verfügung gestellt haben. Jetzt haben wir alles griffbereit. Und das ganze Haus kann die angekündigte Modenschau kaum noch erwarten.»

«Und woher habt ihr das hier?» Er zeigte auf den Karton mit Reißverschlüssen, Knöpfen und Zwirnen, die Miriam wie Kronjuwelen hütete. «Das alles gibt es doch offiziell gar nicht mehr zu kaufen!»

«Schwarze Börse», sagte sie halblaut. «Rike musste einige Stoffballen dafür opfern. Aber vor Ort verhandelt haben Ihre Frau und vor allem Silvie, weil die am härtesten von uns allen schachern kann.»

Er nickte, schien einverstanden zu sein.

«Aber was ist mit den verschiedenen Größen?», fragte er weiter. «Ihr könnt doch auf diesen paar Maschinen keine ganze Konfektion produzieren ...»

«Müssen wir vorerst ja auch nicht. Wir zeigen die Kleider an den Mannequins: Ihren Töchtern und Ihrer schönen Frau sowie an drei weiteren Kolleginnen aus dem Trümmertrupp. Die sind alle gertenschlank, so sieht es ohnehin am besten aus – wenn die Stoffe noch Luft zum Atmen haben. Na ja, und der Rest der Berliner Bevölkerung ist ja zurzeit auch nicht gerade fettleibig, mit dem bisschen, das es auf Marken so zu essen gibt. Aber für den Fall der Fälle nähe ich natürlich auch ein paar Modelle in Größe 44. Die soll dann Emma Pietsch vorführen, die blonde Perle aus dem Nachbarhaus, die erstaunlicherweise so propper geblieben ist, als hätte es nie Krieg oder Hunger gegeben.»

«Das klingt alles ziemlich durchdacht», sagte er leise. «So, als würdet ihr bestens zurechtkommen … auch ohne mich.»

«Da täuschen Sie sich aber ganz gewaltig!» Miriam sprang so temperamentvoll auf, dass ihr Hocker umfiel. «Alle hier brauchen Sie, Ihre Frau, die großen Töchter, die Tag für Tag an den Loren ackern, und die kleine Flori natürlich erst recht. Und ich brauche Sie auch – den klugen, optimistischen Herrn Thalheim von früher, der für jedes Problem eine Lösung parat hat …»

Sie hielt sich die Hand vor den Mund.

«Verzeihen Sie bitte, ich bin wirklich unmöglich! Jetzt mache ich Ihnen auch noch Vorhaltungen, nach allem, was Sie durchgemacht haben!»

«Verdammt recht hast du, Miriam Sternberg», unterbrach er sie jäh. «Ja, ich bin derzeit nichts als ein erbärmlicher Jammerlappen, glaubst du vielleicht, das wüsste ich nicht selbst? Aber ich finde es einfach nicht mehr, dieses starke, selbstbewusste Ich von einst. Weg ist es, von der Bildfläche verschwunden, zusammen mit meinem Glauben an eine gute Zukunft. Deutschland liegt am Boden. Fremde Mächte herrschen jetzt über uns, Völker und Nationen, die wir erniedrigt und mit allen Mitteln bekriegt haben, und das werden sie uns noch lange bitter spüren lassen. Mein Sohn ist nicht aus dem Krieg zurückgekommen, er, der mir einmal in der Firma nachfolgen sollte. Wozu sich also anstrengen? Nenn mir einen einzigen Grund!»

«Deshalb.» Sie nahm seine Hand und legte sie auf sein Herz. «Spüren Sie *das*?»

Er nickte bedächtig.

«Ist das nicht das größte Geschenk und allein schon Grund genug? Ja, Oskar gilt als vermisst, und das ist schlimm, aber Ihre anderen Kinder und Ihre Frau leben. Ihrem Bruder, Ihrer Mutter und der Schwägerin ist nichts Schlimmeres zugestoßen als eine kaputte Wohnung und ein paar verbrannte Möbel. Unsere Besatzer sind jetzt die Briten, nicht mehr die Russen – und außerdem haben Sie eine verdammt mutige Älteste. Denn ohne Rike wären Sie heute nicht hier!»

Miriam holte tief Luft.

«Und das gilt auch für Ihren Bruder. Der hat das mit den Russen nämlich eingefädelt, sonst wären Sie doch niemals freigekommen.»

«Jetzt beschämst du mich», sagte er leise.

«Das wollte ich nicht.»

«Doch, genau das wolltest du, und es war richtig.» Er sah ihr tief in die Augen. «Ich soll mich also bessern und nicht länger trübselig herumhängen?»

«Sie sollen wieder Sie selbst sein», entgegnete Miriam. «Das wünsche ich mir.»

Zur Überraschung seiner Töchter kam Friedrich Thalheim zum Abendessen in die Küche, wo sich alle wie jeden Abend um den Tisch versammelt hatten, während er zuvor stets nur ein paar mühsame Bissen im Bett verzehrt hatte. Er redete nicht viel, aber er hörte plötzlich aufmerksam zu. Als Silvie einen Witz machte, lächelte er. Rike lehnte sich entspannt zurück, und um Claires Augen zeigten sich zum ersten Mal seit Wochen wieder winzige Lachfältchen.

Am nächsten Morgen war er rasiert und bereits vor seiner Frau und den großen Töchtern auf, die schnell ihren Muckefuck schlürften, ein Brot aßen, die Matratzen hochklappten und sich dann auf den Weg machten. Auch am Samstag wurde Schutt weggeräumt, wenngleich die Schicht bereits am frühen Nachmittag endete. Flori setzte sich an den Küchentisch zum Zeichnen, Miriam an die Nähmaschine.

Irgendwann merkte Miriam, dass er hinter ihr stand. Trotz der Wärme im Zimmer fröstelte sie plötzlich.

«Nichts für ungut, aber das kann ich leider gar nicht haben», sagte sie. «Nicht einmal, wenn Sie es sind, Herr Thalheim. Die Jahre im Untergrund haben mich geprägt. Jemand hinter dir, das war nie gut.»

«Verzeihung», stotterte er und trat einen Schritt zurück. «Ich wollte nur ...»

«Es ist viel zu eng hier, Herr Thalheim», erwiderte sie resolut. «Daran liegt es. Wir sind uns gegenseitig nur noch im Weg. Deshalb ziehe ich jetzt auch hinauf zu Lena Eisenhardt.»

«Ich wollte dich doch nicht vertreiben ...»

«Haben Sie auch nicht. Aber dort steht ein Zimmerchen leer, während wir hier unten kaum noch wissen, wohin. Zeit, dass Flori ihr eigenes Sofa bekommt! Außerdem bin ich ja weiterhin ganz in der Nähe. Und die Singer bleibt natürlich da, wo sie ist.»

Er nickte. «Gäbe so vieles zu erledigen», sagte er halblaut. «Man müsste alles planmäßig angehen, aber ...» Friedrich schüttelte den Kopf. «Jetzt plappere ich schon vor mich hin wie ein Tattergreis!»

«Keineswegs», sagte Miriam. «Ich rede auch oft mit mir selbst. Gedanken werden klarer, wenn man sie laut ausspricht. Daran ist nichts Verkehrtes.» Sie lächelte ihn an. «Jetzt muss ich aber weiternähen. Sonst wird unsere Kollektion bis zur Modenschau niemals fertig.»

«Also gut, dann lass ich dich in Ruhe arbeiten.»

Er zog sich zurück, und irgendwann merkte Miriam, dass er die Wohnung verlassen hatte. So ging es auch die nächsten Tage, allerdings richtete Friedrich es ein, wieder zu Hause zu sein, bevor die anderen von ihrer täglichen Plackerei zurückkehrten. Sie kämpfte mit sich, ob sie es Rike sagen sollte, ließ es aber schließlich bleiben. Flori verlor ebenfalls keinen Ton darüber. Vielleicht war das ja seine Methode, sich dem Leben langsam wieder anzunähern. Oder er war auf Arbeitssuche, obwohl sie ihn sich eigentlich nur als Chef des Kaufhauses Thalheim vorstellen konnte.

«Ich möchte mit euch einen kleinen Ausflug unternehmen», verkündete Friedrich am Sonntagmorgen zur allgemeinen Überraschung. «Mit Rike und mit dir, Miriam.»

Mehr verriet er nicht, aber dass weder Claire noch Silvie oder Flori dabei erwünscht waren, machte er unmissverständlich klar. Wenigstens durfte Taps mit, den der Spaziergang durch die Trümmerlandschaft zu begeistern schien. Immer wieder verschwand der Westie schwanzwedelnd zwischen den Ruinen, fand dann aber doch auf Friedrichs Pfeifen hin zu ihnen zurück. Auf den Straßen Berlins war spürbar, dass langsam so etwas wie zaghafte Normalität in die zerstörte Stadt zurückkehrte. Sie waren bei weitem nicht allein auf dem Ku'damm unterwegs, wo die ersten Schautafeln schon wieder aufgerichtet waren, wenngleich noch ohne neue Werbeinhalte. Verliebte Pärchen, Eltern mit Kinderwagen und einige ältere Leute nutzten das schöne Wetter für einen Sonntagsspaziergang. Man spürte die Erleichterung, dass sich nun niemand mehr verstecken oder vor Luftangriffen fürchten musste, auch wenn alles ringsumher noch immer voller Trümmer lag. Auf dem Ku'damm und in den Nebenstraßen kurvten zahlreiche Jeeps umher, gesteuert von GIs oder britischen Soldaten, die Rike mit ihren taillenkurzen braungrünen Blousons und den kecken Schiffchen auf dem Scheitel immer ein wenig wie große Jungs vorkamen. Was sich durch die britische Besatzung ändern würde, war noch nicht abzusehen. Von Carl wusste sie, dass einige von ihnen nun in ihrer Villa wohnten, nachdem die Russen abgezogen waren. Wie würden die Briten mit fremdem Hab und Gut umgehen, beziehungsweise mit dem, was davon noch heil geblieben war?

Rike zwang sich, optimistisch zu bleiben. Hauptsache, zumindest die Außenmauern blieben stehen. Alles andere konnte man ersetzen, auch, wenn es schmerzlich und kostspielig sein würde.

Friedrich Thalheim ließ sich nicht anmerken, wie mühsam die kurze Strecke zu ihrem einstigen Kaufhaus für ihn war, erst, als sie vor der Ruine angelangt waren, blieb er vornübergebeugt stehen, als bekäme er plötzlich keine Luft mehr. Miriam ging taktvoll mit dem Hund ein Stück voraus, während Rike ihren Vater besorgt musterte.

«Geht es wieder, Papa? Vielleicht hättest du dich lieber noch ein wenig schonen sollen.»

«Ach, Kind, was haben wir für dieses Kaufhaus gekämpft, Markus und ich», murmelte er. «Gemeinsam wollten wir damals ganz Berlin mit unserer Mode verschönern. Und als er dann nach 1933 in die USA auswandern musste, weil die ganze Tauferei eben doch leider für die Katz war, da hab ich notgedrungen ohne ihn weitergemacht. Es war meine Welt, mein Leben, aber nun ...»

Seine Arme sanken hinab. Jetzt sah er wirklich alt aus.

Eine Welle von Mitgefühl erfasste Rike. Er durfte nicht so schwach, so mutlos sein!

«Wir bauen es wieder auf», sagte sie mit entschlossener Stimme. «Zweckmäßig, hell und ganz modern. Wir Thalheims lassen uns nicht unterkriegen. Doch nicht von so ein paar blöden Bomben!»

Er hob den Kopf. Jedes ihrer Worte schien er regelrecht zu trinken.

«Allerdings würde das ein Vermögen kosten – ein Vermögen, das wir derzeit leider nicht haben», fuhr Rike fort. «Schon seit Wochen grüble ich, wie es zu machen wäre. Könnten wir noch auf Opa Schuberts Schuhfabrik und sein schönes Haus in Dahlem hoffen ...»

«Können wir aber nicht», unterbrach ihr Vater sie jäh. «Mein Herr Schwiegervater hat es vorgezogen, sich in die Schweiz abzusetzen und mit mir zu brechen. Als wäre ich schuld am Unfall seiner Tochter! Niemand hat Alma mehr betrauert als ich.»

Rike musste schlucken, weil sie daran dachte, wie rasch Claire damals nach Mamas Tod ins Spiel gekommen war, sagte aber nichts weiter dazu. Stattdessen spann sie ihre Gedanken zum Wiederaufbau des Kaufhauses laut weiter.

«Vielleicht lassen sich ja über die Alliierten nach gewisser Zeit Bankdarlehen beantragen. Vielleicht hilft auch die Stadt Berlin mit, sobald sie wieder anständig regiert wird. Im Magistrat wollen sie doch sicherlich nicht, dass hier alles auf Dauer in Trümmern liegt.»

«Ausgerechnet die Alliierten? Dein Optimismus in allen Ehren, mein Mädchen, aber ich fürchte, daraus wird nichts. Die deutsche Wirtschaft soll im Gegenteil geschwächt werden, das haben die Siegermächte in Potsdam gerade erst beschlossen. Carl hat mir davon erzählt, höchst schockierend, was er zu berichten wusste. Die wollen uns möglichst unten halten, damit bloß kein neuer Hitler aus den Ruinen kriecht.»

Rike wollte nichts davon hören. «Und ich weiß von Onkel Carl, dass das vor allem die Schwerindustrie betrifft, und wir produzieren doch keinen Stahl! Außerdem stehen die Frauen der britischen Offiziere garantiert auf schicke Mode, das sagt mir mein gesunder Menschenverstand. Und wo sollen sie die denn kaufen, wenn nicht bei uns? Die Tommys wollen uns garantiert nicht bis in alle Ewigkeit durchfüttern, und das müssten sie ja, wenn Deutschland selbst nichts mehr zustande brächte. Wir sollten längerfristig denken, Papa, unter Umständen vielleicht sogar in Jahrzehnten ...»

Sein Gesicht hatte sich verändert, war offener geworden, nicht mehr ganz so müde und resigniert. Sie hatte ihn erreicht, das spürte Rike, aber sie hatte ihn noch nicht überzeugt.

«Selbst wenn: Das allein würde niemals reichen», wandte er ein. «Vielleicht müssen wir vorerst kleinere Brötchen backen, aber auch dafür braucht man Sicherheiten, und zwar solide Sicherheiten …»

«Was meinst du damit?», fragte Rike.

«Nun, etwas, das seinen Wert behält oder sogar steigert, jetzt, wo das Geld an Wert verliert.»

Da war ein Unterton in seiner Stimme, der Rike aufhorchen ließ. So hatte er manchmal geklungen, wenn ihm ein besonders guter Abschluss geglückt war oder unmittelbar bevorstand.

«Immobilien?», riet sie auf gut Glück. «Aber die Villa ist doch nach wie vor beschlagnahmt, und Omas Wohnung brauchen wir dringend selber.»

«Das meine ich nicht.» Er richtete sich auf. «Ich muss dir etwas gestehen, Rike. Denk nicht, ich hätte dem drohenden Untergang tatenlos zugesehen. An den lauthals beschworenen Endsieg habe ich schon lange nicht mehr geglaubt. Daher hat dein alter Vater in den letzten Kriegsjahren Investitionen auf dem Immobiliensektor getätigt, die uns jetzt nützlich werden könnten.»

«Wie bitte? Davon höre ich zum ersten Mal.»

Rikes Mitgefühl war abrupt verschwunden. Stattdessen war sie zutiefst gekränkt. Ihr Studium, die Aufnahme in die Geschäftsleitung, sogar die mehrmals in Aussicht gestellte Prokura – das waren alles lediglich Brosamen gewesen, um sie bei Laune zu halten. Ihr Vater holte sie nur ins Boot, wenn er unbedingt musste, so war es schon immer gewesen. Rike hatte gehofft, dass er ihr nun, seit sie während seiner Abwesenheit die Familiengeschicke geleitet hatte, mehr zutrauen würde. Aber die wichtigen Entscheidungen traf er nach wie vor allein.

Friedrich Thalheim schien ihre Verärgerung nicht zu bemerken, er sprach munter weiter, wie beflügelt von der Idee, wieder ins Geschäft einzusteigen. «Nach den ersten Bomben war so manches auf einmal erstaunlich günstig zu haben. Ein Objekt liegt leider in Lichtenberg, ist stark beschädigt und untersteht derzeit den Russen. Das andere aber ist ein kleines Ladengeschäft in Charlottenburg, das sich durchaus eignen könnte, übergangsweise sozusagen …»

Er legte die Hand auf ihren Arm. Spürte er jetzt, dass sie sich innerlich gerade meilenwert von ihm entfernte?

«Ich hätte es dir schon noch gesagt», versicherte er. «Ich wusste ja nicht einmal, ob ich überlebe. Und ob dann überhaupt noch etwas von dem steht, was ich auf die Schnelle gekauft habe.»

«Und dann hätten wir womöglich nie davon erfahren?», fuhr sie auf. «Nicht einmal Claire, deine Frau? Von mir, deiner rechten Hand in der Firma, ganz zu schweigen!»

«Selbstverständlich hättet ihr. Testamentarisch ist alles bei Notar Bödisch fein säuberlich festgehalten. Der hat seine Kanzlei in Dahlem. Und die hat meines Wissens keine einzige Bombe abgekriegt. Natürlich müssen wir noch einmal genau prüfen, in welchem Zustand der Laden in Charlottenburg ist, aber im Prinzip …»

«Am liebsten würde ich dich jetzt hier stehenlassen und auf der Stelle kehrtmachen», fiel Rike ihrem Vater ins Wort. «Mir etwas so Wichtiges vorzuenthalten, ich fasse es nicht! Für dich werde ich in geschäftlichen Dingen niemals auf Augenhöhe sein – weil ich eben nur deine Tochter bin und leider kein Sohn.»

«Aber natürlich weiß ich deine enorme Tüchtigkeit zu

schätzen, Rike. Ich weiß sehr genau, was ich dir alles zu verdanken habe. Bitte bleib! Und du, komm doch auch wieder zu uns, Miriam», rief er. «Wir wollen uns weiter gemeinsam auf den Weg machen, ich wollte euch ja etwas ganz anderes zeigen.»

Bis sie beim Tiergarten angekommen waren, sagte keiner ein Wort. Rike starrte so finster vor sich hin, dass Miriam ganz bang zumute wurde. Friedrich Thalheim ging auf einmal mühsamer. Hatte er eigentlich auch schon so gekeucht, als sie von zu Hause aufgebrochen waren?

«Die Bäume sind weniger geworden», sagte Miriam, die das Schweigen nicht mehr aushielt. «Da gab es doch früher nicht so viele Lücken, oder? Dabei ist es strengstens verboten, sie abzuholzen …»

«Was heißt das schon?», erwiderte Rike gereizt. «Wenn die Menschen hungern und frieren, kümmern sie sich eben nicht darum. Wir haben ja auch unsere Nähmaschinen versteckt, anstatt sie den Besatzern auszuhändigen. Sonst wären sie sicherlich längst auf dem Weg nach Moskau oder Stalingrad.»

«Jetzt klingst du ja fast wie deine Schwester Silvie, als würdest du Regeln und Vorschriften einfach über Bord werfen», bemerkte Friedrich Thalheim. «Aber diese schwierige Zeit verändert wohl jeden von uns.»

Rikes dunkle Augen schossen Blitze in seine Richtung, aber sie sparte sich eine entsprechende Antwort.

«Wohin bringst du uns eigentlich?», fragte sie stattdessen. «Ich bin diese Geheimniskrämerei langsam leid.»

«Zum Hausvogteiplatz», sagte ihr Vater. «Der Geburtsstätte der Berliner Konfektion.»

Beim Näherkommen allerdings verstummte auch er erneut. Die meisten Häuser hatten sich in verrußte Ruinen verwandelt. Nur drei in der Mitte zeigten bis auf zerbrochene Fensterscheiben und kaputte Dächer äußerlich keine weiteren Bombenspuren. Dafür war der nah gelegene U-Bahn-Schacht so tief aufgerissen, dass man hinunter bis auf die Gleise schauen konnte. Kein Brunnen mehr, der einst den Platz geschmückt hatte; nichts als Trümmer und Schutt überall. Eine einzige Linde hatte überlebt, die sich wie ein zartes Mahnmal der Hoffnung inmitten all der Zerstörung erhob.

Miriam zog die Luft scharf zwischen die Zähne.

«Eines meiner liebsten Verstecke», sagte sie. «Ende 1943 waren hier noch fast alle Häuser intakt – die jüdischen Konfektionäre und Zwischenmeister allerdings längst deportiert. Natürlich hatten sich gewiefte Arier ihrer Firmen bemächtigt, aber vieles stand eben leer. Da haben wir U-Boote uns heimlich eingenistet. Trocken war es, ungestört und halbwegs warm. Nirgendwo hab ich so gut geschlafen wie hier, zwischen Kisten und leeren Kleiderstangen.»

«Ja, die jüdischen Konfektionäre wurden vertrieben», sagte Friedrich mit belegter Stimme. «Und glaubt mir, es gab kaum jemanden in der Stadt, der das so bedauert hat wie ich. Notgedrungen haben wir danach mit Schröder & Eggeringhaus weitergearbeitet und mit den Gebrüdern Horn. Die Menschen brauchten ja weiterhin etwas zum Anziehen, auch wenn man die Kleidermarken eigentlich in der Pfeife rauchen konnte. Werner Brahm galt damals als einer der Besten in der Branche, mit Kontakten nach Paris und Mailand. Wir haben uns immer wieder mal bei einem Bier oder einem Glas Wein über den aktuellen Modemarkt ausgetauscht, und gerade, als ich mir vorgenommen hatte, mit ihm zusammenzuarbeiten, trafen die Bomben unser Kaufhaus. Und damit war die Zusammenarbeit beendet, ehe sie angefangen hatte.» Mit schweren Schritten ging er auf eines der Häuser in der Mitte des Hausvogteiplatzes zu. «Hier hatte er seine Räume, Hausnummer 11. Ziemlich unwahrscheinlich, aber vielleicht ist ja doch noch etwas von seiner einstigen Firma erhalten geblieben …»

«Achtung, Papa, bloß nicht zu nah», warnte Rike. «Vermutlich ist das ganze Ensemble stark einsturzgefährdet!»

In diesem Moment trat ein dürrer Mann mit weißblonden Haaren aus der Tür, rückte seine Brille zurecht, als könne er nicht glauben, was er da zu sehen bekam, und begann schließlich breit zu lächeln.

«Das kann doch nicht wahr sein. Fritz!», rief er. «Du lebst! Und du bist hier – inmitten all dem Chaos!»

«Werner, alter Kumpel», erwiderte Friedrich Thalheim bewegt. «Ich musste kommen. Was für eine Freude, dich wiederzusehen!»

Die Männer schüttelten sich zuerst lange die Hand, dann umarmten sie sich, während Rike und Miriam sich fragend ansahen.

«Das ist er, dieser Brahm, von dem ich eben geredet habe», sagte Friedrich. «Werner, darf ich dir meine älteste Tochter Ulrike vorstellen und Fräulein Miriam Sternberg, eine enge Freundin der Familie?»

«Angenehm, die Damen.» Werner Brahms Verneigung war formvollendet. «Ich bin erst seit ein paar Wochen wieder aus Hamburg zurück.»

«Warst du dort in Gefangenschaft?», fragte Friedrich.

«Einen Krüppel wie mich wollten nicht einmal die Nazis – geschweige denn unsere Befreier.» Er deutete auf seine Brust. «Lungensteckschuss, ein leidiges Mitbringsel aus dem Großen Krieg, wie du weißt. Früher bin ich ganz gut damit zurechtgekommen, aber inzwischen macht mir das alte Leiden immer mehr zu schaffen. Nein, ich war länger zu Besuch bei meinen betagten Tanten, drei an der Zahl, die dringend männlichen Beistand brauchten. Du würdest die stolze Hansestadt kaum wiedererkennen, Fritz. Der Feuersturm von 1943 hat dort ganze Viertel ausgelöscht.»

«Sieht ganz so aus, als müssten wir auch in Berlin wieder von null anfangen», sagte Friedrich. «Aber immerhin haben zwei unserer Nähmaschinen überlebt.»

«Och, davon gibt es schon noch so einige mehr», sagte Brahm. «Beispielsweise hier gleich um die Ecke, in den Nebenstraßen, wo all die fleißigen Heimarbeiterinnen wohnen und bei weitem nicht alles zerstört wurde. Jetzt haben sie alle Hunger und gieren nach Arbeit. Vielleicht hilft ja mein Kellerfund, sie schon bald wieder damit zu versorgen.» Er senkte seine Stimme. «Zigaretten», flüsterte er. «Wertvoller als Gold. Das Tauschmittel überhaupt – für alles. Mit Zigaretten ist man zurzeit fein heraus. Aber was leider fehlt, sind Stoffe, die ich damit erwerben könnte.»

«Wir konnten durch einen glücklichen Umstand einige unserer Vorräte retten», mischte sich Rike ein. «Kein Gold, aber fast ebenso heiß begehrt in diesen kargen Zeiten. Miriam und zwei weitere Näherinnen sitzen gerade an den Modellen für unsere erste Modenschau. Weitere fleißige Hände wären uns dafür herzlichst willkommen.»

125

«Eine Modenschau? Darauf muss man in diesen Zeiten erst mal kommen, aber keine schlechte Idee.» Brahm zeigte erneut sein breites Lächeln.

«Die Menschen brauchen etwas Neues zum Anziehen», warf Miriam ein. «Gerade jetzt. Auch für die Seele.»

«Das bestreite ich gar nicht», bekräftigte Brahm. «Aber was, wenn eure Vorräte alle verarbeitet sind? Ist dann wieder Schluss? Und wer wird sich eure Mode überhaupt leisten können? Doch nicht die einfachen Berliner, sondern nur ein paar ganz wenige Auserwählte mit Rücklagen oder interessanten Tauschobjekten für den Schwarzmarkt! Darüber denke ich seit Wochen nach. Genauer gesagt: über Lumpen!»

«Lumpen?», wiederholte Rike verblüfft.

«Lumpen, ganz genau! Und zwar Lumpen, die man zuerst zu Reißwolle und anschließend wieder zu Stoff verarbeitet. Viele der Stofffabriken und Webereien in Sachsen und Thüringen stehen derzeit zwangsweise still. Von dort kommt also so schnell nichts Neues. Und selbst wenn die Russen die Produktion wieder erlauben, werden sie sich erst ausgiebig selbst bedienen. Aber Lumpen hat jeder. Die gibt es quasi überall. Umgearbeitete Lumpen auf dem Laufsteg – und dann auch noch erschwinglich, tragbar und schick: Das wäre doch etwas für jedermann!»

«Gefällt mir, Werner.» Friedrich Thalheim nickte. «Gefällt mir sogar sehr. Der Mann mit den tausend Ideen – so und nicht anders kenne ich dich.»

«Dann sollten wir uns schleunigst zusammensetzen, lieber Fritz …»

«Mein Vater, Frau Sternberg und ich treffen uns gern mit Ihnen, Herr Brahm», unterbrach ihn Rike, freundlich, aber äußerst bestimmt. «Je eher, je lieber, denn die Zeit drängt, und es gibt noch so vieles für die Schau zu erledigen. Sollen wir gleich einen Termin vereinbaren?»

Die beiden Männer starrten sie an, und Miriam bekam vor Aufregung Gänsehaut. Friedrich Thalheim schaute reichlich konsterniert drein, aber davon ließ Rike sich kein bisschen beirren. Sie erstritt sich gerade den Platz neben ihrem Vater.

Und hatte sie, die Freundin, dabei nicht vergessen.

«Ja, wäre das denn auch in deinem Sinn, Fritz?», fragte Brahm zögernd.

«Meine Große wusste schon immer, was sie will. Das muss sie wohl von mir haben.» Friedrich Thalheim war die mühsame Beherrschung anzuhören, aber ihm glückte sogar ein winziges Lächeln. «Und meistens weiß sie auch, wie sie es durchsetzt, zweifelsohne ein Erbe ihrer schönen Mutter. Sagen wir also, übermorgen Abend? Bei uns in der Bleibtreustraße 33?»

∘ ∘ ∘

«Ich sehe schrecklich aus», stöhnte Claire. «Wie ein bemaltes Zirkushuhn mit Tolle.»

«Unsinn!», widersprach Silvie. «Deine Augen glänzen, die Haare liegen tippitoppi, und Kirschrot war schon immer deine Farbe, egal, ob als Kleid oder auf den Lippen. Schau mich dagegen an – jede Kirchenmaus wäre im Vergleich zu mir glamourös. Und dabei soll ich ja schließlich durch die Modenschau führen. Wahrscheinlich bringe ich vor Aufregung keinen einzigen Ton heraus!»

Wie üblich kokettierte Silvie, denn in ihrem engen blau-
grauen Wollkleid und mit der blonden Wasserwelle, die
zwei ganze Briketts beim Friseur gekostet hatte, sah sie aus
wie Aphrodite höchstpersönlich. Für die anderen hatte eine
uralte Brennschere reichen müssen, mit der sie sich gegenseitig die Haare in Wellen gelegt hatten. Vor dem halbblin-
den Standspiegel in der abgehängten Umkleidekabine, den
Brahm zum Spektakel beigesteuert hatte, zupften sie und
Claire schon seit Minuten nervös an sich herum, während
Rike und Flori sich im Hintergrund hielten.

Wochenlang hatte sie mit Miri auf diesen Tag hingearbei-
tet, alles organisiert, die anderen Frauen zum Mitmachen
motiviert – und nun, da das große Ereignis unmittelbar bevorstand, war es in Rike plötzlich ganz still.

«Muss man eigentlich unbedingt hysterisch werden,
sobald man erwachsen ist?», sagte Flori halblaut. «*Maman*
schnappt ja jeden Moment über!»

«Das ist die Aufregung», beruhigte Rike sie. «Wenn es
erst einmal losgegangen ist, haben wir gar keine Zeit mehr
für dumme Gedanken. Dann heißt es Kleider wechseln und
nichts wie raus auf den Laufsteg!» Dabei waren ihre eigenen
Hände eiskalt, und in ihrem Magen saß ein harter Knoten.
Sich öffentlich zur Schau zu stellen hatte ihr noch nie gelegen. Aber heute durfte sie Miri nicht enttäuschen.

«Du bist wunderschön», sagte Flori. «So natürlich, das
gefällt mir besonders. Eigentlich solltest du nur Creme,
Kupfer oder Brauntöne tragen. Das passt am besten zu deiner Haut und zu deinen Haaren. Dann siehst du aus, als
kämst du direkt aus der Savanne – eine mutige Jägerin, die
gerade Beute gemacht hat.»

Was die Kleine sich nur immer ausdachte!

Seit am ersten Oktober die Schule wieder angefangen hatte, schien Floris Wissen mit jedem Tag geradezu zu explodieren. Sie besuchte das ehemalige Fürstin-Bismarck-Gymnasium in der Sybelstraße, das nun nach der Dichterin Ricarda Huch umbenannt worden war und in dem es noch immer nach dem Lazarettbetrieb der letzten Kriegstage roch. Dort hatte das Nesthäkchen offenbar mächtig Reklame für die heutige Modenschau gemacht, denn unter den anwesenden Besucherinnen, die sich zwischen den Trümmerhaufen drängten, befanden sich auffallend viele Mädchen ihres Alters, die mit Müttern oder Tanten gekommen waren.

Rikes Herz schlug schneller, als sie auch den blonden Schopf ihrer Freundin Elsa unter den Wartenden entdeckte. Neben ihr stand die dunkelhaarige Lou, die schon so vielen Kindern in die Welt geholfen hatte. Zu wenig Zeit, sich endlich wieder einmal richtig auszutauschen! Aber sie würden alles nachholen, das hatten sie sich gegenseitig versprochen.

«Und wenn ich hinfalle?» Die rote Usch in nachtblauem Crêpe de Chine, einem seidigen Material, das sie nach eigenen Angaben zum ersten Mal im Leben trug, zog einen Flunsch. «Was, wenn ich plötzlich wie ein Käfer auf dem Rücken liege? Dann können mir alle unter den Rock schauen – und meine Unterwäsche, die ist noch immer ganz schön mies!»

Miriam legte ihr eine Hand auf die Schulter. «Dann stehst du einfach auf, steigst grazil zurück auf das Brett, lächelst vielsagend und läufst weiter, als sei es genauso geplant gewesen. Deine Unterwäsche bleibt unsichtbar, das garantiere ich dir. *It's showtime*, liebe Modelle, *showtime!*», rief sie.

Vor lauter Arbeit und viel zu wenig Schlaf war sie im Lauf der letzten Wochen fast durchsichtig geworden, aber ihre Augen schienen regelrecht zu brennen. Die halbe Nacht hatte sie mit Bügeln zugebracht. Eigentlich war sie so müde, dass sie kaum noch gerade stehen konnte. Aber wenn alles gutging, war sie in einer Stunde die glücklichste Frau von ganz Berlin.

Wenn es aber schiefging …

«Alles wird gut!», flüsterte Rike ihrer Freundin ins Ohr, als könnte sie Miris Gedanken lesen. «Unsere Mütter schauen uns heute zu, das weiß ich.»

Sie umarmten sich.

«Wir müssen doch total meschugge sein», murmelte Miriam zurück. «Drei Hüte und gerade mal zwei Paar Handschuhe für alle, keine Nylons weit und breit – und dann auch diese unmöglichen Schuhe, die sie tragen!»

«Sind wir», bestätigte Rike. «Aber die Leute werden nur Augen für deine Kleider haben!»

«Na, seid ihr alle bereit?»

Friedrich Thalheims Kopf schob sich neugierig in die provisorische Umkleidekabine: vier Pfosten, von Antek eigenhändig ins Erdreich gerammt, bespannt mit altem Sackleinen, das Lena Eisenhardt fluchend, weil äußerst schwergängig auf der Singer in die richtige Größe gebracht hatte. Aus alten, zusammengenagelten Planken hatte der Pole auch den Laufsteg gezimmert, beides recht fragile Konstruktionen, die einem Herbststurm niemals standhalten würden.

Alle Frauen kreischten laut auf, obwohl sie angezogen waren.

«Raus, Papa, aber fix!», schrie Flori, während Claire nur indigniert den Kopf schüttelte. «Das hier ist nur für Mädchen.»

«Dann toi, toi, toi!» Er zog sich wieder zurück.

«Jetzt geht's los!» Miriams Gesicht war vor Anspannung kalkweiß. «Rike zuerst, dann Usch, Claire und Flori. Wenn ihr zurückkommt, sofort raus aus den Klamotten und rein in die nächsten. Hilde, Gusti und ich helfen euch dabei. Silvie sagt ein paar überleitende Sätze, denn hexen können wir beim Umziehen leider nicht. Dann kommt die zweite Runde mit Pauline, Flori, Claire, Emma mit Taps, Rike ...»

«Miri», unterbrach die sie liebevoll. «Jede von uns kennt doch längst ihren Einsatz. Kommt lieber alle noch einmal her zu mir!»

Sie stellten sich im Kreis und fassten sich an den Händen.

«Auf uns», sagte Rike. «Und auf alles, was wir lieben.»

Silvie schob den Vorhang zurück und stellte sich draußen in Positur.

«Meine sehr verehrten Damen und Herren, ich begrüße Sie sehr herzlich zur ersten Berliner Trümmermodenschau. Hinter uns, Ecke Ku'damm / Budapesterstraße, stand das Kaufhaus Thalheim, das allen von Ihnen sicherlich noch in bester Erinnerung ist. Über viele Jahre die Anlaufstelle für schicke Bekleidung in Charlottenburg, brannte es 1943 bei einem Bombenangriff nieder. Doch wie einst Phönix aus der Asche ersteht nun im Frieden unsere neue Mode ...»

Ihre Stimme war weich und voll, klang heiter und unverbraucht, und doch schwang auch ein Quäntchen Melancholie darin. Silvie fand gleich in den richtigen Rhythmus hinein und setzte die passenden Pausen. Strikt hatte sie sich geweigert, sich vorab von jemandem ins Konzept schauen zu lassen, doch was sie sagte, und vor allem, wie sie es tat, kam bei den Zuschauern an, denn der Applaus war laut und herzlich.

«... begrüßen Sie nun meine Schwester Rike in einer Kreation von Miriam Sternberg, die übrigens alle Modelle dieser Modenschau entworfen und zum großen Teil auch eigenhändig genäht hat: cremefarbene Baumwolle mit kleinen grünen Streublümchen, verarbeitet zu einem sportlichen Kleid mit enger Taille und schwingendem Rock ...»

Nur nicht stolpern oder fallen, dachte Rike. Laufen und lächeln, lächeln und laufen, das ist alles, was du tun musst. Da vorn ist das Brett zu Ende, da bleibst du kurz stehen und posierst, dann drehst du um und läufst ebenso beschwingt wieder zurück.

Plötzlich war alles ganz leicht, beinahe wie früher, als sie noch Kinder waren und vor den großen Schauen, die zweimal im Jahr stattfanden und von der Berliner Prominenz beklatscht worden waren, übermütig auf dem Laufsteg Mannequin gespielt hatten. Ihre Füße schienen sich wie von selbst zu bewegen.

Doch dann setzte der Kopf ein.

Nein, nichts mehr war wie früher, denn Mama war tot, Oskar vermisst, die Villa besetzt, und ihr Kaufhaus gab es schon lange nicht mehr ...

Ein Windstoß fuhr ihr unter den Rock und bauschte den Stoff.

«Mensch, Mädchen, det sin ja Beene bis zum Himmel»,
rief ein Zuschauer hingerissen – und der Beifall wollte schier
kein Ende nehmen.

Nur zwei winzige Patzer, Pauline, die beim zu schnellen
Umziehen den Ausschnitt eines Seidenkleides demolierte,
Claire, die mitten auf dem Laufsteg einen Schuh verlor und
ihn zur Belustigung aller aus der Menge wieder nach oben
gereicht bekam, sonst lief alles in Perfektion. Emmas üppi-
ge Formen in gekräuselter Baumwolle und figurbetontem
Jersey erhielten ein paar Extrapfiffe, vielleicht auch, weil sie
mit Taps an der Leine über die alten Planken lief, und sie
strahlte über das ganze Gesicht.

Immer mehr Menschen drängten sich vor den Loren.
Fast hätte man meinen können, halb Berlin sei gekommen, ganz Charlottenburg war mit Sicherheit da. Die drei
«Lumpenkleider» hatten sie absichtlich ans Ende der Schau
gestellt, und alle Beteiligten hielten den Atem an, als Silvie ihre ungewöhnliche Entstehungsgeschichte kurz erläu-
terte:

«Lumpen her! Wir schaffen Kleider – ist das nicht wunderbar, meine Damen und Herren? Sicher haben Sie die Plakate
schon vielerorts in der Stadt hängen sehen. Erfreulich zahl-
reich sind Sie dieser Aufforderung bereits nachgekommen,
aber wir brauchen Sie alle! Denn wir planen, mehr davon
zu produzieren, eine ganze Konfektion, erschwinglich für
alle und jeden …»

Rike, Claire und Pauline führten die einfachen Kleider
vor. Sie fühlten sich leicht kratzig auf der Haut an und fielen ziemlich steif. Natürlich leuchteten das Blau und das
Grün hier bedeutend weniger als bei den Kleidern zuvor,

und Muster gab es auch keine, aber den kreativen Potsdamer Webern war dennoch eine interessante Melangetechnik gelungen, die das wieder halbwegs wettmachte.

Langer Beifall und begeisterte Rufe. Werner Brahms Idee war bei den Menschen angekommen.

Der richtige Moment für das Brautkleid, das in keiner Schau fehlen durfte, auch wenn sie zwischen Schutt und Trümmern stattfand. Inzwischen war es bewölkt und die Sonne hinter dicken grauen Wolken verschwunden. Miriam, der die Schweißtropfen auf der Stirn standen, so intensiv hatte sie hinter den Kulissen gewerkelt, linste immer wieder ängstlich zum Himmel. Es war ein Wagnis, das sie eingegangen war, aber als Flori ganz in Weiß den Laufsteg betrat und alle verstummten, wusste sie, dass der Plan aufgegangen war.

Der Schleier war eine ehemalige Gardine und das Weiß des Kleides nicht mehr ganz so strahlend, so oft war ihr der sperrige Tüll unter der Nadel weggeflutscht, aber an diesem blutjungen Geschöpf wirkte beides überwältigend. Mit der Unschuld und frischen Grazie der zarten Jugend schien die jüngste Thalheim eher zu schweben, denn zu laufen. Viele Augen wurden bei ihrem Anblick feucht, und einige der Zuschauerinnen begannen laut zu schluchzen. Floris Gesicht blieb ernst und gesammelt. Kein Lächeln, auch nicht, als sie sich umdrehte und zurücklief, etwas schneller als auf dem Hinweg, und wieder im Zelt verschwand.

Jetzt gab es kein Halten mehr. Die Leute klatschten, pfiffen, trampelten vor Begeisterung.

Silvie rief Miriam heraus, die sich freudestrahlend auf dem Laufsteg verbeugte.

«Miriam Sternberg – ein Name, den Sie sich merken sollten, meine sehr verehrten Damen und Herren …»

Die anderen Mannequins folgten ihr, fassten sich wieder an den Händen, lächelten und verneigten sich ebenfalls.

Nicht enden wollender Applaus. Friedrich Thalheim wirkte so glücklich, als sei er selbst mitgelaufen, und beantwortete an Brahms Seite viele Fragen.

«Das alles gibt es ganz bald bei uns zu kaufen. Das Kaufhaus Thalheim wird noch vor Weihnachten Wiedereröffnung feiern, übergangsweise am Savignyplatz, bis unser großes Haus am Ku'damm wieder steht –, bitte machen Sie sich schon mal einen dicken Knopf ins Taschentuch …»

«Siehst du die Soldaten da drüben vor dem Jeep?», zischte Silvie Rike zu, als die Reihen sich geleert hatten und die meisten Zuschauer nach Hause gegangen waren.

Werner Brahm war Miriam und Claire dabei behilflich, die Kleider wieder in den Kisten zu verstauen, um sie mit zwei zusätzlich ausgeliehenen Bollerwagen sicher zurück ins Lager auf dem Dachboden zu transportieren.

«Die beiden Tommys haben schon die ganze Zeit zu uns rübergestarrt», fuhr sie fort. «Und einer hat andauernd geknipst. Hab ich genau gesehen. Sogar den Film hat er zwischendrin gewechselt. Als ob er sich bloß nichts entgehen lassen wollte. Ob wir was Verbotenes gemacht haben?»

«Garantiert», erwiderte Rike. «Ist doch so gut wie alles verboten. Und wennschon: Sollen sie uns doch festnehmen – den Erfolg können sie uns nicht mehr klauen!»

«Ob ich mal rübergehe und mit ihnen rede?», schlug Silvie vor. «Vielleicht kann man sie ja irgendwie gnädiger stimmen.»

«Mach es bloß nicht noch schlimmer! Fraternisierung mit den Besatzern ist doch strengstens untersagt», warnte Rike, aber sie hätte sich ihre Worte sparen können, denn Silvie war längst davongestapft.

Ganz gegen ihre Überzeugung folgte sie der Schwester.

«*What a wonderful show*», sagte der blonde Soldat gerade zu Silvie. «*Looked rather professional. And I love your voice. Like honey and salt.*»

«*Thank you*», erwiderte Silvie verblüfft und wandte sich dem Zweiten zu. «*But what about the photos? Why did you take so many pictures? Was perhaps … something with it wrong?*»

Er hatte dichte, dunkelrote Locken und ein markantes Gesicht.

«*Not at all*», antwortete er grinsend und zeigte dabei zwei tiefe Wangengrübchen. «*Beautiful girls in beautiful dresses. There's really nothing to complain about.*»

Was er sagte, klang freundlich, doch Rike blieb dennoch skeptisch. Vielleicht wiegten sie sie zuerst in Sicherheit, um später umso härter zuzuschlagen. Ihr Englisch war eigentlich nicht schlecht, aber ihr hatte seit Jahren jegliche Gelegenheit zum Sprechen gefehlt. Und im Gegensatz zu ihrer Schwester war sie eben keine, die einfach losplapperte. Andererseits: Falls sie wirklich etwas falsch gemacht hatten, musste sie etwas tun. Was hatte Papa immer gepredigt? Der Gegenseite schon im Vorfeld den Wind aus den Segeln nehmen. Also am besten das Versäumnis gleich eingestehen.

«*We had no …*»

Verdammt, was hieß noch einmal Erlaubnis auf Englisch? Irgendetwas mit *per* ... aber der Rest wollte ihr partout nicht einfallen. Dann musste es eben anders gehen.

«We did not ask, whether we could organize this ...»

Wie sie dieses Radebrechen hasste!

Im Italienischen hätte sie sich wohler und um einiges sicherer gefühlt, aber dieser selbstbewusst grinsende Brite in seiner kurzen Jacke machte nicht den Eindruck, als würde er das verstehen. Deutschland, Deutschland über alles, dachte sie bitter. Jetzt bekommen wir abermals die Rechnung für unsere nationale Beschränktheit: Du stehst nach dreizehn Schuljahren vor einem Besatzer und bringst kaum einen brauchbaren Satz heraus.

«Sie hatten keene Genehmigung für det allet hier, wollten Sie det jerade sagen?» Er klang so Berlinerisch wie gleich um die Ecke.

Beide Schwestern starrten ihn verdutzt an.

«Ben Green», sagte er. «Militärfotograf. Ich halte das Alltagsleben in der Hauptstadt mit meiner Kamera fest. Auftrag von ganz oben.» Die linke Braue hob sich, und sein sympathisches Grinsen wurde noch breiter. «Und da jehört Mode doch dazu, wa?»

«Do you sing professionally?», schaltete sich nun sein Begleiter wieder ein, den Blick noch immer verzückt auf Silvie gerichtet. *«You look great. And the British Officers' Club is always looking for good entertainers.»*

«But I am no singer», widersprach Silvie. *«Not at all!»*

«Did you ever try?»

«Only in the ... Badewanne.»

Die englischen Soldaten lachten, und auch Silvie lachte, während Rikes Miene immer finsterer wurde. Sie hatte noch immer nicht die geringste Ahnung, warum diese Fotos geschossen worden waren. *Alltagsleben festhalten.* Das klang für sie wie die dümmste aller Ausreden. Dieser Rotschopf schien clever zu sein, aber das war sie schließlich auch. Anstatt sinnlos herumzuflirten, sollten sie daher besser rasch zum Wesentlichen kommen.

«Also gut, dann eben auf Deutsch», sagte sie. «Was Sie ja bestens zu beherrschen scheinen. Wir haben eine Modenschau veranstaltet, ohne zuvor eine offizielle Genehmigung einzuholen. Aber unser Kaufhaus ist im Krieg abgebrannt. Und Berlin braucht nicht nur Kleidung, sondern vor allem Hoffnung. Deshalb sind wir heute hier.»

Die ersten Tropfen fielen. Rike äugte besorgt nach oben, ob bald mit mehr zu rechnen war. Wenn der Regen ihre Kleider ruinierte, konnten sie sie nicht mehr verkaufen. Sie mussten also schleunigst zusehen, ins Trockene zu kommen.

Silvie dagegen schien gar keine Eile zu haben.

«Kommen Sie uns doch mal am Savignyplatz besuchen», säuselte sie. «In unserem neuen Geschäft finden Sie bestimmt das Passende *for christmas.* Für Ihre Frau oder Ihre Freundin. Alles *wonderful,* Sie werden schon sehen! Anfang Dezember machen wir auf. Sie werden sicherlich nicht enttäuscht sein!»

Ben Green übersetzte halblaut. Offenbar nicht das erste Mal, dass er solche Dienste leistete.

«But that's an eternity! Why don't you come to our club and sing? I can't wait until December!» Der blonde Soldat schien ernsthaft enttäuscht zu sein. *«At least tell me your name.»*

Rike schüttelte warnend den Kopf, doch Silvie sah vorsichtshalber gar nicht hin.

«Silvie Thalheim», sagte sie.

«And I am Colonel David Benge. As I said, I love your voice!»

«Lass uns gehen.» Rike packte den Arm der Schwester. «Die anderen brauchen uns. Wo steckt überhaupt Flori?»

«Na, garantiert bei ihrer Mutter. Die hat ja wenigstens noch eine, im Gegensatz zu uns.»

Unwillig ließ Silvie sich wegziehen. Als sie sich noch einmal nach den Briten umdrehte, winkte Benge ihr freundlich zu.

«Ob dieser Green uns auch noch von hinten knipst?», kicherte Silvie. «Sozusagen als kostenloses Spindfutter? Manche Kerle sehen Frauen ja am liebsten so ...»

«Du und deine schmutzigen Phantasien», sagte Rike, musste aber auch grinsen.

Sie fanden die Jüngste schließlich im äußersten Winkel der Umkleidekabine, vor Schmerzen zusammengekrümmt auf dem Boden kauernd, das Brautkleid voller dunkler Flecken.

«Ich muss sterben», sagte sie schluchzend. «Sicherlich ganz bald. Es ist urplötzlich losgegangen. Mitten im Laufen. Seht ihr das ganze Blut? *Maman* soll kommen und mit mir beten ...»

«Beten hilft da nicht viel», sagte Silvie nüchtern. «Das weiß ich aus Erfahrung. Und unsere große Schwester weiß es auch. Eine Wärmflasche ist sehr viel nützlicher!»

«Du stirbst schon nicht.» Rike legte ihr beruhigend eine Hand auf den Scheitel. «Du wirst nur eine Frau. Aber weißt du, Kleines, das kann manchmal fast ebenso weh tun!»

5

Berlin / Zürich, Winter 1946

Die ersten beiden Kundinnen an diesem Morgen brachten gleich einen eisigen Schwall Luft in den Laden. Besorgt sah Rike zu dem kleinen Kohleöfchen, das nur einen der beiden Ladenräume mühsam warm hielt, während man im zweiten, wo die Lumpenkleider hingen, ordentlich bibbern musste. Trotz permanenten Sparens reichten die Kohlevorräte hinten und vorne nicht. Sie mussten erst wieder neue Geschäfte auf dem Schwarzmarkt tätigen, um Nachschub zu organisieren, weil offiziell auf dem Brennstoffsektor so gut wie gar nichts mehr lief.

«Wie kann ich Ihnen weiterhelfen?», fragte Rike freundlich und zupfte dabei an ihren Pulswärmern.

«Ich bin hier doch richtig bei Thalheim?» Der Blick der älteren Frau flog skeptisch durch den halb leeren, spärlich eingerichteten Raum, bis er an den sechs Kleiderstangen hängen blieb.

Zusammen mit Silvie und Miriam hatte Rike versucht, einen Hauch von Eleganz in den bescheidenen Laden zu bringen. Aber es roch noch immer leicht muffig, weil er zu lange leergestanden hatte, und bis auf zwei große Standspiegel, zwei ehemals goldlackierte Schemel, die provisorische Umkleide, von Vorhängen begrenzt, und einen in die Jahre gekommenen Kronleuchter, an dem nicht mehr alle Glühbirnen funktionierten, hatte das Geschäft rein gar nichts mit der Pracht des einstmaligen Kaufhauses Thalheim gemein.

«Ja, Sie sind goldrichtig hier, gnädige Frau», sagte sie beherzt. «Ein Provisorium, wie ich gern einräume, aber immerhin ein erster Anfang. Wir arbeiten hart daran, Sie möglichst bald wieder in unseren gewohnten Räumen am Ku'damm begrüßen zu dürfen.»

Die Frau gab ein kurzes Schnauben von sich. Überzeugt klang anders.

«Wir suchen ein Kleid für meine Gudrun», sagte sie. «Die feiert nämlich Verlobung. Und ich bräuchte auch eins, elegant, aber zurückhaltend. Ob Sie so etwas haben …»

Rike musterte die Tochter der Frau. Gudrun war kompakt, nicht sonderlich groß und hatte einen leicht verkniffenen Zug um den Mund, obwohl sie garantiert noch keine Dreißig war. Miri nähte die üppigen Größen nicht so gern, weil sie zu viel wertvollen Stoff verbrauchten, aber zum Glück hatte Rike noch eine kleine Auswahl der Modelle vorrätig, die Emma bei der Modenschau vorgeführt hatte.

«Zuerst die junge Braut.» Rike war die Liebenswürdigkeit in Person. Sie zog drei Kleiderbügel heraus und präsentierte die Modelle. «Mauvefarbener Musselin, der jedem Teint schmeichelt, Jersey in einem satten Rosenholzton und hier die Krönung: eisblauer Satin. Damit bringen Sie Ihren Zukünftigen zum Schmelzen!»

«Schön!», stieß die Tochter hervor. «Das dritte …»

«Erst anprobieren», ertönte die resolute Antwort. «Und dann spielt der Preis ja schließlich auch noch eine entscheidende Rolle.»

Gudrun verschwand hinter dem Vorhang und kam kurz darauf wieder heraus. Das Kleid offenbarte, wie meisterhaft Miriam mit der Nähmaschine umgehen konnte. Das Oberteil saß figurnah, aber nicht zu eng, und der leicht ausgestellte Rock umschmeichelte die kräftigen Hüften. Die Ärmel endeten unter dem Ellenbogen, die ideale Länge für zu starke Oberarme. Mit ihren vor Aufregung rosigen Wangen wirkte Gudrun auf einmal jugendlich und beinahe zart.

«Mama!», hauchte sie verzückt. «Das muss ich haben …»

«Wie für Sie gemacht», bekräftigte Rike. «Sitzt perfekt!»

«Und garantiert jenseits aller Kleidermarken», sagte die Mutter. «Habe ich recht?»

«Besondere Anlässe verlangen besondere Kleider», erwiderte Rike diplomatisch. «An so einen Verlobungstag denkt man doch ein ganzes Leben lang …»

«Mama – bitte!» Jetzt klang Gudrun wie ein kleines Mädchen.

«Hundert Mark», sagte Rike halblaut. «Der Stoff stammt aus der Schweiz und ist echte Vorkriegsware, heute gar nicht mehr zu bekommen. Ein Schnäppchen, wie Sie es in ganz Berlin kaum finden werden.»

Die Mutter schien innerlich mit sich zu kämpfen.

«Und ich?», sagte sie. «Da bleibt ja nichts mehr für mich. Ich könnte natürlich auch das alte blaue Kostüm anziehen …»

«Vielleicht mit einem neuen Blüschen?» Rike hatte schon den nächsten Bügel in der Hand. «Rosa Kunstseide, mit einem kleinen Spitzenbesatz, der es schön festlich macht. Und schon sieht alt wieder aus wie neu!»

«Ich könnte Ihnen hundertzwanzig in bar anbieten», flüsterte die Mutter. «Und alle Kleidermarken unserer Familie – auch wenn sie wahrscheinlich nicht ausreichen.»

Rike zögerte.

«Hundertdreißig meinethalben, für weniger kann ich die Ware nicht hergeben!»

«Einverstanden», sagte die Mutter, «aber behandeln Sie unser kleines Geschäft bitte mit äußerster Diskretion. Ich musste doch eine strahlende Braut glücklich machen!»

Sie schluckte. Der Verkauf von Kleidung ohne entsprechende Bezugsmarken war offiziell verboten – aber wer tat derzeit nichts Verbotenes, um zu überleben? Als die beiden Damen mit ihren Einkäufen freudig wieder abzogen, strömte erneut eiskalte Luft in den Laden.

Schon seit Wochen hielt ein ungewöhnlich strenger Winter Berlin fest im Griff. Die Temperaturen sanken bis weit unter den Gefrierpunkt; Dauerfrost lähmte die zerstörte Stadt. Auch die Trümmerbeseitigung, die noch lange nicht abgeschlossen war, geriet zeitweise ins Stocken, weil an Tagen mit zehn Grad minus und darunter niemand zum Arbeiten gezwungen werden konnte. Immer noch hausten viele in halbzerstörten Wohnungen oder Ruinen, die kaum oder gar nicht beheizbar waren, und selbst die, die ein Dach über dem Kopf hatten, mussten sich in jeder Hinsicht einschränken. Viel zu knapp waren die offiziellen Zuteilungen von Kohle und Holz, und die Preise für Lebens- und Genussmittel stiegen auf dem Schwarzmarkt schier ins Grenzenlose. Bis zu siebzig Reichsmark für einen Laib Brot, neunzig für zwanzig US-Zigaretten, einhundertsechzig für den Liter Speiseöl, vierhundert für ein Pfund Butter – wer sollte das noch bezahlen?

Wer hungern kann, der kann auch frieren, dieser lakonische Spruch ging von Mund zu Mund, als schließlich sogar viele Schulen wegen mangelnder Beheizbarkeit geschlossen werden mussten und immer mehr Menschen in ihren eisigen Wohnungen erfroren. Auf den ersten Blick hatte es Familie Thalheim mit der modernen Gasetagenheizung in der Bleibtreustraße da noch gut getroffen. Doch auch für sie galt die vom Magistrat angeordnete Rationierung von Gas und Strom für alle Stadtbezirke. So musste Miriam an vielen Tagen in Mantel und Schal an der Nähmaschine sitzen, und abends verzehrte man bei Kerzenlicht am Küchentisch keine warme Suppe, sondern nur dünnbelegte Brote, weil die Elektrik wieder einmal ausgefallen war. Wenigstens hatten sie inzwischen zwei Eimer Wandfarbe auftreiben können, um die hässlichen Schmierereien der Vormieter endlich zu übertünchen.

Ansonsten hakte es nach wie vor bei allem und jedem.

Werner Brahms Aktion *Lumpen her – wir schaffen Kleider* war allerdings zum Erfolgsmodell geworden. Inzwischen bedauerte Rike, dass die Thalheims mit einer Beteiligung von lediglich zwanzig Prozent eingestiegen waren, denn sein finanzieller Aufstieg war schon jetzt unübersehbar. Als einer von wenigen Deutschen war er dank guter Beziehungen zu den Alliierten sogar in den Besitz eines Käfers gelangt, der einst militärischen Zwecken gedient hatte. Mit diesem auf «zivil» umgerüsteten Auto verkehrte er nun zwischen den verschiedenen Zonen, transportierte Ware, knüpfte neue

Kontakte und versorgte die Näherinnen mit Nachschub. Bislang hatten die sowjetischen Besatzer die kleine Fabrik in Potsdam noch nicht geschlossen, die aus den im Reißwolf zerfetzten Lumpen neue Stoffe fertigte, vermutlich, weil Brahm sie nicht nur großzügigst schmierte, sondern darüber hinaus einen beachtlichen Anteil aus der fertigen Produktion dezent an sie weiterleitete.

Es blieb immer noch genügend übrig, was Miriam und drei weitere Näherinnen verarbeiten konnten, die sich täglich vom Gendarmenmarkt auf den Weg machten, um in Charlottenburg zu arbeiten. Als die alte Frau Wolters aus dem zweiten Stock starb, war es Friedrich gelungen, ihre Wohnung günstig anzumieten. Küche und Schlafzimmer gingen an Miriam, die nun endlich ihr eigenes kleines Reich bekam. Die anderen beiden Räume wurden mit insgesamt vier Singers und zwei Zuschneidetischen ausgestattet, die früher Türen gewesen waren; Lena Eisenhardt und ihre Cousine Gusti aus dem dritten Stock vervollständigten mit ihren eigenen Nähmaschinen die kleine Truppe. Natürlich ließ die Qualität der auf diese Weise neugewonnenen Stoffe zu wünschen übrig, und es war durchaus heikel, sie unbeschadet zu waschen oder zu reinigen. Die Lumpenstoffe kamen nicht an Baumwolle oder gar Wolle heran und eigneten sich ebenso wenig zur Verarbeitung in warme Wintermäntel, die jetzt so dringend nötig gewesen wären.

«Wir müssen unabhängig werden», stöhnte Brahm bei seinen Besuchen immer öfter. «Neue Produzenten brauchen wir, darum geht es doch. Noch besser wären allerdings neue Maschinen, und zwar angesiedelt in der britischen oder amerikanischen Zone. Denn wer weiß, wann die

Sowjets uns ganz den Hahn zudrehen werden? Dann sitzen wir ohne Stoffe da – und ihr habt nichts mehr für euren Laden!»

Das allerdings war weit in die Zukunft gedacht, denn an Vorräten fehlte es ihnen keineswegs. Leider lief der offizielle Verkauf in dem Geschäft am Savignyplatz mehr als schleppend, obwohl sie sich vorerst nur auf Damenbekleidung konzentriert hatten, weil die Stoffe für Herrensachen noch schwieriger zu beschaffen gewesen wären. Viele Frauen besuchten zwar den kleinen Laden, schauten, probierten an und träumten dabei mit offenen Augen, das war unübersehbar. Doch ihre Träume gingen eher selten in Erfüllung. Gut, dass Rike wenigstens heute etwas verkauft hatte, wenn auch zu einem niedrigeren Preis als vorgesehen.

Rike und Silvie hatten bereits im Spätherbst den anstrengenden Dienst an den Loren quittiert, obwohl sie diese Entscheidung bei den Lebensmittelmarken zwei Ränge nach unten katapultierte; Rike, weil sie sich gezielt um den Aufbau des Ladens kümmern wollte, Silvie, weil sie die höchsten Preise an der Schwarzen Börse erzielte. Nicht einmal Friedrich Thalheim mit all seiner Erfahrung schaffte es, auch nur halb so viel herauszuschlagen wie Silvie mit ihrem frechen Lachen und den aufregenden Kurven. Aus nicht näher bezeichneten Quellen hatte sie einen uralten braunen Nerzmantel aufgetrieben, den sie trotz Kälte gerade so weit offen ließ, dass immer ein Stückchen Haut darunter hervorblitzte. Sämtliche Männer verschlangen sie mit den Augen, wenn sie um Kleider für ihre Frauen oder Freundinnen feilschten, was Silvie zu genießen schien.

«Warum auch nicht? Jeder von uns macht eben das, was

er am besten kann», so lautete ihre unbekümmerte Devise. «Papa schafft Ware herbei, Miri näht, Flori zeichnet, Claire räumt auf, Rike rechnet – und mir liegt das Schachern nun mal im Blut.»

Dass die Familie trotz aller Anstrengungen mit dem Bekleidungsgeschäft kaum Gewinn erzielte, sorgte für Schwermut, und so war die Stimmung am Weihnachtsfest ein paar Tage später gedämpft.

Friedrich hatte eine windschiefe Fichte aufgetrieben, die sie mit selbstgemachten Strohsternen und ein paar Kerzen vom Schwarzmarkt geschmückt hatten. Als Weihnachtsessen gab es vier bemooste Karpfen, die für alle reichen mussten. Dazu servierte Claire leicht verbrannte Reibekuchen, eingelegte Sauerkirschen und einen Guglhupf, der allerdings so trocken war, als würde man auf Sand beißen. Am besten hatte es noch Taps getroffen, der den ganzen Abend lang begeistert an seinem Fleischknochen nagte. Auch die Geschenke fielen eher bescheiden aus, je ein Paar Nylons für die Frauen, die natürlich Silvie organisiert hatte, und ein selbstgestrickter Schal für Friedrich. Aber wenigstens saßen sie zusammen, wenngleich Carl fehlte, angeblich weil ihn dienstliche Pflichten nach Brandenburg gerufen hatten. Miriam komplettierte die familiäre Runde, und Brahm hatte mit seinem Käfer Oma Frida und Tante Lydia aus Potsdam geholt. Während die Erstere in ihrer alten Wohnung merklich auflebte, auf einmal ganz rosige Wangen bekam und von früher schwärmte, wirkte die andere verhärmt.

«Carl treibt es wirklich auf die Spitze», klagte Lydia, als Claire sich nach dem Grund ihrer miesen Laune erkundigte. «Brandenburg, dass ich nicht lache! Mein werter Gatte zieht mit diesem verruchten Goldzahn-Russenweib um die Häuser, und er tut es auch noch ganz unverfroren. Aber sie soll sich bloß nichts einbilden, denn er wird sie ebenso schnell satthaben wie all ihre Vorgängerinnen. Ich bin mit einem Wüstling verheiratet!»

«Und wenn ihr euch scheiden lasst? Und du dir eine Arbeit suchst, meinst du nicht ...»

«Dieser Vorschlag kann doch nur von einer kommen, die noch keine Ahnung vom Leben hat», herrschte Lydia Silvie an. «Man bleibt nicht immer jung und schön, liebste Nichte, das geht nämlich schneller vorbei, als du dir das heute vielleicht vorstellen kannst. Es ihm so bequem machen? Ich denke nicht daran. Bis der Tod euch scheidet, so hat Carl es mir damals am Altar versprochen. Von mir aus auch gern bis zum Sankt-Nimmerleins-Tag!»

Schon nach wenigen Stunden ließ sie sich zusammen mit ihrer Schwiegermutter zurück ins Weberhäuschen nach Babelsberg bringen.

«Ich mag sie nicht.» Flori, die heimlich eine Karikatur angefertigt hatte, die Lydia mit spitzen Ohren und einem beleidigten Rüssel zeigte, kuschelte sich an Claire. «Und sie mich ebenso wenig. Deshalb kneift sie mich wahrscheinlich auch ständig in die Wangen. Aber ich bin doch kein Brotteig! Was bin ich froh, dass sie nicht meine Mutter ist.»

«Vielleicht hätten Carl und sie nicht so überstürzt heiraten sollen», sagte Friedrich. «Sie kannten sich ja erst ziemlich kurz. Aber als Alma und ich uns das Jawort gegeben hatten, konnte es meinem Bruder gar nicht schnell genug mit der eigenen Eheschließung gehen. Damals war Lydia noch eine fesche, selbstbewusste junge Frau. Erst Carls per-

148

manente Untreue hat sie so engstirnig und verbittert werden lassen.»

«Vielleicht passen sie einfach nicht zusammen», wandte Rike ein. «Carl hat frühzeitig die Konsequenzen gezogen und lebt sein eigenes Leben. Lydia dagegen klammert sich an ein Gestern, das es so längst nicht mehr gibt. Mein Mitleid mit ihr hält sich ehrlich gesagt in Grenzen. Sie müsste nicht so leiden, wenn sie nur ein bisschen mehr Mut hätte.»

«Du wirst ihn immer verteidigen, oder?», sagte Friedrich ärgerlich. «Ganz egal, was er auch tut. Darin ähnelst du übrigens deiner verstorbenen Mutter. Bei der hatte Carl auch zeitlebens einen ganz besonderen Stein im Brett.»

Er sah zu Claire, die plötzlich traurig wirkte.

«Verzeih, mein Herz, dass wir heute so viel von früher reden», bat er sie nun mit sanfter Stimme. «Muss wohl an Weihnachten liegen – dieses Fest macht einfach immer wieder sentimental! Wenigstens hast du jetzt ein paar freie Tage. Ich bin ja schon seit geraumer Zeit dagegen, dass du in dieser Eiseskälte Schutt schippst.»

Doch auch im neuen Jahr hielt Claire eisern an der Trümmerarbeit fest. Den ganzen Januar über arbeitete sie mit den anderen Frauen ihres Trupps weiter an den Loren, bis sie im Februar eine schlimme Bronchitis ins Bett zwang, die sich nach einigen Tagen zu einer Lungenentzündung zu entwickeln drohte. Sie fieberte stark und verlor rasch an Gewicht. In ihrer Not wandte Rike sich an den Engländer Ben Green, der mit seinem Freund Colonel Benge regelmäßig am Savignyplatz vorbeikam, um die Fotoserie über das Berliner Alltagsleben nach dem Krieg zu komplettieren.

Ohne jegliches Tamtam beschaffte Ben das so dringend benötigte Penizillin aus britischem Bestand, ein teures Mittel, das in Berlin sonst kaum aufzutreiben gewesen wäre, und Claire gesundete langsam wieder.

Inzwischen hatten die Thalheim-Schwestern auch erfahren, warum er so perfekt berlinern konnte. Als Benjamin Aaron Grünwald vor siebenundzwanzig Jahren in Zehlendorf zur Welt gekommen war, hatten ihn seine weitsichtigen Eltern angesichts der drohenden Katastrophe bereits 1933 zu einem Onkel nach London geschickt, wo er weiter zur Schule gegangen und schließlich in die Army eingetreten war. Er sprach nicht darüber, was seinen nächsten Verwandten zugestoßen war, was das Schlimmste vermuten ließ. Wie sein Onkel Jahre zuvor hatte auch Ben seinen Namen anglisiert und fühlte sich mittlerweile durch und durch «*british*» – zumindest war das so gewesen, bevor seine Füße wieder Berliner Boden betreten hatten.

Rike wusste Ben inzwischen zu schätzen, nicht zuletzt, weil er Claire während ihrer Krankheit so tatkräftig unterstützte, aber es waren rein freundschaftliche Gefühle, die sie für ihn empfand. Ganz anders Silvie, die von mehr träumte – bislang allerdings vergebens. Denn der junge Fotograf verhielt sich ihr gegenüber zwar freundlich, aber er blieb zurückhaltend, während sein Kamerad vor brennender Verliebtheit kaum noch zu bremsen war. David Benge wäre am liebsten bei den Thalheims eingezogen, hätte Silvie ihn auch nur im Geringsten ermutigt. Da dies ausblieb, hatte er zumindest alles in die Wege geleitet, damit sie im *British Officers' Club* auftreten konnte, wozu Silvie sich nach monatelangem Zögern schließlich bereit erklärte.

Allerdings nur unter der Bedingung, dass Rike und Miriam sie wenigstens beim ersten Auftritt begleiteten. Und für eine Gage, die die anderen atemlos machte.

«Ohne euch bekomme ich doch keinen Ton heraus», behauptete sie so vehement, bis die beiden sie schließlich tatsächlich eskortierten. «Außerdem sind wir dann zu dritt – und damit unangreifbar.»

Wie drei weibliche Musketiere marschierten sie in die kalte Winternacht. Rike trug unter dem alten Mantel ein dunkelrotes Georgettekleid mit üppigem Wasserfallkragen, das einst ihrer Mutter gehört hatte und ihren Winterteint belebte. Die Frisur unter der Baskenkappe saß, und die Sohlen ihrer Stiefelchen waren halbwegs dicht, und trotzdem fühlte sie sich seltsam an diesem Abend, wie zwischen den Welten, als ob sie nirgends dazugehören würde. Vor ein paar Tagen war sie sechsundzwanzig geworden, stand nun also auf der «dunklen Seite der zwanzig», wie sie Carl gegenüber geäußert hatte, der sie mit einem klapprigen, aber funktionstüchtigen Damenfahrrad als Geschenk überrascht hatte.

«Denk einfach nicht immer so viel nach, Rike-Mädchen.» Seine Stimme hatte fast zärtlich geklungen. «Dazu bist du doch viel zu jung. Geht ohnehin alles so schnell vorbei. Deshalb genieß lieber jeden Augenblick!»

Miri kam in Samt. Ihr lockiges Haar, das wieder bis zu den Schultern fiel, schimmerte ebenso rabenschwarz wie der geschmeidige Stoff, der sie knielang umhüllte. Rike hatte ihre Freundin noch nie derart verführerisch herausgeputzt gesehen. Den glamourösesten Auftritt aber legte Silvie hin, die über Colonel Benge an einige Meter Fallschirmseide gekommen war. Miriam hatte das hochbegehrte Material in ein cremeweißes schulterfreies Abendkleid mit betonter Taille und üppigem Faltenrock verwandelt, das bei jeder Bewegung leise raschelte.

Als die drei Frauen den Club betraten, war er bereits gut besucht. Zahlreiche Männer saßen auf den gemütlich aussehenden dunkelgrünen Ledersofas und an niedrigen Teakholztischen. Geschickt angebrachte Lampen tauchten den länglichen Raum in gedämpftes Licht. Die linke Seite dominierte die Bar, mit Spiegelverglasung im Hintergrund und einer beeindruckenden Flaschenbatterie hinter dem Tresen, vor dem einige hochbeinige Hocker zum Sitzen und Trinken einluden.

Die Luft war schwer von Zigarettenrauch, und noch etwas schwang in ihr – eine prickelnde Erwartung, die fast mit Händen zu greifen war.

Silvie ging auf die kleine Bühne auf der gegenüberliegenden Seite und begann mit dem englischen Volkslied *Greensleeves*, das zu ihrer leicht rauchigen, tiefen Singstimme passte. Der anschließende Applaus war artig, aber nicht frenetisch, obwohl es keinen einzigen Mann im ganzen Club gab, der sie während des Vortrags nicht fasziniert angestarrt hätte.

«You like German songs?», hauchte sie in die Menge.

Begeistertes Klatschen.

«Well, I have prepared some for you. Let's start with Irgendwo auf der Welt …*»*

Rike hatte zunächst keine Ahnung, wie ihre Schwester ausgerechnet auf die Lieder der Comedian Harmonists gekommen war, doch dann erinnerte sie sich wieder. Onkel

Carl hatte den Kindern vor Urzeiten eine Schallplatte der Gruppe geschenkt, die Silvie damals rauf- und runtergehört hatte. In den frühen dreißiger Jahren hatten diese hochtalentierten Vokalkünstler in Deutschland rauschende Erfolge gefeiert, Unmengen von Platten verkauft und die größten Häuser gefüllt, bis sie schließlich zwangsweise aufgelöst wurden, weil drei ihrer Mitglieder Juden waren.

Aber woher konnte Silvie den Text so perfekt nach all den Jahren? Und wo zum Teufel hatte sie heimlich geübt, denn sie sang den alten Schlager so gekonnt, als hätte sie ein Leben lang nichts anderes getan.

> «... denn ich möcht einmal recht so von Herzen
> glücklich sein.
> Irgendwo auf der Welt fängt mein Weg zum Himmel an,
> irgendwo, irgendwie, irgendwann.»

Jetzt klang der Beifall begeistert, und er steigerte sich noch weiter, als Silvie *Ein Freund, ein guter Freund* und danach *Du bist nicht die Erste, du musst schon verzeih'n* folgen ließ. Schließlich endete sie mit *Eine kleine Frühlingsweise* und einer Verneigung.

«*Thank you.*» Ihre Stimme war ein Wispern. «*So glad to be here.*»

Standing ovations.

David Benge in der ersten Reihe klatschte wie von Sinnen, und er war bei weitem nicht der Einzige.

«*Encore! Encore!*», schrien sie im Chor. «*Come on – one more song!*»

«*Okay, okay, okay.*»

Silvie zog die Brauen hoch und schaute zu Rike, so wie früher, wenn sie im Familienkreis ein Gedicht aufsagen sollte und Angst hatte, mittendrin stecken zu bleiben. Rike nickte zustimmend, genauso wie sie es auch damals getan hatte. Mit allem Möglichen hatte sie gerechnet, nur nicht mit diesem Lied, das ihre Schwester nun anstimmte.

«*Vor der Kaserne, vor dem großen Tor*
Stand eine Laterne und steht sie noch davor
So wollen wir uns da wiedersehen
Bei der Laterne wollen wir stehen
Wie einst Lili Marlen …»

Silvie sang es anders als Lale Andersen unzählige Male zuvor im Soldatenfunk, tiefer, trauriger, wie aus tiefster Seele. Bei ihr klang es wie eine sehnsuchtsvolle Klage, und Rike wusste, dass sie bei jedem Wort an Oskar dachte, den verschollenen Bruder. Es war so still, dass man die berühmte Stecknadel hätte fallen hören können. Niemand redete, nicht ein Glas klirrte. Die Gesichter der Männer veränderten sich. Betroffenheit stand darin, Rührung, viele sahen plötzlich traurig aus. David Benge weinte, und Rike fiel auf, dass auch Ben sich über die Augen wischen musste.

Als Silvie geendet hatte, herrschte noch immer atemlose Stille, die ein erstes Klatschen schließlich zögernd durchbrach.

Dann schlossen sich alle begeistert an.

Die jungen Frauen sollten noch weiter im Club bleiben, am besten über die Sperrstunde hinaus, aber Silvie war erschöpft und zeigte sich ausnahmsweise vernünftig. Colonel

Benge bestand darauf, die Schwestern und Miriam in einem Militärfahrzeug heimzubringen.

«Hier ganz in der Nähe haben wir früher gewohnt», bemerkte Silvie beim Einsteigen und verstaute die längliche Tasche, in der ihre Gage steckte, neben sich auf der Rückbank. Mit dem, was sie heute verdient hatte, ließen sich auf dem Schwarzmarkt viele interessante Geschäfte tätigen. «Eine Villa am Branitzer Platz, das ist unser geliebtes Elternhaus. Ich kann nur hoffen, Ihre Kameraden werden dort einen Stein auf dem anderen lassen. Unser fleißiger Vater hat sich nämlich halb tot dafür geschuftet. Wäre wirklich bitter für ihn, wenn sie ihn enttäuschen würden.»

Es war nur ein Versuchsballon, den sie startete, denn natürlich hatten die Thalheims sich längst davon überzeugt, dass zumindest äußerlich noch alles stand. Doch anders, als Silvie gehofft hatte, reagierte Benge nicht darauf, sondern ließ scheinbar ungerührt den Motor an. Die Fahrt verlief relativ schweigsam, auch weil der Kübelwagen ungeheizt und sehr laut war. Der Brite wurde erst wieder gesprächig, als sie ihr Ziel erreicht hatten.

«Will you sing für us again?», drängte er, als die drei jungen Frauen ausgestiegen waren. *«You were really wonderful, Silvie!»*

«May be», beschied ihn Silvie unverbindlich, schulterte die Tasche und schlüpfte mit den anderen beiden ins Haus. *«See you!»*

Miriam verabschiedete sich im Treppenhaus nach oben in ihr kleines Domizil.

«Benge hat recht, du warst wirklich eine Schau», sagte Rike, als sie im Flur die Mäntel auszogen. Die «Beuteta-

sche», wie Silvie sie nannte, stellte sie auf dem Boden ab.
«Ich bin verdammt stolz auf meine große kleine Schwester!»

Silvie fiel ihr um den Hals.

«Ach, Rikelein, aus deinem Mund hab ich mir das so sehr gewünscht», schluchzte sie. «Mehr als alles andere auf der Welt. Einmal wollte ich doch alles richtig gut machen!»

In der Küche wurden sie von ihrem Vater empfangen, der leicht zerrauft offenbar noch immer über dem Entnazifizierungsbogen brütete, den er schon seit Tagen ausfüllte.

«Wo ist denn Flori?», fragte Rike, weil die Kleine nicht wie gewohnt auf dem Küchensofa schlief.

«Nebenan, bei ihrer Mutter. Das unbequeme Ding da ist heute mein Nachtlager. Ich weiß allerdings schon jetzt, dass mir jeder Knochen weh tun wird, aber was soll's? Die Kleine schreibt morgen Mathe. Da will ich nicht schuld daran gewesen sein, wenn es danebengeht. Viel interessanter ist doch, wo ihr wart.»

«In einem englischen Club», erwiderte Silvie.

«Und da kommt ihr jetzt erst nach Hause?» Er musterte sie eingehend. «Und dann auch noch verheult?»

«Hatte nur was im Auge», gab Silvie zurück.

Sein Blick geriet noch missbilligender.

«Müssen es denn unbedingt nackte Schultern und so viel Dekolleté sein, Tochter? Eine Thalheim als Animierdame bei den Briten, das ist vollkommen inakzeptabel!»

«Ich hab bloß gesungen und sonst gar nichts.» In Silvies blauen Augen, die seinen so ähnlich waren, glitzerten erneut Tränen. «Manchmal bist du wirklich unmöglich, Papa! Hätte ich vielleicht in Sack und Asche auf die Bühne gehen sollen?»

«Einmal und nie wieder», knurrte er. «Du hast doch nicht etwa vor, da noch mal aufzutreten?»

«*Why not?*», erwiderte Silvie provokant. «Wenn sie noch einmal nach mir verlangen …»

«Sie hat es großartig gemacht», kam Rike ihr zu Hilfe. «Souverän und mit viel Gefühl. Der gesamte Club lag ihr zu Füßen. Sogar nach einer Zugabe haben sie verlangt. Diese Briten sind offenbar ganz wild nach deutschen Schlagern. Eigentlich seltsam, wo der Krieg doch gerade erst vorbei ist.»

«Mir wäre lieber, sie wären nicht ganz so wild nach deutschen Mädchen – und nach deutschen Villen. Dann müssten wir hier nämlich nicht wie die Hottentotten auf engstem Raum hausen, sondern könnten endlich wieder bequem in unserem Eigentum wohnen.» Er deutete auf die Blätter vor sich. «Einhunderteinunddreißig Antworten verlangen die von mir, da könnte man ja glatt durchdrehen! Wenn ich das alles hier wahrheitsgemäß ausfülle, wird es wohl noch Jahre dauern, bis wir zurück an den Branitzer Platz dürfen – wenn überhaupt.»

Seine Stimme veränderte sich.

«*Mitgliedschaft in der NSDAP* – ja. So fängt es schon mal an. Natürlich bin ich eingetreten. Aber doch nur, weil mir keine andere Wahl blieb, sonst hätten sie vielleicht noch unser schönes Kaufhaus zugemacht …»

«Musst du ihnen denn unbedingt das alles preisgeben?» Silvie hatte sich eine Tasse Tee eingeschenkt und verzog das Gesicht, als sie den ersten Schluck nahm, denn er war bitter und kalt. «Kann dich doch schließlich keiner dazu zwingen, oder?»

«Ich fürchte, doch. Papa könnte ernsthafte Probleme bekommen, wenn er lügt oder absichtlich etwas verschweigt», wandte Rike ein. «Gibt ja mehr als genügend Anpasser und Denunzianten, die nur darauf warten, sich bei den Besatzern lieb Kind zu machen. Für Butter oder Zigaretten würden die vermutlich sogar die eigene Mutter hinhängen. Friedrich Thalheim war nun einmal eine stadtbekannte Größe.»

«Und jetzt ist er zur Laus geschrumpft.» Aufgebracht stieß Friedrich seinen Stuhl nach hinten und stand auf. «Nichts geht wirklich voran – es ist zum Verrücktwerden! Die Leute haben kein Geld oder keinen Mumm, ich muss meine Tochter zur Schwarzen Börse schicken, damit wir uns das Nötigste leisten können, wir sitzen uns hier gegenseitig auf der Pelle, und Brahm mit seinen Lumpen kehrt mir gegenüber bei jeder Gelegenheit den großen Boss heraus. So habe ich mir den Frieden wahrlich nicht vorgestellt!»

«Du musst Geduld haben, Papa», sagte Rike. «Das müssen wir doch alle. Vielleicht solltest du in dieser wichtigen Angelegenheit mit Onkel Carl sprechen …»

«Carl!» Er spie das Wort aus wie eine unreife Frucht. «Als ob der die Weisheit mit Löffeln gefressen hätte! Ja, unter den Nazis wollte er keine Unrechtsurteile mehr fordern, durchaus ehrenwert. Aber was kam dann? Nachtwächter ist er geworden, mit einem so verschwindend kleinen Lohn, dass er seine Familie kaum noch ernähren konnte. Das musste er allerdings auch nicht mehr. Weil er Frau und Kinder nämlich längst verlassen hatte! Ich für meinen Teil dagegen habe alles unternommen, damit es euch gutgeht. Und jetzt erhalte ich diese Quittung!»

Er hieb mit der Faust auf den Tisch.

«Während mein Bruder fröhlich auf seiner Zündapp

durch die Lande bretterte und kluge Reden schwang, haben mich seine Freunde, die Sowjets, übel malträtiert. Und jetzt soll ich ausgerechnet ihn um Rat bitten, der ganz offiziell als Nazijäger Männer aus ihren Ämtern jagen und Familien ins Unglück stürzen darf? Da gehe ich ja lieber in die eiskalte Spree!»

Unwillkürlich hatten Rike wie auch Silvie den Kopf eingezogen. Doch Friedrich war mit seiner Tirade noch nicht fertig.

«Apropos mein Herr Bruder: da!» Er drückte Rike einen Umschlag in die Hand. «Für dich. Aus der Schweiz. Was glaubst du, wie triumphierend er mir den heute in die Hand gedrückt hat! Weiß der Himmel, warum der erst bei ihm gelandet ist und nicht gleich bei uns. Doch wenn er sich wichtigmachen kann, ist Carl ja immer ganz vornedran.»

«Für mich?», fragte Rike verblüfft.

«Steht drauf. Absender ist die Kanzlei Dr. Vögli & Partner. Eine Züricher Adresse. Los, mach schon auf!»

«Später», sagte Rike und zog sich innerlich zurück, weil ihr plötzlich alles zu viel wurde.

«Was soll das nun wieder heißen? Ist doch schon fast Mitternacht!»

«Später», wiederholte sie. «Ich bin hundemüde. Nacht, Papa!» Sie verließ die Küche.

Friedrich und Silvie schauten ihr hinterher.

«Dann bring du deine Schwester zur Vernunft», forderte er. «Was sie auf einmal nur hat? Geheimnisse in unserer Familie – das wäre ja ganz etwas Neues!»

«Ach, wirklich, Papa?» Silvie klang plötzlich sehr erwachsen.

Sie ging kurz hinaus, um mit einer länglichen Tasche wieder zurückzukommen.

«Magst du mal hineinschauen?», fragte sie.

Er folgte ihrer Aufforderung und schüttelte dabei verblüfft den Kopf.

«Ja, du hast ganz richtig gesehen. Zehn Stangen Chesterfield.» Silvie setzte gekonnt eine kleine Pause. «Meine bescheidene Gage.»

Wortlos starrte er sie an.

«Schlaf gut!», fügte sie mit einem kleinen Lächeln hinzu. «War ein verdammt langer Tag für uns alle.»

○ ○ ○

Am nächsten Morgen ging Rike etwas früher in den Laden, um ungestört den Brief zu öffnen. Die Ladentür hatte sie zugeschlossen, trotzdem zitterten ihre Hände so stark, dass der Brief hinunterfiel und sie ihn wieder aufheben musste. Seit langem hatte sie keine Post mehr erhalten, schon gar nicht von einem ausländischen Anwalt.

Was wollten *Vögli & Partner* von ihr?

Sehr geehrtes Fräulein Thalheim,
in tiefer Betroffenheit muss ich Ihnen das Ableben
Ihres Großvaters Egon Schubert anzeigen. Er hat unsere
Kanzlei mit der Testamentseröffnung beauftragt. Zu
diesem Zweck ersuche ich Sie höflich, bis spätestens
15. März 1946 in unseren Kanzleiräumen in Zürich,
Kirchgasse 40, persönlich vorstellig zu werden.
Hochachtungsvoll Dr. Reto Vögli

Rike las die Zeilen wieder und wieder. Dann ließ sie das Schreiben in ihren Schoß sinken.

Opa Schubert war gestorben, was sie traurig machte, obwohl sie ihn lange nicht mehr gesehen hatte. Er hatte Deutschland einige Jahre nach dem Tod seiner geliebten Tochter für immer verlassen. Aber Rike verbanden schöne Erinnerungen mit ihrem Großvater. Sie hatte sehr an ihm gehangen, obwohl er stets ein wenig kauzig gewesen war, ein passionierter Schachspieler, jemand, der sich mit Vergnügen raffinierte Züge ausgedacht hatte, um erst seine Tochter Alma und später dann sie, die älteste Enkelin, zu besiegen. Silvie und Oskar hatten sich in Kindertagen nur wenig aus dem «Spiel der Könige» gemacht, wie er es stets genannt hatte, und das Feld gern ihr überlassen. Sie jedoch fand es von Anfang an ebenso spannend wie lehrreich und strengte sich an, möglichst viele Züge im Gedächtnis zu behalten, um sich immer weiter zu steigern. Als es ihr gelungen war, den Großvater zum ersten Mal zu schlagen, hatte er ihr einen teuren Füllfederhalter geschenkt, den sie stets in Ehren gehalten hatte.

Und jetzt rief sein Anwalt sie in die Schweiz, wo der Großvater seit 1938 gelebt hatte – offenbar nur sie. Dafür musste es einen Grund geben.

In Rikes Kopf überschlugen sich die Gedanken.

Woran mochte er gestorben sein? Und wie hatte er seine letzten Jahre verbracht, verwitwet und fern von der Familie?

Für sie hörte sich das nach großer Einsamkeit an, doch er hatte deutlich spüren lassen, dass er wenig Wert auf die Familie in Berlin legte, allen voran Friedrich Thalheim. Und während der Kriegsjahre war es dann ohnehin immer schwieriger geworden, Kontakt zu halten, auch wenn Rike ihren Großvater vermisst hatte.

Jetzt blieb ihr noch sein Vermächtnis.

Eine Bahnfahrt nach Zürich bedeutete in diesen Zeiten eine halbe Weltreise, denn noch längst verkehrten wegen unzähliger Gleisschäden nicht alle Züge, viele Bahnhöfe waren zerstört. Außerdem war es alles andere als ungefährlich, als Frau allein unterwegs zu sein.

Aber wen könnte sie mitnehmen?

Den Vater, der sie bis heute nicht ganz ernst nahm? Alles in ihr sträubte sich dagegen.

Claire? Die war zwar wieder auf den Beinen, aber noch immer so blass und durchscheinend, dass es sicherlich zu anstrengend für sie wäre.

Silvie? Würde die nicht tödlich beleidigt sein, nur Begleitperson zu spielen?

Egal. Sie musste nach Zürich, und sie musste es zügig angehen, denn die ersten Märztage waren bereits angebrochen.

Oder vielleicht Ben Green?

Rike verwarf diesen Einfall schnell wieder, denn dafür kannten sie sich zu wenig. Außerdem hatte der junge Fotograf schwer genug an seinen eigenen familiären Erinnerungen zu tragen; da konnte und wollte sie ihm nicht noch ihre aufbürden.

Eine große innere Unruhe hatte sie erfasst, die sich immer weiter steigerte. Als im Lauf des Nachmittags tatsächlich ein paar zahlungsfähige Kundinnen erschienen, bediente sie diese so zerstreut, dass zwei von ihnen wieder gingen, ohne etwas zu kaufen. Dabei konnten sie jeden Pfennig gebrauchen, denn der Potsdamer Notgroschen war durch den Freikauf ihres Vaters schon merklich geschrumpft und zudem für den Wiederaufbau des Kaufhauses gedacht und daher sakrosankt. Die Näherinnen und die Heizkosten mussten bezahlt werden, die Familie musste essen. Obwohl Rike bislang so gut wie ohne Lohn arbeitete, warf der Laden noch längst nicht genügend ab. Ohne Silvies lukrative Schwarzmarktgeschäfte, die vieles wieder wettmachten, wäre ihr Leben sehr viel ärmlicher gewesen.

Rike schaute an sich hinunter.

Dem blauen Kleid, das sie heute trug, sah man seine Lumpenvergangenheit zwar auf den ersten Blick nicht an, aber sie musste dennoch ständig daran denken, wenn sie den Stoff auf der Haut spürte. So wollte sie sich keineswegs in Zürich zeigen. Und welchen Mantel konnte sie überhaupt anziehen, um einigermaßen gepflegt zu wirken? Von einem halbwegs modischen Hut ganz zu schweigen.

Sie musste dringend mit Miriam reden.

Rikes Züge entspannten sich.

Miri – das war überhaupt die Idee! Sie wäre ideal als Reisebegleitung, positiv, aufmunternd und vor allem ganz und gar verschwiegen. Gestern hatte sich die Freundin allerdings nicht wohlgefühlt, kaum etwas essen mögen und über starkes Seitenstechen geklagt. Rike hatte am Morgen noch nach ihr schauen wollen, es dann jedoch verschoben, weil sie die Lektüre des Briefes kaum erwarten konnte. Jetzt tat ihr das leid, und sie beschloss, es sofort nachzuholen. Große Sorgen machte sie sich nicht. Miriam würde sich sicherlich schnell wieder erholen. Was konnte eine leichte Unpässlichkeit ihr schon anhaben – nach allem, was sie überstanden hatte?

Auf dem Nachhauseweg erstellte Rike im Kopf bereits die Liste der Dinge, die unbedingt noch vor der Reise erledigt werden mussten. Aber als Allererstes galt es natürlich zu eruieren, ob die Freundin auch wirklich mitwollte. Doch als sie in die Wohnung kam, stürmte ihr bereits Flori entgegen.

«Miri musste ins Krankenhaus», rief sie aufgeregt. «Der Blinddarm! Sie haben sie schon operiert.»

«Aber Miri hatte doch Seiten- und keine Bauchschmerzen», sagte Rike verblüfft.

«So etwas kann offenbar ausstrahlen», erwiderte Werner Brahm, der mit Claire und Friedrich in der Küche Kaffee trank. «Zum Glück war ich da, als es ganz schlimm wurde. Ich hatte ihr gerade neue Stoffe gebracht – und sie dann sofort in die Charité gefahren. Dort läuft der Betrieb ja noch recht provisorisch, aber es ging ihr so elend, dass sie auf der Stelle auf den OP-Tisch musste. Sonst wäre womöglich noch der Blinddarm durchgebrochen, was viele nicht überleben. Ich bin natürlich so lange geblieben, bis sie Entwarnung gegeben haben. Die Narbe ist stattlich ausgefallen, aber eure Freundin wird wieder ganz gesund.»

«Gott sei Dank!», sagte Rike zutiefst erleichtert. «Und wie lange muss sie da jetzt liegen?»

Ihr Traum von einer gemeinsamen Reise nach Zürich hatte sich soeben in Luft aufgelöst. Aber Miriam war außer Gefahr. Allein das zählte.

«Kommt ganz darauf an, wie die Heilung verläuft. Zehn Tage mindestens, meinte Professor Sauerbruch. Vielleicht aber auch länger.»

«*Der* Sauerbruch?», fragte Rike verdutzt. «Der hat sie operiert?»

«Genau der», bekräftigte Brahm. «Schien ihm ein besonderes Anliegen zu sein, nachdem er erfahren hatte, dass Miriam Sternberg Jüdin ist.» Er grinste. «Übrigens ohne Honorarforderung, weil es doch ein absoluter Notfall war. Offenbar hat der berühmte Herr Geheimrat so einiges wiedergutzumachen.»

Rike wusste, dass ihr Vater den Arzt bewunderte, der sich gegen Euthanasie ausgesprochen hatte, auch wenn er die Vorteile, die ihm der NS-Staat als Prominenz bot, dennoch bis zum bitteren Ende gern für sich in Anspruch genommen hatte.

Auch jetzt ließ Friedrich Thalheim nichts auf ihn kommen. «Für mich ist und bleibt er eine Lichtgestalt», sagte er. «Schließlich hat er seinen Nobelpreis nicht grundlos erhalten. Junge Ärzte aus vielen Ländern scharen sich um ihn, damit sie von seinem Wissen und seiner Erfahrung profitieren. Dass er sich jetzt auch uneigennützig unserer Miriam angenommen hat, macht ihn für mich nur noch strahlender. Männer wie ihn brauchen wir – erst recht in diesen unsicheren Zeiten!»

Rike sagte erst einmal gar nichts mehr, aber in ihrem Kopf wirbelte alles wild durcheinander. Sie trank Claires dünnen Pfefferminztee, aß ein paar Löffel Linsensuppe, die noch fader als sonst schmeckte, weil sie offenbar ordentlich mit Wasser gestreckt worden war, dann setzte sie sich aufrecht hin.

Was in ihr brodelte, sollte auf den Tisch. Und zwar sofort.

«Ich muss nach Zürich», sagte sie. «So schnell wie möglich. Eigentlich hatte ich gehofft, dass Miriam mich begleiten würde, aber das fällt ja nun leider flach.»

«Dieses Anwaltsschreiben?», erkundigte sich Friedrich neugierig. «Was wollen sie denn von dir?»

«Opa Schubert ist gestorben, und sein Testament wird eröffnet. Ich soll persönlich in der Kanzlei vorsprechen.»

«Du?», sagte er überrascht. «Nur du?»

Rike nickte. «Offenbar hat er so verfügt.»

«Der alte Fuchs – wieder einmal typisch! Ich begleite dich natürlich», sagte er rasch. «Dann bist du sicher und beschützt.»

«Lieb von dir, aber das möchte ich nicht.»

Es wurde mucksmäuschenstill in der Küche.

«Und warum nicht, wenn ich fragen darf?» Der gereizte Tonfall ihres Vaters verriet nichts Gutes.

«Weil es meine Angelegenheit ist. Hätte Opa dich dabeihaben wollen, dann hätte er es sicherlich so formuliert. Aber hier ist nur von mir die Rede.» Sie legte das Schreiben auf den Tisch. «Ich bin sechsundzwanzig und brauche keinen Vormund mehr, Papa.»

«Als ob ich das nicht wüsste! Natürlich bist du erwachsen, aber die Fahrt ist lang, und in den Zügen verkehrt derzeit jede Menge Gesindel …»

«Ich kann sie doch hinfahren», mischte sich Brahm ein. «Ich wollte ohnehin nach Winterthur, neue Maschinen anschauen. Die Schweizer sind uns in der Spinnerei weit voraus, da sollte man rechtzeitig die richtigen Kontakte knüpfen.» Er schaute zu Friedrich. «Ich bring dir deine Große vollkommen unbeschadet wieder zurück, keine Sorge», fuhr er fort. «An alten Kerlen wie mir wäre so eine junge Schönheit wie Rike ja leider ohnehin nicht interessiert.»

Mit dem Auto in der Schweiz – vor Rikes Augen tauchte

166

wieder jene hässliche Szene vor nunmehr vierzehn Jahren auf, der Unfall mitten auf dem Ku'damm, der ihr die Mutter genommen hatte. Seitdem hatte sie bis auf den notwendigen Ausflug nach Potsdam Autofahrten tunlichst vermieden, und eine Reise über so viele Stunden schreckte sie zutiefst. Andererseits wären sie im Auto unabhängig von Fahrplänen und mehr schlecht als recht funktionierenden Anschlüssen, das wiederum sprach eindeutig dafür.

«Wir machen Station in München», fuhr Brahm fort. «Die Autobahn bis dorthin ist weitgehend unbeschädigt, das habe ich erst neulich von jemandem gehört. Dort besuchen wir Otto Wölfle und seine Strickfabrik. Hast du nicht erst neulich mit ihm korrespondiert, Friedrich? Der wohnt in einer Villa ohne Bombenschäden und lässt uns garantiert bei sich übernachten.»

«Habe ich.» Es klang alles andere als begeistert. «Wir haben eine erneute Zusammenarbeit vereinbart, aber natürlich erst, wenn bei uns hier in Berlin alles wieder besser läuft.»

«Dann kann es ja sicherlich nicht schaden, wenn wir uns schon einmal an Ort und Stelle umsehen, nicht wahr, Rike?»

Das Du klang in ihren Ohren immer noch ein wenig fremd, aber er hatte es ihr vor ein paar Wochen angeboten, und sie war einverstanden gewesen.

Rike nickte zögerlich.

«Aber von München aus ist es doch noch ein ganzes Stück bis in die Schweiz …»

«Halb so wild! Wir nehmen die Landstraße nach Lindau, dann sind wir bald am schönen Bodensee. Den sollte jeder

167

einmal im Leben gesehen haben – mindestens.» Er grinste vergnügt. «Von dort geht es nach Meersburg, danach mit der Autofähre über das Wasser weiter bis Konstanz und von dort aus wieder auf dem Landweg bis zur Schweizer Grenze.» Sein Grinsen wurde breiter. «Vorausgesetzt natürlich, die Eidgenossen lassen uns Deutsche überhaupt schon wieder in ihr schönes reiches Land.»

«Warum sollten sie nicht?», fragte Claire, während Friedrich verstummt war.

«Weil wir doch alle böse, böse Nazis waren. Bis auf die bösen Nazis natürlich, die großes Geld bei ihnen angelegt hatten. Für die gelten selbstredend andere Gesetze. Also, was ist nun, Rike – bist du dabei?»

«Wie lange werden wir brauchen?», fragte sie mit flacher Stimme.

«Kommt drauf an, ob wir uns ablösen können. Du kannst Auto fahren?»

Sie schüttelte den Kopf. Sich selbst ans Steuer setzen – welche Horrorvorstellung! Silvie sprach schon seit Wochen davon, dass sie so bald wie möglich den Führerschein machen wolle. Darauf konnte Rike dankend verzichten.

«Wenn ich die ganze Strecke allein bestreiten soll, rechne ich mit mindestens vier Tagen. Zwei hin, mit Aufenthalten in Zürich und Winterthur, zwei wieder zurück. Es sei denn, du möchtest vielleicht vor Ort noch eine kleine Rundreise anschließen. Die Schweiz ist nämlich wunderschön …»

«Natürlich nicht», unterbrach sie ihn scharf. «Ich muss zu diesem Anwalt nach Zürich, und ja, die Maschinen, von denen du gesprochen hast, interessieren mich auch. Alles andere kann warten.»

«Dann kümmere du dich um die notwendigen Papiere, vor allem um eine gültige Interzonentransitgenehmigung für alle Sektoren, denn damit verstehen die Alliierten, wie ich aus leidvoller Erfahrung weiß, keinerlei Spaß. Uns irgendwo unterwegs unverrichteter Dinge zurückschicken lassen wollen wir ja sicherlich nicht. Dein Reisepass muss ebenfalls aktuell sein. Wenn du das alles beisammenhast, gib mir Bescheid. Ach ja, ein bisschen Bares für unterwegs kann auch nicht schaden. Wer weiß, wen man wo wie schmieren muss.»

«Wann können wir losfahren?», wollte Rike wissen.

Er stand auf und verneigte sich leicht.

«Zu Diensten, *mylady*», sagte er spöttisch. «Allzeit bereit.»

○ ○ ○

Nachdem sie vor der Autobahneinfahrt hinter Potsdam von sowjetischen Soldaten kontrolliert worden waren, die ihre Zonentransitbescheinigung eingehend geprüft, schließlich aber doch abgestempelt hatten, verfiel Rike für die nächsten Stunden in eine Art Trance, die das monotone Motorengeräusch noch verstärkte. Sie hatte gleich zwei Tabletten auf einmal geschluckt, offiziell, damit ihr nicht übel wurde, in Wirklichkeit jedoch, um ihr flatterndes Nervenkostüm zu beruhigen. Jetzt fühlte sie sich zwar so benommen, dass ihr zwischendrin sogar die Augen zufielen, aber immerhin gelang es ihr auf diese Weise, halbwegs erfolgreich gegen die immer wieder aufsteigende Panik anzukämpfen.

Trotzdem wurden die Erinnerungen an ihre Mutter mit jedem Kilometer präsenter, den sie zurücklegten. Wie geschmeidig sie sich bewegt hatte! Wie sehr sie Autos geliebt hatte und wie herzhaft sie auch über Unsinn lachen konnte, mit einem Mal gar nicht mehr die elegante Dame, die alle in ihren Bann zog, sondern ein freches, übermütiges Ding, das sagte und tat, was es wollte. So stark war sie ihr vorgekommen, so ganz und gar lebendig. Niemals hätte Rike sich vorstellen können, dass ihr auch nur das Geringste zustoßen könnte …

Bis zu jenem Februarnachmittag 1933, als Mama plötzlich wie von Sinnen aus dem Hotel auf die Fahrbahn gerannt war, direkt vor einen dunkelgrünen Mercedes, der zwar noch gebremst, sie aber trotzdem wie eine Gliederpuppe auf die Kühlerhaube genommen und zurück auf den Asphalt geschleudert hatte. Was davor und danach geschehen war, wusste Rike nicht mehr, alles war wie ausgelöscht. Es gab in ihrer Erinnerung nur noch Nebel und Rauschen und das überlaute Hupen Dutzender Autos. Und das Bild ihrer starken, heißgeliebten Mutter, die reglos auf der Straße lag …

Seitdem war nichts mehr so gewesen wie zuvor.

Das galt nicht nur für ihren Vater, für sie und die Zwillinge, die tagelang schluchzten und sich kaum beruhigen ließen. Das galt ganz besonders für Opa Schubert, der auf einen Schlag um Jahre gealtert wirkte. An allem schien er nach dem Tod seiner Tochter das Interesse zu verlieren, kümmerte sich nicht länger um Aktien und Börsenkurse, wie er es stets zuvor getan hatte, und übergab die Leitung seiner florierenden Schuhfabrik schließlich an einen Geschäftsführer. Immer öfter zog er sich in sein Haus zurück, bis er es kaum noch verließ. Seine Dahlemer Villa verwandelte sich mehr und mehr in eine Art Mausoleum: dunkel und still, bestückt mit Dutzenden von Alma-Fotos in schweren Silberrahmen. Die wenigen Besucher, die er empfing, fühlten sich unwohl, weil er kaum noch redete, und blieben schließlich lieber fern; die Zwillinge hatten regelrecht Angst vor ihm. Rike war die Letzte aus der Familie, die nach der Schule auf dem Fahrrad hinaus zu ihm radelte, doch irgendwann bat er sie unter Tränen, nicht mehr zu kommen.

«Du wirst meiner Alma immer ähnlicher», sagte er. «Weißt du das eigentlich? Und das ertrage ich nicht, denn jedes Mal, wenn ich dich sehe, denke ich für einen wahnwitzigen Moment, sie sei wieder am Leben. Das verkraftet mein altes Herz nicht mehr. Bitte nicht böse sein, Rike-Kind, aber dein Großvater muss jetzt allein sein.»

Irgendwann erreichte sie die Nachricht, dass er in die Schweiz emigriert sei. Ab da gab es nur noch Kartengrüße zum Geburtstag und zu Weihnachten, die in den Kriegsjahren immer seltener wurden.

Jetzt war er tot. Rike war überzeugt, dass er an gebrochenem Herzen gestorben war, weil er den Verlust seiner Tochter niemals überwunden hatte.

«Na, endlich wieder wach?», sagte Werner Brahm neben ihr, und Rike schreckte jäh aus ihren Erinnerungen hoch. «Inzwischen sind wir schon kurz vor Nürnberg, für Hitler ja ‹der Inbegriff des unverfälschten Deutschtums›. Heute sitzt dort seit letztem Herbst ein internationales Militärtribunal über seine hochrangigen einstigen Spießgesellen zu Gericht. Haben sie Pech, so werden sie alle baumeln. Lauter braune Hälse, garantiert kein schöner Anblick! Aber jeder von ihnen hat es tausendmal und mehr verdient.»

«Ja, ich bin wach», erwiderte Rike, die auch dieser Meinung war, im Moment allerdings keinerlei Lust auf Politisieren verspürte. Mit Carl hatte sie sich schon mehrmals über die Nürnberger Prozesse unterhalten; viele der neuen Zeitungen berichteten mehr oder weniger ausführlich darüber. Mit den knappen, sachlichen Äußerungen ihres Onkels, die ihr immer wieder neue Horizonte eröffneten, kam sie aber um einiges besser klar als mit Werners ironisch gefärbten Kommentaren, die meist im Nichts versandeten. «Und du? Schon müde?»

«Geht noch. Allerdings müssen wir bald tanken. Und eine Kleinigkeit essen sollten wir auch.»

«Machen wir.» Auf einmal verspürte auch Rike einen Anflug von Hunger. «Claire hat uns ohnehin so viel Proviant eingepackt, als wären wir wochenlang unterwegs.»

Sie hielten bei der nächsten Tankstelle, der auch ein kleiner Rastplatz angegliedert war. Werner Brahm füllte Benzin nach, dann verzehrten sie ihre Stullen und leerten die Thermoskanne mit echtem Bohnenkaffee. Im winzigen Vorraum zur Toilette starrte Rike beim Händewaschen in den zerschlagenen Spiegel.

Sah sie nicht vollkommen daneben aus?

Mager und blass, als sei sie im Begriff, sich in nichts aufzulösen. Dabei sollte sie eigentlich ausgeschlafen und konzentriert sein. Denn Zürich kam immer näher und damit auch Opa Schuberts Vermächtnis.

Welche Überraschungen würde es für sie parat haben?

Sie schob die Schultern nach hinten, als sie zurück zum Auto ging. Der Käfer war längst nicht so bequem wie der Mercedes, den ihr Vater vor dem Krieg gefahren hatte; die

Federung war hart, und man spürte jede Bodenwelle, was immerhin dazu führte, dass Rike nicht mehr einschlief. Ab und an setzte Werner kühn zum Überholen an und zog sogar an größeren Wagen vorbei, obwohl die Autobahn dünn befahren war.

Kurz vor München mehrten sich die Militärfahrzeuge.

«Wir sind längst in der amerikanischen Zone.» Werner klang erleichtert. «Die Amis sind eindeutig laxer mit ihren Bestimmungen als unsere britischen Freunde und natürlich erst recht als die Russen. Deshalb hat Otto Wölfle mit seiner Strickfirma ja auch schon wieder solchen Aufwind.»

«Woher kennst du ihn eigentlich?», wollte Rike wissen.

«Textilmesse Frankfurt. Liegt allerdings schon eine halbe Ewigkeit zurück. Damals war er noch ein blutjunger Kerl, aber einer mit Biss. Ist mir sofort aufgefallen. Irgendwie sind wir über die Jahre immer in Kontakt geblieben. Bin schon gespannt, was er alles zu erzählen hat. So, wir sind am Ende der Autobahn angelangt. Das Schlimmste hast du überstanden.»

Er lächelte und legte seine Hand auf Rikes Knie, was sie äußerst unangenehm fand, deshalb schob sie sie schnell wieder weg. Brahm tat, als sei nichts geschehen, und reichte ihr überfreundlich einen verknitterten Zettel rüber.

«Hier – die Wegbeschreibung. Wir müssen so ziemlich einmal quer durch die ganze Stadt. Jetzt, meine Liebe, schlägt die Stunde der Beifahrerin!»

Sie gab sich Mühe, mit der großzügigen, aber ein wenig nachlässigen Handschrift zurechtzukommen, und lotste ihn brav nach rechts, dann wieder links oder geradeaus. Immer wieder flog zwischendrin ihr Blick aus dem Fenster. Die Straßen waren holprig, voller Schlaglöcher, zum Teil aufgerissen und vor allem um einiges schmaler, als sie es von zu Hause gewohnt war. Viele der Häuser, die sie säumten, waren ganz oder teilweise zerstört. Ruinen und Schutt, wohin sie auch schaute. Bislang hatte sie gedacht, Berlin hätte neben Dresden und Hamburg die schlimmsten Bombenschäden abbekommen, aber auch hier sah es wüst aus.

«München, einstige ‹Hauptstadt der Bewegung›», kommentierte Werner, als könne er ihre Gedanken erraten. «Otto meint, die Briten und Amis hätten deswegen hier ganz besonders intensiv bombardiert.»

Der Hauptbahnhof war nur noch ein Gerippe, und um ihn herum sah es nicht viel besser aus. Etwas mehr Häuser schienen unbeschädigt geblieben zu sein, je weiter sie in westlicher Richtung fuhren. Nach und nach wurden die unbebauten Flächen immer größer; dazwischen entdeckte Rike Schuppen, Baracken und andere niedrige Gebäude, deren Verwendungszweck sie nicht kannte. Alles wirkte einfach, fast ländlich, nicht sonderlich gepflegt.

«Moosach», sagte Werner Brahm. «Hier hat er übergangsweise seine Fabrik untergebracht.»

Sie mussten sich unterwegs bei zwei Radfahrern durchfragen, doch schließlich erreichten sie ihr Ziel: ein halbes Dutzend kleinerer Hallen, aus denen Maschinenlärm drang.

Otto Wölfle empfing sie hemdsärmelig in seinem provisorischen Büro, ein kleiner, kräftiger Mann mit dichtem, dunklem Haar, in dem das erste Silber blitzte. Als Brahm ihm Rike vorstellte, begann er zu lächeln.

«Friedrich Thalheims Tochter? Sehr erfreut, gnädiges Fräulein! Entschuldigen Sie bitte meinen legeren Aufzug, aber mir sind heute krankheitshalber gleich zwei Stricker auf einmal ausgefallen. Da muss eben auch der Chef mit Hand anlegen, damit alles termingerecht fertig wird.»

Er führte sie in die erste Halle, wo rund fünfzehn Männer an den Maschinen arbeiteten.

«Die ersten Winterpullis», schrie er in den Lärm hinein, der jede Unterhaltung fast unmöglich machte. «Sechs Tage die Woche, zweimal je zwölf Stundenschichten. Stillstand ist Rückstand. Zum Glück haben wir jetzt diese fleißigen Flüchtlinge aus dem Sudetenland, die so richtig zupacken können. Sie wissen ja, in unserer Branche muss man mindestens immer eine Saison voraus sein.»

«Wie viele Leute arbeiten für dich?», schrie Werner zurück.

«Inzwischen sind es fast sechzig, summa summarum.» Der Stolz in seiner Stimme war trotz des Radaus unüberhörbar. «Hätten wir keinen Krieg gehabt, wären es sicherlich wesentlich mehr.»

«Und die Maschinen?», wollte Brahm wissen.

«Gerade noch vor dem Feuer gerettet. In den alten Räumen sind wir gleich zweimal ausgebombt worden. Dabei hatten wir noch Riesenglück, dass nicht alles hin war. Einen Teil der Maschinen konnten wir reparieren, und diese beiden neuen hier sind aus der Schweiz. Spitzenware, kann ich dir sagen! So schnell, dass menschliche Finger kaum noch mitkommen. Aber lasst uns lieber rüber in den Versand gehen. Da ist es nämlich deutlich leiser.»

Lange Tische, auf denen die Strickwaren sortiert und ver-

packt wurden. Dahinter junge Frauen in sauberen Kittel-
schürzen. Neidvoll starrte Rike auf die farbenfrohen Kostbarkeiten aus Wolle – alles neu, alles leuchtend, garantiert
lauter Garne, die zuvor keine Putzlappen gewesen waren.
Besonders ein karamellfarbenes Strickjäckchen mit schim-
mernden Perlmuttknöpfen hatte es ihr angetan. Sie konnte sich kaum daran erinnern, wann sie zum letzten Mal so
etwas Schönes angehabt hatte.

Du solltest nur Creme, Kupfer oder Brauntöne tragen ...

Fast meinte sie Floris helle Stimme zu hören.

«Darf ich Ihnen das Jäckchen einpacken lassen, Fräulein
Thalheim?» Wölfle musste sie genau beobachtet haben.
«Größe 38, ich liege doch richtig, oder? Vermutlich würde
es Ihnen auch eine Nummer kleiner passen. Aber man trägt
es eher leger.»

«Das geht doch nicht ...», protestierte Rike.

«Und ob das geht!», versicherte er. «Sie würden mich sehr
traurig machen, sollten Sie ablehnen. Und jetzt lassen Sie
uns aufbrechen. Ist ja eine ordentliche Strecke von Berlin
bis nach München, da sind Sie beide bestimmt hungrig.
Und Fini, meine bessere Hälfte, macht nun einmal den
besten Schweinsbraten der ganzen Stadt!»

Es war wie in einem Traum: eine unzerstörte, gepfleg-
te Villa inmitten eines stattlichen Gartens, ein Tisch mit
Damastdecke, weißen Stoffservietten und Tafelsilber. So
ähnlich hatten die Thalheims früher auch gelebt, und das
Bewusstsein dessen, was sie alles verloren hatten, machte
Rikes Kehle plötzlich eng. Sie gab sich Mühe, sich nichts
anmerken zu lassen, war sich aber alles andere als sicher, ob
ihr das auch gelang. Es war nicht Neid, was sie empfand,

eher ein tiefes, fast schmerzhaftes Sehnen nach einer Zeit, die für immer verloren schien.

Die Hausherrin war blond und freundlich, um einiges jünger als ihr Gatte und keineswegs so glamourös, wie Rikes Mutter gewesen war. Doch ihr dunkelblaues Strickensemble aus Rock und passender Weste mit hellblauer Seidenbluse war von erlesener Qualität, ebenso wie die weiße Perlenkette, die darunter hervorblitzte.

Ob es Mamas Juwelen überhaupt noch gab, die sie damals so eilig im Garten vergraben hatten? Wenn sie Pech hatten, waren sie längst in russischem oder britischem Besitz.

Zum Schweinernen gab es Kartoffelknödel und Krautsalat; dazu wurde Bier serviert. Rike vertilgte zwei ordentliche Portionen und trank ihr Glas leer, das der Hausherr immer wieder aufmerksam nachgeschenkt hatte. Auch von dem Schälchen Bayerisch Creme, die es zum Dessert gab, ließ sie nichts übrig.

Danach hatte sie allerdings Angst, jeden Moment zu platzen.

«Wie machst du das nur?», sagte Werner Brahm anerkennend, als die beiden Männer sich nach dem Essen eine Verdauungszigarette gönnten. «Davon sind wir in Berlin noch Lichtjahre entfernt. Mit Marken kann man …»

«Vergiss sie!», unterbrach ihn Wölfle temperamentvoll. «Die sind ein absolutes Auslaufmodell. Die Menschen wollen endlich wieder leben und genießen: gutes Essen, gepflegtes Wohnen, schöne Mode – einfach alles. Deshalb sind der graue und der schwarze Markt für uns Unternehmer derzeit ja um so vieles spannender, vorausgesetzt natürlich, die Alliierten kommen einem dabei nicht in die

Quere. Offiziell geht es natürlich über Kleidermarken und Bezugsscheine, aber wenn man erst einmal weiß, wie es läuft, klappt es auch mit dem Tauschhandel ganz gut: Ich habe Pullover, du hast Maschinen, da sollten wir miteinander schon irgendwie zurechtkommen! Eine Hand wäscht die andere. Ganz wie eh und je. Aber das kennst du ja …»

«Kenne ich natürlich, aber das Entscheidende sind und bleiben doch die Rohstoffe. Woher beziehst du beispielsweise Garne und Wolle? An die früheren Spinnereien und Webereien im Osten heranzukommen wird immer schwieriger. Die Sowjets demontieren in den Fabriken wie die Bekloppten und rücken nichts mehr von dem raus, was früher produziert wurde. Also lasse ich Stoffe aus Lumpen fertigen, das geht für den Moment, aber auf Dauer werden die Kunden damit nicht zufrieden sein.»

Wölfle beugte sich näher zu ihm.

«Wenn du willst, kann ich dir diesbezüglich ein paar gute Tipps geben, wie du …»

Rike hätte liebend gern mehr davon erfahren, aber ihr war plötzlich sterbenselend. Ihr Magen revoltierte; auf ihrer Stirn stand kalter Schweiß. Mit Müh und Not schaffte sie es gerade noch bis in die kleine Gästetoilette.

Dort erbrach sie sich heftig.

«Sie Armes!» Fini war mit einem kalten Lappen und einem Fläschchen Hoffmannstropfen zur Stelle, die sie auf einen Löffel träufelte. «Da, nehmen Sie. Saubitter, hilft eigentlich immer – es sei denn, Sie wären schwanger.»

«Bin ich nicht», krächzte Rike und übergab sich erneut. «Nur leider an das gute Leben schon viel zu lange nicht mehr gewöhnt …»

Beim Aufstehen taumelte sie und lehnte sich stöhnend an die kühle Fliesenwand.

«Dann nichts wie ab ins Bett!», kommandierte Fini resolut. «Morgen werden Sie sich wieder besser fühlen.»

Doch als Brahm Rike vor dem Morgengrauen für die Weiterfahrt weckte, war ihr noch immer übel.

«Das kann ja heiter werden», kommentierte er, während sie kreidebleich einstieg, unfähig zu reden. «Gib bloß rechtzeitig Bescheid, wenn ich anhalten soll!»

Rike nickte matt, schloss die Augen und war froh, dass er endlich still war. Nach Memmingen ging die Sonne auf, und sie wagte zum ersten Mal, aus dem Fenster zu schauen. Lieblich und saftig zog das Allgäu an ihnen vorbei, mit grünen Wiesen, Bauernhöfen und einem Himmel, der sich umso tiefer blau färbte, je weiter sie kamen. Hier roch es schon nach Frühling, wärmer wurde es auch; endlich mussten sie im Wagen nicht länger bibbern. Inzwischen war Rike heilfroh um den beigen Trench, den natürlich keine andere als Silvie an der Schwarzen Börse für sie ergattert hatte. Zusammen mit der weinroten Baskenmütze und dem neuen Strickjäckchen würde sie darin keine allzu schlechte Figur machen.

Irgendwann war sie wieder eingedöst.

«Bodensee», hörte sie Brahm sagen. «Jetzt geht es in Kehren bergab, dann nehmen wir im Meersburger Hafen die Fähre nach Konstanz. Auf diese Weise haben wir einmal Passkontrolle bei den Österreichern eingespart.»

Vom Oberdeck aus war alles blau und weit, See, Himmel, Berge, deren Gipfel noch schneebedeckt glitzerten. Ein paar Möwen folgten ihnen, Rike blinzelte genießerisch in die

179

Sonne und hätte noch ewig so weiterfahren können, aber sie mussten ja wieder zurück ins Auto und bei den französischen Besatzern abermals den Interzonenpassierschein abstempeln lassen. Dafür ging es an dem kleinen Grenzübergang in Kreuzlingen erstaunlich rasch.

«Jetzt sind wir also in der Schweiz», sagte Rike erstaunt, als sie ihre provisorischen Reisepässe mit den neuen Stempeln wieder eingesteckt hatten.

«Ganz genau», erwiderte Werner. «Noch einmal kräftig Vollgas, dann dürften wir in einer guten Stunde am Ziel sein.»

○ ○ ○

Wie aufgeregt sie war!

Rike verließ schnellen Schritts das Hotel *Krone*, in dem Brahm zwei einfache Einzelzimmer gebucht hatte. Eigentlich hatte er sie unbedingt zum Anwalt begleiten wollen und derart aufdringlich darauf beharrt, dass es Rike richtig unangenehm geworden war, aber sie war trotzdem standhaft bei ihrer Weigerung geblieben.

«Meine Angelegenheit», so hatte ihre Antwort gelautet. «Und abzuholen brauchst du mich auch nicht. Ich komme allein zurecht.»

Inzwischen bedauerte sie ihre Schroffheit, denn jetzt mit jemandem zu reden hätte ihre Aufregung vermutlich gemindert. So aber blieb ihr nichts anderes übrig, als tief ein- und wieder auszuatmen, während sie einen Schritt vor den anderen setzte. Das frühlingshafte Wetter hatte offenbar viele Züricher aus dem Haus gelockt, die entlang des Limmatquais flanierten. Der Fluss glitzerte in der Nachmittagssonne; auf der anderen Seite der Straße lockten Cafés, Restaurants und Geschäfte, teils unter malerischen Arkaden gelegen, in die Rike nur ein paar Blicke warf, weil das Übermaß an Waren sie überforderte.

Wie gut die Leute angezogen waren!

Die Männer ganz klassisch in gedeckten Farben, die Frauen so fröhlich und bunt, wie sie es seit Jahren nicht mehr gesehen hatte. Und welch hochwertiges Schuhwerk sie trugen! Jetzt schämte sie sich richtig für ihre abgelaufenen schwarzen Stiefelchen, aber die waren noch das Beste, das sie zu bieten hatte. Alles hier atmete Wohlstand und Frieden, die Leute sahen satt und zufrieden aus. Sogar die Hunde wirkten freundlich und gut gelaunt. Nicht eine einzige Ruine, kein Trümmerhaufen weit und breit, als hätte es nur ein paar Kilometer weiter jenseits der Grenze nicht jahrelang Krieg und Not gegeben.

Die Eindrücke, die von überall her auf sie einströmten, waren so intensiv, dass Rike froh war, als sie die stille, schattige Kirchgasse erreicht hatte. Hausnummer 40 war schnell gefunden. Im Erdgeschoss residierte ein Buchladen, was sie zum Lächeln brachte und im selben Moment traurig werden ließ. Wie lange war sie schon nicht mehr zum Lesen gekommen! Dabei war sie verrückt nach Büchern, seitdem sie denken konnte, hatte am liebsten unter dem alten Kirschbaum im Garten gelesen, und die Eltern hatten sie in dieser Liebe zum Gedruckten weiter bestärkt. Doch in ihrem angespannten Überleben gab es weder Muße noch Geld, um dieser Leidenschaft weiter zu frönen. Notgedrungen musste Rike sie auf irgendwann später verschieben wie so vieles andere auch.

Drei Treppen nach oben, dann stand sie vor dem richtigen Türschild.

Dr. Reto Vögli & Partner.

Sie drückte auf die Klingel. Jetzt schlug ihr das Herz bis zum Hals.

Ein knochiger Mann mit großen Ohren öffnete, so klein und zart, dass man ihn im ersten Moment für ein Kind hätte halten können. Doch sein Gesicht war faltig wie altes Papier, und die dunklen Augen hinter den runden Brillengläsern wirkten weise.

«Fräulein Thalheim?»

Rike nickte.

«Kommen Sie doch bitte weiter. Ich habe Sie bereits erwartet.»

In seinem schwarzen Anzug mit dem steifen Vatermörderkragen wirkte Vögli wie ein Relikt aus einer anderen Zeit. Seine Stimme allerdings klang melodisch und erstaunlich jung.

«Ihr Großvater war ein ungewöhnlicher Mann», sagte er, als sie ihm gegenübersaß, getrennt durch einen massiven Schreibtisch, hinter dem er fast verschwand. «Und ebenso ungewöhnlich wird Ihnen womöglich sein Vermächtnis erscheinen. Er hat es vorgezogen, seinen Lebensabend in der Schweiz zu verbringen, weil ihm unser Land als einziger Hort der Sicherheit in ganz Europa erschien. Ich darf Ihnen versichern, dass Egon Schubert sich bester geistiger Gesundheit erfreute, als er es verfasst hat. Davon konnte ich mich mit eigenen Augen überzeugen. Wenngleich sein Herz schwarz vor Trauer war.»

Es passte zu seiner kuriosen Aufmachung, dass er sich

so verschroben ausdrückte, aber es störte Rike keineswegs, ganz im Gegenteil. Sie hätte nicht genau sagen können, weshalb, aber in seiner Gegenwart fühlte sie sich aufgehoben, fast schon geborgen.

«Der Unfall meiner Mutter», sagte sie leise. «Eine entsetzliche Zäsur, für uns alle …»

Mit dem Heben seiner zarten Hand brachte Reto Vögli sie zum Schweigen.

«Unfall – ja», sagte er. «Sie werden bald mehr wissen. Ich wünsche Ihnen die Kraft und Stärke, es zu ertragen.»

Rikes Hände wurden schweißnass. Was hatte seine Bemerkung zu bedeuten?

Er schloss eine silbrige Metallkassette auf.

«Der Schlangenring Ihrer verstorbenen Mutter», sagte er und reichte ihn Rike über den Schreibtisch. «Vermutlich wollen Sie ihn gleich anlegen.»

Da war er also abgeblieben!

Damals hatte ihr Vater schon den Bestatter verdächtigt, weil er plötzlich verschwunden gewesen war, dabei hatte ihn der Großvater an sich genommen.

Rike steckte ihn an den kleinen Finger ihrer linken Hand. Dort hatte Mama ihn immer getragen. Auch ihr passte er wie angegossen.

«Des Weiteren gibt es ein blaues Notizbuch, in dem allerdings zahlreiche Seiten fehlen. Das muss ich ausdrücklich hervorheben, um den Verdacht auszuschließen, sie seien eventuell während der Lagerung bei uns abhandengekommen. Aus dem Begleitschreiben Ihres Großvaters geht hervor, dass er es nach dem Tod ihrer Mutter an sich genommen hat, damit es nicht in falsche Hände geriet.»

Vögli schob die Kassette zu ihr hinüber.

Zögernd nahm sie das Notizbuch heraus und begann zu blättern. Unverkennbar die Handschrift ihrer Mutter, steil, mit starken Unterlängen, wie hingefegt, als wäre sie stets in Eile. Rike selbst schrieb kantig, fast ein wenig gedrungen. Als Kind hatte sie einmal gewagt, Mamas Unterschrift zu fälschen.

Es war bei dem einen Versuch geblieben.

Reto Vöglis dunkle Augen hinter der runden Brille sahen sie fragend an.

«Ich lese es später», stotterte Rike und schlug das Notizbuch wieder zu. «Sobald ich allein bin.»

«Gute Idee.» Er nickte mehrmals, als ob ihn ihre Antwort erleichtere. «Dann kommen wir jetzt zum Letzten Willen Ihres Großvaters.»

Er nahm das Blatt zur Hand, das vor ihm lag.

«Mein gesamter Besitz geht nach meinem Ableben an meine Enkelin Ulrike Helene Marie Thalheim. Ausgenommen davon ist mein Haus in Berlin-Dahlem, das ich ab sofort dem Internationalen Roten Kreuz überschreibe. Der Wahnsinn, in den mein einstiges Vaterland schlingert, wird Millionen unschuldiger Menschen töten oder sie für immer zu Versehrten machen. Mit dieser Schenkung möchte ich einen kleinen Anteil zur Linderung dieser kommenden Not leisten, jenseits aller Grenzen.»

«Wann hat er das verfasst?», sagte Rike, der Tränen über die Wangen kullerten.

«1938», erwiderte der Anwalt. «Nachdem Hitler das Sudetenland annektiert hatte. Ihr Großvater war sich sicher, dass es nicht dabei bleiben würde. Deshalb hat er sich auch ab da für die neutrale Schweiz als Wohnsitz entschieden.»

Reto Vögli fuhr sich mit der Zunge über die Lippen.

«Es gibt noch einen Zusatz, der sich direkt an Sie richtet», sagte er.

Rike sah ihn fragend an, dann las er weiter vor:

«Du kannst mit deinem Erbe anfangen, was du willst, Rike-Kind. Aber ich vermache es dir nur unter der Bedingung, dass du es NICHT Friedrich Thalheim überlässt. Meine einzige Tochter war blutjung, als sie sich für den falschen Mann entschieden hat. Ein Kind im Bauch zu tragen ist eigentlich kein Grund, den Kopf zu verlieren und etwas Unüberlegtes zu tun. Vielleicht aber neigt man eher dazu, wenn man allzu jung ist. Alma und ich hätten dich auch so groß bekommen, aber sie hat es anders gewollt und teuer dafür bezahlt — zum Schluss sogar mit ihrem Leben.

Ich wünsche mir so sehr, dass du es einmal besser machst und zu dem Lebenspartner stehst, der deiner auch würdig ist. Dabei baue ich auf den klugen Mann, der dein wahrer Vater ist. Kommst du nach ihm, muss ich mir keine Sorgen machen. Ich liebe dich von ganzem Herzen und wünsche dir ein wunderbares, ganz und gar erfülltes Leben.

Dein Großvater.»

«Mehr steht da nicht?», flüsterte Rike.

«Leider nein.»

«Aber damit kann er mich doch nicht sitzenlassen. Nur mit diesen vagen Andeutungen …»

«… und mit 1,2 Millionen Franken», sagte Vögli. «Denn so hoch ist Ihr Erbe.»

○ ○ ○

Sie stolperte aus dem Haus, lief einfach los, in ihrer Handtasche eine Abschrift des Testaments und das Notizbuch, am kleinen Finger Mamas Ring. Inzwischen war es dunkel geworden und deutlich kühler. Rike war froh um das Welljäckchen, das sie unter dem Trenchcoat trug.

Vollkommen konfus fühlte sie sich, ganz und gar verwirrt. Ihr Vater war nicht ihr Vater?

Das Gespräch mit Carl fiel ihr ein … *ich habe Alma vor ihm gekannt …*

Aber das konnte doch nicht sein! Oder etwa doch?

Vor lauter Anstrengung wurde ihr ganz schwummrig.

Sie war zittrig vor Hunger und wie ausgedörrt, wollte nur noch ins Warme, auf jeden Fall unter Menschen, um das wilde Karussell in ihrem Kopf einigermaßen zur Ruhe zu bringen.

Schließlich landete sie in einem kleinen Gasthaus, bestellte sich nach einem zerstreuten Blick auf die Speisekarte Geschnetzeltes mit Rösti und dazu eine Limonade. Sie trank gierig und aß das Fleisch und die Beilage, ohne überhaupt zu schmecken, was sie da kaute.

Plötzlich erschrak sie.

Auf die Preise hatte sie gar nicht richtig geschaut. Hatte sie überhaupt genügend Schweizer Geld dabei?

Und musste gleich danach so laut lachen, dass sie die Aufmerksamkeit der übrigen Gäste auf sich zog.

1,2 Millionen Franken – das müsste eigentlich genügen, auch wenn im Augenblick nur ein paar der hübschen bunten Scheine in ihrer Börse steckten. Was genau sie mit dem überraschenden Erbe anfangen würde, wusste sie noch nicht. Ebenso wenig, wann sie wem davon erzählen würde. Doch in die Enge des einfachen Hotelzimmers konnte sie jetzt nicht sofort zurück. Womöglich würde Brahm sie abfangen und ausquetschen wollen.

«*Signorina?*» Der Mann am Nebentisch hatte schon die ganze Zeit zu ihr hinübergelinst, nicht erst seit ihrem Lachanfall. Dunkle Haare, ein schmales, ernstes Gesicht, so um die dreißig, wie sie schätzte. «*Scusi* – darf ich Sie ansprechen?»

Sein Deutsch war perfekt, doch die Melodie klang südländisch. Normalerweise hätte sie ihm die kalte Schulter gezeigt, normalerweise ließ sie sich niemals von Fremden ansprechen, doch heute war alles anders.

«*Certo*», sagte sie. «Außerdem haben Sie das doch gerade bereits getan.»

«*Lei parla italiano?*», fragte er begeistert.

«*Un po*'», erwiderte Rike. «*L'ho imperato per qualche tempo, ma ho dimenticato quasi tutto.*»

«Das glaube ich Ihnen nicht! Sie klingen ganz wunderbar. Eine Seltenheit, dass jemand aus Deutschland so gut Italienisch spricht! Sie sind doch aus Deutschland, oder?»

«*Sì.*» Rike nickte.

«Und woher, wenn ich fragen darf?»

«Aus Berlin.»

«Und was führt Sie dann nach Zürich?», wollte er weiter wissen. «Urlaub?»

«Familienangelegenheiten. Und Sie?»

«Geschäfte.» Er lächelte. «Morgen früh muss ich weiter.» Er zögerte. Dann schien er sich innerlich einen Ruck zu geben. «Dürfte ich mich vielleicht zu Ihnen setzen – nur auf einen Kaffee?»

«Mir ist eher nach Cognac», erwiderte Rike. «Aber bitte, kommen Sie, *prego*!»

Er nahm neben ihr Platz.

«Alessandro …»

«Basta così», unterbrach sie ihn. «Mehr muss ich heute gar nicht wissen.»

«E Lei?», fragte er. *«Come si chiama?»*

«Elena.» Ihr zweiter Vorname, romanisiert. Leichter, eleganter als das deutsche Ulrike Helene. Genauso fühlte sie sich gerade in seiner Gegenwart.

Alessandro bestellte. Die Gläser mit der bernsteinfarbenen Flüssigkeit wurden serviert.

Sie prosteten sich zu.

«Cincin, Signorina Elena», sagte er und sah ihr dabei tief in die Augen. «Auf diesen wunderschönen Abend!»

«Auf das Leben, *Signor* Alessandro!», erwiderte Rike.

Sie tranken, redeten, er machte ihr Komplimente wegen der hübschen Jacke, die sie trug, lobte die feine Wolle.

«Sie interessieren sich für Mode?», fragte Rike.

«Sì, certo», sagte er lächelnd. «Gehört zu meinem Beruf.»

An jedem anderen Tag hätte sie nachgefragt, doch heute war Rikes Kopf voll mit anderen Dingen. Viel zu schnell waren die Gläser leer, und er wollte Nachschub bestellen.

«*No, no, no, in nessun caso*», sagte Rike, stand auf und legte ein paar der saubereren bunten Scheine auf den Tisch.

«Sie wollen schon gehen?» Er klang ehrlich betrübt.

«Ich muss. Leider. Ich hab noch einen verdammt weiten Weg vor mir. Und dazu muss ich nüchtern sein. Aber es war sehr nett mit Ihnen. *Grazie mille.*»

«Ich darf Sie nicht dabei begleiten?» Die Enttäuschung stand ihm ins Gesicht geschrieben. «Das können Sie mir nicht antun!»

«Niemand kann das», sagte Rike. «Niemand. *Buona notte!*»

6

Berlin, Herbst 1946

Dass der Vater Angst vor der Spruchkammer hatte, wusste Rike, aber sie hatte nicht geahnt, dass sie so groß war. Am Morgen seiner Verhandlung war er außerstande, zum Frühstück mehr als eine halbe Tasse Kaffee hinunterzubringen.

«Nichts hat sich geändert, rein gar nichts», murmelte Friedrich nervös vor sich hin. «Von wegen neue Zeiten! Sie können dich ebenso hinhängen wie die Nazis. Ein einziger Denunziant genügt. Und schon stehst du als anständiger Mann hilflos da. Vielleicht hätte ich lieber doch einen Rechtsbeistand nehmen sollen. Aber ich bin unschuldig – und Manns genug, um selbst Rede und Antwort zu stehen!»

«Ganz richtig, du hast niemandem etwas getan, *Chérie*», versuchte Claire ihren Gatten zu beruhigen. «Das werden sie sicherlich auch so sehen. Bitte denk an deinen Magen und reg dich bloß nicht wieder so auf! Sonst müssen wir noch Angst um dich haben.»

«Außerdem haben doch einige ehemalige Angestellte für dich ausgesagt», beschwichtigte ihn Silvie. «Und wir alle werden heute an deiner Seite sein. Wir lassen dich nicht allein, Papa!»

«Aber was, wenn sie uns trotzdem alles nehmen? Die Grundstücke, das Ersparte, den guten Leumund – einfach alles? Sogar eine Einstufung als *minderbelastet* kann unter Umständen dazu führen. Dann darf ich kein Unternehmer mehr sein. Soll ich vielleicht als Straßenkehrer arbeiten, bis meine Bewährungszeit vorbei ist?»

Wachsbleich wartete Friedrich zwei Stunden später auf den Beginn des Verfahrens in der Charlottenburger Schlüterstraße 45, jenes Haus, in dem zum Kriegsende die Reichsfilmkammer untergebracht gewesen war. In dem geräumigen Zimmer mit der hohen Stuckdecke, das unter dem einstigen jüdischen Erstbesitzer ein gepflegter Salon mit dicken Teppichen und bequemen Sofas gewesen sein mochte, herrschte heute schäbige Nüchternheit. Das Eichenparkett war stumpf, an einigen Stellen wellig aufgeworfen, als hätte jemand achtlos Wasser darübergegossen; die Fensterscheiben starrten vor Schmutz. Alles einstmals Wohnliche war eliminiert worden; ein langer, dunkler Holztisch dominierte den Raum, machte ihn karg und streng.

Als Spruchkammerbevollmächtigte waren Heinz Martens erschienen, Schlosser und Sozialdemokrat, sowie Pastor Siebert, beides stramme Antifaschisten, wie Carl im Vorfeld berichtet hatte. Inzwischen arbeitete er wieder als Staatsanwalt am Landgericht in Potsdam und war zudem in die im April neugegründete SED eingetreten, um, wie er sich ausdrückte, «den Nazisumpf für immer trockenzulegen». Friedrich haderte schwer mit diesem Parteieintritt, der ihm zutiefst widerstrebte, hatte seinen Bruder aber trotzdem beschworen, ihn im Verfahren zu entlasten.

Doch Carl hatte abgelehnt.

«Mit deiner hässlichen braunen Parteivergangenheit will ich nichts zu schaffen haben, Bruderherz.»

«Als die Russen mich hatten, hast du mir aber geholfen.»

«Damals – ja. Weil deine Töchter mich so inständig darum gebeten hatten. Aber jetzt bist du nicht mehr in Gefahr, und Sühne für begangenes Unrecht muss sein, sonst wird alles viel zu schnell wieder vergessen. Nimm sie an, wozu ich dir dringend raten würde.»

«Aber ich bin unschuldig», protestierte Friedrich. «Ich war doch lediglich ein ‹Muss-Nazi›!»

«Dann sieh zu, wie du deinen Kopf selbst wieder aus der Schlinge ziehst! Oder leiste dir einen guten Anwalt. Könnte sein, dass du ihn brauchen wirst.»

Der einzig anwesende Jurist war der jüdische Rechtsanwalt Simon Rosenkranz, der Theresienstadt überlebt hatte und in diesem Verfahren als öffentlicher Kläger fungierte. Flankiert wurde er von einer untersetzten blonden Protokollantin, die alles mitstenographierte. Die westlichen Alliierten entnazifizierten nicht länger selbst; inzwischen saßen Deutsche über Deutsche zu Gericht, um deren Grad der Schuld im Dritten Reich zu bewerten. Die Amis hatten den Anfang mit dieser Methode gemacht; Briten und Franzosen folgten ihnen nun nach.

Dier ersten Fragen von Rosenkranz zu Person und Familienstand waren ruhig und sachlich, und ebenso erfolgten Friedrichs Antworten. Das änderte sich allerdings rasch.

Parteimitglied seit 1937, allerdings nur auf massiven Druck der Berliner Industrie- und Handelskammer, wie er beteuerte.

«Zuvor hatte Hitler die Aufnahme neuer Mitglieder ja

gesperrt. Offenbar konnte es Ihnen kaum schnell genug gehen, endlich auch mit von der Partie zu sein, sobald es wieder möglich war.» Der Schlosser, der sich eingeschaltet hatte, klang höhnisch.

«Ich hatte ganz andere Gründe», verteidigte sich Friedrich Thalheim. «Wäre ich nicht eingetreten, hätten sie über kurz oder lang unser Kaufhaus geschlossen. Und damit annähernd hundert Angestellte, die meisten von ihnen Frauen, zum Großteil ledig und ohne Versorger, um Lohn und Brot gebracht. Das wollte ich nicht riskieren. So ein gewissenloser Chef war ich nicht.»

Silvie, in einem dunkelblauen Kostüm mit weißem Krägelchen, das Miriam für sie aufgefrischt hatte, hing gebannt an seinen Lippen.

Du hast es gut, dachte Rike, die mit hochgezogenen Schultern neben ihrer Schwester saß und vor Anspannung an den Nägeln kaute. Du weißt, wohin du gehörst.

Ganz im Gegensatz zu mir.

Die Züge jenes Mannes, der da um seine Zukunft bangte, waren ihr vertraut, seitdem sie auf der Welt war. Doch seit der Rückkehr aus Zürich betrachtete sie ihn mit anderen Augen, und auch er schien diese innere Distanz zu spüren. Natürlich war ihm sofort Mamas Schlangenring an ihrem Finger aufgefallen, und Rike hatte Tränen in seinen Augen gesehen. Die ganze Rückfahrt über hatte sie gegrübelt, wie sie ihm die Nachricht beibringen sollte. Wieder zurück in Berlin, hatte sie lediglich auszugsweise aus Opa Schuberts Brief zitiert, eine eher bescheidene Summe genannt, die bis auf weiteres in der Schweiz festgelegt sei, und die wahre Dimension des Erbes verschwiegen. Wie hätte sie ihm auch ins Gesicht sagen sollen, dass sein verstorbener Schwiegervater von ihr gefordert hatte, ihn unter keinen Umständen zu bedenken?

Friedrich hatte sich mit diesen Ausflüchten zufriedengegeben, was Rike verblüfft hatte, weil er sonst immer alle Fäden in der Hand behalten wollte.

Aus schlechtem Gewissen?

Oder aus Angst, sie könnte womöglich an Dinge rühren, die er lieber niemals erfahren wollte?

«Der Alte war ein Fuchs», war alles, was er dazu sagte. «Seit jeher.»

Opas Geld befand sich nach wie vor auf dem Treuhandkonto bei der *Credit Suisse* in Zürich. Anton Brugger, Vöglis Bankberater, hatte es dort im Lauf der Jahre erfreulich zinseffektiv angelegt und Rike bei einem kurzen Treffen in den noblen Bankräumen mit dem vielen Marmor geradezu beschworen, dies bis auf weiteres beizubehalten.

«Die Reichsmark hat ein für alle Mal ausgedient. Vergessen Sie dieses ramponierte Geld! Über kurz oder lang werden die Alliierten für eine neue deutsche Währung sorgen, schon im ureigensten Interesse. Es fragt sich lediglich, wann.»

«Aber wir müssen doch investieren», hatte sie entgegnet. «Um alles wieder aufzubauen. Wie soll die neue Zeit denn sonst anbrechen?»

«Haben Sie Geduld, Fräulein Thalheim! Eine Währungsreform ist unumgänglich, das steht fest. Doch mit einem Vermögen in Schweizer Franken werden Sie dabei vermutlich um einiges besser abschneiden.»

Rike hatte nur einen kleinen Betrag abgehoben und in

Reichsmark umgetauscht, sozusagen für den Fall der Fälle, und schwieg bis heute über das Geld auf dem Schweizer Konto, auch wenn dieses Schweigen sie von Woche zu Woche mehr bedrückte, weil sie sich so unaufrichtig vorkam. Inzwischen waren Monate vergangen, und sie war noch immer bei ihrer Version geblieben. Andererseits: Hatten die anderen der Familie nicht auch ihre Geheimnisse? Sie würde natürlich für einen gerechten Ausgleich sorgen, der alle Geschwister berücksichtigte, das hatte sie sich vorgenommen, aber eben erst zum richtigen Zeitpunkt. Was jetzt vorschnell ausgegeben, beziehungsweise falsch investiert wurde, wäre unwiederbringlich verloren, das wollte sie keinesfalls riskieren.

«… muss ich als Ehemann und Vater für meine Familie sorgen. Meine Ehefrau ist gesundheitlich angeschlagen, mein einziger Sohn seit Jahren in Russland vermisst, wer weiß, ob er noch lebt, die Jüngste noch ein unmündiges Kind. Die beiden älteren Töchter sind unverheiratet und leben weiterhin unter meinem Dach. Was durchaus länger andauern könnte, denn schließlich fehlen ja ganze Jahrgänge junger Männer …»

Es klang weinerlich und so selbstgerecht, dass Rike wütend wurde.

Ohne deinen Bruder und mich würdest du heute aller Wahrscheinlichkeit nach in einem sowjetischen Lager sitzen, dachte sie. Flori hat dich aus deiner Agonie geholt, Claire dich liebevoll aufgepäppelt, während Miri schneidert wie eine Wilde. Ich sorge dafür, dass unser kleiner Laden ans Laufen kommt, und Silvie hält auf dem Schwarzmarkt den Kopf für uns alle hin. Du aber tust so, als müssten wir dir noch ewig auf der Tasche liegen, weil wir keinen Mann abbekommen. Als ob das zurzeit das Wichtigste sei! Bei Silvie stehen die Kerle ohnehin Schlange, und ich würde durchaus auch jemanden finden, wenn ich wollte.

Alessandro, der charmante Italiener aus Zürich zum Beispiel. Nicht zum ersten Mal dachte sie an ihr Treffen im Lokal in Zürich zurück. Seine Art zu reden, die warme Stimme, sein ernstes Gesicht, das alles hatte ihr gefallen. Wäre sie an jenem Abend nicht so vollkommen durcheinander gewesen, hätte sie die unerwartete Begegnung noch mehr genießen können. Aber sie wirkte in ihr nach, mehr, als Rike es sich zunächst eingestanden hatte.

Sie schreckte hoch aus ihren Gedanken, weil der bislang eher sonore Tonfall des Klägers auf einmal scharf geworden war.

«Wollen Sie uns allen Ernstes weismachen, dass Sie Ihrem einstigen Partner Markus Weisgerber den vollen Anteil ausbezahlt haben, der ihm zugestanden hätte? Oder verhält es sich nicht vielmehr so, dass Sie dessen zwangsweise Emigration zu einer für Sie äußerst günstigen ‹Arisierung› des vormals gemeinsam geführten Unternehmens benutzt haben, das ab da unter Ihrem Namen lief?»

«Markus und ich waren Freunde.» Friedrichs Stimme zitterte leicht. «Ich war immer fair zu ihm. Bis zum bitteren Ende.»

«Was wollen Sie damit sagen?», schaltete sich nun auch der Pastor ein. «Gibt es womöglich Informationen, die Sie uns bislang vorenthalten haben?»

Die stehen – wenn überhaupt – in Mamas kleinem blauen Buch, dachte Rike, die selbst plötzlich ganz zittrig wurde.

Das konnte sie allerdings nur vermuten, denn bisher hatte sie keine Seite gelesen. Gleich nachdem sie aus Zürich zurückgekehrt war, hatte sie es zuunterst in den Schrank gelegt. Ihre Gefühle waren derart in Aufruhr, dass sie es noch nicht über sich gebracht hatte, die Zeilen ihrer Mutter zu lesen.

«Ich musste seinen Anteil an den Schulden übernehmen. Der Umbau, den wir 1932 gemeinsam vorgenommen hatten, war äußerst kostspielig. Da gab es Kredite, die über Jahre zurückzubezahlen waren, bei diversen Banken und auch bei meinem Schwiegervater. Das alles floss natürlich mit ein in die Endsumme, die Markus letztendlich von mir erhielt. Ab da lag die ganze Belastung schließlich allein auf meinen Schultern.»

«Aber doch auch der ganze Profit, oder etwa nicht?», sagte Rosenkranz. «Und der dürfte zumindest bis Kriegsbeginn erheblich gewesen sein.»

Inzwischen war Friedrichs Stirn schweißnass. Bestimmt schwitzte er auch unter den Achseln. Rike wusste, wie sehr er das seit jeher hasste, weil solche Angstflecken jeden Anzug ruinierten.

«Nazibonzen gehörten zu Ihrer Stammkundschaft. Sie haben pompöse Modenschauen veranstaltet, zu der die gesamte Berliner NS-Prominenz geladen war, während der Mann und die Frau von der Straße keinerlei Zutritt hatten.» Der Schlosser Martens klang unversöhnlich. «Führen Sie sich jetzt bloß nicht als kleine Leuchte auf, die von nichts eine Ahnung hatte! Sie wussten Ihr Parteibuch sehr wohl zu Ihrem persönlichen Nutzen einzusetzen.»

«Ja, sie haben unser Kaufhaus besucht, aber das taten viele, viele andere doch auch!», begehrte Friedrich auf. «Hätte ich vielleicht jeden Kunden zuerst nach seiner Überzeugung fragen sollen, bevor ich ihm eine Krawatte verkaufen durfte? Mir ging es doch immer nur um Mode, Mode und noch einmal Mode. Ich bin schließlich Kaufmann und kein Politiker!»

Die Männer an der langen Tafel besprachen sich halblaut.

«Sie können dann gehen, Herr Thalheim. Das Urteil wird Ihnen schriftlich zugestellt», sagte Rosenkranz.

«Ich möchte noch etwas hinzufügen!» Miriam war aufgesprungen. «Friedrich Thalheim war zwar Parteimitglied, aber er stand der menschenverachtenden nationalsozialistischen Erb- und Rassenlehre trotzdem denkbar fern. Das hat er durch sein Handeln bewiesen. Abgesehen von meiner Mutter Ruth Sternberg und mir hat er vier weitere Jüdinnen in seinem Kaufhaus beschäftigt, auch noch, als es offiziell bereits verboten war.»

«Und wie hat er dies ganz konkret bewerkstelligt, Fräulein Sternberg?» Jetzt besaß sie Rosenkranz' ganze Aufmerksamkeit.

«Im Verkauf konnte er uns nicht mehr einsetzen. Auch die Maßschneiderei war wegen des Publikumsverkehrs irgendwann zu gefährlich geworden. Aus diesem Grund hat er die jüdischen Frauen in die Packerei versetzt, wo sie gewissermaßen ‹hinter den Kulissen› weiterarbeiten konnten.»

In ihrem tannengrünen Kleid mit dem breiten Rosengürtel wirkte sie ebenso elegant wie überzeugend.

«Zumindest so lange, bis Berlin 1942 offiziell ‹judenfrei›

werden sollte. Gegen die Schergen der SA, die die jüdischen Mitbürger schließlich mit Knüppeln auf Lastwagen geprügelt haben, war auch Herr Thalheim machtlos.»

In Miriams sprechenden dunklen Augen schimmerten Tränen.

«Für meine Mutter ist er sogar noch viel weiter gegangen. Bis zuletzt hat er sich mit allen Kräften um Ausreisepapiere für sie und mich bemüht. Kein Aufwand dafür war ihm zu mühsam, keine geforderte Summe zu hoch. Doch es war zu spät; kein Land mehr wollte mittellose Juden wie uns einreisen lassen. Außerdem war meine Mutter innerlich zermürbt und hatte bereits resigniert. Als sie schließlich deportiert wurde, bin ich in den Untergrund gegangen – und konnte, wie Sie sehen, auf diese Weise in Berlin überleben.»

«Das alles haben Sie bereits schriftlich dargelegt», sagte der Pastor. Er blätterte in seinen Unterlagen.

«Das ist richtig. Aber dort steht nicht, wie gütig Friedrich Thalheim mich nach dem Krieg aufgenommen hat, als ich allein und obdachlos war und nicht wusste, wohin. Ihm und seiner Familie verdanke ich Wohnung, Arbeit und dass ich mich überhaupt wieder wie ein Mensch fühlen konnte. Seine Töchter sind für mich in dieser Zeit zu Schwestern geworden, und bei all den Fehlern, die er begangen haben mag, ist er für mich heute der Vater, den ich niemals hatte.»

Ihre Stimme wurde beschwörend.

«Lassen Sie ihn seine Arbeit tun! Mit Mode macht er Menschen glücklich und schenkt ihnen wieder neue Hoffnung. Und das braucht unser zerstörtes Berlin – dringender denn je.»

Mit diesem leidenschaftlichen Plädoyer hatte Miriam jeden im Raum berührt, auch Rike, die die Geschichte ja von Anfang an kannte. Die Männer der Spruchkammer schauten nicht mehr ganz so grimmig drein. Inwiefern sich das auf ihr Urteil auswirken würde, blieb allerdings abzuwarten.

«Danke, Miriam», sagte Friedrich Thalheim leise, als sie hinausgingen. «Das werde ich dir niemals vergessen!»

«Gerne, Herr Thalheim», erwiderte sie. «Das war nichts als die Wahrheit.»

«Jetzt bekommst du deinen Persilschein, Papa, wirst schon sehen.» Euphorisch drückte Silvie auf dem kurzen Heimweg seinen Arm. «Allerhöchstens als Mitläufer werden sie dich einstufen. Das bedeutet im schlimmsten Fall ein kleines Bußgeld. Die Briten sind da inzwischen ziemlich mild, das hat Ben erst neulich zu mir gesagt. Es sei denn, es geht um die ganz großen Fische. Da allerdings kennen sie kein Pardon und vollstrecken auch Todesurteile.»

«Es gibt wohl nichts, was dein neunmalschlauer Galan nicht wüsste», erwiderte Friedrich spitz. «Lass dich von ihm anbeten, meinethalben, aber behalt dabei einen kühlen Kopf. Ich halte rein gar nichts von solchen Verbindungen zwischen Deutschen und Besatzern, selbst wenn dieser Ben Green früher einmal Berliner gewesen sein soll. Und pass bloß auf, dass die Leute dich nicht als ‹Alliiertenflittchen› abstempeln! So etwas geht nämlich ganz schnell. Dann ist dein guter Ruf für immer im Eimer.»

«Und wenn schon.» Silvie begann demonstrativ zu pfeifen. «Wahrscheinlich reitet sie nichts als blanker Neid, denn Ben macht Karriere. Schon im nächsten Monat bekommt er im ehemaligen Hotel Savoy eine Ausstellung, die seine Aufnahmen zeigt. Und hätten ihn seine Vorgesetzten als Fotograf zu den Nürnberger Prozessen geschickt, wo es jetzt den obersten Naziverbrechern an die Gurgel geht, wenn er nicht einer der Besten wäre?»

Silvie hatte erreicht, worauf sie seit Monaten hingefiebert hatte, wenngleich bislang nur Rike in die Details eingeweiht war. Nachdem Colonel Benge zu einer Einheit nach Köln versetzt worden und damit aus dem Weg war, hatte sich Ben Greens freundschaftliche Zuneigung ihr gegenüber nach und nach in Verliebtheit verwandelt. Das junge Paar brannte darauf, ungestört zusammen zu sein, hatte bislang aber noch keine Gelegenheit dazu gehabt.

Flori rannte übermütig voraus, weil Taps allein zu Hause wartete. Claire, die eingehängt mit ihrem Gatten ging, lächelte erleichtert.

«Hauptsache ist doch, dass nun für dich alles gut ausgeht, Friedrich. Wäre ja auch noch schöner, wenn sie einen wie dich hinter Gitter brächten!», sagte sie.

«Beschrei es bitte nicht!», erwiderte er mit belegter Stimme. «Ich werde erst wieder ruhig schlafen, wenn ich es schwarz auf weiß habe.» Dann schien er sich innerlich einen Ruck zu geben. «Aber dass ihr, meine Liebsten, so fest zu mir steht, bedeutet mir unendlich viel. Was für eine wunderbare Familie ich doch habe!»

Er schaute zu Rike, die stumm geblieben war.

«Nur meine Große zieht noch immer ein finsteres Gesicht. Freust du dich denn gar nicht für mich?»

«Doch, ich bin froh», sagte Rike. «Natürlich bin ich das. Mir geht nur so vieles durch den Kopf. Am besten gehe ich gleich weiter ins Geschäft. Jemand muss sich ja schließlich darum kümmern.»

○ ○ ○

Miriam sah verweint aus, als sie ihr ein paar Tage später abends die Wohnungstür öffnete.

«Was ist los?», fragte Rike besorgt. «Hast du Schmerzen? Doch nicht etwa wieder der Bauch? Sollen wir die letzte Anprobe verschieben?»

Aus Fallschirmseide hatte Miriam das Brautkleid von Rikes Jugendfreundin Elsa genäht, die einen jungen italienischen Chirurgen heiraten würde, der wie sie an der Charité arbeitete. Im OP-Saal hatten sich die beiden kennengelernt und schon bald gemerkt, was sie sich gegenseitig bedeuteten. Für Rike, die zur Hochzeitsfeier eingeladen war, hatte die begabte junge Schneiderin eines von Almas alten Kleidern, eine Abendrobe aus apricotfarbenem Crêpe de Chine, auf Wadenlänge gekürzt.

«Nein.» Miriam schüttelte den Kopf. «Es geht schon wieder. Wenn man nur alles so einfach wegschneiden könnte wie einen vereiterten Blinddarm ...»

«Einfach?», sagte Rike, die ihrer Freundin in die kleine, spartanisch eingerichtete Küche gefolgt war. Herd, Spüle, ein paar Regale, ein alter Tisch, zwei Stühle, mehr gab es hier nicht. Allerdings hatte Miri an einer provisorischen Stange zwei schmale rote Vorhangschals neben dem Fenster aufgehängt, die sich zwar nicht zuziehen ließen, durch die kräftige Farbe aber den Raum belebten. «Also, ich weiß nicht recht. Immerhin bist du fast daran gestorben.»

«Das kann man an gebrochenem Herzen auch.»

«So schlimm?»

«Schlimmer.» Miriams Unterlippe zuckte schon wieder verdächtig. «Und dass ich ihn liebe und sie sehr gernhabe, ist das Allerschlimmste daran.»

«Du hast dich verliebt?» Rike begann zu lächeln. Miri hatte mit Rike noch nie über Männer gesprochen, sie schien nur für das Schneidern zu leben. Vielleicht ein Zeichen, dass sie die angstbesetzten Jahre als U-Boot allmählich zu überwinden begann.

«Ganz krank vor Liebe bin ich – und er sieht mich nicht einmal.» Miriam deutete auf die Schneiderpuppe, die Silvie an der Schwarzen Börse für sie ergattert hatte. «Fast fertig», sagte sie. «Nur in der Taille dürfte es noch immer zu weit sein. Du musst endlich mal wieder vernünftig essen.»

«Würde ich ja mit Vergnügen, wenn es endlich mal wieder etwas Vernünftiges gäbe», erwiderte Rike. «Aber jetzt tu doch nicht so geheimnisvoll! Wer ist es? Kenne ich ihn? »

Miriam begann hastig am Herd zu hantieren.

«Silvie hat mich gefragt, ob ich ihr mein Schlafzimmer überlasse», sagte sie mit dem Rücken zu Rike. «Damit sie mit Ben ungestört zusammen sein kann.» Miriams Stimme klang belegt.

«Die hat vielleicht Nerven», sagte Rike kopfschüttelnd. «Mir hat sie auch schon erzählt, dass sie ein Plätzchen für ein Schäferstündchen sucht, bei uns würde es jeder sofort mitbekommen – und der Vater als Allererster!»

«Ich bin ja immer bereit, einer lieben Freundin zu helfen, aber … das kann ich leider keinesfalls …» Miri hielt inne, als hätte sie schon zu viel verraten.

Plötzlich verstand Rike.

«Es ist Ben, nicht wahr?», fragte sie und drehte Miriam zu sich herum. «Du liebst Ben Green?»

«Vom ersten Moment an», gestand Miriam. «Als Benjamin mit seinen Kupferlocken am Tag der Modenschau plötzlich auftauchte und euch die ganze Zeit fotografiert hat. Mich hat er dabei vollkommen übersehen, das tat schon damals weh. Später dann, im Club, dachte ich, jetzt gefalle ich ihm auch. Aber ich habe mich offenbar geirrt, und das galt auch für die anderen Male, als wir bei Silvies Auftritten weiblichen Begleitschutz gespielt haben. Ich bin für ihn nie etwas anderes gewesen als die unscheinbare Freundin der schönen Thalheimtochter.»

Rike sah, dass Miriam mit den Tränen kämpfte. «Ahnt er denn, was du für ihn empfindest?», fragte sie behutsam.

«Natürlich nicht», fuhr Miriam auf. «Und wehe, wenn du auch nur einen Ton zu ihm oder zu Silvie sagst! Ich könnte nicht ertragen, dass sie sich heimlich über mich lustig machen. Oder mich wegen meines schiefen Rückens bemitleiden. Dann würde ich mich nur noch mieser fühlen.»

Miriam und Ben – eigentlich würden die beiden bestens zusammenpassen, mit ihrer jüdischen Herkunft, ihrer Ernsthaftigkeit und dem trockenen Humor, der ihnen geholfen hatte, trotz aller Gefahren zu überleben. Aber da gab es eben Silvie, hell, sinnlich, unbeschwert, für die das Dasein ein einziger Tanz zu sein schien. Damit hatte sie ja auch sie, die eigene Schwester, schon einmal ausgestochen. Sosehr Rike auch versuchte, die schmerzlichen Erinnerungen an Walter zu verdrängen, sie kamen immer wieder hoch.

Die widerspenstige braune Locke, die ihm beim Reden

immer wieder in die Stirn gefallen war. Seine schlanken, sensiblen Hände. Er hatte alles Militärische verabscheut, innerlich gegen den Nationalsozialismus opponiert, Rilke, Dante und Petrarca ebenso geliebt wie sie – und war trotzdem im Handumdrehen Silvies weiblichen Reizen verfallen.

Ein Erbe ihrer Mutter?

Würde es ebenso schrecklich für sie enden?

Flirrende, ungute Gedanken, die Rike bedrückten.

«Ich kann dich gut verstehen, Miri», sagte Rike. «Mir ist es mit Silvie ja ähnlich ergangen. Mein Verlobter hat sie gesehen – und weg war er. Ich will dir nicht weh tun, das weißt du. Aber ich möchte auch nicht, dass du dir Illusionen machst. Ben scheint es ernst zu meinen mit Silvie. Vor seiner Abreise nach Nürnberg habe ich ihn sogar von Verlobung sprechen hören, allerdings nur, wenn» – sie pausierte kurz – «Vater nicht anwesend war.»

«Was ist eigentlich zwischen euch vorgefallen?», erwiderte Miriam. «Seit du aus Zürich zurück bist, wirkt ihr so distanziert miteinander. Vielleicht solltest du milder mit deinem Vater sein. Er kann eben nicht aus seiner Haut.» Sie schien heilfroh, das Thema wechseln zu können.

Rike verkniff sich die Antwort.

«Lass mich in das Kleid schlüpfen», sagte sie stattdessen. «Runter damit von der Schneiderpuppe! Ich bin nämlich schon ziemlich müde.»

Sie gingen nach nebenan.

Mit sparsamsten Mitteln hatte Miri das einstmals seelenlose Zimmer der Vormieterin in einen Raum voller Atmosphäre verwandelt. Die alte Wandlampe war mit einem Rest rosa Seide überzogen und spendete warmes Licht. Als Überdecke für das schmale Bett hatte sie aus unzähligen Flicken eine bunte Decke genäht. Ihr windschiefes Nachttischchen trug als Überwurf ein ausgedientes Brokatkissen und sah dadurch richtig edel aus.

«Aus Nichts etwas Schönes erschaffen, das kann niemand so wie du!», sagte Rike aus tiefster Überzeugung und drückte Miriams Hand.

Sie zog sich aus bis auf die Unterwäsche und schlüpfte dann in die ehemalige Robe ihrer Mutter. Wie satt sich der seidige Crêpe de Chine anfühlte! Und wie geschmeidig er an ihr hinunterfloss! Mit den störrischen Lumpenmaterialien musste so schnell wie möglich Schluss sein. So einen feinen Stoff auf der Haut zu spüren, wie sie ihn gerade am Körper trug, machte eine Frau erst zu einer richtigen Frau.

«Perfekt! Wir lassen es genau so, wie es ist», hörte sie Miriam sagen. «Diese dezente Weite macht das Kleid erst elegant und feminin. Und dass du Taille hast, sieht man auch so. Es widerstrebt mir zutiefst, an diesem Glanzstück herumzuschnippeln.» Sie lachte kurz auf. «Mit Kleidern ist es doch wie mit Menschen: Entweder es passt auf Anhieb, oder es wird mit jeder Korrektur, jeder neuen Begegnung, nur noch verheerender.»

Miriams trübe Stimmung schien vergessen. Sie legte den Kopf ein wenig schief und betrachtete Rike verzückt.

«Weißt du, wovon ich manchmal träume?», fragte sie versonnen. «Von der Meisterschule für Mode. Ich würde mich so gern weiterbilden, um nicht bis zum Lebensende auf meinem bisschen Talent hocken zu bleiben – wenn ich schon nicht den Mann kriege, den ich liebe.»

«Verstehe ich nur zu gut», erwiderte Rike. «Ich möchte

zurück an die Uni, um endlich meinen Abschluss zu machen. Aber wahrscheinlich habe ich nach all der Zeit viel zu viel vergessen. Ich schätze, die meisten Studienplätze sind jetzt ohnehin für Kriegsheimkehrer reserviert. Frauen mit Ambitionen sind da wohl kaum erwünscht.»

«Vermutlich hätte auch dein Vater einiges dagegen», sagte Miriam. «Ohne dich wäre er momentan im Geschäftlichen doch aufgeschmissen.»

Rike betrachtete sich im Standspiegel.

Sie besaß nicht die starken Farben ihrer Mutter, hatte weder ihren bezwingenden Ausdruck noch ihre Schönheit. Dennoch behaupteten manche, dass sie Alma äußerlich immer mehr ähnelte, je älter sie wurde.

Heute erkannte sie es zum ersten Mal selbst.

«Er ist nicht mein Vater», sagte sie unvermittelt. «Zumindest deutet vieles darauf hin.»

Das Geheimnis war heraus, und sie fühlte sich plötzlich freier.

«Was redest du denn da?» Zwischen Miriams dunklen Brauen stand eine tiefe Falte.

Rike drehte sich zu ihrer Freundin um. «Mama war schon mit mir schwanger, als sie Friedrich Thalheim geheiratet hat. Es muss ein anderer Mann gewesen sein, der mich gezeugt hat. Opa Schubert hat es mehr oder minder unmissverständlich in seinem Testament niedergeschrieben. Wenn ich ihn recht verstanden habe, dann weiß ich auch, wen er gemeint haben könnte.»

«Deinen Onkel?», flüsterte Miriam. «Carl Thalheim?»

«Wie kommst du darauf?», fragte Rike verblüfft.

«Weil du ihm vom Wesen her gleichst. Ihr seid beide wie

tapfere Soldaten, die funktionieren, wohin man sie auch stellt. Das ist mehr an Gemeinsamkeit, als man über Onkel und Nichte normalerweise sagen kann. Und dass er dich von Herzen liebt, sieht sogar ein Blinder.»

Rikes Magen zog sich zusammen. War es wirklich so offensichtlich? Seit sie auf der Welt war, hatte sie Friedrich Thalheim als ihren Vater angesehen, wie hätte sie auch etwas anderes denken können? Noch immer fiel es ihr schwer, zu akzeptieren, was in dem Brief stand, und es würde sicherlich noch einige Zeit dauern, bis sie die Neuigkeit verdaut hatte.

Rike wandte sich wieder ihrer Freundin zu. «Du hast recht, Miri, Mama war zuerst mit Carl zusammen. Meinst du, Carl weiß es? Mir hat bislang der Mut gefehlt, ihn danach zu fragen.»

Miriam ließ sich auf einen Stuhl sinken.

«Möglich», sagte sie, «so klug, wie er ist. Aber vielleicht will er es aus diesem Grund lieber gar nicht so genau wissen.» Miriam sah Rike fest an. «Und auch du solltest dir genau überlegen, wie du mit deinem Wissen umgehst», sagte sie. «Die beiden Brüder liegen ohnehin ständig im Clinch miteinander. Und dann auch noch eine derart fundamentale Enthüllung? Das wäre wie Öl ins Feuer gießen. Danach bliebe bei den Thalheims kein Stein mehr auf dem anderen. Das garantiere ich dir.»

«Aber was soll ich denn sonst machen?» Rike klang verzweifelt. «Einfach weiterhin so tun, als sei alles wie bisher? Ich weiß nicht, ob ich das kann!»

«Sieh es doch einmal so: Ich habe gar keinen Vater – und du Glückliche hast jetzt sogar zwei.»

Rike begann zu weinen. Die innere Härte der vergangenen Monate war verschwunden. So weich fühlte sie sich plötzlich, so ganz und gar aufgelöst – und ungeheuer erleichtert, weil sie ihr Geheimnis endlich mit jemandem geteilt hatte.

○ ○ ○

«Riechst du das?» Schnuppernd blieb Rike im Treppenhaus stehen. «Schon seit Ewigkeiten haben nicht mehr so köstliche Aromen meine Nase gekitzelt!»

«Knoblauch», sagte Miriam. «*Viel* Knoblauch. Thymian, Rosmarin – und all das andere, das da noch mitschwingt, kenne ich leider nicht.» Sie schaute prüfend an sich hinunter, aber ihr lavendelfarbenes Kleid unter der kurzen schwarzen Jacke saß tadellos. «Ich bin mir immer noch nicht sicher, ob ich wirklich hier sein sollte.»

«Aber ich», beharrte Rike. «Und Elsa ist es auch. Schließlich stammt ihr Brautkleid von dir, und sie freut sich schon auf dich. Jetzt komm schon! Heute werden wir beide essen, feiern und tanzen bis zum Umfallen.»

«Rike! Miriam!» Elsa öffnete mit leicht verrutschter grüner Brautkrone die Tür, über das ganze Gesicht strahlend. Die weizenblonden Haare waren hochgesteckt, einzelne Strähnen aber hatten sich bereits daraus gelöst und gaben ihrem Gesicht mit der ausgeprägten Kinnpartie etwas Mädchenhaftes. Das knöchellange weiße Kleid mit der Empiretaille ließ den sportlich-muskulösen Körper der Braut fast grazil wirken; Miriam hatte ihre ganze Kunstfertigkeit in Schnitt und feine Näharbeiten gelegt. Von drinnen waren Musikfetzen zu hören, *Memories of you*, ein beliebtes Swingstück, das sie aus dem Radio kannten. «Schön, dass ihr da seid! Wundert euch nicht, wie es hier aussieht, aber Micheles vielköpfige Verwandtschaft hat schon alles mächtig auf den Kopf gestellt. Mein *marito* behauptet, genauso müsse es bei einer italienischen Hochzeit sein! Na ja, und was soll ich als deutsche Waise schon dagegen einzuwenden haben?»

Die großzügige Altbauwohnung in der Mommsenstraße wimmelte von Menschen, fünf Zimmer oder sogar mehr, wie die vielen Türen anzeigten, die links und rechts vom Flur abgingen. Überall standen Leute, die meisten dunkelhaarig, aber es waren auch ein paar hellere Schöpfe darunter, die lachten, rauchten, tranken. Italienisches Stimmengewirr erfüllte die Räume, das fröhlich und laut klang, und Rike fühlte sich sofort wohl.

«Seine halbe Sippe ist angereist», fuhr Elsa fort, als sie durch den langen schmalen Flur gingen. «Fast dreißig Personen – kommt ja schließlich nicht alle Tage vor, dass *un milanese* eine Kartoffelesserin wie mich ehelicht!» Sie lächelte verschmitzt. «Doch, so nennen sie uns allen Ernstes jenseits der Alpen: *mangiapatate*! Unser für ihren Gaumen ungenießbares Essen spielt bei der tiefverwurzelten Skepsis offenbar eine größere Rolle als das ganze Nazi-Elend. Davon reden sie übrigens gar nicht mehr so gern. Eigentlich kein Wunder.» Sie kicherte. «Der *Duce* und Consorten haben schließlich auch jede Menge Dreck am Stecken!»

Rike erkannte die Freundin kaum wieder. Elsa, die Ernste, Nachdenkliche, war auf einmal lustig, geradezu übermütig. Die Schuhe hatte sie ausgezogen, ebenso wie ihre Strümpfe; barfuß tänzelte sie vor ihnen im Brautkleid durch die Wohnung.

«Kommt Lou eigentlich auch?», erkundigte Rike sich nach ihrer gemeinsamen alten Freundin.

«Wollte», sagte Elsa augenzwinkernd. «*Wollte* – du kennst sie ja! Aber dann hatten offenbar wieder einmal ein paar ungeduldige Möchtegern-Erdenbürger etwas dagegen. Lou ist im Kreißsaal gefragt. Und das kann dauern.»

«Wo ist eigentlich dein Bräutigam?», fragte Rike.

«Sicherlich gleich bei uns. Michele saust überall herum und versorgt die Gäste.»

Inzwischen waren sie am Ende des langen Flurs angelangt und betraten den größten Raum, das Wohnzimmer. Sofa, Sessel, einen kleinen Tisch hatte man zur Seite gerückt. An ihrer Stelle war ein Buffet vor dem Fenster aufgebaut und auf zwei mit weißen Laken bedeckten ausgehängten Türen angerichtet worden, die von Ziegelsteinen getragen wurden.

«Schlagt ordentlich zu», empfahl Elsa halblaut. «Nachschub gibt es in der Küche. Aber seid schnell, besonders unsere deutschen Gäste schlingen nämlich, als gäbe es kein Morgen. Na ja, eigentlich auch wieder verständlich. Pasta, Oliven, Salami oder gar so etwas wie Risotto mit Safran haben die meisten wahrscheinlich noch nie gegessen – und auch für mich ist alles noch immer ziemlich neu!»

«Diese ganzen Köstlichkeiten hat deine neue Verwandtschaft von zu Hause bis hierher nach Berlin mitgeschleppt? Wie kann das überhaupt sein? Die Italiener hatten doch auch jahrelang Krieg», sagte Rike. «Und staatlich verordnete Rationen …»

«Und ob!», versicherte Elsa. «Vielen ging es wirklich schlecht, besonders in den großen Städten, und über den Berg sind sie allesamt noch lange nicht. Aber zum Glück hat die Familie Morelli ein kleines Stück Land am Comer See, gerade mal eine gute Autostunde entfernt von Mailand. Und Oliven, Tomaten, Zwiebeln und Zitronen wachsen einfach immer in diesem sonnengeküssten Land. Viel mehr braucht man ja nicht für die *cucina povera,* das einfache Alltagsessen, das köstlich schmeckt. Außerdem, sagt Michele, weiß dort jedes Kind, dass zum Essen immer auch Wein gehört. Wenn du einem italienischen Soldaten Pasta und *vino* verweigerst, dann schießt er eben nicht. *Basta.* So einfach ist das. Und nun *buon appetito* – greift bitte zu!»

Rike und Miri folgten ihrer Aufforderung, nahmen sich je einen Teller vom Stapel und beluden ihn hoch. Am Ende der Tafel standen ein paar freie Stühle, darauf ließen sie sich nieder.

«Himmlisch», schwärmte Miriam, nachdem sie zunächst eher vorsichtig gekostet hatte. «Also, kochen können die Italiener.»

«Und nicht nur das, auch Gedichte schreiben.» Rike genoss jeden Bissen. «Ich träume schon seit einer halben Ewigkeit davon, nach Italien zu reisen …»

«Ma mai senza vino!» Michele, der Bräutigam, braunhaarig, drahtig und mit einer runden Brille auf der Nase, brachte drei Gläser Rotwein. *«Salute, signorine!* Auf die schönen Freundinnen meiner wunderbaren Frau!»

Sie stießen an.

Der Wein war samtig und schwer, schmeckte nach Sonne, Erde und Süden.

«Ich hab gleich einen sitzen», flüsterte Miri nach den ersten Schlucken. «Der ist vielleicht stark!»

«Ich auch», flüsterte Rike zurück. «Ich hab seit Jahren

keinen Wein mehr getrunken, aber mir ist das so was von piepegal, wenn ich nachher zu torkeln beginne. Heute wird gefeiert!»

Zweimal füllten sie ihre Teller mit Pasta, Risotto und hauchdünn geschnittenen Salamischeiben, die sie mit Oliven und salzigen Kapern garnierten, aßen dazu Weißbrot und Käse. Der frischgebackene Ehemann kam immer wieder vorbei und sorgte dafür, dass ihre Gläser nicht leer wurden.

Rike fühlte sich so satt und glücklich wie schon lange nicht mehr. All die Menschen, die Wärme, das Lachen, die melodische Sprache, die sie so liebte, dazu die Musik – es war wie ein Stückchen vom Paradies.

«Woher habt ihr eigentlich die Musiker?», fragte sie, als Elsa lächelnd an ihnen vorbeischwebte. «Die sind ja richtig gut!»

«Sind sie», sagte sie und zog Rike vom Stuhl hoch. «Komm mit!»

Im Nebenraum, der mit seinen weiß lackierten Flügeltüren und dem üppigen verschnörkelten Deckenstuck einst als Bibliothek oder nobles Esszimmer gedient haben mochte, standen vier junge Männer mit ihren Instrumenten – Gitarre, Kontrabass, Schlagzeug, Akkordeon –, die gerade eine kurze Rauchpause einlegten.

Rikes Augen weiteten sich.

«Paul?», sagte sie ungläubig und stolperte auf den Gitarristen zu, der lässig an der Wand lehnte. Kein Zweifel: Vor ihr stand Carls jüngerer Sohn, wie sein Bruder in Gefangenschaft geraten. Seit einer halben Ewigkeit hatte sie ihren Cousin nicht mehr gesehen. Seit wann war er wieder in Berlin?

Oder doch eher ihr Halbbruder, so, wie es inzwischen aussah?

Sie wischte diesen Gedanken ganz schnell wieder weg.

«Mensch, Rike.» Er grinste breit und umarmte sie. «Da schauste, Kusinchen! Bin schon ein Weilchen wieder im Lande. Ganz schön weit von Marseille bis nach Hause, det kann ick dir sajen!»

Er ließ sie wieder los und deutete auf seinen dickverbundenen linken Fuß.

«Der da hat mir den weiten Weg übrigens ziemlich übelgenommen. Ich musste sogar in die Charité, bisschen was wegschnippeln lassen, damit ich irgendwann wieder anständig laufen kann. Bei der Gelegenheit hab ich dann mitbekommen, dass Musiker für 'ne Hochzeit gesucht werden. Wie das Leben eben so spielt.»

«Langsam, langsam!», protestierte Rike. «Das geht mir jetzt alles zu schnell. Die Amis haben dich also aus der Gefangenschaft entlassen? Davon hat dein Vater gar nichts erzählt!»

«Konnte er ja auch nicht. Kam alles ziemlich überraschend.» Paul wurde wieder ernst. «Wir waren gar nicht mehr bei den Amis. Die hatten ihre Gefangenen nämlich längst an die Franzosen weitergereicht, und ab da wurde es dann im Lager alles andere als lustig.»

«Was haben sie euch getan?», fragte Rike.

«So weit haben wir es erst gar nicht kommen lassen. Drei Kameraden und ich hatten uns bereits aus dem Staub gemacht, bevor sie noch auf die dämliche Idee verfallen konnten, uns ebenfalls als Minensucher einzusetzen, wie sie mit anderen deutschen Kriegsgefangenen verfahren sind. Denn bei der Arbeit in die Luft fliegen, das wollten wir dann doch lieber nicht.»

«Du bist geflohen?» Vor Aufregung war sie lauter geworden.

Inzwischen war auch Miriam ihr gefolgt.

«Vielleicht 'nen Tick'n leiser», mahnte Paul. «Wir sind zwar hier in der britischen Zone, aber man weiß ja nie, wer gerade mithört.»

Er reckte seinen Hals.

«Sag nur, det da hinter dir is die kleene Miri Sternberg! Ick glob ja nich, wie du dir rausjemacht hast!»

Miriam war tief errötet.

«Und du bist der unverschämte Paul, der mich früher immer an den Zöpfen gezogen hat», erwiderte sie. «Klavierspielen konnteste ja, und dein Jesang war auch janz ordentlich – aber frech wie Bolle warste schon damals.»

Beide lachten.

«Bin inzwischen auf andere Instrumente umgestiegen.» Paul tippte auf seine Gitarre. «Piano war an der Front auf Dauer dann doch zu unhandlich.» Er grinste. «Wir spielen jetzt noch ein paar Runden. Die Gäste wollen tanzen, und dafür werden wir ja schließlich bezahlt. Aber rennt bloß nicht weg, ihr beede! Nicht, bevor ihr mir alles erzählt habt.»

Die Musik setzte wieder mit einem flotten Foxtrott ein, einige Paare begannen zu tanzen. Miri wurde von einem älteren Mann mit Schnauzbart aufgefordert, Micheles Lieblingsonkel Ernesto, wie Elsa erklärte, und wollte gewohnheitsmäßig ablehnen. Er jedoch ließ sich nicht abweisen. Falls er spürte, dass sie beim Tanzen Probleme wegen ihres krummen Rückens hatte, so ließ er sich das nicht anmerken.

Liebevoll und souverän führte er sie über das Parkett, und an Miris gelöstem Gesichtsausdruck erkannte Rike, dass sie sich immer mehr entspannte.

«Ich beneide dich, weißt du das?», sagte sie zu Elsa. «Deine neuen Verwandten – sie sind so ganz anders als wir Deutsche! Freier, lustiger, lauter, herzlicher, das alles mag ich sehr.»

«Ich auch. Wenngleich mein Michele schon ganz schön deutsch geworden ist, seitdem er hier arbeitet, pünktlich, akkurat, manchmal geradezu pingelig. Na ja, in Professor Sauerbruchs unmittelbarer Nähe geht das wohl nicht anders, und das, obwohl sie noch immer in provisorischen Notbauten operieren müssen.»

Rike wusste, dass fast alle Gebäude der Charité durch die alliierten Bombenangriffe zerstört worden waren, aber die Sowjets hatten bereits mit neuen Bauten begonnen. Sie wollten ein Musterkrankenhaus für Berlin. Im kommenden Frühling sollte bereits ein großer Teil davon stehen.

Elsas Blick wurde weich. «Wie es mit der Charité weitergeht, werden wir drei allerdings nicht mehr miterleben. Wir gehen nämlich im Januar nach Mailand. Der beste aller Ehemänner möchte künftig am *Ospedale Maggiore* operieren. Das ist das wichtigste Krankenhaus der Stadt, und auch dort brauchen sie gute Chirurgen.»

«Du bist schwanger?», sagte Rike verblüfft. «Aber man sieht ja noch gar nichts. Gratuliere – auch wenn ich dich sehr vermissen werde!»

«Bin ja auch erst im dritten Monat. Deshalb sollte es ja mit der Hochzeit so fix gehen, denn mit einer dicken Kugel wollte ich nicht im Standesamt erscheinen. Das Kirchliche erledigen wir dann später in Italien, sobald das Kleine auf der Welt ist. Dazu muss ich ohnehin erst noch katholisch werden, ausgerechnet ich, die kein bisschen fromm ist. Kannst du dir das vorstellen?»

Rike schüttelte den Kopf.

«Ehrlich gesagt, eher nicht. Nach dem Tag der Konfirmation hab ich dich nie wieder in einer Kirche gesehen.»

«Eben», stöhnte Elsa. «Aus gutem Grund! Aber in Italien geht es offenbar nicht ohne Katholizismus. Also werde ich wohl oder übel in diesen sauren Apfel beißen müssen. Das mit dem Vermissen kannst du dir übrigens aus dem Kopf schlagen. Du kommst uns natürlich in Milano besuchen. Reden kannst du ohnehin schon fast wie eine Italienerin, im Gegensatz zu mir, die mühsam drei neue Worte lernt und bereits im nächsten Satz zwei davon schon wieder vergessen hat.»

Rike spielte mit ihrem Glas.

«Lieb von dir, aber wenn du dort dann erst deine eigene kleine Familie hast …»

Elsa sah sie fest an.

«Bestimmt sterbe ich dort vor Heimweh und bin heilfroh, wenn meine liebe Freundin aus Berlin zu Besuch kommt. Und das wirst du doch. Versprochen?»

«Versprochen», murmelte Rike.

«Geht das auch lauter?», beharrte Elsa.

«Versprochen!»

Rike hatte ihre Worte derart vehement wiederholt, dass der Mann, der am Fenster stand und hinaus in die Nacht schaute, zusammenfuhr. Bislang war er ihr noch gar nicht aufgefallen, doch mit einem Mal bekam sie Gänsehaut.

Die Haltung, die leicht gewellten Haare, die schlanke Figur – aber das konnte doch nicht sein!

In dem Moment, als er sich umdrehte, wusste Rike, dass sie sich getäuscht hatte. Er war ein Stück kleiner als jener Alessandro aus Zürich, der ihr so gefallen hatte, seine Haare waren kürzer und nicht ganz so dunkel. Aber die schmale Nase erinnerte sie an ihn, ebenso wie die markante Kinnpartie. Am schönsten aber war sein Mund mit einem sinnlichen Amorbogen, der zum Küssen einlud.

Himmel – was war nur los mit ihr?

«Stefano», sagte Elsa halblaut neben ihr. «Micheles *cugino*. Auch ein Morelli, aber vom Wesen her ganz anders als mein Mann. Er ist ein schmucker Kerl, aber *attenzione*, meine Liebe! Ich will nicht behaupten, dass Frauen seinen Weg pflastern, aber anbrennen lässt er angeblich auch nichts ...»

Langsam kam er auf sie zu.

Sein Blick war freundlich und prüfend zugleich. Nichts an ihr schien ihm zu entgehen, aber offenbar gefiel ihm, was er zu sehen bekam, denn sein Lächeln wurde mit jedem Schritt strahlender.

«*Signorina ...*», sagte er leicht fragend.

Jetzt stand er unmittelbar vor ihr. Sie mochte, wie er roch, männlich, ganz leicht nach Rauch und Leder.

«Elena», sagte Rike. Es kam wie damals in Zürich ganz selbstverständlich über ihre Lippen.

«Elena? *Che bello! Sono Stefano. Vuole ballare con me?*»

«*Sì*», hörte Rike sich antworten. «Tanzen? *Volontieri!*»

○ ○ ○

Stefano ließ sie zappeln.

Er wusste, wo sie arbeitete, denn auf dem nächtlichen Nachhauseweg nach der Hochzeitsfeier waren sie am Laden vorbeigegangen, wo über der Eingangstür seit neuestem der Name *Thalheim* prangte, im gleichen Schriftzug wie einst über dem Kaufhaus am Ku'damm. Ihr Begleiter hatte höflich genickt, ohne besonders beeindruckt zu wirken. Was sie zwar ein bisschen gekränkt, aber nicht wirklich erstaunt hatte, kam er doch aus einer Stadt voller prachtvoller Läden, auch wenn die Italiener den Gürtel derzeit ebenfalls um einiges enger schnallen mussten.

Wo sie wohnten, wusste er auch, denn er hatte Rike anschließend in die Bleibtreustraße gebracht und sie vor der Haustür so leidenschaftlich geküsst, dass sie mit weichen Knien nach oben geschlichen war.

Seitdem Sendepause.

Ob er schon wieder zurück in Mailand war, wo er vor kurzem als Juniorpartner in die Kanzlei seines Vaters eingestiegen war?

«*Sono avvocato.*» Der Stolz darüber war ihm anzuhören gewesen.

Ein junger italienischer Anwalt, der ihr sozusagen im Vorbeigehen den Kopf verdreht hatte, nur weil er sie an einen anderen Italiener erinnerte, von dem sie bis auf den Namen rein gar nichts wusste?

Wie alt bist du eigentlich, Ulrike Thalheim? Jenseits der fünfundzwanzig oder nicht doch vielleicht eher noch vierzehn? Denn genauso führst du dich auf. Euch trennen viele Kilometer, ein riesiges Gebirge und eine andere Kultur, auch wenn du sie noch so faszinierend findest. Er könnte sich niemals vor-

stellen, in diesem grauen Deutschland zu leben, das hat er doch ausdrücklich gesagt. Also reiß dich endlich zusammen! Elsa darf ihr Märchen selig weiterträumen, aber das hat nichts mit dir zu tun.

Nichts von alldem half.

Es hatte sie so erwischt wie schon seit Jahren nicht mehr.

Aber sie war kein liebeskranker Backfisch, sondern eine erwachsene junge Frau, deren erwachte Sinnlichkeit sich nach Erfüllung sehnte.

Stefano, dachte sie sehnsüchtig, während sie den Laden kehrte, dessen brauner Holzboden so schnell schäbig aussehen konnte, sobald von draußen Schmutz hereingetragen wurde. *Stefano*, während sie versuchte, ihre Modelle an die Kundinnen zu bringen, die immer knausriger mit ihren Kleidermarken wurden – und immer mäkeliger dazu.

Stefano Morelli.

Wenn Rike es sich halblaut vorsagte, klang es in ihren Ohren fast wie Musik.

Dabei hätte sie jeden Grund gehabt, sich auf ihre Arbeit zu konzentrieren. Lumpenkleider fanden kaum noch Abnehmerinnen, weil die Frauen diese Notlösungen überhatten. Es gab gewissen Nachschub an echten Stoffen, da Brahm in Winterthur zwei Spinnereimaschinen gekauft hatte, die nach viel Papierkram nach Berlin transportiert worden waren und inzwischen in Neukölln produzierten. Miriam und die anderen Frauen nähten daraus Kleidungsstücke – doch nur wenige konnten sich diese leisten, weil ja noch immer Markenzwang herrschte. Nicht ganz unkompliziert das ganze Procedere zudem, weil der Anfahrtsweg bis nach Charlottenburg weit war und es auch noch vom amerikanischen in den britischen Sektor und wieder retour gehen musste, aber es funktionierte leidlich. Noch dazu hatte Brahm erste Kontakte an den Rhein, ins Ruhrgebiet und sogar bis nach Schwaben geknüpft – alles Gegenden, wo in den westlichen Zonen neue Spinnereien und Webereien eröffnet wurden.

Manchmal beschlich Rike allerdings das ungute Gefühl, er engagiere sich hauptsächlich ihretwegen so stark, was ihr gar nicht gefiel. Er suchte ihre Nähe, das war unübersehbar, und nicht selten machte er die eine oder andere unangebrachte Bemerkung, aber sie hoffte dennoch, er würde sich keine Freiheiten ihr gegenüber herausnehmen. Zusammenarbeiten konnte sie mit ihm; alles andere stieß sie ab.

Zum Glück hatte Otto Wölfle ein paar Stücke aus seiner aktuellen Winterkollektion geschickt, die die Auswahl in ihrem Laden ergänzten, darunter auch einige Strickjäckchen wie jenes, das er Rike in München geschenkt hatte. Seit drei Tagen trug sie es, falls Stefano doch noch auftauchen würde, von den Kundinnen bewundert, die sich solche Ausgaben oftmals nicht leisten konnten. Rike konnte die Frauen nur zu gut verstehen: Sie wollten den Krieg vergessen, auch wenn die noch immer bestehende Not sie zum Gegenteil zwang. Schmücken wollten sie sich, endlich wieder weiblich wirken, obwohl viel zu viele noch immer auf ihre Liebsten, Verlobten oder Ehemänner warten mussten, die fernab der Heimat in Lagern interniert waren.

Doch nach und nach kamen immer mehr Kriegsgefangene nach Berlin zurück, versehrt an Leib und Seele, so wie Paul, der noch Glück gehabt und bei seiner Flucht lediglich eine Fußverletzung davongetragen hatte, die wieder heilen würde. Andere Kameraden, vor allem die aus Russland, hatte es wesentlich schlimmer erwischt. Immer öfter sah man jetzt zwischen den Ruinen Jammergestalten in waghalsigen Aufmachungen herumlungern, teils mit erfrorenen Extremitäten oder offenen Wunden, krank, heimatlos, ziellos.

Weil ihre Familien sie nicht mehr aufnehmen wollten?

Oder weil es niemanden mehr gab, zu dem sie hätten zurückkehren können?

Der Winter war nicht mehr fern, dann würde ihre Situation noch aussichtsloser werden. Es gab ja nicht einmal genügend Arbeit für die Gesunden, geschweige denn Wohnraum, Essen und Heizmaterial. Diese Entwurzelten dauerten Rike, aber sie machten ihr auch Angst, weil sie so aus der Zeit gefallen schienen. Sie konnte an keinem vorübergehen, ohne dabei an Oskar zu denken, und beinahe jedes Mal zückte sie ihre Börse, um wenigstens eine Kleinigkeit zu geben. Falls ihr Bruder überhaupt noch am Leben war, wohin mochte es ihn verschlagen haben? Sah auch er so aus, vor der Zeit gealtert und bis zum Skelett abgemagert, zerschunden von harter Fronarbeit, mit der er Buße für die Schuld der Deutschen leisten sollte?

Zu nah allerdings wollte sie diesen Gestalten lieber nicht kommen. So manchen hatte sie schon um den kleinen Laden herumschleichen sehen, betreten allerdings hatte ihn bislang noch keiner. Jetzt hingegen bimmelte die Glocke, die Friedrich erst kürzlich eigenhändig angebracht hatte, die Tür ging auf und trug mit dem männlichen Besucher einen ganzen Schwall von Fäulnis und Krankheit herein.

«Bitte um Entschuldigung», murmelte der Mann. «Sind Sie vielleicht Fräulein Thalheim?»

Von seiner einstigen Uniform hingen nur noch Fetzen, die er mit anderen Stoffresten wüst zusammengeflickt hatte. Sein Bart starrte vor Schmutz, ebenso wie die Haare, auf denen schräg eine alte blaue Wollmütze saß.

«Wer möchte das wissen?», fragte Rike und versuchte, möglichst flach zu atmen.

«Heinz Krieger mein Name», sagte er. «Sind Sie es nun – oder sind Sie es nicht?»

Rike nickte, innerlich auf der Hut.

«Bin ich», sagte sie. «Ulrike Thalheim.»

«Na endlich!», stieß er hervor. «Ich war mit Ihrem Bruder im Gefangenenlager Astrachan an der Wolga interniert. Und soll Ihnen das hier von ihm geben.»

Seine verkrümmten Finger streckten ihr einen goldenen Ring entgegen.

«War gar nicht so einfach, Sie zu finden», sagte er keuchend. «Das große Kaufhaus am Ku'damm, von dem Ossi so geschwärmt hat, gibt es ja nicht mehr. Aber jetzt hab ich mich ja doch noch erfolgreich bis zu Ihnen durchgefragt.» Sein Blick wurde unangenehm treuherzig. «Wenn Sie vielleicht 'ne Kleinigkeit zu essen für mich hätten? Ich bin nämlich ziemlich hungrig.»

«Später», sagte Rike. «Jetzt muss ich erst einmal ...» Sie nahm den Ring und sah ihn sich genau an.

Alma & Friedrich Thalheim, 1919, so lautete die feine Gravur auf der Innenseite.

Mamas Ehering, kein Zweifel.

Der Vater hatte ihn Oskar bei seinem letzten Heimatbesuch mitgegeben. Rike erinnerte sich daran, als sei es erst gestern gewesen. Niemals hätte ihr Bruder sich freiwillig von diesem Talisman getrennt, es sei denn …

«Unser Bruder ist tot?» Sie fühlte keinen Schmerz, sondern nur endlose Leere. «Wollen Sie mir das sagen?»

Der Mann bewegte langsam den Kopf.

«Für Ossi eine Erlösung», sagte er. «Der arme, arme Kerl! Bring ihn meiner Familie, alter Freund, das hat er noch gesagt. Und gib ihnen auch das hier von mir.»

Ein kleiner Zettel, grau vor Schmutz.

Nemt ihn auf, stand da. *Bester Freund und Kumpl. Er soll jetzt euer Bruder sein. In Liebe Ossi.*

Rike gab ihm den Zettel wieder zurück.

«Das ist nicht von Oskar», sagte sie.

«Doch, das hat er mit letzter Kraft geschrieben», behauptete der Mann. «Ich war ja selbst dabei.»

«Das ist nicht seine Schrift. Außerdem hat er es gehasst, wenn man ihn Ossi genannt hat. Nie im Leben hätte er so unterschrieben. Und so eine lausige Rechtschreibung hatte er auch nicht.» Ihre Stimme wurde schärfer. «Woher haben Sie diesen Ring?»

«Von Ihrem Bruder.» Auch er wurde laut. «Als Letzten Willen. Wie oft soll ich das noch sagen?»

«Sie lügen! Woher haben Sie ihn?» Jetzt schrie sie beinahe. Ihre Hand hatte sich fest um den Ring geschlossen. «Sie haben ihn gestohlen, richtig? Haben Sie einen Toten beraubt? Was haben Sie meinem Bruder angetan, um an diesen Ring zu kommen? So reden Sie doch endlich!»

Krieger wurde wütend.

«Du dumme, dumme arrogante Gans! Was bildest du dir

eigentlich ein? Ich bring ihn brav zu dir, und du führst dich so auf. Weißt du was? Ich kann ihn gern auch wieder mitnehmen ...»

Er packte ihre Hand und versuchte, sie grob zu öffnen.

Rike begann gellend zu schreien.

Was dann geschah, ging rasend schnell. Ein Mann stürmte in den Laden, wirbelte herum und versetzte dem Angreifer einen Kinnhaken, der ihn zu Boden streckte, wo er regungslos liegen blieb.

«*Tutto a posto?*» Stefanos Stimme klang besorgt, als er sich ihr zuwandte. «*Ch'è successo, Elena? Un ladro?*»

«*Sì*», sagte Rike zutiefst erleichtert. «Alles in Ordnung. Ein Räuber, ja, Stefano. *Grazie mille!* Wie gut, dass du da bist. Er hat mir nichts getan, aber ich hatte wirklich große Angst.»

Stefano beugte sich über den Liegenden.

«*Vai via*», sagte er drohend. «*Subito! Altrimenti ...*» Er hob die Faust, als wolle er erneut zuschlagen.

«Hauen Sie bloß ab», übersetzte Rike. «Und zwar sofort. Betreten Sie diesen Laden niemals wieder. Haben Sie mich verstanden?»

Krieger rappelte sich langsam auf, murmelte Schimpfworte, aber taumelte doch hinaus.

«*E allora?*» Stefano sah ihr tief in die Augen.

«*Non lo so.*» Rike zuckte die Schultern und schob den Ring in ihre Rocktasche.

Sie konnte ihm jetzt nichts von Oskar erzählen, nicht so auf die Schnelle. Irgendwann einmal, ja, wenn sie sich besser kannten. Sie musste doch erst selbst innerlich sortieren, was gerade geschehen war. Oskar war also tatsächlich tot? Sooft hatte sie diese Gewissheit bringende Nachricht befürchtet, aber nach diesem hässlichen Auftritt von eben sperrte sich alles in ihr dagegen, sie zu akzeptieren.

Sie sah wieder den jungen Anwalt an.

Wie wenig sie eigentlich von ihm wusste! Aber dieser Stefano hatte etwas in ihr angerührt, gegen das sie machtlos war: Hoffnungen, Sehnsüchte, Begierden – sie wusste es ja selbst nicht so ganz genau. Und ihr gefiel, wie mutig und beherzt er sich für sie eingesetzt hatte.

«Keine Ahnung», fuhr Rike fort. «Im Moment weiß ich eigentlich gar nichts mehr. Nur, dass ich nicht hierbleiben möchte. Ich schließe den Laden für heute einfach zu. Kommen ja ohnehin kaum noch Kunden.»

«Buona idea!»

Stefano begann zu strahlen und sah auf einmal aus wie ein verschmitzter Junge. Er zögerte kurz, dann zog er Rike in seine Arme, hielt sie ganz fest und flüsterte ihr dabei etwas in Ohr.

Trotz all der Aufregung musste jetzt auch sie schmunzeln.

Aber das konnte sie doch nicht machen …

Stefano einfach so in seine Pension begleiten, am helllichten Nachmittag …

Wenn sie jemand sah …

Doch wie schnell war das Leben manchmal vorbei! Die letzten Monate war sie immer vernünftig gewesen, hatte Verantwortung für die Familie und den Laden übernommen und ihre eigenen Wünsche ständig hintangestellt.

Und sehnte sie sich nicht schon seit Tagen mit jeder Faser nach seiner Berührung?

Rike schluckte, dann lächelte sie zustimmend.

«*Andiamo!* Lass uns gehen.»

○ ○ ○

Den größten Teil des Nachhausewegs war sie gerannt, glücklich, verwirrt, trunken vor Verliebtheit. Erst vor der Haustür kam sie wieder zur Besinnung.

Wie mochte sie aussehen – wie direkt aus dem Bett gekrochen?

Die Haare zerzaust, die Wangen gerötet, die Lippen von seinen Küssen geschwollen …

Egal. Sie strich sich über die Haare, der Rest musste so bleiben, wie er war.

Rike betrat das Treppenhaus.

Ihre Ausrede stand. Stundenlang hatte sie Elsa beim ersten Aussortieren geholfen, weil die ja nichts Schweres mehr heben durfte, dabei würde sie bei allen Nachfragen bleiben. Es war schon nach zehn. Vielleicht schlief die Familie ja ohnehin, was ihr lästige Lügereien ersparen würde. Und selbst wenn nicht: Für diesen himmlischsten aller Nachmittage würde sie jede Lüge erzählen.

Doch als sie die Wohnungstür aufschloss und in den Flur kam, brannte in der Küche Licht.

«Silvie?», hörte sie ihren Vater rufen. «Hast du dich jetzt doch eines Klügeren besonnen? Bravo!»

«Ich bin's, Rike», erwiderte sie. «Und hundemüde. Ich geh gleich schlafen.»

«Rike!» Es klang eher wie ein Befehl als eine Bitte. «Komm doch mal zu uns. Wir sind alle in der Küche.»

Innerlich widerstrebend, folgte sie der Aufforderung.

Friedrich, Claire und Flori saßen um den Küchentisch, vor ihnen lag ein zerknitterter Zettel.

«Hast du davon gewusst?» Anklagend deutete Friedrich auf das Geschriebene.

«Wovon?», fragte sie. «Was ist denn überhaupt los? Ihr zieht ja alle Gesichter, als sei jemand gestorben!»

«Unsere Silvie hat die Frechheit besessen …»

«Ich kann alles auswendig», fiel Flori dem Vater ins Wort. «Warte!»

Sie setzte sich in Positur, als müsse sie ein Gedicht aufsagen, und begann zu rezitieren:

«Ihr Lieben, macht euch bitte keine Sorgen. Bin zu Ben nach Nürnberg gefahren. Die Ober-Nazis werden dort verurteilt. Will bei dieser Sternstunde deutscher Geschichte unbedingt dabei sein. Die Verlobung feiern wir dann alle gemeinsam in Berlin. In Liebe, Silvie.»

Rike spürte, wie ihre Mundwinkel unwillkürlich zu zucken begannen.

Zweimal Liebe an einem Tag, dachte sie. Zwei junge Frauen, die auf das pfeifen, was Anstand und Sitte vorschreiben.

Zweimal ein Mann aus einem anderen Land.

Zufall oder Fügung?

Auf einmal fühlte sie sich ihrer Schwester so nah wie schon lange nicht mehr.

«Ist doch schön», sagte sie. «Und nein, davon wusste ich nichts. Aber unsere Silvie kommt doch wieder. Oder etwa nicht?»

7

Berlin, Winter 1946/1947

Der weiße Tod regierte in der Stadt – so nannten die Berliner das Erfrieren in diesem unbarmherzigen Winter, der noch um einiges härter ausfiel als sein bitterkalter Vorgänger. Hunderte von Menschen traf dieses Schicksal in ihren ungeheizten Wohnungen, wo dicke Eisblumen an den Fenstern wucherten und gespenstisch lange Eiszapfen von den Dachrinnen hingen. Längst hatten sogar die Bäume des einst dichtbestandenen Tiergartens daran glauben müssen; jedes Fitzelchen Holz war weggetragen worden. Betriebe, Fabriken und öffentliche Einrichtungen wurden, wenn überhaupt, nur mangelhaft mit Kohle beliefert; für den Privatverbrauch war so gut wie kein Brennstoff vorhanden. Gas und Strom gab es höchstens stundenweise; so mussten auch die Thalheims häufig in ihrer Wohnung bibbern. Rike hatte sich angewöhnt, zu Hause stets mehrere Schichten Kleidung übereinanderzutragen. Claire und die beiden Schwestern machten es ihr nach, während Friedrich behauptete, nicht zu frieren, obwohl er ständig hustete. Sogar ins Bett gingen sie alle dick eingemummt, in der Hoffnung, die Nacht halbwegs warm zu überstehen.

Die beißende Kälte lähmte das gesamte Leben. Nur wer

unbedingt rausmusste, wagte sich noch auf die spiegelglatten Straßen. Rhein und Elbe froren kilometerlang zu, was die Schifffahrt und damit auch den Gütertransport zu Wasser lahmlegte. Jeder Lebensmitteleinkauf geriet zur Herausforderung. Immer öfter mussten Silvie oder Claire in klirrender Kälte endlos anstehen, während Rike den ganzen Tag im Laden war, um schließlich doch mit leeren Händen nach Hause zu kommen. Nach der Jahreswende wurde auch das Mehl knapp; die großen Felder im Osten, die jetzt zu Polen oder Russland gehörten, fehlten beim Ernteertrag der vergangenen beiden Jahre. Überhaupt lag die gesamte deutsche Landwirtschaft danieder. Es gab zu wenige Bauern, der Tierbestand war geschrumpft, viele Äcker darbten unbearbeitet als Brachland.

Hunger war die Folge, bohrender Hunger, der alle traf. Dicke Menschen waren nahezu vollkommen aus dem Straßenbild verschwunden. In der S-Bahn passten vier Fahrgäste mühelos auf zwei Sitze, so mager waren die Leute geworden.

«Da war es ja im Krieg noch besser», schimpfte Claire, wenn sie als weiblicher Haushaltsvorstand wieder einmal aus den spärlichen Vorräten eine Mahlzeit zubereiten sollte, die für alle reichte. «Auch eine Methode, sich einstiger Nazis zu entledigen – sie *simplement* auszuhungern.»

Die Kalorienmenge, die seit Jahresbeginn den Deutschen in der britischen Besatzungszone zustand, war inzwischen derart gering, dass niemand davon satt werden konnte, nicht einmal jene, die die höchste Stufe an Lebensmittelmarken zugeteilt bekamen.

Wie also in diesen harten Zeiten einigermaßen über die Runden kommen?

Rike, sonst stets bemüht, für alles eine Lösung zu finden, wusste nicht, wie es weitergehen sollte.

An den meisten Tagen ließen sich die Kundinnen an einer Hand abzählen, die das *Thalheim* am Savignyplatz besuchten, an anderen kam gar niemand. Wer hatte schon Interesse an neuen Kleidern, die man sich ohnehin kaum leisten konnte, wenn der Magen ständig knurrte und einem die Gliedmaßen halb abfroren? Wenn Frauen den Laden überhaupt betraten, dann nur, um sich umzusehen. Dabei suchten sie die Nähe der Brennhexe, die Brahm für Rike organisiert hatte: ein Rechteck aus Eisenblech mit Herdplatte, das keinen Kaminanschluss brauchte und sparsamstes Heizen mit verschiedensten Materialien ermöglichte, wenngleich die Ausleitung über einen Mauerspalt wiederum neue Kälte hereintrieb.

«Wir werden bald pleite sein, wenn das noch lange so geht», seufzte Friedrich Thalheim, als er an einem Abend Mitte Januar erneut auf den Notgroschen zurückgreifen musste, der ja eigentlich zur Gänze für den Wiederaufbau des Kaufhauses gedacht gewesen war. Mittlerweile war er besorgniserregend geschrumpft. Der Plan, ein neues Kaufhaus zu errichten, war in die ferne Zukunft gerückt, dazu waren Friedrichs verbliebene Ersparnisse einfach zu kläglich. Opa Schuberts Erbe wollte Rike auf den Rat ihres Schweizer Bankberaters hin erst anrühren, sobald eine Währungsreform vollzogen war, um seinen Wert nicht zu schmälern.

Die Spruchkammer hatte als Urteil lediglich eine überraschend geringe Geldstrafe verhängt, die Friedrich zügig, wenngleich heftig murrend beglich. Von einer Entziehung des Wahlrechts, dem Ausschluss von öffentlichen Ämtern oder gar einem Berufsverbot war er verschont geblieben. So konnte er umgehend in die 1946 gegründete CDU eintreten, um, wie er sagte, unter Gleichgesinnten gegen das Zwangsregime der Sowjets zu kämpfen. Für ihn waren vor allem die Russen schuld an der miserablen Versorgungslage der Stadt, die wie eine viergeteilte Insel inmitten des von ihnen besetzten Gebietes lag.

Eine äußerst fragile Insel allerdings.

«Wenn sie eines Tages die Zufahrtswege blockieren, können sie uns jederzeit den Hahn ganz zudrehen», befürchtete Friedrich. «Bei diesen Russen muss man stets mit allem rechnen, das habe ich ja schließlich bereits am eigenen Leib erfahren. Auch jetzt machen sie einem nichts als Ärger. Mit meinem Mehrparteienhaus in Lichtenberg kann ich gar nichts anfangen. Denn natürlich wurde prompt von den Sowjets ein Mietstopp verhängt. Was ich da jetzt noch als Ertrag herausbekomme, ist ein schlechter Witz. Das kaputte Dach jedenfalls lässt sich nicht davon reparieren.»

«Die Briten sind auch keine große Hilfe», wandte Brahm ein, der zur Krisensitzung in die Bleibtreustraße gekommen war. «Ohne Vorwarnung haben sie mein Kohlenkontingent für diesen und den nächsten Monat gestoppt. Angeblich, weil die Zechen im Ruhrgebiet nicht mehr liefern können. Ich muss die Spinnerei also vorerst zusperren – so leid mir das auch für uns alle tut.»

«Was für ein elender Teufelskreis», wütete Friedrich, nachdem sein Partner gegangen war und er mit der Familie um den Küchentisch saß. «Ohne Kohle können Brahms Maschinen keinen Stoff produzieren. Ohne Stoff unsere Näherinnen keine Kleider fertigen. Ohne Kleider läuft auch auf dem Schwarzmarkt nichts, denn andere Wertgegenstände besitzen wir nicht mehr. Uns bleibt nur noch dieses verdammte bisschen Geld, um irgendwie auf illegale Weise an Lebensmittel zu kommen, damit wir nicht allesamt verhungern – Geld, das allerdings von Tag zu Tag weniger wert wird.»

In diesem Moment dachte Rike voller Dankbarkeit an Anton Bruggers klugen Rat. Mittlerweile waren einige Schreiben zwischen dem Schweizer Bankberater und ihr hin- und hergegangen. Er hatte äußerst positiv auf den Zusammenschluss der britischen und amerikanischen Besatzungszone reagiert, die als Bi-Zone ab Januar offiziell in Kraft getreten war, in seinen Augen ein vielversprechender Schritt.

Es geht aufwärts, Fräulein Thalheim, hatte er geschrieben. *Vielleicht nicht so rasch, wie Sie sich das wünschen würden, aber eine gewisse Bewegung ist durchaus spürbar. Erst jüngst ist mir zu Ohren gekommen, dass hinter den Kulissen bereits aktiv an einer neuen Währung für Deutschland gearbeitet wird. Haben Sie weiterhin den Mut zur Ruhe. Ich bin mir sicher, das wird sich für Sie auszahlen!*

Rike wollte hoffen, auch wenn ihr das in diesen eisigen Tagen äußerst schwerfiel. Manchmal überfiel sie trotzdem ein schlechtes Gewissen ihrer Familie gegenüber, dass sie das Schweizer Erbe so eisern zusammenhielt, aber es jetzt für Lebensmittel oder Dinge des täglichen Lebens, die einem zwischen den Händen zerrannen, einfach so zu verpulvern wäre ihr dennoch verkehrt erschienen.

Schon seit Wochen kamen die Frauen aus den Nebenstraßen des Hausvogteiplatzes nicht mehr zum Nähen in die Bleibtreustraße, weil die fertige Ware sich einfach nicht mehr verkaufen ließ. Lena und Gusti aus dem dritten Stock erledigten jetzt vor allem Änderungs- und Ausbesserungsarbeiten für die Nachbarschaft, um ihre schmalen Kriegswitwenrenten aufzubessern. Miriam benutzte nur noch eines der Nähzimmer. In dem anderen wohnte seit ein paar Wochen Paul Thalheim, der sich standhaft weigerte, auch nur einen Fuß nach Potsdam zu setzen.

«Ich traue diesen Sowjets nicht, Papa», sagte er, als Carl ihn deswegen ein Stockwerk tiefer in der Küche der Thalheims kurz nach seinem Einzug zur Rede gestellt hatte. «Auch wenn Mama und du mich lieber in eurer Nähe hättet. Und nein, ich werde niemals freiwillig ihren Herrschaftsbereich betreten.» Paul schielte nach unten. «Zum Glück kann ich inzwischen wieder laufen, aber es hätte nicht viel gefehlt – und ich wäre für immer ein Krüppel gewesen.»

Erst in diesem Moment schien ihm das versehrte Bein des Vaters wieder einzufallen.

«Das ging jetzt natürlich nicht gegen dich …»

«Schon gut, Junge. Ich habe mich damit arrangiert. Allerdings waren es die Amis, die dich an die Franzosen abgeschoben haben, und nicht die Russen», erwiderte der ruhig, doch die bläuliche Ader unter seinem linken Auge zuckte, untrügliches Zeichen, dass es in ihm brodelte.

«Ja, das haben sie. Deshalb bleibe ich ihnen gegenüber ja stets auf der Hut. Allerdings zahlen sie ordentlich, und sie mögen meine Musik. Auch bei den Tommys kommt unsere kleine Band gut an. Nächste Woche werden *The Swingbrothers* sogar im Karlslust auftreten. Der erste Berliner Kostümball nach dem Krieg – ihr seid doch alle mit dabei, oder? Aber einkassieren wird mich in diesem Leben keiner mehr so schnell, egal, ob von rechts oder von links, das habe ich mir geschworen.»

«Dann willst du dich also nicht am Aufbau einer besseren Gesellschaft beteiligen?», fragte Carl zurück. «Ihr jungen Leute wärt doch eigentlich prädestiniert dafür!»

Unsichtbare Funken flogen zwischen Vater und Sohn.

Mein Vater, dachte Rike unwillkürlich, die ungewollt Zeugin dieser Auseinandersetzung wurde. *Und mein Bruder Paul, wenn stimmt, was Opa Schubert geschrieben hat. Ich will es nicht denken, aber wenn ich diese beiden sehe, kann ich doch nicht anders. Wie sie wohl reagieren würden, wenn ich jetzt damit herauskäme?*

Dann jedoch fielen ihr Miris Warnungen ein, und sie blieb ruhig.

«Ja, das wären wir vermutlich.» Paul blies seinen Kaugummi zu einer großen weißen Blase auf und ließ sie genüsslich zerplatzen. «Aber nicht zu der, die deine roten Parteibonzen im Sinn haben. ‹Ackerland aus Junkerhand› – dass ich nicht lache! Diese Möchtegern-Bauern, die ihr jetzt auf diesen handtuchgroßen Fleckchen Land ansiedelt, sind doch geradezu die Garantie dafür, dass die Leute in und um Berlin zukünftig noch weniger zu fressen bekommen.»

«Es tut mir im Herzen weh, dass du so zynisch geworden bist, mein Junge. Dazu hat euch dieser verdammte Nationalsozialismus mit all seinen Auswüchsen gemacht. Doch das ist jetzt Vergangenheit – und muss für alle Zeiten vorbei sein. Was gerade passiert, das geht uns alle an. Jeder sollte mit anpacken. Keiner kann sich da guten Gewissens raushalten, glaub mir!»

Mit jedem Satz wurde Carl leidenschaftlicher.

«Du solltest dir ein Beispiel an deiner Cousine nehmen. Bei unserem Potsdamer Gesprächskreis ist sie eine der Eifrigsten.»

Ja, die Teilnahme am Nürnberger Prozess hatte Silvie verändert. Zu Rikes Überraschung interessierte sie sich seitdem für Politik. Die Tage in Nürnberg hatten ihr offenbar die Augen geöffnet. *Nie wieder* – das war die Losung ihrer kleinen Schwester geworden, die sich bislang hauptsächlich für Männer und Mode interessiert hatte.

Auch Ben Green war seitdem anders, stiller, in sich gekehrt, als ob ihn innerlich etwas bewege, das er nicht mitteilen konnte oder wollte. Nur selten ließ er sich noch bei den Thalheims sehen, und das Wort Verlobung war kein einziges Mal mehr gefallen. Dabei war eine Heirat zwischen einer Deutschen und einem Angehörigen der britischen Armee zwar noch immer nicht erwünscht, aber mittlerweile zumindest erlaubt. Voraussetzungen dafür waren eine sechsmonatige Wartezeit sowie ein polizeiliches Zeugnis der Frau, das deren makellosen Leumund nachwies. Ferner eine Bescheinigung des zuständigen Geistlichen und ein Gesundheitszeugnis, um auszuschließen, dass sie an Tuberkulose oder Geschlechtskrankheiten leide.

«Ich bin doch keine Zuchtkuh», war Silvie explodiert, als Rike sie auf Ben angesprochen hatte. «Soll ich vielleicht noch meine Euter und mein Becken offiziell ausmessen lassen, um zu beweisen, dass ich auch wirklich in der Lage bin, britische Babys auszutragen? Die haben sie doch nicht mehr alle!»

Rike kannte ihre Schwester gut genug, um zu ahnen,

dass noch etwas anderes hinter diesem Wutausbruch stecken musste.

«Wie heißt er?», fragte sie.

«Ich hab nicht die geringste Ahnung, worauf du hinauswillst.» Silvie verschränkte die Arme und mied Rikes Blick.

Sie trug jetzt ständig Mamas alten Ehering am Mittelfinger, weil auch sie ein Andenken an die Verstorbene haben wollte, wie sie trotzig gesagt hatte. Rikes Bericht über den Überfall im Laden hatte sie mit einer ungeduldigen Geste weggewischt. Oskar war nicht tot, sonst hätte sie das als Zwilling schließlich gespürt. Über den Plan der älteren Schwester, diesen unverschämten Heinz Krieger ausfindig zu machen, um ihn erneut in die Zange zu nehmen und doch noch zum Reden zu bringen, hatte sie nur gelacht: Ein Betrüger, der garantiert nicht einmal so hieß, wie er behauptet hatte, würde auch bei einer weiteren Befragung nichts als Lügen ausspucken. Es gab nur eins, was sie tun konnten – weiterhin geduldig auf Oskar warten und darauf vertrauen, dass er doch noch zu ihnen zurückkehrte, auch wenn Rike insgeheim nicht mehr daran glaubte.

«Einer aus Potsdam, richtig?», hakte Rike nach. «Ich tippe auf Onkel Carls unmittelbare Umgebung. Ist er Jurist? Oder ist es jemand aus der SED? Muss doch einen Grund haben, warum du plötzlich gar so wild auf stocklangweilige Diskussionsrunden bist, dass du sogar Schnee und Eiseskälte freiwillig in Kauf nimmst. Also, heraus damit: Wer ist es?»

«Du wirst es keinem verraten?»

«So schlimm?», fragte Rike besorgt zurück. «Nein, ich sage nichts. Versprochen.»

«Ja und nein», flüsterte Silvie. «Ralf heißt er. Ralf Heiger, ein Journalist. Er ist ein ganzes Stück älter als ich und noch nicht geschieden. Die Nazis haben ihn ins KZ gesteckt, weil er Kommunist ist. Ich habe ihn in Nürnberg getroffen, als Ben die ganze Zeit fotografieren musste. Er ist so klug, Rikelein, so wahnsinnig belesen und gebildet! Wie der dir Geschichte und Politik erklären kann, das ist einfach phänomenal. Ganz dumm kommt man sich neben ihm vor, wie gerade erst aus dem Ei gekrochen. Warum hab ich früher nur nicht so viel gelesen wie du? Dann könnte ich jetzt auch besser mitreden. Aber Ralf sagt, jeder kann alles lernen, wenn er nur will. Ist das nicht goldig? Und was er schon alles durchgemacht hat – dagegen sind die anderen, mit denen ich bislang zusammen war, nichts als dumme Jungs!»

«Ben Green ist alles andere als ein dummer Junge», erwiderte Rike. «Und bis vor kurzem hast du vor Liebe zu ihm förmlich gebrannt.»

«Du hast ja recht», sagte Silvie und klang für einen Moment kleinlaut. «Manchmal bin ich mir selbst ein Rätsel. Aber ich kann doch auch nichts dafür, dass ich so bin, wie ich eben bin.»

«Weiß Ben schon davon?», setzte Rike nach.

«Natürlich nicht! Und so soll es vorerst auch bleiben. Außerdem ist ja noch so gut wie nichts zwischen Ralf und mir passiert, aber …» Sie verdrehte schwärmerisch die Augen. «Ich muss ihn nur reden hören – und schon schmelze ich dahin!»

Rike musste daran denken, wie rasch sie selbst für Stefano entflammt war, aber das war nur *ein* Mann gewesen, nicht gleich zwei Männer auf einmal.

«Du hältst dir also beide warm?» Langsam wurde sie ungehalten. «Und wie lange soll das noch so gehen?»

Silvie zuckte die Achseln.

«Dann pass bloß auf, dass du dir nicht die Finger verbrennst!»

«Jetzt klingst du wieder wie eine frustrierte Gouvernante», schoss Silvie zurück. «Dabei hatte ich schon gehofft, du hättest diese Tour mir gegenüber endgültig abgelegt, Schwesterchen. Oder bist du vielleicht bloß sauer, weil in letzter Zeit kaum noch Post aus Italien kommt?»

Touché, wie Claire sagen würde.

Rike hatte Silvie im ersten Überschwang der Gefühle von Stefano erzählt, was sie inzwischen zutiefst bereute. Aber ihr Herz war so übervoll gewesen, erst recht, nachdem Elsa mit ihrem Michele nach Mailand gezogen war und nicht mehr zum Plaudern greifbar. In ihren Briefen beschwor sie Rike zwar, so schnell wie möglich zu Besuch zu kommen, aber die wollte zumindest abwarten, bis das Kind geboren und ein paar Monate alt geworden war.

Natürlich gab es da auch noch Lou zum Reden, die zweite alte Freundin aus Kindertagen, aber die war mehr denn je in ständige Bereitschaftsdienste eingebunden. In Berlin kamen derzeit trotz des eisigen Winters gerade so viele Kinder zur Welt wie schon lange nicht mehr, als ob das Leben mit aller Macht beweisen wollte, dass es über den Tod triumphieren konnte. Ihr einst so enger Kontakt mit der jungen Hebamme war im Lauf der Jahre loser geworden. Und wenn man sich kaum noch sah, dann kam man ja schließlich auch nicht gleich mit Herzensangelegenheiten heraus.

Viel zu schnell war Stefano nach der Hochzeit von Elsa

und Michele wieder zurück nach Mailand gefahren; mehr als ein paar atemlose Tage des Kennen- und Liebenlernens waren ihnen nicht vergönnt gewesen. Bewegt hatten sie beide Abschied voneinander genommen, unter zahllosen Küssen und dem Versprechen, sich so bald wie möglich wiederzusehen. Seitdem waren allerdings Monate vergangen – eiskalte, einsame Monate voller Sehnsucht, jedenfalls, was Rike anging.

Hätten sie nur wieder ein Telefon gehabt wie vor dem Krieg! Stefanos Stimme zu hören hätte Rike unendlich viel bedeutet. Doch so blieb nur der Postweg, langsam, umständlich, alles andere als zuverlässig, zumal sich der junge Italiener leider nicht gerade als phantasievoller Liebesbriefeschreiber entpuppte.

Seine knappen Phrasen kannte Rike bald im Schlaf, während sie sich bemühte, ausführlich und möglichst fehlerfrei auf Italienisch zu antworten. Noch dazu war sein Vater vor einigen Wochen schwer erkrankt, und Stefano musste die Kanzlei allein führen. Seitdem hatte er nur noch einmal geschrieben.

Aus Zeitmangel? Oder weil ihm längst eine Mailänder *bellezza* die Nächte versüßte? Aber Stefano sollte bloß nicht glauben, dass eine Thalheim einem Morelli nachlief …

Trotzdem träumte sie oft von ihm, seinen Küssen, dem kühnen Streicheln seiner Hände, dem erst langsamen, dann immer stürmischeren Rhythmus, in dem sie sich geliebt hatten. Seinen Duft hatte sie noch immer in der Nase. Doch Stefanos Gesicht verschmolz in diesen sinnlichen Träumen mit dem Alessandros, bis sie nicht mehr wusste, wer sie da eigentlich in den Armen hielt – alles dazu angetan, um sie am Morgen nur noch sehnsüchtiger erwachen zu lassen.

War sie nur eine Affäre für Stefano gewesen? Ein prickelndes Abenteuer jenseits der Alpen, das ihm inzwischen sogar lästig war?

Immer öfter quälten Rike solche Gedanken.

Und jetzt bohrte ausgerechnet auch noch Silvie in dieser Wunde herum …

«Ich weiß wenigstens, zu wem ich gehöre», erwiderte sie steif, obwohl sie sich alles andere als sicher war, wie Stefano es empfand. «Was dir übrigens auch nicht schaden würde.»

Silvies Augen schossen Blitze.

«Du hast kein Recht, über mich zu urteilen, Ulrike», sagte sie. «Mag sein, dass dich im Leben meist Vernunft leitet, und wenn du damit klarkommst, bitte sehr. Deine Sache. Aber ich bin eben ganz anders. Bei mir ist es Liebe – immer nur Liebe. Und Liebe steht über allem. Das wissen auch deine großen Dichter. Denk mal darüber nach!»

○ ○ ○

Miriam behauptete steif und fest, zwischen Paul und ihr sei alles rein platonisch: Jugendfreunde, die Schlimmes erlebt und sich nach dem Krieg wiedergefunden hatten und nun aus Vernunftgründen eine Wohnung teilten. Doch Rike war längst aufgefallen, wie Pauls Augen zu leuchten begannen, sobald Miri ins Zimmer kam. Miriam wiederum schneiderte die Faschingskostüme für Rike, Silvie und sich selbst so hingebungsvoll, als seien es kostbare Abendroben. Nicht zu übersehen: Sie wollte richtig schön sein, ob für Paul oder Ben oder einen ganz anderen Mann, das wusste Rike nicht zu sagen.

So ging sie zum Spandauer Kostümball ins Karlslust als verführerische Carmen im bunten Flickenrock mit schulterfreier weißer Bluse, die vor kurzem noch ein zerschlissenes Leintuch gewesen war. Silvie gab Rotkäppchen in einem alten Dirndl, das Miri ihr geändert hatte, trug ein rotes Häubchen und niedliche Zöpfe, während Rike Zorro verkörperte: knielange Hosen, weites Hemd, Umhang aus einem Restchen Faschingsseide sowie schwarze Maske. Es machte ihr Spaß, sich als Mann zu verkleiden, auch wenn sie in Pauls Uraltstiefeln ziemlich herumschlingerte, weil sie ihr trotz dicker Zeitungseinlagen ein paar Nummern zu groß waren.

Ben kam sie alle mit dem Jeep abholen. Claire, die anfangs auch hatte mitkommen wollen, blieb im letzten Moment dann doch lieber zu Hause, weil sie ihren Gatten nicht verärgern wollte. Flori dagegen *durfte* nicht mit, obwohl sie inständig darum gebettelt hatte.

«Du bist erst vierzehn, Florentine.» Friedrich blieb unerbittlich. «Fast noch ein Kind, und Kinder haben bei solch lockeren Amüsements in irgendwelchen Tanzhallen nichts verloren!»

Es klang einigermaßen logisch, aber alle in der Familie wussten, dass es schon seit Wochen zwischen ihm und seiner Jüngsten brodelte. *Nie mehr wieder, nie mehr wieder, nie mehr wieder* – das hatte Flori mit blauer Farbe prominent auf die fleckige Flurwand gepinselt, und das gleich zehnmal untereinander. Sie schwor auf das, was ihr neuer Lehrer Kurt Gachon von sich gab, der aus dem Elsass stammte und die achte Mädchenklasse des Ricarda-Huch-Gymnasiums in den Film *Die Mörder sind unter uns* geführt hatte. Er liebte Schillers *Räuber* über alles und ließ im Deutschunterricht immer wieder voller Abscheu Bemerkungen über das Dritte Reich einfließen, für ihn ein Hort des Grauens und des menschlichen Niedergangs. Seit jenem Kinobesuch sah Flori überall alte Nazis, die dringend überführt gehörten. Auch die Entlastung des eigenen Vaters vor der Spruchkammer beurteilte sie inzwischen äußerst kritisch.

«Du hast mir gar nichts zu sagen!», brüllte sie nun wutentbrannt, als er ihr den Ausgang verwehrte. Sie steckte bereits in dem farbenfrohen Clownskostüm, das Miri heimlich aus lauter Flecken für sie genäht hatte. Floris weiß geschminktes Gesicht war von dunkleren Tränenspuren durchzogen. «Schließlich warst du ja auch einer von ihnen!»

«Das muss ich mir von einer unreifen Göre wie dir nicht vorwerfen lassen. Du weißt doch gar nicht, was du da sagst», schrie er nicht minder wütend zurück. «Ich bin kein Mörder, kapiert? Nimm das sofort wieder zurück!»

«Ich denke gar nicht daran. Du *warst* in der Partei. Und du *hast* auf Menschen geschossen, oder etwa nicht? Allein das zählt für mich.»

«Jetzt hört doch auf, ihr zwei», versuchte Claire zu vermitteln, der dieser Streit zwischen Vater und Tochter sehr naheging.

«Halt du dich da raus!», wies Friedrich sie barsch zurecht, um gleich danach weiter seine Jüngste anzubrüllen: «Aber doch nur, weil ich *musste*. Für wen hab ich das alles denn auf mich genommen? Doch einzig und allein für euch – meine geliebte Familie!»

«Für mich bestimmt nicht. Ich will nämlich keinen Nazi als Vater! Da wäre ich lieber eine Waise.»

Die Tür knallte. Flori hatte sich im Badezimmer eingeschlossen.

«Was die Kleine sich inzwischen traut», kommentierte Silvie beim Verlassen des Hauses beeindruckt. «Früher saß sie so verträumt vor ihren Zeichenblöcken, dass sie mir ganz weltfremd vorgekommen ist, aber damit lag ich offenbar ziemlich daneben. Die ist viel wacher, als ich dachte. Und das mit vierzehn, da kann Papa sich schon mal warm anziehen. Dann muss wenigstens nicht nur immer ich als *enfant terrible* der Familie herhalten.»

«Ich finde sie ganz schön frech für eine so junge Göre», sagte Rike. «Flori sollte sich lieber auf ihre schulischen Leistungen konzentrieren. Da gibt es eindeutig Nachholbedarf.»

Sie alle waren froh, dass es schon dunkel war, als sie losfuhren, denn noch immer glich die Stadt in weiten Teilen einem bedrückenden Ruinenfeld, das der frischgefallene Schnee nur oberflächlich bestäubt hatte. Die Straßen waren Eisbahnen, ohne jegliche Spur von Rollschutt oder Streusand, was Ben zu extrem langsamem Fahren zwang. So brauchten sie nahezu eine Stunde, bis sie ihr Ziel endlich erreicht hatten. Das Karlslust in Spandau, ein Holzbau mit großem Tanzsaal und diversen Bowlingbahnen, kannten die Thalheimschwestern schon seit Kindertagen. Im Sommer hatten dort stets Bänke und Tische zum Speisen im Freien eingeladen – ein Gedanke, der Rike noch mehr frösteln ließ, als sie es ohnehin schon tat. Dabei hatte Silvie erst vor wenigen Tagen an der Schwarzen Börse drei Wollmäntel ergattert, hoffnungslos altmodisch geschnitten, aber immerhin aus solider Vorkriegsware, die die beißende Kälte ein wenig erträglicher machten.

«Dann müssen wir eben tanzen, tanzen, tanzen, bis uns so richtig warm wird», sagte ihre Schwester gut gelaunt, als sie den überfüllten Ballsaal betraten. «Ich kann nur hoffen, Paul und seine *Swingbrothers* werden den ganzen Abend für Bombenstimmung sorgen!»

Aber sie mussten nicht frieren, ganz im Gegenteil. Gastwirt Löbel hatte zusätzlich einige Kanonenöfen aufgestellt, die emsig befeuert wurden, denn viele der Kostümierungen waren eher sparsam ausgefallen. Rechts vom Eingangsbereich gab es eine provisorische Garderobe, an der man die Mäntel abgeben konnte. Alles vom Einfachsten, ein paar quergelegte Bretter, dahinter Wandhaken, was Rike nicht wirklich gefiel, weil sie der älteren, offensichtlich bereits angetrunkenen Frau misstraute, die alles in Empfang nahm.

«Jetzt schau doch nicht gar so grimmig drein, Rikelein», sagte Silvie und steckte den winzigen grauen Zettel in ihre Bluse. «Und entspann dich bitte! Die Alte wird schon nicht gleich mit unseren Schätzchen türmen.»

Lachend schubste sie die Schwester weiter in den Festsaal.

Zu genau hinschauen durfte man dort allerdings nicht. Scheckige Lampions, die von langen Schnüren baumelten, sowie verblasste Papiergirlanden kämpften eher vergeblich gegen die Tristesse des riesigen Raumes an, dessen Wände einen neuen Anstrich gebraucht hätten. Die meisten Türen waren zugemauert, die Fenster allesamt vergittert. Oben, auf der Empore, wo Tische und Stühle hinter einem niedrigen Geländer zu sehen waren, wirkte es sogar noch bedrückender, allein schon, weil der Abstand zur Decke viel zu gering war. Trotzdem saßen dort einige Gäste, aßen und tranken und beobachteten angeregt das untere Treiben.

«Sieht ja aus wie im Sing-Sing», sagte Miriam erschrocken, und Rike musste über diesen unerwarteten Ausdruck grinsen.

«Haarscharf erkannt», erwiderte Ben. «Das war in den letzten Kriegsmonaten tatsächlich ein Gefängnis. Die britische Army hat es anschließend in diesem Sinn weiterverwendet. Hier waren sogenannte Werwölfe interniert, jugendliche Hitleranhänger, die in ihrem Fanatismus partout nicht kapieren wollten, dass der ganze Spuk endgültig vorbei ist.»

Er zog Silvie in seine Arme.

«Aber jetzt lass uns tanzen, *sweetheart*, denn dazu sind wir ja schließlich hier!»

Endlich war er wieder so fröhlich und gut aufgelegt wie früher, was Silvie zu genießen schien. Auch Rike und Miriam wurden rasch aufgefordert, wobei die Letztere zunächst Silvie und Ben hinterherstarrte, um sich schließlich doch auf das Bühnengeschehen zu konzentrieren. *The Swing-Brothers* spielten fetzig, mitreißend, erfreulich abwechslungsreich. Rike sah immer wieder zu Paul, der mit seiner Band den Saal zum Kochen brachte. Was für ein toller Mann aus ihrem kleinen Cousin geworden war. Die Stimmung im Saal wurde mit jedem Lied unbeschwerter, die Tänze immer ausgelassener. Irgendwann drehte Rike den Spieß um und forderte als Zorro andere Frauen auf, was diese sich kichernd nur allzu gern gefallen ließen.

«Ich sterbe vor Hitze!», stöhnte Silvie, als die Band schließlich eine längere Zigarettenpause ankündigte. Von der pappsüßen Brause, die als überteuertes «Kaltgetränk» serviert wurde und so einiges vom Markenkontingent verschlungen hatte, hatte sie schon bald genug. «Lasst uns zur Abkühlung doch für einen Moment nach draußen gehen!»

Sie zwinkerte Ben zu.

«Auf etwas Anständiges zu rauchen hätte ich jetzt auch Lust. Und du hast garantiert wieder deinen süßen kleinen Flachmann dabei, oder?»

Ben, Rike und Miri folgten ihr.

Vor dem Lokal bot er den jungen Frauen Zigaretten an, die diese allerdings lieber einsteckten, während er rauchte, und reichte den mitgebrachten Whiskey in der kleinen Silberflasche großzügig weiter, aber nur Silvie trank ein paar Schlucke.

Eine mondklare Nacht. Unzählige Sterne, die fern und hell über ihnen leuchteten. Zusammen mit dem unberührten Schnee war es fast magisch.

«Aber bitterkalt so ohne Mantel – brr!», sagte Rike nach einer Weile schaudernd. «Also, ich hab garantiert keine Lust, hier draußen zu er…»

Sie erstarrte mitten im Wort.

«Seht ihr das?», rief sie, die Augen weit aufgerissen. «Alles rot. Das ganze Holzdach steht ja in Flammen!»

Die einzige Tür des Lokals sprang auf und spuckte eine Lawine von Menschen aus, taumelnd, hustend, schreiend, halb übereinanderfallend. Paul war einer der Ersten, der ins Freie fand, gefolgt von den anderen Musikern.

«Ihr seid alle da», rief er. «Und heil dazu – Gott sei Dank.» Er fiel erst Miri um den Hals, dann den anderen. «Wir müssen versuchen, zu löschen. Aber wo zum Teufel gibt es hier Wasser?»

«Daraus wird nichts. Die Hähne für den Garten sind alle

zugefroren», schrie ein Mann zurück. «Hab mir beim Versuch, sie aufzudrehen, fast das Handgelenk verstaucht. Alles starr und fest!»

«Sind noch jede Menge Leute im Lokal», stöhnte eine junge Frau und warf sich in den Schnee, weil ihr Engelskostüm auf der einen Seite in Flammen stand.

«Die von oben kommen da sicher nicht mehr lebend raus», jaulte ein Mann in einer Ritteruniform aus Pappe, der sich rücksichtslos an allen vorbeigedrängt hatte. «Die lackierte Decke brennt wie Zunder. Das fliegt gleich alles in die Luft!»

«Aber das geht doch nicht. Unsere schönen warmen Mäntel sind da drin! Die brauchen wir doch …», murmelte Silvie, drehte sich um und rannte wie eine Besessene auf das Lokal zu.

Für einen Moment starrten ihr die anderen fassungslos hinterher, unfähig, auch nur einen Schritt zu tun, dann setzte Ben sich in Bewegung und folgte ihr.

«Silvie! *Silvie!*», schrie Rike angsterfüllt. «Bitte, Ben, hol sie da raus, bitte …»

Inzwischen krachte und ächzte das Dach wie ein verwundetes Tier. Glühende Balken fielen herunter. Immer noch wankten Menschen aus dem brennenden Gebäude.

Irgendjemand war losgelaufen, um die Feuerwehr zu alarmieren.

Nach einer halben Ewigkeit torkelte Ben wieder heraus, das Gesicht schwarz vor Ruß, Silvie auf seinen Armen. Das rote Häubchen hatte sie verloren, die blonden Zöpfe hingen schlaff herunter. Ihre Augen waren geschlossen.

Sie sah aus wie eine Tote.

Miri und Rike umringten ihn. Beide tränennass.

«Ist sie ...», flüsterte Rike.

«Sie ist bewusstlos», sagte Ben mit solch tiefer Stimme, wie sie sie noch nie an ihm gehört hatten. «Könnte eine schlimme Rauchvergiftung sein. Sie muss sofort ins nächste Krankenhaus.»

«Aber das dauert doch bei diesen vereisten Straßen eine Ewigkeit», wandte Rike schluchzend ein. «Was, wenn sie unterwegs stirbt ...»

«Hast du eine bessere Idee?», unterbrach er sie ungewohnt scharf.

«Nein, nur riesengroße Angst», murmelte sie – und bemerkte es erst jetzt. «Deine Hände, Ben! Was ist passiert? Die sind ja ganz verbrannt ...»

«Und wennschon. Hab sie aus dem Feuer gepflückt. Kommt, wir fahren!»

○ ○ ○

«Wie geht es meinem Mädchen?» Friedrich beugte sich tiefer über das Krankenbett. Es war eher eine Abstellkammer, in die sie Silvie geschoben hatten, aber sie lag wenigstens allein, während sich sonst sechs Patientinnen und mehr ein Zimmer teilen mussten. «Jetzt weißt du, weshalb ich mir immer Sorgen um euch mache – aus gutem Grund, wie sich gezeigt hat! Zum Glück liegt das Waldkrankenhaus nicht weit vom Unglücksort. Bis in die Charité hättest du es womöglich nicht mehr geschafft ...»

«Gut», flüsterte Silvie, aber ihre fahle Blässe und der angestrengte Zug um ihren Mund verrieten das Gegenteil.

«Mir geht es gut, Papa. Nur: Ich soll vor allem ganz viel schlafen, das hat Dr. Rohleder gesagt. Und der ist hier der Chef.»

«Natürlich.» Er stand langsam auf. «Dann machen wir jetzt auch, was der Chef gesagt hat. Ich soll dich übrigens ganz herzlich von Flori und Claire grüßen. Die beiden können es kaum erwarten, dass du wieder zu Hause bist. Und zum schnellen Gesundwerden hat dir unsere Kleine das hier gemalt. »

Er legte ein bemaltes Blatt Papier auf die Bettdecke.

Als Silvie die abstrakte Zeichnung betrachtete, rannen Tränen über ihre Wangen.

«Tut dir was weh?», fragte er erschrocken. «Soll ich die Schwester rufen? Oder einen Arzt?»

«Nein.» Sie schüttelte den Kopf. «Ich bin nur so furchtbar müde, das ist alles. Rike ist doch auch da, oder?»

«Ist sie», bekräftigte er. «Sie wartet draußen. Soll sie jetzt zu dir kommen?»

«Ja.» Er war nur ein Wispern.

«Ich hole sie.» Er verließ das Zimmer.

Rike erschrak, als sie die Schwester sah. Silvie wirkte wie erloschen, mit dunklen Augenringen und eingefallenen Wangen. Dabei lag sie doch erst drei Tage im Spandauer Waldkrankenhaus, zunächst auf der Intensivstation. Heute war erstmals Besuch bei ihr zugelassen.

«Ich glaub, ich muss sterben, Rikelein», murmelte sie. «So elend ist mir. Und nichts anderes habe ich verdient.»

«Unsinn! Weil du unbedingt die Mäntel holen wolltest? Das war unter uns ziemlich dämlich, aber es ist ja noch mal gut ausgegangen.» Obwohl Silvies desolater Anblick sie über die Maßen anrührte, versuchte Rike sich nichts anmerken zu lassen. «Außerdem gab es da ja deinen Ben, den tapferen Helfer in der Not. Verbrennt sich beide Hände, um dich zu retten. Was für einen bemerkenswerten Freund du doch hast!»

«Er wird mich verstoßen ... ihr alle werdet mich verstoßen ...», flüsterte Silvie, «ich weiß es ...»

Halluzinierte sie?

Rikes Blick flog zu der Fieberkurve am Bettende. 38,2. Das las sich nicht gerade gefährlich.

«Und warum, wenn ich fragen darf?», sagte sie. Vielleicht wurde Silvie ja wieder normal, wenn sie ein bisschen streng mit ihr sprach.

«Siehst du, was Flori da gemalt hat?», fragte Silvie.

«Eine rote Kugel, in der eine zweite kleinere Kugel schwebt ...»

«Sie ahnt es», stöhnte Silvie. «Unser Floh hat das zweite Gesicht, das denke ich übrigens nicht zum ersten Mal. Ich bin schwanger, Rike. Im zweiten Monat. Sie haben es mir heute mitgeteilt.»

«Wolltest du ein Kind ...»

«Bist du verrückt? Natürlich nicht!», fuhr Silvie auf, während Rike nach Worten suchte. «Dazu bin ich doch noch viel zu jung. Es ist einfach so passiert.»

«Und Ben?»

«Ich weiß nicht einmal, ob Ben der Vater ist, Rike. Genau das bringt mich ja gerade um den Verstand: Ich weiß es beim besten Willen nicht. Es könnte ebenso gut auch Ralf sein. Ja, jetzt schau nicht so maßlos enttäuscht: Ich war neulich nicht ganz ehrlich zu dir. Ich *war* mit ihm zusammen. Aber eigentlich hatten wir vorgesorgt. Aber bei diesen rutschigen Gummidingern weiß man eben nie so genau ... nun ist die Falle zugeschnappt. Was soll ich denn jetzt nur tun?»

«Was für eine Frage! Natürlich dein Kind bekommen», sagte Rike resolut, obwohl sie spürte, wie ihr Zwerchfell zu zittern begann. «Wärst ja wirklich nicht die erste Frau, der das passiert.»

«Aber das kann ich nicht.» Silvies blaue Augen waren flehend auf sie gerichtet. «Unter gar keinen Umständen!»

«Und warum nicht?»

«Ralf hat schon zwei Kinder, die er gerade so mit Ach und Krach ernähren kann, und mit Ben ist es nicht mehr wie früher. Ich hab ständig das Gefühl, der ist innerlich ganz weit weg. Was soll ich nur tun, Rikelein?»

○ ○ ○

Zum Schluss blieb ihnen nichts anderes übrig, als Lou Berger um Rat zu fragen. Rike hatte sich erst darum drücken wollen, weil sie und die Freundin sich mittlerweile auseinandergelebt hatten, aber als sie sah, wie Silvies Verzweiflung mit jedem Tag wuchs, tat sie es schließlich doch.

Seit Ben Silvie verkündet hatte, er wolle zurück nach England gehen, schien alle Kraft aus ihrer Schwester gewichen. Für ihn war die englische Heimat allerdings nur ein lästiger Zwischenstopp, sein eigentliches Reiseziel war ein anderes.

«Bin ich nun Brite? War ich früher Deutscher? Manchmal verschwimmt alles in meinem Kopf. Eines aber weiß ich: Ich bin Jude und will nach Palästina, ins Gelobte Land», hatte er gesagt, und ihm war bei jedem Wort anzuhören gewesen, wie ernst es ihm mit dieser Entscheidung war. Wie getrieben lief er in der kleinen Küche auf und ab. «Um mich endlich als Jude unter anderen Juden zu fühlen und der Welt zu beweisen, was wir alles leisten können. Es wird höchste Zeit, dass wir uns darauf besinnen, woher wir kommen – und was wir noch erreichen wollen. Dazu wünsche ich mir die richtige Frau an meiner Seite, einfach und unverdorben, denn ich möchte einmal stolz auf meine Kinder und Enkel sein, gerade, weil sie ihre Vorfahren nicht mehr erleben konnten.»

Er legte seine verbundenen Hände auf ihre.

Die Brandnarben der Feuernacht heilten langsam ab, aber würden ihn ein Leben lang begleiten.

«Du kannst so ziemlich jeden Mann verrückt machen, Silvie Thalheim», sagte er. «Die Zeit mit dir war wunderschön, und ich habe jeden Moment genossen. Aber du bist nun mal keine Siedlerfrau in einem kargen Land, in dem jeder Tropfen Wasser zählt und in dem man sich den Boden quadratmeterweise mit der Waffe in der Hand erkämpfen muss, das wissen wir beide.»

«Vor allem bin ich keine Jüdin.» Ihre Stimme zitterte. «Das wolltest du doch eigentlich sagen.»

«Lass es uns so schön in Erinnerung behalten, wie es war», bat er. «Das wünsche ich mir.»

«Da, siehst du», lief Silvie weinend zu Rike. Ben war kaum gegangen, da brach ihre mühsame Haltung total in sich zusammen. «Wie gut, dass wir ihm nichts von meinem Zustand gesagt haben, denn eine jüdische Jungfrau hätte ich ja doch niemals werden können – nicht einmal beim allerbesten Willen. Ganz so edel, wie du immer gedacht hast, ist Ben dann doch nicht. Denn dass ich keine Jüdin bin, hat er ja schließlich von Anfang an gewusst. Also hat er lediglich mit mir und meinen Gefühlen gespielt.»

Und du mit ihm, hätte Rike fast geantwortet, aber sie hielt lieber den Mund. Silvie war derzeit so labil, dass schon ein falsches Wort sie aus der Bahn werfen konnte. Und wenn sie wirklich tun wollte, wozu es für sie offenbar keine Alternative gab, musste sie eine ganze Menge an Schauspielkunst entwickeln, damit der Rest der Familie nichts davon mitbekam.

Dennoch sprach Rike aus, was sie innerlich schon länger bewegte.

«Und wenn du das Kind doch bekommst, Vater hin, Vater her? Wir könnten gemeinsam …»

«Stopp!», rief Silvie. «Musst du mich wirklich immer weiterquälen? Ich kann nicht, kapiert? Ben will ein Leben mit einer Jüdin, Ralf sich nicht fest binden. Zwei Frauen, noch dazu so grundverschieden wie wir beide? Das geht doch niemals gut. Und denk doch bloß an unseren konservativen Vater – in der Luft zerreißen würde der mich und dich gleich mit dazu! Wenn deine Freundin mir nicht helfen will, dann muss ich eben zu einer Engelmacherin gehen. Oder direkt in die Spree.»

Als Rike schließlich Lou um Hilfe bat, reagierte diese nicht geschockt, wie sie befürchtet hatte, sondern vielmehr pragmatisch.

«Es gibt immer wieder Frauen, die ihre Kinder nicht bekommen wollen», sagte sie. Mit ihrem braunen Dutt und den wachen hellen Augen war sie Rike stets wie eine bodenständige Landfrau erschienen, obwohl sie mitten in Berlin geboren und aufgewachsen war. Sie half dem Leben in die Welt, sie kannte aber auch die Nöte und Ängste der Frauen. «Es gibt Ärzte, die ihnen dabei helfen, obwohl das Gesetz es verbietet, die einen aus Überzeugung, die anderen mehr aus finanziellen Gründen.»

«Silvie ist fest entschlossen», sagte Rike. «Ich habe versucht, sie doch noch umzustimmen – leider vergebens.»

Lou musterte ihre alte Freundin.

«Eine Vergewaltigung war es nicht?», fragte sie.

«Eher Leichtsinn», erwiderte Rike wahrheitsgemäß. «Aber Silvie hat gerade so einiges hinter sich. Wir sind in den großen Brand von Spandau geraten.»

«Ihr Ärmsten! Über achtzig Tote», sagte Lou. «Stand ja in allen Zeitungen. Auch, dass es auf dem Spandauer Friedhof nun ein Massengrab für die Opfer gibt. Und dabei ist der Krieg doch endlich vorbei.»

«Ich musste das Feuer zum Glück nur von draußen erleben, aber meine Schwester ist zurück ins Lokal – und gerade noch mit dem Leben davongekommen.»

«Ein Trauma also», sagte Lou. «So etwas muss man ernst nehmen. Das sollte sie dem Arzt unbedingt erzählen. Dr. Harald Kleinschmidt, nicht gerade ein sympathischer Zeitgenosse, aber jemand, der sein Handwerk versteht. Und sie sollte ihn rasch konsultieren. Jede Woche, die verstreicht, macht den Abbruch komplizierter.»

Lou hielt inne.

«Günstig ist er allerdings nicht», sagte sie. «Dafür arbeitet er solide und sogar mit Lachgas. Machen nur die allerwerigsten seiner Kollegen. Gefallene Frauen sollen ihre Sünden auch so richtig zu spüren bekommen, du verstehst?» Ihr Mund verzog sich unwillig. «Von den Sünden der Männer spricht natürlich keiner. Wozu auch? Die durften das schließlich schon seit jeher.»

«Wie viel verlangt er?», fragte Rike.

«Achthundert. Dafür können die Frauen, die bei ihm waren, in der Regel noch Kinder bekommen, falls sie es später wünschen. Hab schon einigen davon auf die Welt geholfen. Lauter Prachtmädels und -jungen.»

Reichlich benommen war Rike nach diesem Gespräch zurück in den Laden gekehrt, wo Silvie sie schon ungeduldig erwartete.

«Dr. Kleinschmidt, Kantstraße – das ist ja ganz um die Ecke», sagte sie erfreut, um dann vollkommen in sich zusammenzusinken, als sie den Preis hörte.

«Zu niemandem ein Wort darüber. Sonst könnte man dich vor Gericht zerren», sagte Rike.

«Natürlich nicht. Ich schweige, aber wie soll ich es denn nur bezahlen?»

«Das Geld bekommst du von mir. Auch wenn ich wünschte, du würdest dich anders entscheiden. Du bist dir noch immer sicher?»

Silvie biss sich auf die Lippen und nickte.

«Dein neunmal schlauer Journalist aus Potsdam hat bei mir übrigens total vergeigt, damit du es nur weißt. Mit dem brauchst du erst gar nicht anzukommen!»

«Aber woher hast du denn das viele …»

«Frag nicht», unterbrach sie Rike und drückte ihr einen dünnen Umschlag in die Hand.

Mein für den Fall der Fälle, dachte sie. *Zur rechten Zeit werde ich dir alles erzählen.*

○ ○ ○

Nie war der *British Officer's Club* voller gewesen, nie die Rauchwolken in der Luft dichter. Die britischen Besatzer verringerten ihr Kontingent in Berlin; wie Ben kehrten auch viele seiner Kameraden ins Mutterland zurück. Einige gingen gern, andere verspürten Abschiedsschmerz, weil sie sich inzwischen an Berlin gewöhnt hatten – und hier Freunde oder eine Geliebte zurücklassen mussten.

Rike fühlte sich wie zwischen zwei Fronten.

Da gab es Miri, die so tieftraurig dreinschaute, als würde sie gleich zu weinen beginnen. Ben trennte sich von Silvie – und hatte nicht einmal daran gedacht, sich ihr zuzuwenden, obwohl sie doch eigentlich alle Voraussetzungen für ein gemeinsames Leben in Israel mitbrachte.

«Liebe kann man eben nicht erzwingen», hatte Rike die Freundin zu trösten versucht. «Außerdem hast du doch jetzt Paul …»

«Ach, Paul! Dein Verwandter ist ein durch und durch liebenswertes Kind, das einem graue Regentage heller machen kann, aber sicherlich kein Gefährte fürs Leben. Für ihn wird stets Musik an erster Stelle stehen, alles andere kommt erst danach. Auf dem Papier bin ich ein Jahr jünger als er, aber wenn ich ihn so reden höre, dann fühle ich mich manchmal wie hundert und älter!»

Und es gab Silvie, die seit fast einer Stunde auf der kleinen Bühne stand und ihr Abschiedskonzert gab. Über den

Eingriff in der Praxis Dr. Kleinschmidt, der inzwischen zwei gute Wochen zurücklag, hatte sie kein Wort verloren. Rike hatte sie dort abgeholt und anschließend sofort in Pauls Bett gesteckt, der mit der Band einen Auftritt in Nürnberg hatte. Dem Vater und Claire spielten sie die Farce eines launigen Freundinnenabends bei Miriam vor, der ihre und Silvies Abwesenheit erklärte, bis die Schwester wieder so weit war, um sich unten in der Familienwohnung zu zeigen. Nur Flori ließ sich nicht täuschen und schob Silvie bereits am nächsten Morgen eine Zeichnung mit vielen schwarzen Tränen unter dem Türschlitz durch.

Regelrecht fragil war Silvie seitdem geworden, zart wie eine Feder, was ihr wollweißes Kleid noch unterstrich. Ihre Taille war so schmal, dass der wadenlange Rock darunter sich wie eine Blüte öffnete.

«Altbacken», so hatte Claires wenig schmeichelhafter Kommentar zu Miris neuester Kreation gelautet, auf die jene so unbändig stolz war. «Und für mich die reinste Stoffverschwendung in diesen kargen Zeiten. Da hätte man ja ohne weiteres zwei Röcke daraus nähen können.»

«Da bist du leider total auf dem Holzweg, *maman*», kam von Flori. «Das ist der *dernier cri*!»

«Und das willst ausgerechnet du wissen, mein Küken?», fragte Claire.

«Weiß ich, ja», erwiderte ihre junge Tochter mit großer Ernsthaftigkeit. «Die Linie stammt von einem gewissen Monsieur Dior aus deinem geliebten Paris und nennt sich *New Look*. Ich habe sie beim Zahnarzt in einer Modezeitschrift gesehen. Ich glaube, bald werden alle Frauen in Berlin und anderswo nur noch solche Kleider tragen wollen!»

Wenn man sich Silvie in Miriams jüngster Kreation so ansah, mochte das stimmen, dachte Rike, als sie ihre Schwester auf der Bühne betrachtete.

«Niemand hat jemals Abschiednehmen schöner besungen als die Comedian Harmonists», hauchte sie gerade ins Mikrophon. «Ohne Gram, ganz ohne Vorwurf, ohne jegliches aufgesetztes Tamtam, und genauso will ich es heute auch tun. Man kann die Zeit leider nicht anhalten, sosehr man sich das vielleicht wünscht. Sie zwingt uns in ihren Schritt, und manchmal dürfen wir tanzen, manchmal aber lässt sie uns auch stolpern.»

Sie bewegte sich leicht.

Der weiche Stoff umfloss ihre makellosen Beine. Sie war wie ein perfektes Gemälde in Weiß und Gold, das gerade zum Leben erwacht schien.

«This song is dedicated to you, Ben Green», sagte sie. *«For all we had. And for all we lost.»*

«Gib mir den letzten Abschiedskuss
Weil ich dich heut verlassen muss
Und sage mir auf Wiedersehn
Auf Wiedersehn, leb wohl.

Wir haben uns so heiß geliebt
Und unser Glück war nie getrübt
Drum sag ich dir auf Wiedersehn
Auf Wiedersehn, leb wohl.

Ob du mir treu sein wirst
Sollst du mir nicht sagen

Wenn man sich wirklich liebt
Stellt man nicht solche dumme Fragen.

Gib mir den letzten Abschiedskuss
Weil ich dich heut verlassen muss
Ich freu mich auf ein Wiedersehn
Auf Wiedersehn, goodbye …»

Es blieb zunächst ganz still, nachdem Silvie geendet hatte
und sich leicht verneigte, beinahe, als hielte der ganze Club
wie ein einziger Mann den Atem an.

Ihre Augen suchten vergeblich Bens Blick.

Haltlos schluchzend lehnte er an einer der Säulen, die
verbrannte Rechte auf der Brust, und verharrte weiterhin in
dieser Position, als entfesselter Applaus losbrach, vermischt
mit lauten Begeisterungspfiffen.

Miris Gesicht war ebenfalls tränennass.

Rike hatte mit Gefühlsaufwallungen an diesem besonderen Abend gerechnet, aber nicht mit dieser umfassenden
Traurigkeit, die sie plötzlich auch in sich selbst spürte.

Stefano, dachte sie, und der Kloß in ihrem Hals wurde
immer dicker. *Sehen wir uns jemals wieder?*

Ich werde garantiert nicht weinen, das hatte sie sich noch
auf dem Hinweg geschworen. Was immer Silvie auch singt.
Unter gar keinen Umständen.

Und jetzt liefen ihr die Tränen nur so über das Gesicht,
und sie machte sich keine Mühe mehr, sie zurückzuhalten.

8

Berlin / Mailand, Spätherbst 1947

Das Schreiben kam aus dem aktuellen Hauptquartier der britischen Streitkräfte am Fehrbelliner Platz, wo während der NS-Zeit das Haus der Arbeitsfront untergebracht gewesen war. Friedrich las es zunächst ohne, dann noch ein zweites Mal mit Brille, schließlich reichte er es mit bedeutungsvoller Miene an Rike weiter.

«... teilen wir Ihnen mit, dass die Beschlagnahmung Ihres Hauses, Branitzer Platz 5, zum 1. 12. 1947 aufgehoben ist. Ab diesem Zeitpunkt können Sie wieder uneingeschränkt über die Immobilie verfügen ...»

«Das ist ja großartig», jubelte sie. Ausnahmsweise waren sie nur zu zweit in der Küche, weil Claire im Laden war, Silvie im Funk zu tun hatte und Flori in der Schule büffelte. Ein bisschen wohnlicher war es hier inzwischen geworden; Miriam hatte Vorhänge genäht, und ein paar zusätzliche Kochutensilien standen zur Verfügung. Aber trotzdem natürlich kein Vergleich mit der seit 1945 beschlagnahmten Villa, allein schon, was den Platz betraf! «Claire wird vollkommen aus dem Häuschen sein. Und unser Floh bekommt endlich wieder ein eigenes Zimmer.» Sie las die wenigen Zeilen nochmals. «Es steht da tatsächlich schwarz auf weiß. Aber irgendwie kann ich es trotzdem noch immer kaum glauben.»

«Wer weiß, wie unser Eigentum inzwischen aussieht. Erst die Russen, dann die Tommys … also, ich rechne mit dem Allerschlimmsten!»

«Hauptsache, wir haben unser Zuhause wieder, Papa, der Rest findet sich, wirst schon sehen. Vielleicht nicht von heute auf morgen, aber mit ein bisschen Geduld …»

Sie musste wieder an die unter dem Rasen versteckten Schätze denken. Ob Schmuck und Leuchter gleich zwei Besatzer hintereinander überstanden hatten? Seltsamerweise hatte Rike ein gutes Gefühl.

Man hätte schon sehr tief graben müssen …

«Geduld? Als ob die alliierten Siegermächte das nicht schon im Übermaß von uns gefordert hätten – und sie werden es weiterhin tun, verlass dich drauf, meine Große!»

Obwohl die Zürichreise nun schon so viele Monate zurücklag, rührte es Rike jedes Mal an, wenn er sie so nannte. War er wirklich ganz und gar ahnungslos? Oder hatte er nur irgendwann beschlossen, so zu tun, als sei alles in bester Ordnung?

Ihre Meinung dazu wechselte von Stimmung zu Stimmung.

«Vor allem die Russen bringen es darin zur wahren Meisterschaft.»

Vaters Lieblingsthema, bereits seit Monaten. Seitdem Friedrich Thalheim zum stellvertretenden Schatzmeister der Berliner CDU ernannt worden war, wuchs sein Hass auf die Sowjets von Woche zu Woche, was auch die unsichtbaren Gräben zwischen ihm und Carl auf der anderen politischen

Seite weiter vertiefte. Rike beobachtete diese Entwicklung mit Besorgnis; aber sie bestärkte sie in ihrem Entschluss, das Thema Vaterschaft weiterhin nicht anzusprechen. Friedrich hatte versucht, auch sie zum Eintritt in die neue Partei zu bewegen. Anfangs war Rike nicht einmal abgeneigt gewesen, aber nach einigen Besuchen beim Ortsverband wieder davon abgekommen. Für ihren Geschmack waren unter den Mitgliedern zu viele ehemalige Nationalsozialisten, das war ihr gegen den Strich gegangen. Inzwischen sympathisierte sie mit der SPD, obwohl Friedrich der Meinung war, das sei keine Partei für Selbständige und Unternehmer. Besonders Ernst Reuter gefiel ihr, der Mann mit der bewegten Vergangenheit, der im Juni zum Oberbürgermeister Berlins gewählt worden war. Seinen Posten hatte er allerdings wegen eines Vetos der Sowjets nicht antreten können. Stattdessen bekleidete den nun die Sozialdemokratin Louise Schröder.

«Erst gestern hat Werner mir berichtet, dass der Lkw mit unserer letzten Stofflieferung aus Düsseldorf grundlos in der SBZ angehalten, von oben bis unten gefilzt und erst nach langem Palaver weiter nach Berlin durchgelassen wurde», fuhr Friedrich fort. «Im Personenverkehr auf der Schiene machen sie neuerdings auch jede Menge Schwierigkeiten. Ich habe von Kunden gehört, die auf freier Strecke stundenlang in den Waggons ausharren mussten, bevor ihr Zug sich endlich wieder in Bewegung setzen durfte.»

Er spielte mit seiner Brille, und Rike ahnte bereits, was als Nächstes kommen würde.

«Werners großzügiges Angebot, dich mit dem Auto nach Mailand zu kutschieren, hast du ja strikt abgelehnt, was mich ziemlich verwundert hat. Wenn du nun also in ein paar Tagen den Zug nehmen musst, um deine Freundin zu besuchen, wirst du diese sinnlose Warterei womöglich am eigenen Leib erfahren.»

Auf den kann ich dankend verzichten, dachte Rike, während sie nach außen hin unverbindlich lächelte. Damals in Zürich hatte Brahm sich ja noch leidlich zusammengenommen, inzwischen aber wurden seine Avancen immer eindeutiger. Neulich hatte er es schließlich auf die Spitze getrieben: Ein erfahrener Mann sei genau der Richtige für eine junge Frau – *dass ich nicht lache! Bevor ich einen alten Lüstling wie ihn erhöre, bleibe ich lieber ein Leben lang allein.* Aber so weit musste es ja nicht kommen, denn die Taufe war wahrlich nicht der einzige Grund, warum Rike sich so sehr auf Mailand freute …

Friedrich war noch nicht am Ende seiner Tiraden.

«Welch Aufstand wegen einer Kindstaufe! Du reist extra aus Berlin an, ein Festmahl wird ausgerichtet, und dann muss es natürlich auch noch der Mailänder Dom sein! Bei uns Protestanten bekommen Neugeborene in der Kirche um die Ecke ein paar Tropfen auf den Kopf, danach gibt es Kaffee und Kuchen – und gut ist es. Katholiken dagegen können offenbar nicht ohne Weihrauch und Pomp, und die Italiener sind in dieser Hinsicht wohl ganz besonders schlimm …»

Mit einem kurzen Zwischenstopp in Zürich, dachte Rike, während sie ihn einfach weiterreden ließ. *Um Vögli und Brugger zu treffen. Es wird immer ernster mit dem neuen Geld, hat mein Bankberater mir geschrieben. Alles Weitere mündlich. Eine Gelegenheit, die ich mir sicherlich nicht entgehen lassen werde.*

«Aber in dieser Familie macht ja ohnehin jede meiner Töchter, was sie will. Die älteste plant großartige Auslandsreisen, die zweite startet eine Karriere beim kommunistischen Rundfunk, und die jüngste probt Tag für Tag den Ungehorsam gegen ihre Eltern. Dabei sind gute Noten doch das Einzige, was ich von ihr verlange!»

Die Streitereien zwischen Flori und ihrem Vater waren in letzter Zeit ständig eskaliert, weil sie immer öfter die Schule schwänzte, um mit Taps im Schlepptau durch Berlin zu streifen und zu zeichnen, *Menschenbilder*, wie sie es nannte, was natürlich irgendwann aufflog. Während die Sonne unbarmherzig auf die Stadt herunterbrannte, waren Vater und jüngste Tochter bei nahezu jeder Gelegenheit aneinandergeraten. Erst als es Claire irgendwann nicht mehr aushielt und einen Weinkrampf bekam, kehrte vorerst Ruhe ein.

Am meisten jedoch machte Friedrich zu schaffen, dass Silvie seit einigen Monaten beim Berliner Rundfunk arbeitete, dem ersten Radiosender im kriegszerstörten Berlin. Bereits im Mai 1945 war man dort mit einem Vollprogramm gestartet; inzwischen besaß der von den Sowjets kontrollierte Sender im alten Funkhaus mitten in Charlottenburg viele treue Hörer in Ost- wie auch in West-Berlin. Silvie war dort zunächst als Ansagerin beschäftigt, und ihre warme, leicht heisere Stimme kam ungeheuer gut beim Publikum an. Inzwischen durfte sie auch Beiträge im Frauen- und Kinderfunk moderieren und hatte sogar damit begonnen, eigene kleine Texte für diese populären Formate zu verfassen. Dass diese bis zu achtmal durch die politische Zensur mussten, bevor sie endlich auf Sendung gehen durften, schien ihr nichts auszumachen.

«Das ist bei den Amis oder den Briten garantiert auch nicht anders, nur mit dem Unterschied, dass man dort nach außen hin auf ‹frei› tut. Da sind mir die Russen mit ihren klaren Vorgaben schon lieber. Und wenn es wirklich mal Probleme gibt, dann gehe ich einfach zu Mischa Wolf, unserem Redaktionsleiter: Sobald der nämlich die Hände im Spiel hat, werden alle Manuskripte ganz fix abgezeichnet. Ich bin unserem Onkel Carl ja so was von dankbar, dass er mich den Rundfunkleuten ans Herz gelegt hat.»

Silvie ging ganz auf in ihrer neuen Tätigkeit, was Rike zugleich verwunderte und beeindruckte. Keine Überstunde, kein auch noch so anstrengender Einsatz innerhalb wie außerhalb des Funkhauses waren ihrer Schwester zu viel. Silvie, ihr Leben lang eine begeisterte Langschläferin, riss sich inzwischen um die frühen Sendetermine, damit sie, wie sie sagte, dem Volk ganz nah sein konnte. Nun blieb sie natürlich erst recht Carls Potsdamer Gesprächsrunde treu, die allmählich gewisse Berühmtheit erlangte, weil sie so viele verschiedene Köpfe rund um einen Tisch versammelte.

Ben erwähnte sie mit keinem Wort mehr, aber mit Ralf Heiger stand sie nach wie vor in engem Kontakt. Als Journalist war er ebenfalls für den zunächst antifaschistischen Berliner Rundfunk tätig, der nach dem Willen der SED jedoch immer politischer werden und deutlich Partei für den Aufbau des Sozialismus in Deutschland ergreifen sollte.

Waschechtes Kommunistenradio also, wie Friedrich Thalheim bei jeder Gelegenheit abfällig bemerkte, das Frauen ihrer Weiblichkeit beraubte, indem es ihnen einredete, sie müssten unbedingt arbeiten gehen, anstatt zu Hause zu bleiben und Kinder zu bekommen.

Ob er sich auch nur ansatzweise vorstellen konnte, was seine mittlere Tochter vor ein paar Monaten durchgemacht hatte?

In Rikes Träumen tauchte jetzt manchmal ein kleines dunkelhaariges Mädchen auf, mal Hand in Hand mit der toten Alma, andere Male allein. Es wirkte freundlich, lächelte und winkte sie heran, doch wenn Rike ihm zu nah kam, löste es sich auf wie eine Fata Morgana.

Silvies Kind, das nicht hatte leben dürfen?

Oder Rikes unerfüllter Wunsch nach einer eigenen Familie, der immer stärker wurde, obwohl der Verstand ihr doch sagte, dass dieser Traum in weiter Ferne lag?

Mit Miri sprach sie manchmal darüber, die wiederum froh war, ihre Sehnsucht nach Ben Green mit irgendjemandem teilen zu können. «An deiner Stelle würde ich voll und ganz Silvies unstetem Geist vertrauen. Irgendwann wird sie ihn satthaben. Danach ist Ralf Heiger nur noch Geschichte.»

Rike war ihm bislang ein einziges Mal begegnet, als sie die Schwester im Funk abholen wollte. Sympathisch fand sie ihn nicht, obwohl sie verstehen konnte, was Frauen an ihm anzog: Mit seinen schwarzen Haaren, in denen das erste Silber blitzte, den brennenden dunklen Augen und der markanten Sprechweise wirkte er wie aus einem anderen Jahrhundert, leidenschaftlich, eindringlich, geradezu demagogisch. Ein Mann, der in die Zeit der Französischen Revolution gepasst hätte, besser als in das zerbombte Nachkriegsberlin mit seinen schwer zu lösenden Problemen, die ständige Kompromissbereitschaft von allen erforderten.

Silvie dagegen fand ihn hinreißend und sog seine Aussagen wie Heilsbotschaften auf, was ihren Vater immer wieder aufs Neue erboste.

«Kannst du nicht selbst denken?», raunzte er sie an. «Wozu habe ich dich jahrelang zur Schule geschickt?»

«Genau das lerne ich ja gerade, und es macht mir großen Spaß, auch wenn es dir nicht passt», raunzte sie zurück. «Deine Sicht der Welt ist für mich nicht unbedingt das Maß aller Dinge, liebster Papa!»

Es sah also ganz so aus, als würden die Fronten sich weiter verhärten – in jeder nur denkbaren Hinsicht.

Umso erleichterter war Rike, der Stadt wenigstens für kurze Zeit den Rücken zu kehren. Auf Mailand freute sie sich, auf Elsa, Michele und die kleine Isabella. Vor allem aber schlug ihr Herz schneller, sobald sie an Stefano dachte. Ihn zu sehen. Endlich wieder seine Stimme zu hören.

Sie sehnte sich so sehr danach.

Telefonate ins Ausland waren nach wie vor schwierig. Die Alliierte Kommandantur musste jedes Ferngespräch genehmigen; Wartezeiten von bis zu zehn Stunden waren keine Seltenheit. Umso glücklicher war Rike gewesen, als Stefano im Frühsommer wenigstens kurz nach Berlin gekommen war, um als Anwalt einen deutsch-italienischen Erbschaftsfall abzuwickeln. Viel Raum für Persönliches war allerdings nicht geblieben, ein nächtlicher Spaziergang entlang der Spree, ein gemeinsames Essen, einige leidenschaftliche Stunden in seinem Hotelzimmer, die Rike jedoch mit einem Gefühl innerer Leere zurückgelassen hatten. Sie vermisste Wärme, Nähe und Vertrautheit; trotz aller körperlichen Anziehung blieb Stefano ihr seltsam fremd, vor allem weil auch seine Briefe im Laufe der Zeit immer seltener geworden waren.

Ob es ihm ähnlich ging?

Ihren vorsichtigen Versuch, darüber zu reden, wiegelte er ab. In solchen Momenten erwies sich die Sprache leider als großes Hindernis. Rike sprach gut Italienisch, während er nur ein paar wenige Brocken Deutsch konnte, aber sie beherrschte es leider nicht bis in alle Finessen. Wie sollte es ihr da gelingen, etwas auszudrücken, was sie ja kaum in ihrer eigenen Muttersprache zu fassen bekam?

Jetzt aber setzte sie alle Hoffnungen auf Mailand. Gewiss würde die persönliche Begegnung all diese trüben Gedanken wegfegen – und zwischen ihnen wäre alles wieder so prickelnd und romantisch wie ganz zu Anfang.

Ihr kleiner Koffer war bereits gepackt.

Viel Garderobe zum Mitnehmen besaß sie ohnehin nicht. Miri hatte ihr im aktuellen *New Look* ein Wollkleid in warmem Kupferbraun genäht, das Rike wie ihren Augapfel hütete. Mondän fühlte sie sich darin, fast schon unwiderstehlich. Floris Prophezeiungen hatten sich bewahrheitet: Die Frauen waren ganz verrückt nach dieser neuen Moderichtung aus Paris, die sie alle so weiblich und elegant aussehen ließ. Hätte es weder Kleidermarken noch Produktionsbeschränkungen gegeben und würde vor allem ihr Kaufhaus noch stehen – wie warme Schrippen könnte man solche Modelle einer begeisterten Kundschaft verkaufen!

Doch der Berliner Alltag sah leider noch ganz anders aus.

Rationierungen, Mangelwirtschaft, nichts als Vorschriften und Beschränkungen – und das alles garantiert noch jahrelang. Die Kunden sparten, zauderten, zögerten, wollten, aber konnten noch immer nicht, da Marken und Geld nach wie vor viel zu knapp waren. Manchmal war Rike all die Hindernisse, die sich vor ihnen auftürmten, einfach nur leid.

o o o

Kein einziger Sowjetsoldat hielt unterwegs den Zug auf, mit dem sie durch die SBZ fuhr. Doch mit dreimaligem Umsteigen bis zum endgültigen Ziel war eine Bahnreise in die Schweiz trotzdem eine anstrengende, zeitraubende Angelegenheit und dauerte fast einen ganzen Tag. Es dämmerte bereits, als Rike endlich Zürich erreichte. Sie hatte sich wieder für die einfache Pension vom letzten Mal entschieden, wo sie ihr Gepäck rasch ins Zimmer stellte. Und sich anschließend aus nostalgischen Gründen mit dem Anwalt in eben dem kleinen Lokal zum Abendessen verabredet, in dem sie beim ersten Besuch so charmant angesprochen worden war.

Unauffällig schaute sie sich im holzgetäfelten Gastraum um. Natürlich kein Alessandro weit und breit.

Dafür winkte ihr Reto Vögli von einem der hinteren Tische fröhlich zu.

«Sie sehen gut aus, Fräulein Thalheim», sagte er, nachdem sie sich zu ihm gesetzt hatte. «Das freut mich außerordentlich.»

«Dabei war das vergangene Jahr für uns eine einzige Katastrophe», sagte sie. «Alaska im Winter, Sahara im Sommer. Was bis da noch nicht erfroren war, ist in den Folgemonaten restlos verdorrt. Es war, als hätte sich der Himmel gegen uns verschworen, und das sage ich, obwohl ich nicht gerade religiös bin. Wer noch nicht wusste, was Hunger bedeutet, hat es spätestens jetzt gelernt.»

«Ich habe von den schlimmen Zuständen gehört. Wie haben Sie das alles überstanden?»

«Ich weiß es selbst nicht so genau, Herr Vögli. Die ganze Familie hat zusammengehalten. Nur so konnten wir irgendwie über die Runden kommen.»

«Zürcher Geschnetzeltes?», fragte er, als die Bedienung an den Tisch kam. «Ist hier sehr zu empfehlen.»

Rike war einverstanden.

Er bestellte dazu einfachen Tafelwein und Wasser. Sie stießen an.

«Jetzt würde mich wirklich interessieren, wie Ihre Familie Herrn Schuberts Vermächtnis aufgenommen hat», sagte er. «Als Anwalt steht es mir ja eigentlich nicht zu, Sie danach zu fragen, aber Ihr Großvater und ich sind im Lauf der Jahre beinahe so etwas wie Freunde geworden. Also nehme ich mir diese Freiheit doch heraus.»

«Ich habe meiner Familie so gut wie nichts gesagt, wenn Sie es ganz genau wissen wollen», erwiderte Rike. «Nur den hier musste ich zeigen. Der ist ja schließlich nicht zu übersehen.» Sie deutete auf den Schlangenring. «Papa denkt also nach wie vor, er sei mein Vater, oder vielleicht hat er das ja noch nie gedacht, aber nach außen hin lässt er sich jedenfalls nichts anmerken. Und der andere ...»

Reto Vögli musterte sie aufmerksam.

Noch vor der Abreise hatte sie Carl in Potsdam getroffen, im Weberhaus bei Oma Frida, die eine Darmgrippe auskurieren musste. Rührend kümmerte er sich um seine alte Mutter, kochte ihr Tee und lächelte großzügig darüber hinweg, dass sie sich ständig wiederholte. Immer mehr schien sie sich in ihre eigene Welt zurückzuziehen, redete mit ihrem verstorbenen Mann, als stünde Wilhelm direkt neben ihr, und kicherte zwischendrin wie ein junges Mädchen, das gerade frisch verliebt war.

Die Großmutter nach den Ereignissen rund um ihre Geburt auszufragen, konnte Rike sich also sparen, obwohl sie mehrfach daran gedacht hatte. Lydia, trotz allem nach wie vor Carls Ehefrau, kam auch nicht in Frage.

«Vielleicht begreift sie endlich, dass eine vernünftige Tätigkeit befriedigender ist, als immer nur daheim zu hocken, Forderungen zu stellen und dabei sinnlos herumzugiften», sagte Carl. «Außerdem gefällt ihr der neue Pastor. Ziemlich gut sogar, wie ich glaube. Auch wenn Lydia so etwas natürlich niemals zugeben würde.»

«Wieso seid ihr eigentlich nicht längst geschieden?» Für Rike der Auftakt zu dem anderen Thema, das ihr auf der Seele brannte.

Rühr nicht daran – sonst geht bei den Thalheims alles in die Luft …

Miri hatte gut reden!

Die musste ja auch nicht neben diesem eindrucksvollen Mann mit dem strubbeligen graublonden Haar sitzen und sich dabei fragen, ob sie die hohe Stirn vielleicht von ihm geerbt hatte, ebenso wie das Pflichtbewusstsein und eine gewisse Sturheit, die Rike immer häufiger an sich feststellte.

«Da fragst du mich was!» Carl lächelte schwach. «Vielleicht, weil ich sie nicht noch mehr verletzen wollte, als ich es schon getan habe? Lydia ist die Mutter meiner Söhne. Und das wird sie auch für immer bleiben.»

Er trank einen Schluck Tee und schüttelte sich.

«Habe ich dir eigentlich schon erzählt, dass die Briten Gregor aus der Kriegsgefangenschaft entlassen haben? Seit letzter Woche ist mein Erstgeborener also wieder in Potsdam – gesund und mit erstaunlich guten Englischkenntnissen. Er hat Glück gehabt, durfte das Lager tagsüber verlassen und auf einem Bauernhof arbeiten. Offenbar hat es ihm in Wales, wo er zum Schluss interniert war, so gut gefallen, dass Gregor sogar von einer freiwilligen Rückkehr auf die Insel spricht. Wenn da mal nicht ein hübsches Mädchen dahintersteckt!»

«Das hat er doch eindeutig von dir», entschlüpfte es ihr. Dabei die Gedanken an Oskar zu verdrängen war alles andere als leicht. Der Mann, der Rike Almas Ring übergeben hatte, war nicht erneut im Laden aufgetaucht, aber auch sonst hatten sie keine Nachrichten darüber erhalten, was Oskar zugestoßen war. Wie es aussah, war Gregor nun ebenfalls ihr Bruder. Wie seltsam sich das anfühlte – bislang hatte es immer nur Oskar gegeben, und nun waren es auf einmal gleich drei Brüder. «Du und die Frauen ... oder sollte ich lieber sagen: du und die Frauen und die Politik?»

Sie hatte es bewusst zweideutig formuliert, und Carl reagierte prompt darauf.

«Mit Kapitän Petrowa verbindet mich inzwischen lediglich Berufliches, falls du darauf anspielst.»

Auf einmal hatte er wieder sein offizielles Gesicht, wie Flori es nennen würde. Ernst, ja beinahe streng wirkte er so, fast ein wenig mönchisch. Rike jedoch ließ sich nicht davon täuschen. Es loderte noch immer in ihm, das konnte sie spüren. Und ja, diese leidenschaftliche, ganz und gar irrarionale Seite an ihm hatte ihr immer gefallen, egal, wie viele Probleme sie auch verursachen mochte.

«Gar so wild, wie du jetzt tust, war es nun wirklich nicht», fuhr er fort. «Für mich gab es jahrelang nur diese eine ganz große Liebe – Alma. Eine zweite, mit der ich eigentlich nicht mehr gerechnet hatte, kam später ganz überraschend in mein Leben. Aber leider habe ich auch sie durch eigene Schuld verloren.»

«Lydia?», fragte sie bang.

«Nein. Du kennst sie nicht, und auch ich wünschte, ich könnte sie endlich vergessen. Aber leider will mir das nicht so recht gelingen. Seitdem ist alles andere für mich nur Zeitvertreib, nutzlose Tändeleien, die ein wenig die männliche Eitelkeit kitzeln.»

«Das ist alles, was du von Frauen willst? Rein Körperliches? Meinst du, viele Männer sehen das ebenso?»

Er strich sich die Haare aus der Stirn.

«Ich kann nur für mich reden. Und jetzt reicht es auch, Rike. Genug Bekenntnisse für einen verregneten Oktobertag!»

«Fräulein Thalheim, Ihr Essen wird ja ganz kalt ...»

Vöglis brüchige Stimme holte sie wieder ins Jetzt zurück.

«Verzeihen Sie bitte», sagte Rike. «Aber diese Familiengeheimnisse schlagen mir auf den Magen. Und nein, der andere weiß nichts davon. Ich war bislang zu feige, um meinen Onkel direkt zu fragen, ob er mein Vater ist. Ehrlich gesagt habe ich Angst davor. Meine beste Freundin meint nämlich, danach würde bei den Thalheims kein Stein mehr auf dem anderen bleiben. Friedrich und Carl Thalheim streiten ohnehin bei jeder Gelegenheit, nicht zuletzt über ihre unterschiedlichen politischen Ansichten, wenn ich nun auch noch mit meiner Enthüllung komme ...»

«Jetzt habe ich Sie unter Druck gesetzt.» Vöglis weise Augen blickten bekümmert drein. «Dabei wünsche ich mir so sehr, dass das Erbe Ihnen Glück bringt. Denn nichts anderes hat Ihr Großvater gewollt. Und dass Sie etwas ganz Phantastisches daraus machen, sobald die Zeit reif dafür ist.»

Sie prosteten sich zu.

«Auf das Glück und den Erfolg», sagte Reto Vögli.

«Auf die Liebe!», erwiderte Rike und trank einen großen Schluck Rotwein.

Die neuen Banknoten für Deutschland werden bereits in den USA gedruckt. Spezialschiffe sollen sie nach Bremerhaven transportieren, wo sie dann unter höchster Geheimhaltungsstufe bis zum Tag X gelagert werden. Ab da wird es wieder Waren in Deutschland zu kaufen geben, an die viele Menschen sich vielleicht kaum noch erinnern. Woran die USA wirklich interessiert sind, ist eine harte deutsche Währung. Deshalb auch der Marshallplan: weniger aus Mitleid mit den Besiegten, sondern vielmehr als ein wirksamer Schutzschild gegen den Kommunismus ...

Bruggers breites Schweizerdeutsch aus Rikes Erinnerung vermischte sich mit dem metallischen Geräusch der Eisenbahn. Sie saß wieder im Zug, der sie nun von Zürich nach Mailand bringen sollte.

«Wenn alles wirklich so geheim ist, wieso wissen Sie dann davon?» Rike hatte die Konfrontation gewagt.

Brugger antwortete mit vielsagendem Schmunzeln:

«Nicht nur ich, Fräulein Thalheim! All jene, die auf internationaler Ebene mit Geld operieren, sind informiert. Und wir Schweizer Bankleute natürlich erst recht.»

«Und wann wird dieser Tag sein?», fragte Rike.

«Das wiederum weiß bislang noch niemand genau. Irgendwann im nächsten Jahr. Könnte mir durchaus vorstellen, dass es Sommer wird. Ja, 1948 wird definitiv das Jahr des Neuanfangs. Dann erst kann der Frieden in Europa endlich richtig beginnen …»

Es galt also noch immer zu warten, bis sie der Familie die Wahrheit über Opa Schuberts Erbe enthüllen konnte. Doch bis dahin musste viel geschehen, denn sonst wären sie ja für den ominösen Tag X nicht genügend gerüstet. Wenn sie nach der Währungsreform wieder groß ins Geschäft einsteigen und das Kaufhaus Thalheim in neuem Glanz erstrahlen lassen wollten, gehörte unter anderem dazu, auf Vorrat zu produzieren, was sicherlich nicht einfach werden würde, da ja auch andere Konkurrenten im Spiel waren, die Ähnliches vorhatten. Vor allem jedoch brauchten sie ein ordentliches Ladengeschäft, um die Mode den Kunden auch im richtigen Rahmen zu präsentieren. Mit der kleinen muffigen Klitsche am Savignyplatz war keinesfalls ein Durchbruch zu erreichen.

Ein Neubau, geräumig, hell, modern. Ganz auf die neue Zeit abgestellt. Allerdings auch im unverkennbaren Stil der Thalheims, der an früher erinnerte – alles andere als ein einfaches Vorhaben. Nicht zu realisieren, ohne auf die Schweizer Million zurückzugreifen, die wiederum weiterhin in Zürich ruhen musste, bis das neue Geld offiziell auf dem Markt war. Ein Kaufhaus so groß wie damals würde wohl vorerst ein Traum bleiben.

Sie sollten außerdem zusehen, dass Sie möglichst viel von dem alten Geld in absehbarer Zeit in andere Währungen umtauschen, weil es von Monat zu Monat weiter an Wert verliert. Ich würde Ihnen zum Dollar raten oder eben zu Schweizer Franken ...

Brugger hatte gut reden!

Der sollte mal versuchen, in Berlin mit Dollarnoten zu bezahlen. Aber sie würde Friedrich diesen Hinweis irgendwie unterjubeln. Vielleicht war er ja offen genug, um darauf zu reagieren.

Vom vielen Denken war ihr schwindelig geworden. Rike zwang sich, für den Moment die Grübelei sein zu lassen und sich der Landschaft zuzuwenden, die draußen vorbeiflog. Schön war sie, diese liebliche Strecke bis zur italienischen Grenze, so saftig und grün, als sei der Winter noch ganz fern. Nur ein paar erste herbstliche Farbkleckse, Gold und Rot wie hingetupft. Und sie wurde sogar noch abwechslungsreicher, als der Zug nach der Passkontrolle weiterfuhr: Pinien, Zypressen, Zedern, lauter Baumarten, die sie bislang nur von Zeichnungen oder Fotografien kannte. Am liebsten wäre sie spontan hinausgesprungen, um herumzulaufen und die Augen an all diesem südlichen Grün zu weiden, das sie im grauen, wüst abgeholzten Berlin so bitter vermisste.

«Buona giornata, signorina!»

Hatte ihr der junge Grenzbeamte beim Abschied nicht gerade um einiges tiefer in die Augen geschaut als unbedingt notwendig? Und dabei trug sie noch nicht einmal das neue kupferfarbene Kleid.

Rike lehnte sich entspannt zurück.

Wie wunderbar, endlich in Italien angekommen zu sein und sich wieder ganz als Frau zu fühlen!

Como war der nächste Halt. Irgendwo in der Nähe des gleichnamigen Sees musste auch das Stück Land liegen, das den Morellis gehörte. *Eine gute Autostunde von Mailand entfernt*, hatte Elsa gesagt. Vielleicht ergab sich ja während ihres Aufenthalts die Gelegenheit zu einem kleinen Ausflug.

Rike spürte, wie ihre Aufregung wuchs.

Stefano hatte schriftlich bedauert, sie nicht abholen zu können, weil ein wichtiger Gerichtstermin anstünde, aber vielleicht …

Doch als der Zug in den Bahnhof eingefahren war und sie ausstieg, stand Elsa allein am Gleis.

«Wo ist die Kleine?», fragte Rike, nachdem sie ihre anfängliche Enttäuschung hinuntergeschluckt hatte und die Freundinnen sich ausgiebig umarmt hatten.

«Bei Rosaria. Micheles Mamma wohnt mit dessen Schwester Martina nur zwei Häuser weiter, was manchmal ein wenig lästig sein kann, weil die beiden sich ständig in alles einmischen, aber manchmal eben auch ungeheuer praktisch. Der *famiglia* entkommst du in Italien ohnehin nicht!»

Sie stiegen in die Straßenbahn, die so voll war, dass sie keinen Sitzplatz fanden.

«Mit unserem kleinen Auto wäre es natürlich bequemer gewesen», sagte Elsa, als jemand beim Aussteigen Rike anrempelte und sie beinahe über ihren Koffer gefallen wäre. «Michele hat es erst vor ein paar Wochen gebraucht gekauft. Aber bislang steht es leider mehr in der Werkstatt, als tatsächlich fahrbereit zu sein.» Sie zuckte die Achseln. «*Bella Italia* eben! Zu große Eile solltest du lieber nicht haben ...»

Rike schaute wie gebannt aus dem Fenster.

«Ihr habt ja hier auch lauter Ruinen», sagte sie. «Ich wusste gar nicht, dass Mailand so viele Bomben abbekommen hat.»

Stefano hat nichts davon erzählt, dachte sie. *Aber was weiß ich eigentlich überhaupt von ihm?*

«Hat es», bestätigte Elsa. «Einige der schlimmsten Angriffe erfolgten sogar noch 1944. Beim Trümmerräumen sind sie dann überall auf antike römische Funde gestoßen, was einen zügigen Wiederaufbau nicht gerade einfacher machen wird. Aber so schlägt zumindest die Stunde der Archäologen. Die werden noch viele, viele Jahre damit zu tun haben.»

Elsa lächelte warm.

«So schön, dass du endlich da bist, Rike! Du hast mir richtig gefehlt!»

«Und du mir erst», versicherte Rike.

«Aber jetzt sind wir ja wieder vereint. Und bei der nächsten Station müssen wir auch schon raus. Wir wohnen in der Via Cerna, man könnte sagen, beinahe noch im Schatten des Doms.»

Altbauten links und rechts, einige wenige mit aufwendigen Stuckaturen an der Fassade und schön geschwungenen Balkonen, die anderen waren eher schlicht gehalten. Im Erdgeschoss befanden sich zahlreiche Läden, Metzger, Schuster, Lebensmittelgeschäft, Barbier, alles, was man zum Leben brauchte. Die Straße war eng, ohne Gehsteige. Ein Auto kam gerade so durch.

«Da kannst du ja dem Nachbarn auf der anderen Straßenseite bis in den Suppenteller schauen», entfuhr es Rike.

Elsas Nicken wirkte leicht grimmig.

«Und er dir ebenso. Daran musste ich mich erst gewöhnen. Hier weiß jeder alles über jeden. Ganz anders als bei uns in Deutschland, wo hinter jeder Tür ein Geheimnis bewahrt wird.»

Sie blieb vor einem dreistöckigen Gebäude mit gelber Fassade stehen und schloss die Haustür auf.

«Stefano kommt morgen übrigens direkt zur Taufe», sagte sie beim Hinaufgehen. «Ich soll dich natürlich einstweilen herzlich von ihm grüßen.»

Die Enttäuschung traf Rike wie ein giftiger Pfeil, und es musste ihr deutlich anzusehen gewesen sein, denn Elsa blieb mitten auf der Treppe stehen und streichelte ihr über die Schulter.

«He, jetzt hab ich dich traurig gemacht, das tut mir leid.»

«Schon gut», sagte Rike matt.

«Nein, gar nicht gut! Er hätte mit zum Bahnhof kommen sollen, wenn er schon mit dir poussiert, so sieht es doch aus. *Gerichtstermine!*» Elsa zog die Nase kraus. «Wenn man Ausreden sucht, findet man sie auch. Aber ich habe dich ja schon damals in Berlin gewarnt. Micheles *cugino* sieht gut aus und kann verdammt charmant sein, aber ihm so richtig vertrauen solltest du besser nicht.»

«Was genau willst du mir damit sagen?», fragte Rike alarmiert.

«Erklär ich dir gleich. Jetzt komm erst einmal rein!»

Die Wohnung war dunkel und kühl, das fiel ihr als Erstes auf. Ein langer Flur, von dem die Zimmer abgingen, große

Zimmer mit Stuckdecken, Holzböden und üppig verzierten Flügeltüren. Die Wände hätten einen frischen Anstrich gebrauchen können, aber es wirkte trotz ein paar gelblicher Flecken nobel und großbürgerlich.

«An Platzmangel leidet ihr hier nicht», kommentierte Rike, die an die Enge der Bleibtreustraße denken musste.

«Das nun nicht gerade. Aber was glaubst du, wie schwierig solche Räumlichkeiten zu beheizen sind? Holz und Kohle sind auch in Italien noch streng rationiert. Und die Mailänder Winter können ganz schön frostig sein. Von Januar bis März habe ich eigentlich nur durchgebibbert. Hätte ich nicht meinen heißen kleinen Schatz im Bauch gehabt, ich wäre womöglich erfroren.»

In ihre Augen trat ein verklärter Ausdruck.

«Isi kam am achten Mai zu Welt, exakt zwei Jahre nach der deutschen Kapitulation. Ich finde, unsere Tochter hätte sich kein besseres Datum aussuchen können – und seit diesem Tag war es zudem immer warm. Ich gehe sie übrigens gleich bei Rosaria holen. Dann wirst du verstehen, was ich meine.»

Rike packte den kleinen Koffer aus, starrte zur Decke und versuchte, ihr aufgeregtes Herz zu beruhigen.

... aber ihm so richtig vertrauen solltest du besser nicht ...

Jedes von Elsas Worten hatte eine kleine Wunde in ihr hinterlassen. Andererseits schätzte sie die Freundin gerade wegen ihrer Offenheit. Vielleicht hätte sie Elsa während der vergangenen Monate, in denen sie sich häufig geschrieben hatten, auch über Stefano und seinen Lebenswandel ausfragen sollen. Aber dazu war sie zu stolz gewesen. Außerdem hatte sie lieber *mit* ihm sprechen wollen als über ihn.

Als Elsa mit der Kleinen auf dem Arm zurückkam, verliebte Rike sich augenblicklich. Diese prallen Wangen, das Stupsnäschen und der süße Mund! Dunkle Locken bedeckten Isabellas Köpfchen. Sie war frisch gebadet, steckte in einem gelben Strampler und roch wie warmes Brot. Rike konnte sie gar nicht eng genug an sich drücken, so sehnsüchtig fühlte sie sich gerade.

War das nicht der eigentliche Sinn des Daseins – Liebe und Leben zu schenken? Einer von Friedrichs neuen Lieblingssätzen. Manchmal grollte Rike dem Mann, der sich noch immer für ihren Vater hielt, aber in manchem musste sie ihm – wenngleich zuweilen widerwillig – durchaus recht geben.

Gemeinsam gingen sie in die Küche, wo Elsa die Lasagne bereits vorbereitet hatte. Als Michele aus der Klinik nach Hause kam, gab es Essen: Mangold statt Fleisch, und auch die Parmesanschicht obendrauf hätte durchaus üppiger ausfallen können, aber Rike fand die Mahlzeit zusammen mit dem leicht bitteren Rucolasalat einfach nur köstlich. Nach ein paar freundlichen Sätzen zog Michele sich in die *biblioteca* zurück, wie die jungen Eheleute das nahezu leere Zimmer mit den vielen Regalen nannten, die noch auf Bücher warteten, und ließ die beiden Freundinnen allein.

Neben ihnen schlummerte Isi seelenruhig in ihrem Korbwagen.

«Und jetzt endlich heraus damit!», platzte es aus Rike heraus. «Was hast du mir über Stefano zu sagen?»

Elsa seufzte.

«Onkel Marcello, Stefanos Vater, wird nie wieder als Anwalt arbeiten können. Sein Herz, du verstehst? Nach dem schweren Infarkt ist er nicht mehr der Alte. Der Beruf ist einfach zu anstrengend für ihn geworden. So hat Stefano sich schließlich Luigi Cavallo als Seniorpartner in die Kanzlei geholt, Vater einer äußerst attraktiven Tochter namens Mona.»

Rike ließ die Botschaft zwischen den Zeilen eine ganze Weile auf sich wirken.

«Und ebendiese Mona ist nun Stefanos Neue?», sagte sie schließlich.

«Ich denke, es geht erst wenige Wochen zwischen den beiden, aber sie hat bereits dafür gesorgt, dass das ganze Viertel Bescheid weiß. Mona Cavallo hat große Ambitionen, dabei ist sie gerade mal zwanzig. Eine stählerne Jungfrau, wenn du so willst, katholisch vom Scheitel bis zur Sohle, ebenso makellos in der Erscheinung wie beinhart im Auftreten. Sie will ganz nach oben, und sie will es schnell. Da passt einer, der so ehrgeizig wie Stefano ist, perfekt ins Programm.»

«Und was mache ich dann eigentlich hier?» Rike hatte sich so ungestüm bewegt, dass ihr Weinglas umfiel. Ein dunkelroter See ergoss sich auf dem Tisch.

«Du besuchst deine alte Freundin und lernst ihre kleine Tochter kennen. Und dann: vor allem *bella figura*», sagte Elsa, während sie einen Lappen holte und alles aufwischte. «Wenn man einen Kerl in den Wind schießt, sollte man attraktiver aussehen denn je, damit es ihm auch richtig weh tut. Als Erstes brauchst du eine anständige Frisur. Deine biedere Kopfrolle ist nämlich längst passé. Deshalb habe ich nicht nur mich, sondern auch dich für morgen früh im Salon Graziella angemeldet. Danach sehen wir weiter.»

«In nomine patris et figlii et spiriti Sancti …»

Isabella schrie wie am Spieß, während sie das Taufwasser empfing. Elsa hätte sich gewünscht, dass Rike die Patin ihrer Tochter geworden wäre, aber weil die Protestantin war, war das im katholischen Mailand leider ausgeschlossen.

«Dann hat sie eben zwei», hatte Elsa gesagt, die inzwischen selbst konvertiert war. «Meine Schwägerin Martina und dich. Die eine offiziell, die andere inoffiziell, die eine gefühlvoll bis zum Überlaufen, die andere klug und reflektiert – ist doch eigentlich noch viel besser!»

Dagegen war nichts einzuwenden, aber Rike fühlte sich elend. Die neue Frisur, die ihren schmalen Nacken freigab und sich in weichen Wellen um das Gesicht lockte, das modische Kupferkleid unter dem Trench, Mamas Schlangenring am kleinen Finger – nichts kam gegen ihre Enttäuschung an. Stefano hatte sie so förmlich begrüßt, als seien sie lediglich Bekannte und nicht zwei Menschen, die ein leidenschaftliches Liebesspiel vereint hatte. Nicht einmal während der Taufzeremonie sah er zu ihr herüber, während ihre Blicke immer wieder zu ihm flogen. Sie konnte nicht anders. Denn viel zu schnell hatte sie erkannt, dass die junge blonde Frau neben ihm jene Mona sein musste, von der Elsa gesprochen hatte, bildschön und kühl wie weißer Marmor.

Elsa nickte ihr zwischendrin aufmunternd zu, weil sie Rikes innere Not zu spüren schien, was alles nur noch schlimmer machte. Da stand sie in einem der berühmtesten Gotteshäuser der Welt und hatte gegen Tränen anzukämpfen, anstatt die Zeremonie aufmerksam zu verfolgen oder sich an den Kunstschätzen ringsherum zu erfreuen. Die bunten Glasfenster, während des Krieges vorsorglich entfernt, wie Elsa ihr erzählt hatte, waren inzwischen wieder an Ort und Stelle, aber nicht einmal diese historische Pracht interessierte sie heute.

Sah so ihr langgehegter Traum von Italien aus? Verletzt und betrogen in die zweite Reihe abgeschoben zu werden?

Sie wusste nicht, wie lange sie die Fassung noch behalten konnte.

Als Nächstes stand das Taufessen an. Seite an Seite mit Stefano, zusammen mit den anderen Morellis – sie hatte sich seit Wochen darauf gefreut.

Aber nun war Stefanos Seite bereits besetzt …

«Das steh ich nicht durch», raunte sie Elsa zu, als diese an Micheles Seite mit dem Täufling den Dom verließ. «Seid mir bitte nicht böse, aber ich muss erst einmal allein sein.»

Sie rannte fast hinaus, rang nach Luft und war froh um die frische Böe, die Haar und Mantel bauschte.

Die zweihundert Stufen hinauf auf das Dach des Doms und von dort den berühmten Ausblick auf die Stadt genießen? An jedem anderen Tag, aber heute war ihr ganz und gar nicht nach steinerner Einsamkeit zumute.

Kurz entschlossen wandte Rike sich um und ging auf die Galleria Vittorio Emanuele II zu. Aus einem alten Baedeker, der mit all der anderen Literatur in der Villa am Branitzer Platz hatte zurückbleiben müssen, wusste sie noch, dass sie bereits im 19. Jahrhundert erbaut worden war. Sie ging bis zu dem großen achteckigen Platz in der Mitte. Beeindruckt starrte Rike zur Glaskuppel hinauf, die sich über dem Oktogon spannte.

Wie früher bei uns, dachte sie. *Unser neues Kaufhaus muss unbedingt wieder ein Dach aus Glas bekommen. Nichts setzt Mode besser in Szene als natürliches Licht. Dazu das künstliche, das die Stücke punktuell ausleuchtet – erst die Verbindung von beiden schafft Helligkeit und Weite.*

An ihr Kaufhaus zu denken ließ ihren wütenden Herzschmerz zwar nicht verschwinden, aber es milderte ihn zumindest für den Moment – und es lenkte sie ab. Deshalb verzichtete Rike auch nicht auf das Ritual, das der Baedeker ebenfalls empfohlen hatte, wenn man dringend Glück brauchte: dem Stier, der als Symbol für Turin in den Mosaikboden der Galerie eingelassen war, kräftig in den Schritt zu treten und dabei mit dem Fuß eine Drehung um 130 Grad zu vollziehen.

Lass es wieder gut werden, dachte sie. *Das Leben, die Liebe, den Neubau unseres Kaufhauses – einfach alles!*

Das Ritual schien zu wirken, denn sie fühlte sich gleich ein wenig stabiler. Langsam ging Rike weiter, betrachtete die Schaufenster und versuchte, alles in sich zu speichern. Jetzt wäre ein Fotoapparat hilfreich gewesen, den die Familie Thalheim natürlich besessen hatte, bevor die Russen ihn wie so vieles andere konfisziert hatten.

Unschwer zu erkennen, dass auch Italien eine Zeit des Mangels hinter sich hatte, die noch immer nicht vorbei war. In den meisten Schaufenstern waren nicht mehr als ein oder zwei Teile ausgestellt. Die Preise darunter verschlugen Rike allerdings im ersten Moment schier den Atem, dann jedoch fiel ihr wieder ein, dass sie die Währung ja umrechnen musste. Selbst dann blieb es noch immer teuer, für viele Menschen so kurz nach dem Krieg sicherlich unerschwinglich. Und dennoch: So etwas wie Brahms Lumpenkollektion wäre in diesem sonnigen Land sicherlich niemals vorstellbar. Bald interessierten sie die Frauen, die ihr entgegenkamen, ebenso sehr wie die ausgestellten Waren. Die Italienerinnen verstanden es, sich anzuziehen – und wenn es nur ein Gürtel über einem alten Mantel war, ein Halstüchlein, das die Aufmachung belebte, eine gutgewählte Handtasche oder die Kombination der richtigen Farben. Es gefiel Rike, was sie zu sehen bekam, und durch ihren Kopf schossen so viele Ideen gleichzeitig, dass sie Angst bekam, sie könne sie allzu schnell wieder vergessen. Doch dazu gab es ja das kleine Notizbüchlein, das sie extra für Mailand gekauft hatte.

Sie sah sich um. Dort drüben war ein Café, *Camparino* hieß es, da konnte sie alles gleich bei einer Tasse Kaffee notieren. Elsa hatte ihr ein paar Lira in den Geldbeutel gesteckt und ein paar Lebensmittelmarken dazu, damit sie sich selbständig in der Stadt bewegen konnte.

Rike setzte sich an einen der kleinen Tische, bestellte sich einen Espresso, das Günstigste auf der Karte, obwohl das dunkelrote Getränk sie eigentlich mehr interessiert hätte, das einige der anderen Gäste in schlanken Gläsern vor sich stehen hatten. Sie begann mit ihren Notizen, während sie in winzigen Schlucken den starken, leicht bitteren Geschmack des Kaffees genoss.

Mailand, Stadt der Mode.

Breite Gürtel. Kleine Tücher. Frische Farben. Zarte Streifen. Mut zum Mixen verschiedener Töne. Stoff.

Stoffe!!!

Sie ließ den Stift sinken.

Abgesehen von dieser überteuerten Passage musste es

in Mailand andere Läden geben, die Stoffe anboten. Italien war nicht besetzt wie Deutschland, wo die Alliierten alles bestimmten. Die Produktion war also sicherlich bereits wieder angelaufen, zögernd womöglich noch und in geringerem Umfang als vor dem Krieg, aber immerhin.

Sie bezahlte, stand auf und ging los.

Rings um den Dom kreuzten und verzweigten sich die Straßen. Lederwaren, Herrenausstatter, Damenoberbekleidung, aber nicht das, wonach sie suchte.

Dann, plötzlich, der erste Stoffladen und ein zweiter gleich nebendran. Als Rike die Straße hinunterlief, entdeckte sie noch weitere.

Und was nun? Hineingehen und fragen, ob sie alles mal kurz anschauen könnte, besser noch anfassen? Die Italiener würden sie höchstwahrscheinlich für eine bekloppte *tedesca*, eine durchgeknallte Deutsche, halten, und das mit gutem Grund.

Unwillkürlich war sie noch näher gekommen und presste die Nase fast an die Scheibe. Drinnen bediente ein junger Mann gerade eine elegante grauhaarige Dame, und plötzlich zuckte Rike zurück.

Das konnte nicht sein!

Jetzt spielte ihr die Phantasie schon solche Streiche …

Aber sie hatte es gesehen. *Ihn* gesehen.

Sie nahm allen Mut zusammen und näherte sich noch einmal.

Kein Zweifel. In diesem Laden stand Alessandro, der sympathische Italiener aus Zürich.

Plötzlich wusste Rike genau, was zu tun war. Hastig notierte sie sich Straße und Hausnummer, dann lief sie zurück zum Domplatz. Zur Trattoria ein paar Straßen weiter, wo das Taufessen bestellt worden war, fand sie erst, nachdem sie unterwegs zwei Passanten nach dem Weg gefragt hatte.

La Patria stand auf der schäbigen Markise, die schon bessere Tage gesehen hatte. Aber als sie die Tür öffnete, strömten ihr würzige Aromen entgegen.

Keiner an der langen Tafel, der jetzt nicht zu ihr gestarrt hätte.

Monas makelloses Gesicht war zu einer Maske erfroren, während Stefano ein nervöses Lächeln aufsetzte, das schnell wieder erlosch.

«*Mi dispiace*», sagte Rike freundlich in die Runde. «*Mi sono sentita male. Ma ora va tutto bene. E ho molta fame.*»

«Dann nichts wie her mit dir, du Ausreißerin!» Elsa klopfte auf den freien Stuhl neben sich. «Wie schön, dass du dich wieder besser fühlst. Und Hunger ist auch gut. Essen musst du jetzt allerdings ein bisschen schneller. Mit der Pasta sind wir nämlich schon fast durch.»

«Ist wirklich alles in Ordnung?», flüsterte sie, als Rike sich über ihre *Tagliatelle al Sugo* hermachte. «Ich habe mir schon richtige Sorgen gemacht.»

«Musst du nicht», murmelte Rike zurück. «*Tutto a posto.* Alles gut. Wusstest du eigentlich, dass es bei euch in Mailand Wunder gibt?»

«Wunder?», fragte Elsa stirnrunzelnd zurück. «Vielleicht. Wenn man richtig fest im katholischen Glauben steht. Aber selbst dann dürfte das letzte Wunder vermutlich schon ziemlich lang zurückliegen.»

«*Veri miracoli.* Wahre Wunder. Und dazu muss man nicht einmal katholisch sein. Denn sie geschehen gerade jetzt.»

Zu einem Gespräch mit Stefano kam es erst, nachdem die *Panna cotta* vertilgt war. Er war zum Rauchen nach draußen gegangen, um Isabellas zarte Lunge zu schonen; Rike folgte ihm.

«*Mi dispiace …*», begann er und fuhr mit der Fußspitze nervös über das Pflaster.

«Mir tut es auch leid», sagte sie. «Und wie. Warum hast mir nichts von Mona erzählt?»

Er zuckte die Schultern. Die Idee, ihr zu schreiben, dass er eine andere Frau kennengelernt hatte, schien ihm gar nicht gekommen zu sein.

«Mona ist … wie ein Gewitter, *capisci*?», murmelte er verlegen.

«Ein Gewitter?» Wider Willen musste Rike über den Vergleich grinsen. «Aber ein ziemlich frostiges, oder?»

«*Come?*»

«*Niente.* Schon gut.» Wieso fiel ihr eigentlich erst heute auf, wie sehr sie aneinander vorbeiredeten? «*Vuoi sposarla?*», fragte Rike direkt.

Elsa hatte das Thema Hochzeit gestern erwähnt.

«*Forse. Probabilmente. Non lo so …*»

Vielleicht. Wahrscheinlich. Ich weiß nicht …

Glücklich verliebt klang anders für Rike. Aber sie musste noch mehr wissen.

«Und was wird aus uns?», fragte sie.

«*Senti, Elena …*» Sein Lächeln bekam etwas Flehendes. «*Tu … sei una donna carina … Ma il padre di Mona è un uomo molto importante a Milano …*»

Hübsch fand er sie?

Das war ihr leider zu wenig.

290

Und bei Monas Vater handelte es sich um einen einflussreichen Mann? Dann war er garantiert auch nicht ganz mittellos.

Ob Stefano sich auch so entschieden hätte, wäre er in ihre Erbschaft eingeweiht gewesen? Kein schöner Gedanke, den sie rasch wieder wegschob. Und dennoch war Rike in diesem Moment froh, es nicht getan zu haben.

Er versuchte, sie an sich zu ziehen, als sei nichts geschehen, Rike aber wich zurück.

«Dann heiratest du ja eigentlich ihn und nicht sie», sagte sie. «*Povera Mona*. Und ja, das mit uns ist definitiv vorbei. Nur zum Tändeln bin ich mir auf Dauer dann doch zu schade.»

Sie ging hinein, holte Mantel und Handtasche und lief los. Seltsamerweise fühlte es sich an, als sei sie den Weg schon einige Male gegangen, so gut fand sie sich zurecht. Die Lederläden, die Bekleidungsgeschäfte, alles wie vorhin, auch wenn mittlerweile außer ihr niemand auf der Straße war und fast gespenstische Ruhe herrschte.

Unwillkürlich ging Rike schneller, bis sie vor dem richtigen Laden angelangt war. Ihre Hände waren schweißnass, so aufgeregt war sie auf einmal, aber wenn sie es jetzt nicht schaffte, würde sie niemals hineingehen.

Mutig drückte sie die Klinke nach unten.

Abgeschlossen!

Tränen der Enttäuschung schossen ihr in die Augen.

Es war, als hätte sich mit einem Mal eine Schleuse geöffnet, die bisher fest verriegelt gewesen war. Rike kramte nach einem Taschentuch, wischte sich die Augen trocken, putzte sich die Nase.

Zweimal abgewiesen zu werden an einem Tag, dachte sie, obwohl es nicht ganz gerecht war. *Das ist eindeutig zu viel.*

Dann erst fiel ihr Blick auf das Metallschildchen an der Tür.

Orario di apertura 9:00–13:00 e 15:00–19:00.

Mittagspause! Deshalb war also zu.

In diesem Moment schlug die Turmuhr dreimal. Aus dem dunklen Hintergrund des Ladens löste sich eine schlanke, hochgewachsene Gestalt, kam auf die Tür zu und schloss auf.

Der Mann aus ihren Träumen.

Rike sah durch die Scheibe, wie er die Augen aufriss. Und ja, er hatte sie sofort erkannt.

«*Buon giorno, signor Alessandro*», sagte sie mit belegter Stimme, als nur noch eine Handbreit sie voneinander trennte. «Ich habe Ihr Geschäft im Vorbeigehen entdeckt. Was für ein wundervoller Zufall.»

«*Benvenuta a Milano, signorina Elena.*» Ein strahlendes Lächeln ging über sein Gesicht. «Wie sehr ich mich freue. *Prego, entri!*»

9

Berlin, Sommer 1948

Friedrich, Claire und Flori lebten nun schon seit sechs Monaten wieder in der Villa am Branitzer Platz, während Rike und Silvie sich die Wohnung in der Bleibtreustraße teilten. Rikes Einliegerwohnung unter dem Dach hatten sie an Gregor vermietet, der ab dem kommenden Wintersemester Architektur an der Technischen Universität studieren wollte und sich bis dahin in Erwin Broses Baufirma als Hilfsarbeiter verdingte, um ein kleines Startkapital zusammenzusparen. Carls Ältester war so ganz anders als sein flatterhafter Bruder Paul, der inzwischen Studium oder Ausbildung verworfen hatte und nur noch ans Musikmachen dachte. Der smarte Blondschopf wollte seine Karriere im Showgeschäft ausbauen, denn seine Band *The Swingbrothers* trat immer öfter erfolgreich auch in Hamburg, Köln oder Frankfurt auf.

Der dunkelhaarige Gregor dagegen, der Lydias schmale Nase und ihr kantiges Kinn geerbt hatte, war ruhig und zielstrebig, streng auf das fokussiert, was er sich einmal in den Kopf gesetzt hatte. Ein junger Mann ganz nach Friedrichs Geschmack, der auch noch das geschafft hatte, was seinem Sohn Oskar verwehrt geblieben war – aus der Gefangenschaft nach Hause zu kommen. Vergeblich hatte er versucht, seinem Neffen das Thema Mode schmackhaft zu machen, doch Gregor blieb ablehnend. Mode, das war für ihn Frauenkram, auch wenn der Onkel noch so begeistert von den eleganten Herrenkollektionen schwärmte, die sie früher im Kaufhaus Thalheim geführt hatten. Das Einzige, was ihn interessierte, waren Statik, Baumaterialien, Grundrisse, Pläne, Miniaturmodelle, alles eben, was irgendwie mit Architektur und Bauen zu tun hatte.

Dort, und nur dort, lag für ihn die Zukunft.

Allerdings war er sich nicht zu schade, tatkräftig mit anzupacken. Einiges hatten die Thalheims dank seiner Hilfe inzwischen herrichten können, um ihr Zuhause wieder wohnlich zu machen. Die Villa am Branitzer Platz hatte nach der Zeit der Besatzer übel ausgesehen. Die Böden waren zerschrammt, die Möbel, sofern noch vorhanden, verschmutzt oder gänzlich ruiniert. Überall klafften Brandlöcher, und ein bestialischer Gestank nach Zigaretten hing in allen Räumen. Schränke und Kommoden wie leergefegt, Handtücher, Bettwäsche, Tischdecken, früher im Dutzend ordentlich gestapelt, gab es nicht mehr. Claire war an ihrem ersten Tag im alten Zuhause von Zimmer zu Zimmer gegangen, erst noch halbwegs gefasst, bald jedoch in Tränen aufgelöst, während Friedrich wie ein wütender Stier treppauf, treppab gerannt war und die Schäden und Verluste lauthals beklagt hatte.

«Dafür müssen sie bezahlen», rief er verbittert. «Eines Tages werde ich sie zur Kasse bitten, unsere feinen Herren Besatzer, die so übel mit fremdem Eigentum umspringen …»

«Mach dich bitte nicht lächerlich, Papa.» Silvie hatte wieder jenen herablassenden Tonfall angenommen, mit dem sie ihren Vater zur Weißglut treiben konnte. «Wir sind die Verlierer, schon vergessen? Und als Letztes haben die Briten hier gehaust. Jetzt siehst du mal, dass deine Westmächte auch keinen Deut besser sind als die Sowjets, an denen du ständig etwas zu meckern hast.»

Rike blieb stumm.

Jede Antwort hätte nur weiteres Öl ins Feuer gegossen. So konzentrierte sie sich darauf, das Zerstörte nicht nur zu registrieren, sondern lieber gleich zu überlegen, wie es am besten wieder zu reparieren sei.

Noch am selben Abend waren sie in der Dämmerung gemeinsam mit der Schaufel in den Garten gegangen.

Aber wo graben?

Damals hatten sie den Schmuck in höchster Eile und in der Dämmerung vergraben, und die Zeit, die seitdem verstrichen war, machte es nicht einfacher, die Stelle wiederzufinden. Rike und Silvie begannen sogar zu streiten, weil jede von beiden besser wissen wollte, wo die Wertgegenstände unter dem Rasen lagen. Ein Problem, das Taps auf seine Weise löste, indem er sich neben die verwilderte Rosenhecke setzte und dort einen großen Haufen hinterließ.

«Da!», rief Claire. «Der Hund hat recht – ich weiß es jetzt auch wieder. Hier müsst ihr buddeln!»

Friedrich setzte die Schaufel an, doch er kam rasch ins Schwitzen und atmete so heftig, dass Gregor ihm wortlos das Werkzeug aus der Hand nahm und an seiner Stelle weiterarbeitete.

«Da ist etwas Hartes», sagte er schließlich und trat einen Schritt zurück.

Rike und Silvie knieten sich auf das Gras und griffen in die kleine Grube.

«Das Silberbesteck!», rief Silvie. «Und schau mal, Rikelein, Mamas Schmuckkassette sehe ich auch.»

Rike nahm sie heraus und ließ den Deckel der ovalen Metallkiste aufspringen, die mit blauem Samt ausgeschlagen war. Gold, Perlen und Edelsteine schimmerten im Zwielicht: der schöne Aquamarinanhänger. Die feinen Smaragdohrringe. Das sündteure Brillantarmband – wie aufregend hatte es an Mamas schmalem Handgelenk geglitzert, wenn sie es zu einem ihrer Abendkleider angelegt hatte …

Sie musste schlucken, so übermächtig war plötzlich wieder die Erinnerung.

«Alles noch da?», fragte Friedrich besorgt.

Sie nickte. «Und wie es scheint, in bestem Zustand.»

Als Letztes holten sie die antiken Leuchter heraus, die nur in Sackleinen eingewickelt gewesen waren und im feuchten Erdreich ziemlich gelitten hatten, aber die allgemeine Erleichterung war dennoch groß.

Nur Claire war ganz still geworden.

«Ich hätte damals auf euch hören sollen», sagte sie melancholisch. «Aber ich musste es ja unbedingt besser wissen. Kurz darauf haben die Russen mir alles abgenommen. Und jetzt habe ich nur noch meinen Ehering.»

«Du bekommst etwas Schönes von mir, sobald die Geschäfte wieder laufen», versicherte Friedrich tröstend. «Meiner geliebten Frau soll es an nichts fehlen. Das war schon immer meine Devise.»

«Und einstweilen trägst du das hier.» Rike nahm eine der Perlenketten aus der Schatulle und legte sie Claire um. «Als

Dank für alles, was du jeden Tag für uns getan hast. Geht doch in Ordnung, Silvie, oder?»

«Schwer in Ordnung!», versicherte die, während Claire beglückt zu lächeln begann.

Für einen Augenblick schien alles perfekt. Die Kassette wanderte in den Tresor, den Friedrich mit großer Geste wieder verschloss. Ob er Rikes Empfehlung nachgekommen war, möglichst viel vom kläglichen Rest der Bargeldreserve in amerikanische Dollar oder Schweizer Franken zu wechseln, wusste sie bis heute nicht, denn er wich ihr jedes Mal aus, sobald sie die Sprache darauf brachte. Wie schwer es dem Patriarchen fiel, einen Rat von jemand anderem anzunehmen – erst recht, wenn er auch noch aus einem weiblichen Mund kam.

Inzwischen trugen die Wände der Villa einen frischen Anstrich, die ärgsten Schäden am Boden waren geflickt, und die verwüstete Küche hatte Gregor wenigstens so weit wieder instand gesetzt, dass man dort kochen konnte. Ohne ihre kostbaren Möbel, das Geschirr und die feinen Hauswaren war der frühere Glanz, der dieses Haus so besonders gemacht hatte, jedoch verflogen. Die jetzige Ausstattung war ein einfaches Provisorium, mit dem sie zurechtkommen mussten, wenngleich teuer erkauft. Unter der Hand gab es inzwischen wieder so gut wie alles in Berlin, vorausgesetzt, man war bereit, horrende Preise zu bezahlen, die von Monat zu Monat noch weiter anstiegen. Darunter fielen auch Fahrräder, die Silvie durch geschickte Transaktionen an der Schwarzen Börse inzwischen für alle Familienmitglieder beschafft hatte. Für Flori war es nun leichter, den weiteren Schulweg bis nach Charlottenburg zu bewältigen, Claire pfiff vor Vergnügen, da sie es liebte, sich an der frischen Luft zu bewegen, Rike und Silvie waren seit jeher gern auf dem Rad unterwegs gewesen – nur Friedrich maulte, wie jedes Mal, wenn seine großen Töchter zurück in die Bleibtreustraße fahren wollten.

«Was hab ich nicht alles getan, damit ihr wieder ein schönes Zuhause habt», sagte Friedrich bitter. «Aber ihr wisst es gar nicht zu schätzen!»

Noch immer hatte er nicht verkraftet, dass die beiden nicht mit ins Westend gezogen waren. Silvie, mittlerweile eine gestandene Rundfunkfrau, hatte sich von Anfang an strikt geweigert, in ihre «Kinderbude» zurückzukehren. Und auch für Rike gab es triftige Gründe, nicht mehr unter den wachsamen Augen des Vaters leben zu wollen. Der schönste und wichtigste hieß Alessandro Lombardi, Sandro, wie sie ihn inzwischen zärtlich nannte. Fünfmal war sie inzwischen bei ihm in Mailand gewesen, und nach jedem Aufenthalt noch glücklicher nach Berlin zurückgekehrt. Die Begegnung mit ihm eröffnete ihr Möglichkeiten, von denen sie nicht zu träumen gewagt hatte – und das beileibe nicht nur, was Geschäftliches betraf.

Sie ließen ihre Beziehung langsam angehen, behutsam, voller gegenseitiger Rücksichtnahme, was Rike nach der Erfahrung mit Stefano ganz recht war. Zum ersten Mal geküsst hatten sie sich erst nach einigen Verabredungen, ganz in Elsas Sinn, die jedes Mal im Hintergrund mitgefiebert hatte und aufpasste, dass die Freundin sich kein zweites Mal verrannte. Allerdings war der Kuss dann so leidenschaftlich und gleichzeitig vertraut ausgefallen, dass Rike danach tagelang zu schweben glaubte.

«Jetzt hast du den Richtigen gefunden», jubelte Elsa. «Während Stefano und Mona sich schon angiften wie ein uraltes Ehepaar. Wie sehr ich dir dein neues Glück gönne!»

Ja, Rike war glücklich. Sie mochte alles an Sandro: wie er aussah, was er redete, wie er lachte. Seine störrischen dunklen Locken, die er unermüdlich mit Gelatine zu glätten versuchte, die wachen grauen Augen, die schmalen, energischen Lippen, die beim Küssen so weich werden konnten. Seine tiefe Ernsthaftigkeit ebenso wie den jungenhaften Schalk, der unerwartet immer wieder aufblitzte. Jeder Raum, den er betrat, kam ihr heller vor, jeder Tag, den er mit ihr teilte, strahlender. Wunderbarerweise schien es Sandro ebenso mit ihr zu gehen. Seine «Rica», wie er sie liebevoll nannte, nachdem sie ihm ihren wahren Namen offenbart hatte, war für ihn *un dono del cielo*, ein Himmelsgeschenk. Plötzlich musste auch Rike nicht mehr ständig an sich selbst herumkritteln. Sie ging anders, sie lächelte anders, sie bewegte sich anders, ganz im Einklang mit sich selbst.

Eine neue Frau, die sogar sie mochte.

Voller Begeisterung zeigte Sandro ihr «sein» Mailand, von dem sie kaum genug bekommen konnte: die Kirchen und verschwiegenen Gässchen, die Kanäle mit ihren kleinen Straßenlokalen, in denen nur Einheimische speisten – und schließlich seine größte Liebe: das Meer, an das sie im Frühling gemeinsam gefahren waren. In dem kleinen Badeort Milano Marittima, der den Krieg über in eine Art Dornröschenschlaf gefallen war, aus dem er gerade erst wieder langsam erwachte, führte Sandro seine Liebste an den menschenleeren Strand. Im Sommer würden sie hier schwimmen, das versprach er ihr, aber heute war es natür-

Ich noch viel zu kalt dafür. Ein Tag mit dicken Wolken, die über den Himmel zogen, ein Tag, wie er aufregender kaum hätte sein können. Gebannt hatte Rike auf die stürmischen Wellen gestarrt, auf das wechselvolle Grün und Blau, die weiße Gischt und den Tanz der Sonne auf dem Wasser, die rasch wieder verschwand. Sie schmeckte Salz auf ihren Lippen, das der Wind ihr geschenkt hatte, und küsste es später von seiner Haut, als sie sich in einer kleinen Pension nah am Wasser liebten.

«*Sei mia moglie*», flüsterte er in ihr Ohr. «Meine Frau. Mein ganzes Leben habe ich auf dich gewartet.»

Ja, auch Rike war bereit, ihr Leben mit ihm zu teilen. Eine italienische Hochzeit, welch wunderbarer Gedanke!

Sie waren so verliebt, dass sie Trinken und Essen manchmal fast vergaßen, niemals aber, vorsichtig zu sein. Silvies warnendes Beispiel vor Augen, bestand Rike auf Schutz beim Liebesakt, was Sandro akzeptierte, wenngleich Kondome im Nachkriegsdeutschland fast ebenso schwierig zu beschaffen waren wie im streng katholischen Italien.

Friedrich ahnte nicht, dass Sandro und sie mehr als nur die Geschäfte verbanden, aber Carl erzählte sie von ihrer großen neuen Liebe, als er eines Abends in der Bleibtreustraße zu Besuch war. Manchmal war es für Rike kaum auszuhalten, wie nah sie sich Carl fühlte, ein Gefühl, das sich mit jedem Tag verstärkte, seit sie wusste, dass er ihr Vater war.

Ob es ihm ebenso mit ihr erging?

So warm, wie er sie gerade ansah, hätte sie am liebsten gar keine Geheimnisse mehr vor ihm gehabt.

Natürlich wollten Sandro und sie Kinder, sprudelte Rike

heraus. Noch nicht jetzt, aber so bald wie möglich, wenn das Leben wieder in den richtigen Bahnen lief. Und ja, sie liebte einfach alles an ihm.

Tutto. Tutto! Tutto!!!

«Scheint mir ja ein ziemlich spannender Kerl zu sein», nickte Carl anerkennend. «War er Soldat?»

«Nur kurz. Bald schon wurde er freigestellt. Die Lombardis haben der Armee Uniformstoffe geliefert.»

«Kein Roter, wie ich annehme?»

«Nein. Aber auch kein rücksichtsloser Kapitalist. Ein leidenschaftlicher Kaufmann wie auch schon sein Vater und sein Großvater vor ihm. Die ganze Familie hat Geschäftssinn im Blut. Das trifft es wohl am ehesten.»

Die Lombardis handelten schon in der fünften Generation mit Stoffen. Sandros Ururgroßvater war in den dreißiger Jahren des 19. Jahrhunderts nach Frankreich gereist, um in Lyon die schönsten Seidenstoffe zu kaufen. Mitten im Aufstand der *Canuts*, wie die Seidenweber genannt wurden, die damals gegen eine Senkung der Abnahmepreise revoltierten, lernte Matteo seine spätere Ehefrau Marie kennen und lieben.

«Er hat sie 1834 nach Mailand geholt. Seitdem haben die Lombardis immer Frauen aus anderen Ländern geheiratet.» Rike spürte ein zartes Prickeln, sobald sie an Sandros warme Worte dachte.

«Una tradizione che mi piace molto.»

Ja, auch Rike hielt eine ganze Menge von dieser alten Familientradition.

Sandros Mutter hieß Antonia, stammte ursprünglich aus Luzern und war der Grund für seine fließenden Deutschkenntnisse. Rike mochte die eindrucksvolle Erscheinung, auch wenn sie sich nicht ganz sicher war, ob die Sympathie nicht ein wenig einseitig blieb. Antonia war groß, gertenschlank und trug seit dem frühen Tod ihres Mannes ausschließlich Schwarz, was sie mit kostbarem Schmuck effektvoll belebte. Klug genug, sich aus Sandros Privatleben weitgehend herauszuhalten, hatte sie die Leitung der Firma inzwischen zur Gänze in die Hände des strebsamen Erstgeborenen gelegt, während ihr zweiter Sohn Valentino noch eher unschlüssig schien, was aus ihm werden sollte.

Und Sandro verstand sein Geschäft – davon hatte Rike sich inzwischen überzeugen können. Dank seiner Verbindungen hatte sie inzwischen Kontakte zu Stoffproduzenten in Italien, der Schweiz und Frankreich geknüpft. Der Name Lombardi war der Türöffner schlechthin, der auch die Skeptischsten dazu brachte, Geschäfte mit Deutschen abzuschließen, trotz allem, was noch wenige Jahre zuvor geschehen war.

Mit Sandros Hilfe sichtete Rike, sie kaufte. Sie hortete.

Denn Horten war das Gebot der Stunde, das auch Friedrich Thalheim verstand, auch wenn es ihm nicht gefiel, dass die Franken seiner Ältesten auf einmal das Sagen haben sollten.

«In Zürich muss offenbar eine unerschöpfliche Quelle sein», sagte er missmutig, wenn erneut Ware aus dem Ausland eintraf, die dann sofort weiter in die neue Konfektionierung wanderte.

Rund um den Ku'damm ließen sie jetzt alle fertigen, die Einkäufer für Karstadt, Hertie, KadeWe, die Familie Thalheim wie auch andere Modehändler, jeder eben, der nach dem Tag X in Berlin mit neuer Mode glänzen wollte. Miriam, die inzwischen meistens die Modelle entwarf und die Arbeit der anderen Näherinnen überprüfte, anstatt selbst zu nähen, war begeistert über das, was ihre Freundin herbeischaffen ließ. Schöner, bunter und oftmals wertiger waren sie, jene Stoffqualitäten aus Frankreich, Italien und der Schweiz, und stachen die biedere deutsche Ware aus, die Brahm vom Rhein und aus Bayern bezog. Aber es ging eben nicht nur um Qualität, es ging vor allem auch um Bezahlbarkeit. Das neue Geld, wenn es denn endlich da war, würde den meisten Deutschen alles andere als locker sitzen.

Darauf mussten sie sich einstellen.

«Halb so wild», wiegelte Rike ab, weil sie Opas Erbe noch immer so eisern wie möglich zusammenhalten wollte. Anton Brugger unterstützte sie dabei, den jeder Franken, den sie jetzt schon ausgab, persönlich zu schmerzen schien. Aber die geschickte Anlage des Vermögens über Jahre hatte so gute Zinsen erbracht, dass allein diese bis jetzt für Rikes Investitionen ausreichten. Und auch einem Anton Brugger war klar, dass die Thalheims Vorräte schaffen mussten, wollten sie sich auf einem neuen Markt erfolgreich behaupten.

Nicht alle jedoch sahen die Zukunft so rosig.

«Der Osten Deutschlands bricht uns Tag für Tag mehr weg», prophezeite Friedrich eines Abends düster, als Claire die gesamte Familie zum Abendessen eingeladen hatte. Sie hatte sich viel Mühe gegeben und Rindergulasch mit Salzkartoffeln zubereitet, das leider leicht angebrannt schmeckte. «Vorbei die Zeiten, wo elegante Damen von Dresden, Meißen oder Leipzig zum Einkaufen an den Ku'damm reisten und viel Geld bei uns gelassen haben. Die Sowjets haben in ihrer Zone alle bettelarm gemacht – die Junker enteignet, die Industrieanlagen demontiert und nach Russland verladen, alle Geldvorräte eingefroren. Es gibt schon längst zwei Deutschlands, auch wenn die meisten noch zu feige sind, das laut zu äußern. Was übrigens auch für meine eigene Partei gilt.»

«Und wer unternimmt alles, damit die Spaltung sich noch weiter vertieft?», ging Silvie ihren Vater wütend an. «Doch niemand anderer als deine hochgeschätzten Westmächte! Schon im März haben sie den Alliierten Kontrollrat boykottiert, weil sie gar keine gemeinsame Wirtschaftszone für alle vier Sektoren haben wollen. Jetzt haben die Sowjets das ‹Volksbegehren für Einheit und gerechten Frieden› ins Leben gerufen, damit Deutschland *ein* Land bleibt. Und was tun deine sogenannten Freunde? Verbieten es in ihren Zonen und in West-Berlin! Und die angeblich so unabhängige Westpresse unterstützt sie dabei.» Vor Zorn schien sie geradezu zu glühen.

«Frieden? Dass ich nicht lache!», konterte Friedrich. «Uns einkassieren, das wollen sie. Das einzige Gesamtdeutschland, das deine Sowjets anstreben, müsste sozialistisch sein und ganz und gar nach ihrer Pfeife tanzen. Doch dazu wird es niemals kommen, dafür werden die Amis, Tommys und Franzosen sorgen – und ein paar kluge Männer in den westlichen Sektoren ebenfalls!»

«Euch geht es doch nur um Geld. Moral, Ethik oder auch nur ein Funken Gerechtigkeit in der Verteilung der Güter sind euch einerlei. Die, die immer schon reich waren, sollen es gefälligst auch bleiben – und noch mehr Mammon anhäufen. Manchmal schäme ich mich, dass mein eigener Vater um jeden Preis dazugehören will, weißt du das eigentlich?»

Silvie übertrieb an diesem Abend natürlich, wie meistens. Ralf Heiger schien bei ihr mit seiner sozialistischen Infiltrierung schon ziemlich weit gekommen zu sein, wie Rike nicht ohne Bitternis dachte.

Und doch war etwas dran an ihrem Aufbegehren. Sie spürte es ja selbst, wenn sie persönlich mit Stoffproduzenten verhandelte, sofern der Vater oder Werner Brahm das überhaupt zuließen. Überall in den Westzonen saßen wieder jene im Sattel, die bereits vor 1945 das Sagen gehabt hatten. Männer allesamt. Wer auch sonst? Einer jungen Frau wie ihr gaben sie unmissverständlich zu verstehen, wie fehl sie hier am Platz war.

Als Mannequin? Jederzeit.

Gerne auch wieder als Tochter des Chefs.

Aber als ernst zu nehmende Verhandlungspartnerin, besonders wenn es sich um größere Mengen handelte?

Das ging dann doch entschieden zu weit.

Rike schluckte schwer in solchen Augenblicken, lernte aber, eisern zu lächeln. Anschließend drückte sie die Preise erst recht nach unten. Opa Schubert hatte ihr testamentarisch untersagt, Friedrich etwas vom Erbe abzugeben, doch es auf gewitzte Weise für die Familie arbeiten zu lassen, hatte er nirgendwo verboten.

Nichts anderes tat sie jetzt.

Ein Neubau war im Moment finanziell nicht zu stemmen, aber sie konnte zumindest dafür sorgen, dass ihnen die hochattraktive Ware nicht so schnell ausgehen würde.

Um sie den Kunden angemessen zu präsentieren, war ein anderes Ladengeschäft angemietet worden, größer und heller als der düstere Laden am Savignyplatz und gar nicht weit von ihrem ehemaligen Kaufhaus entfernt. Es lag ebenerdig, hatte vier große Säulen, die den Innenraum in verschiedene Bereiche unterteilten, und große Fenster, die viel Licht hereinließen.

Ku'damm, Ecke Wilmersdorferstraße.

Thalheim prangte bereits auf dem Metallschild an der Tür.

Die Innenausstattung – Kleiderstangen, Spiegel, Kabinen, ein Tresen für die Kasse – war einigermaßen komplett, was schwierig genug gewesen war, weil so gut wie alles unter der Hand besorgt werden musste. Aber es gab noch immer tausend Kleinigkeiten, die fehlten oder noch nicht richtig funktionierten und um die man sich kümmern musste. Für den Eröffnungstag im neuen Geschäft hatten sie wieder eine Modenschau geplant, nicht so spektakulär wie damals vor den Loren, ein Ereignis, von dem viele Charlottenburger bis heute sprachen, aber viel Arbeit machten die Vorbereitungen trotzdem. Fünfzehn Sommerkleider aus den neuen Stoffen: Claire sollte laufen, ebenso Flori, die sich zu einem bezaubernden Backfisch entwickelt hatte, auch wenn sie das gerade nicht besonders zu interessieren schien, flankiert von der Kriegerwitwe Lena und der noch immer propperen Emma, die anschließend eines der Kleider als Entgelt behalten durfte. Moderieren sollte wie beim letzten Mal Silvie, die sich allerdings reichlich bitten ließ, bis sie doch zusagte, angeblich, weil sie im Funk unabkömmlich sei.

Friedrich hatte im Vorfeld reichlich Zicken gemacht, weil nicht alles nach seinem Kopf gegangen war, sich Rikes Argumenten schließlich aber doch gebeugt, die alles einfacher haben wollte, schlicht und zeitgemäß, ohne den Pomp der dreißiger Jahre. Sein Magen streikte jetzt öfter; das Ass, das er aus dem Ärmel holte, wenn sonst nichts half. Claire reagierte sofort besorgt, sogar Flori fuhr die Krallen wieder ein, und auch Rike ertappte sich dabei, wie sie Ja zu Entscheidungen sagte, die ihr eigentlich nicht passten.

Am 26. Juni, Almas Geburtstag, sollte die Eröffnung stattfinden. Ein Samstag, an dem Geschäfte zwar nur bis kurz nach Mittag aufhaben durften, die Menschen aber schon in Wochenendlaune waren. Sandro wollte eigens dafür mit dem Zug aus Mailand anreisen. Rike freute sich schon darauf, ihm nun «ihre» Stadt zu zeigen, so zerschunden Berlin sich auch noch immer präsentierte. Natürlich würde sie die Gelegenheit nutzen, um ihn offiziell der Familie vorzustellen, was ihr bei aller Vorfreude gleichzeitig auch einiges an Bauchschmerzen bereitete. Flori konnte schon seit geraumer Zeit sehr patzig werden, Silvie war ohnehin unberechenbar und Friedrich, wie sich bereits bei Ben Green gezeigt hatte, alles andere als ein Freund von Liebesbeziehungen zwischen einer seiner Töchter und einem Ausländer.

Ob die Familie ihren Liebsten dennoch freundlich aufnehmen würde?

Oder ließen sie ihn eiskalt abblitzen, was für den sensiblen Sandro, für den Familie alles bedeutete, sicherlich eine bittere Erfahrung wäre?

Gedanken und Befürchtungen, die sich nicht abschalten ließen, wenn Rike abends in die Wohnung in der Bleibtreustraße zurückkehrte, die nach dem Auszug der Familie so viel stiller geworden war. Silvie hielt sich oft bei Ralf Heiger auf, der eine kleine Wohnung im Wedding bezogen hatte, nachdem ihm das Pflaster in Potsdam offenbar zu heiß geworden war. Von Carl wusste Rike, dass man in der SED sogar über seinen Ausschluss diskutierte, weil er trotz seiner jahrelangen Verfolgung durch die Nationalsozialisten der Parteiführung nicht mehr linientreu genug war.

Rikes Sympathie für den Mann hielt sich weiterhin in Grenzen.

Er tut dir einfach nicht gut, Silvie, dachte sie jedes Mal, sobald Heiger bei ihnen aufkreuzte. *Spürst du das denn nicht?*

Silvie wurde hektisch in seiner Gegenwart, zerbrach Gläser oder Teller und kiekste wieder herum wie als kleines Mädchen, ausgerechnet sie, die doch sonst im Funk Tag für Tag so viele Hörer in ihren Bann zu ziehen wusste. Fast täglich traf Fanpost für sie ein. Männer schrieben ihr, die ihre Stimme aufregend fanden, aber auch viele Frauen, für die Silvie mit ihrer frischen, ungezwungenen Art eine von ihnen war.

«Warum machst du dich ihm gegenüber so klein?», hatte Rike einmal gesagt, nachdem er spät am Abend die Wohnung wieder verlassen hatte. «Verlangt er das von dir?»

«Natürlich nicht», fuhr Silvie auf. «Wie kommst du bloß auf solch einen Schwachsinn? Außerdem sagt das genau die Richtige. Du müsstest dich nur mal hören, wenn du Post aus Italien bekommen hast: Sandro hier, Sandro da, Sandro überall. Bist du in Mailand eigentlich auch so devot? Würde mich nicht wundern, wenn du ihm dort auch noch die Puschen anwärmen würdest!»

308

Ihre Schwester wusste genau, wie man mit Boshaftigkeit mitten ins Schwarze traf, und Rike bereute nicht zum ersten Mal, dass sie ihr überhaupt von Sandro erzählt hatte.

Aber Silvie war noch nicht fertig.

«Weiß Papa eigentlich von euch? Bislang glaubt er doch, es ginge rein ums Geschäftliche, wenn du in Mailand herumgeisterst, oder irre ich mich da etwa? Könnte mir vorstellen, dass er alles andere als begeistert reagiert. Ausgerechnet ein Italiener für seine angebetete Große! Ob ich ihm vielleicht mal einen klitzekleinen Wink gebe …»

«Du wirst ihm gar nichts geben, kapiert!», sagte Rike wütend.

Sie bestimmte den Zeitpunkt, um Sandro der Familie zu präsentieren – und nicht ihre Schwester.

«Dann halt dich gefälligst bei Ralf zurück. Ich weiß nämlich, was ich tue. Und alt genug, um mir meine Männer auszusuchen, bin ich auch.»

Fast die ganze Woche redeten sie nur das Notwendigste miteinander; Silvie verschwand jeden Morgen schon sehr früh in den Funk, Rike ging in den neuen Laden, um letzte Vorbereitungen für die Eröffnung zu treffen. Friedrich schaute bei den Konfektionären nach dem Rechten, zusammen mit Miriam, die keine schiefe Naht, keinen schludrig angenähten Knopf durchgehen ließ. Sie hatte sich noch einmal deutlich gesteigert, das empfand nicht nur Rike so. Miris neueste Entwürfe waren modern, aber nicht überkandidelt, tragbar vom jungen Mädchen bis zur reiferen Frau – das musste ihr erst einmal jemand nachmachen! All die Muffigkeit der ersten Nachkriegsjahre war daraus verschwunden, diese frischen Kleider in leuchtenden Farben

– zitronengelb, himbeerrot, eisblau, türkisgrün – schrien geradezu nach der neuen Zeit, die gerade anbrach. Aus Italien stammten Gürtel, Handtaschen und Tücher, die dazu kombiniert werden konnten, nichts Aufwendiges, aber schicke Accessoires, die das Erscheinungsbild abrundeten.

Schon bald würden all diese Schätze hier an den zurzeit noch nackten Stangen hängen …

Jemand hämmerte laut gegen die Scheiben – Silvie.

«Es geht los», keuchte sie, als Rike die Tür aufschloss und sie hereinließ. «Aber ganz anders, als ihr es euch gedacht habt!»

«Wovon redest du?», fragte Rike.

«Das Geld, das neue Geld. Morgen bringen sie es im Radio und in der Presse – und schon am Sonntag soll es an alle persönlich verteilt werden. Die Abgabestellen für Lebensmittelmarken sind dafür zuständig. Pro Kopf gibt es vierzig Mark. Und dann ein paar Wochen später noch einmal zwanzig. Das ganze alte Geld muss binnen weniger Tage abgeliefert werden und ist dann nur noch einen Bruchteil wert. Und man muss exakt alles angeben, was man besitzt, sonst …» Silvie schüttelte den Kopf. «Ich hab mir gar nicht alle merken können, so viel war das auf einmal!»

«Woher hast du das alles überhaupt?», fragte Rike.

«Von Ralf. Alle Sender werden es morgen bringen, deshalb haben die Westalliierten heute schon eine große Pressekonferenz gegeben. Allerdings gilt das nicht für uns Berliner.»

«Aber das kann doch gar nicht sein!»

«Eben doch», beharrte Silvie. «Marschall Sokolowski, dem Obersten Chef der Sowjetischen Militäradministration in Deutschland, wurde ausdrücklich zugesichert, die neue Währung würde nicht auf die Berliner Westsektoren ausgedehnt. Und die SBZ ist ohnehin davon ausgenommen.»

Rike war ganz blass geworden.

«Und womit sollen wir dann bezahlen?», fragte sie mit belegter Stimme. «Mit Schussern?»

Silvie zuckte die Achseln. «Mit dem alten Geld? Oder die Sowjets drucken ein eigenes? Keine Ahnung!»

«Aber das ergibt doch keinen Sinn ... verschiedene Währungen in den Westsektoren und in West-Berlin – und im Osten vielleicht noch eine andere? Was für ein entsetzliches Durcheinander!» Rike griff sich an den Kopf. «Was machen wir denn jetzt?»

«An deiner Stelle würde ich erst einmal Papa Bescheid geben», kommentierte Silvie trocken. «Denn wenn ich es tue, hält er es womöglich für eine meiner kommunistischen Verblendungen.»

Vier Tage später war dann wieder alles ganz anders.

Ohne sich um den Protest der Sowjets zu kümmern, hatten die Westalliierten schließlich doch durchgesetzt, dass das neue Geld auch in den Westsektoren Berlins ausgegeben werden sollte. Als es hell wurde, machten Rike, Silvie, Miriam und Paul sich gemeinsam auf den Weg zum Charlottenburger Rathaus; für den Rest der Familie war eine andere Ausgabestelle im Westend zuständig. Rike konnte nur hoffen, dass der Vater sich an ihre Ratschläge gehalten und noch rechtzeitig so viel wie möglich von der eisernen Reserve in andere Devisen gewechselt hatte, aber sicher war sie sich nicht.

Nie zuvor war die Warteschlange so endlos gewesen; noch nie waren die Menschen so geduldig angestanden.

Paul witzelte wie üblich herum.

«Läuft endlich. Dafür lass ich sogar 'ne Bandprobe sausen! An der Schwarzen Börse werfen se dir die Radios jetzt fast hinterher, so billig is da allet auf eenmal jeworden. Wurde och langsam Zeit. Sonst wär ick eben nach Hamburg abjehauen – die warten dort doch schon auf eenen wie Paul Thalheim! Denn 'ne Braut, die mir in Berlin hinterherjeheult hätte, die jibt's ja leider nich. Oder haste dir inzwischen anders besonnen, Miri Sternberg, und willst doch die Meene werden?»

«Nicht, dass ick wüsste», berlinerte sie ebenso trocken zurück. «Wir bleiben Freunde, Paulchen. Ick glob, damit is uns beeden besser jedient.»

Rike musste grinsen, doch Silvie stand noch immer da wie erfroren.

«Was ist eigentlich los mit dir?», fragte Rike. «Setzt dir der Kapitalismus schon im Vorfeld derart zu?»

«Ralf wurde verhaftet», stieß Silvie hervor. «Alles nur wegen diesem Scheißgeld! Er hat sich über die ‹Tapetenmark› lustig gemacht – und wurde prompt von einem Kollegen verpfiffen. Dabei sieht dieses Geld doch wirklich so aus!» Aus ihrem abgeschabten Portemonnaie zog sie einen Zehn-Reichsmark-Schein, auf dem in Briefmarkengröße «Ostmark» stand. «Ich hab solche Angst um ihn!»

Inzwischen waren sie ein ganzes Stück weiter in der Schlange vorangerückt, doch nach Silvies Worten war die Vorfreude auch bei den anderen verflogen, so elend wirkte sie

Sie liebt ihn wirklich, dachte Rike, was sie nur noch besorgter werden ließ. *Dabei hat dieser Mann schon ein ganzes Leben gelebt, und Silvie hat mit ihrem gerade erst richtig angefangen. Wenn er sie jetzt auch mit in seine neuen Schwierigkeiten zieht! Wie gut ich es da doch mit meinem Sandro getroffen habe. In zwei Tagen wird er bei mir sein – und die Eröffnung des neuen Ladens miterleben …*

«Vielleicht wird alles doch nicht so schlimm», versuchte sie die Schwester zu trösten. «Sie vernehmen ihn, und dann …»

«Nach Potsdam haben sie ihn gebracht. Ins Untersuchungsgefängnis Lindenstraße. Da, wo Papa nach dem Krieg eingesperrt war.» Silvie flüsterte nur noch. «Seitdem muss dort alles noch viel übler sein: Zellen, in denen man nur stehen kann. Wasser, das sie auf einen schütten, bis man glaubt, zu ertrinken. Tagelange Verhöre, und wenn man nicht das Richtige antwortet, folgt Einzelhaft im Dunkeln. Ein Kollege hat mir das alles erzählt. Dessen Bruder ist danach verrückt geworden – und irgendwann hat er sich aufgehängt.»

«Du könntest deinen Onkel ins Spiel bringen», schlug Miriam vor. «Eurem Vater konnte er damals ja auch helfen.»

«Onkel Carl hab ich gleich gestern im Landgericht angerufen, nachdem ich von Ralfs Verhaftung erfahren hatte. Er war besorgt, aber er kann leider nichts machen. Ihm seien die Hände gebunden, hat er gesagt. Damals, gleich nach Kriegsende, da gab es noch mehr Freiraum. Jetzt aber bestimmt die Partei – und nur die Partei.» Silvie begann zu weinen. «Dabei sind wir doch gar nicht in Russland, oder? So habe ich mir den Sozialismus auf deutschem Boden jedenfalls nicht vorgestellt. Ralf ist für seine Überzeugung ins KZ gegangen – und jetzt behandeln sie ihn so! Das ist nicht richtig, das ist verdammt noch mal ganz und gar nicht richtig …»

Sie schluchzte so laut, dass die Leute sich nach ihr umdrehten.

«Liebes, beruhige dich doch …» Miriam wollte sie in den Arm nehmen, Silvie aber riss sich los.

«Ich will mich aber nicht beruhigen», rief sie unter Tränen. «Ich geh nach Hause. Dieses beschissene neue Geld kann mir gestohlen bleiben!»

«Das wirst du schön sein lassen!» Rike zog sie wieder zurück in die Schlange. «Oder willst du verhungern? Damit hilfst du deinem Ralf auch nicht weiter.»

«Wie kalt und vernünftig du nur immer sein kannst.» Silvies Trauer kippte in Zorn. «Als ob du gar kein Herz hättest! Bist du wirklich meine Schwester? Manchmal könnte man meinen, wir beide stammten gar nicht von denselben Eltern ab.»

Rike verstummte, auch von Miriam, die ja eingeweiht war, kam kein Ton mehr. Nur Paul versuchte, auf seine Weise für bessere Stimmung zu sorgen.

«Wird alles meistens nicht ganz so heiß gegessen, Kusinchen», sagte er. «Nicht einmal in der SED. Dein Ralf ist doch ein Meister des Wortes. Der wird den ollen Genossen schon beibringen, dass er nichts verbrochen hat. Meine Güte – so ein kleiner Scherz …».

«Für so etwas sind unter Hitler schon Köpfe gerollt», mischte sich der Wartende vor ihnen ein, ein älterer Mann mit Schnauzbart, der offenbar alles mitgehört hatte. «Und drüben, in der sowjetischen Zone, sind sie jetzt bald auch wieder so weit.»

«Halten Sie sich da raus!», wies Rike ihn zurecht. «Auf Ihre unpassenden Vergleiche können wir gern verzichten.»

«Ich hab ja nur gemeint …» Eingeschnappt drehte er sich wieder um.

Sie rückten weiter vor, Schritt um Schritt, bis Rike schließlich als erste aus der Familie an die Reihe kam, nachdem sie ihren Ausweis vorgelegt hatte, ein mittlerweile mehrfach abgestempeltes Ersatzdokument, das die zahlreichen Auslandsreisen widerspiegelte.

«Einmal zwanzig D-Mark», zählte die Frau hinter dem Tresen vor, «einmal zehn D-Mark, einmal fünf, zweimal zwei und einmal eine D-Mark. Das sind dann zusammen vierzig D-Mark. Bitte noch hier unterschreiben!»

Die Währungsreform war vollzogen. Der Beginn einer neuen Zeitrechnung.

Die Geldscheine waren blau und grün, brandneu, längst nicht so farbenfroh wie die Franken aus der Schweiz, aber sie wirkten edel und gediegen. «Deutsche Mark», war darauf gedruckt.

Und ein dickes *B*.

«Was hat das B zu bedeuten?», wunderte sich Rike.

«Steht für Berlin. Ein Zugeständnis an die Sowjets. Ist aber gleich viel wert wie das ohne *B* und gilt auch in Westdeutschland», sagte die Frau an der Ausgabe.

«Und was ist mit Münzen?», wollte Rike wissen, während sie Platz für Silvie machte.

«Da gelten bis auf weiteres noch die alten. Allerdings nur zum halben Nennwert. Neue müssen erst geprägt werden.

Kann aber noch eine ganze Weile dauern. Und jetzt bitte zügig der Nächste! Die Schlange hinter Ihnen ist noch lang.»

«Ham Se alle det schon jehört?» Aufgelöst drängte eine Frau sich nach vorn. Die Bluse hing ihr halb aus dem Rock, die Haare standen vom Kopf ab. «Berlin is 'ne Insel! Die Sowjets ham alle Land- und Wasserwege zwischen den Westzonen und den Westsektoren abjeriegelt. Züge sind gestoppt, auf der Autobahn darf keener mehr durch. Verhungern wollen se uns lassen, det is ihr Plan. Und den Strom hamse uns auch abjestellt. Det Großkraftwerk Zschornewitz liefert nischt mehr. Jetzt jehen die Lichter in West-Berlin aus!»

Die Türen zum neuen Ladengeschäft *Thalheim* standen weit geöffnet, und immer mehr Schaulustige drängten herein. Natürlich hatte die Familie zusammen mit Miriam im Vorfeld alles mehrfach durchgespielt: Verschiebung der Eröffnung, Modenschau ganz absagen, angesichts der prekären Lage einfach nur still und leise aufmachen – doch dann hatte Friedrich sich durchgesetzt.

«Mein Vater hatte den Mumm, als Aufsteiger aus einfachsten Verhältnissen 1883 sein Geschäft für Knöpfe und Galanteriewaren in Berlin-Mitte zu eröffnen – gegen alle Widerstände. Wer würde schon bei einem einkaufen wollen, dessen Vater nur ein einfacher Flickschuster gewesen war? Und trotzdem sind sie schließlich alle zu ihm geströmt, weil er gut war, besser als andere: eben ein echter Thalheim! An ihm habe ich mich ein Leben lang orientiert und es ihm später auf meine Weise nachgemacht. Und jetzt beginnt eine neue Ära. Wir lassen uns von den Sowjets nicht unterkriegen: Wenn es dunkel ist in West-Berlin, zünden wir eben Kerzen an. Wenn der Strom nur nachts kommt, wird um Mitternacht gebügelt. An Hunger haben wir uns längst gewöhnt, damit können sie uns nicht einschüchtern. Sie haben uns unseren geliebten Oskar nicht zurückgebracht, sie haben mich nach dem Krieg eingesperrt, aber wir lassen uns nicht unterkriegen. Also, meine Lieben: Alles wird so gemacht wie besprochen!»

Jetzt stand er lächelnd an der Tür und begrüßte jede Besucherin, jeden Besucher persönlich.

«Willkommen bei Thalheim», sagte er jovial. «Wir hoffen, Sie fühlen sich wohl bei uns!»

Wir bleiben, stand auf den Transparenten, auf die Flori die bekanntesten Berliner Wahrzeichen gemalt hatte, als Rike sie darum gebeten hatte, gar nicht bockig und aufsässig wie sooft in den vergangenen Monaten, sondern liebenswürdig und hilfsbereit, wie sie früher gewesen war. Die linke Seite zeigte jeweils den gegenwärtigen Status der Bauwerke, zerstört oder als Ruine, so, wie sie es bei ihren Streifzügen durch die Stadt aufs Blatt gebannt hatte. Die rechte stellte die vorherige Pracht dar, abgezeichnet aus Büchern der Schulbibliothek, weil Flori zu jung war, um sich noch selbst an alles zu erinnern.

So sollte alles wieder werden. Jeder der Thalheims wünschte sich das aus ganzem Herzen.

Berlin ist unsere Stadt.

Überall im Laden hatten Rike und Claire diese bunten Papierfahnen aufgehängt, die bei den ersten Kunden, die zur Modenschau in die neuen Räumlichkeiten gekommen waren, unwahrscheinlich gut ankamen.

«Kann man die auch kaufen?», wurden sie immer wieder gefragt. «So eine würde ich gern mit nach Hause nehmen!»

«Das können Sie die junge Künstlerin gern selbst fragen», erwiderte Silvie mit schmelzender Liebenswürdigkeit. «Aber bitte erst, nachdem sie ihren Pflichten als Mannequin nachgekommen ist.»

Über Ralf gab es keine neuen Nachrichten, doch an diesem besonderen Tag gelang es Silvie, ihre Sorgen zu überspielen. Lächelnd ging sie zwischen den Besuchern umher, strahlend schön in einem von Miris neuen Modellen, einem enganliegenden Trägerkleid aus gestreifter italienischer Baumwolle, dessen Pastelltöne in Grün, Rosé und hellem Blau auf weißem Grund jeden sofort an Sommer und Strand denken ließen. Silvie parlierte, Silvie begrüßte, Silvie erklärte, als hätte sie ihr ganzes Leben nichts anderes gemacht.

«Verzeihen Sie bitte!» Ein schüchterner Kriegsversehrter, dem das zweite Bein ab dem Knie fehlte, stand, gestützt auf Krücken, neben ihr, begleitet von einer schmalen blonden Frau. «Erna, also meine bessere Hälfte, meint, dass sie Ihre Stimme aus dem Radio kennt. Aber das bildet sie sich sicherlich doch nur ein.»

«Ganz und gar nicht.» Silvies Lächeln verschwand nur ganz kurz, dann setzte es wieder ein, bezwingender als zuvor. «Ja, ich habe eine ganze Weile für den Berliner Rundfunk gearbeitet. Doch ab Juli können Sie mich im RIAS hören, zusammen mit den allerschönsten Schlagern, die ich Ihnen dort in einer eigenen Sendung präsentieren darf. Sechzehn Uhr, *Silvies Wunschkonzert*, nicht verpassen!»

«Na, wenn det mal keen Schlager is», sagte die blonde Frau verzückt. «Ick hör Se nämlich für meen Leben jern!»

Die Mutige gewinnt, so Silvies Devise, mit der sie auch Rike beeindruckt hatte. Nachdem sie ihre Tränen getrocknet hatte, war sie kurz entschlossen noch am selben Tag nach Schöneberg geradelt und hatte sich in der Winterfeldstraße vorgestellt – und eine Stunde später war sie engagiert gewesen. Für das neue Funkhaus in der Kufsteiner Straße, das man bereits in wenigen Tagen beziehen würde, hatte man eine neue Mitarbeiterin gewonnen: Die Frau, die beim sozialistischen Berliner Rundfunk so viele Hörerherzen im Sturm erobert hatte, die wollte man auch beim RIAS – jetzt erst recht.

«Können wir dann?», flüsterte Rike ihrer Schwester zu.

Sie war ganz in Zitronengelb gekleidet, eine gewagte, weil ungemein auffällige Farbe, die sie sonst niemals trug, sich aber extra für diesen besonderen Tag aufgehoben hatte – den Tag mit Sandro. Doch wie es aussah, würde er sie vorerst nicht in ihrer farbenfrohen Aufmachung bewundern können. Man hatte seinen Zug in Helmstedt wieder zurückgeschickt, da die Berlin-Blockade jede Einreise in die SBZ auf der Schiene verwehrte. Ein Ding der Unmöglichkeit, in diesen Tagen telefonisch ins Ausland zu gelangen. Die Telefonleitungen, so sie überhaupt funktionierten, waren hoffnungslos überlastet. Aber es waren ein paar Telegramme zwischen ihnen hin- und hergegangen.

Amore mio, hatte Sandro geschrieben. *Nur ein Aufschub. Egal, wie lange: Niemand kann uns beide trennen. Ti amo.*

Winzig zusammengefaltet trug Rike das Papier direkt auf der Haut.

«Ja», sagte Silvie. «Ich bin bereit. Miri?»

«Ebenfalls bereit», erwiderte diese. «Die Mannequins können es kaum erwarten.»

Silvie nickte Paul zu, der sich mit seiner Band zu einem kostenlosen Spontanauftritt bereit erklärt hatte. Andreas, der Mann am Schlagzeug, wollte gerade den Takt vorgeben, als Silvie den Arm hob und ihn noch einmal zum Innehalten veranlasste.

«Sie werden gleich Phantastisches sehen, meine verehrter Damen und Herrn», sagte sie. «Ich bin die Glückliche, die Sie durch diese Modenschau führen darf, Silvie Thalheim, eine Stimme, die Sie vielleicht bereits aus dem Radio kennen. Dazu gibt es noch phantastische junge Musik, *The Swingbrothers*, inzwischen weit über die Grenzen Berlins hinaus bekannt. Doch die himmlischste Musik, die es zurzeit für uns geben kann, die wird gerade da oben gespielt.»

Sie legte den Kopf zur Seite und schloss die Augen.

«Ich höre sie. Hören Sie sie auch?»

Ein Brummen war zu hören, erst von fern, dann wurde es immer lauter. Die Gäste lauschten gebannt, dann begannen alle im Laden wie entfesselt zu klatschen.

«Die Sowjets wollen uns in die Knie zwingen, aber unsere alliierten Freunde lassen uns nicht allein», sagte Silvie bewegt, nachdem der Applaus zu Ende war. «Die Luftbrücke nach Berlin steht und wird noch weiter ausgebaut. Sie versorgt uns mit allem, was wir brauchen – und jetzt wünsche ich Ihnen viel Vergnügen bei den Thalheims und ihrer aktuellen Mode!»

10

Berlin, 1949

Das tiefe Dröhnen nahm Rike inzwischen gar nicht mehr wahr, sosehr hatte sie sich mittlerweile an das Motorengeräusch gewöhnt, das seit nunmehr neun Monaten Tag und Nacht über der Stadt ertönte. Kaum jemand hob noch den Kopf, um nach oben zu schauen, aber alle wussten: Sie sind da. Noch vor wenigen Jahren hatten die alliierten Flugzeuge Berlin mit ihren Bomben den Tod gebracht, nun trugen sie Leben und Hoffnung an Bord. Nahezu im Minutentakt erfolgten Start oder Landung; manchmal leuchtete der Himmel über der einstigen Hauptstadt eher silbern als blau, so viele Flugzeuge waren unterwegs. Der Plan der Sowjets, die Westsektoren durch eine umfassende Blockade auszuhungern und damit in die Knie zu zwingen, damit die USA, England und Frankreich sich ihren Forderungen nach einer Aufgabe der Stadt beugten, war fehlgeschlagen.

Berlin sollte gehalten werden – um jeden Preis.

Alles, was die große Stadt zum Überleben brauchte, wurde von Militär- und zunehmend auch Passagiermaschinen der Westalliierten über die Luftkorridore eingeflogen, vor allem Kohle und natürlich Nahrungsmittel jeder Art. Ab und zu flatterten sogar kleine Fallschirme mit Süßigkeiten vom Himmel, wenn die Flieger tief genug über der Stadt waren, von den Kindern begeistert aufgesammelt, die ihre luftigen Gönner daraufhin liebevoll *candybombers* – Rosinenbomber – tauften.

Umfassende Hilfsmaßnahmen, die alles veränderten, vor allem das zwischenmenschliche Miteinander. Ein starkes Wir-Gefühl entwickelte sich unter den West-Berlinern, das auch die Hilfe bringenden westlichen Alliierten mit einschloss. Sie hatten sogar dem glücklicherweise milden Winter mit einem enormen Durchhaltewillen getrotzt und nannten sich nach einem populären Schlager nun voller Stolz «Insulaner».

Claire trällerte das Lied beim Staubwischen schon wieder so begeistert, dass Flori, die gerade durchs Wohnzimmer lief, sich die Ohren zuhielt.

«Der Insulaner verliert die Ruhe nicht, der Insulaner liebt kein Getue nicht, der Insulaner hofft unbeirrt, dass seine Insel wieder schönes Festland wird …»

«Das ist doch keine Musik, *maman*, das ist Folter!» Sie schüttelte sich. «Allein diese schreckliche Stimme. Und dann auch noch der idiotische Text …»

«Also, ich mag beides», widersprach Claire. «Und obwohl meine Vorfahren Franzosen waren, fühle ich mich dabei ganz wie eine Einheimische.»

Rike konnte diesen Schlager niemals hören, ohne daran zu denken, dass das abgeriegelte West-Berlin einen Neubau des Kaufhauses Thalheim abermals auf unbestimmte Zeit verzögerte. Die Währungsreform war endlich da, das Geld lag in Zürich bereit, um in D-Mark umgetauscht zu werden, aber jetzt hatten die Anliegen der Allgemeinheit selbstredend Vorrang vor den Plänen einer einzelnen Familie. Ja, es wurden auch Baumaterialien nach Berlin eingeflogen, aber nur, um den Ausbau von Tempelhof weiter voranzubringen, der den alten Flughafen Schönefeld entlasten sollte.

Rikes Ungeduld wuchs von Tag zu Tag. Trotzdem blieb nur eins: warten …

Der neue Laden am Ku'damm wurde von den Kunden angenommen, aber der Umsatz stotterte, denn keiner wusste, wie lang Berlin eine Insel bleiben musste. Wer hatte schon Lust, sich groß um Mode zu kümmern, wenn nicht sicher war, ob es auch in den nächsten Wochen weiterhin genügend zu essen geben würde?

Natürlich kam einstweilen keiner der Thalheims dem Angebot aus Ost-Berlin nach, sich bei den dortigen Abgabestellen für Lebensmittel registrieren zu lassen, wie Stalin vorgeschlagen hatte, um besser versorgt zu werden. Wer dazu bereit war, galt im Westteil der Stadt als Verräter und tat gut daran, es eher heimlich abzuwickeln. Ebenso wenig trugen sie ihr neues Geld in einen der Ost-Berliner HO-Läden, wo lang entbehrte Gebrauchsgüter und frische Lebensmittel auch ohne Marken zu allerdings maßlos überzogenen Preisen angeboten wurden.

Ein Pfund Butter für 130 DM?

Darauf verzichtete man im Hause Thalheim gern.

Aber Claire und ihre Tochter fuhren wie viele andere mit der S-Bahn, die nach wie vor ungehindert zwischen Ost- und Westsektoren verkehrte, ins ländliche Umfeld. Sie hatten Strickjacken zum Tauschen im Gepäck, um bei den Bauern Frisches zu ergattern, weil sie das fade Trockenessen aus der Luft langsam leid waren. Umso größer die Enttäu-

schung, als sie gleich zweimal hintereinander auf der Rückfahrt von Ost-Berliner Schupos gefilzt wurden und Äpfel,
Gurken, Wurst und Butter vor ihren Augen aus den Ruck-
säcken gekippt und beschlagnahmt wurden.

Unerquickliche Erlebnisse, wie sie auch vielen anderen
zustießen, den unbedingten Überlebenswillen aller jedoch
eher stärkten als schwächten. Hilfe für die West-Berliner
kam aus der ganzen Welt: Die USA, Kanada, Südafrika,
Australien und auch mehrere europäische Staaten beteiligten sich an der Luftbrücke und schickten *Care*-Pakete, die
in den Westsektoren verteilt wurden.

Ernst Reuter, inzwischen endlich auch offiziell zum Berliner Oberbürgermeister akkreditiert, hatte am 9. September 1948 in einer Rede vor dem zerstörten Reichstag dazu
aufgefordert, die schon jetzt als legendär galt:

*«Ihr Völker dieser Welt, ihr Völker in Amerika, in England,
in Frankreich und Italien! Schaut auf diese Stadt und erkennt,
dass ihr diese Stadt und dieses Volk nicht preisgeben dürft und
nicht preisgeben könnt. Es gibt nur eine Möglichkeit für uns
alle: gemeinsam so lange zusammenzustehen, bis dieser Kampf
gewonnen, bis dieser Kampf endlich durch den Sieg über die
Feinde, durch den Sieg über die Macht der Finsternis besiegelt
ist ...»*

Rike bekam jedes Mal wieder Gänsehaut, wenn sie daran dachte. Unter anderem, weil sie an jenem Tag in großer
Angst um Flori gewesen waren. Heimlich war das Küken
der Familie mit ihrer neuen Freundin Rita zu der großen
Kundgebung aufgebrochen, an deren Ende es am Brandenburger Tor zu gewalttätigen Rangeleien gekommen war.
Zahlreiche Demonstranten wurden festgenommen, darun-

ter auch einige, die aus Protest gegen die Blockade die rote Fahne vom Brandenburger Tor geholt, zerrissen und stattdessen eine schwarzrotgoldene gehisst hatten. Schließlich griffen Ost-Berliner Polizisten zur Waffe, verletzten durch Schüsse in die Menge ein Dutzend Menschen und töteten dabei einen erst fünfzehnjährigen Jungen.

Noch nie war Friedrich so aufgebracht gewesen.

«Du bist keine sechzehn Jahre alt und setzt dein junges Leben aufs Spiel – für nichts und wieder nichts», schäumte er, als Flori erst nach Stunden wieder zu Hause eintraf. «Und machst deine Mutter, deine Schwestern und mich krank vor Sorge. Ich verbiete dir solche gefährlichen Aktionen, Florentine! Wir stehen mit dem Osten im Krieg, auch wenn den bislang noch niemand offiziell verkündet hat, und dieser Krieg ist eiskalt. Aushungern wollen sie uns, in die Knie zwingen, wenn sie nur könnten. Du hast doch jetzt mit eigenen Augen gesehen, wozu diese Leute fähig sind!»

«Dann also lieber den Mund halten und tatenlos zusehen?», erwiderte Flori wütend. «So, wie ihr es schon einmal getan habt? Ich denke nicht daran! Die Jugend von heute muss es besser machen. Diese neue Jugend steht auf gegen Ungerechtigkeit, wo immer sie auch geschieht.»

Mit dem Abschneiden der rotblonden Locken, die jetzt als frecher Bubikopf nur noch bis zum Kinn reichten, schien Flori endgültig ihre einstige Schüchternheit abgelegt zu haben. Sie lehnte sich gegen jede Bevormundung auf, hatte erneut angefangen, die Schule zu schwänzen, und schreckte nicht einmal davor zurück, auf ihren zahllosen blauen Entschuldigungszetteln Claires Unterschrift zu fälschen, die sie mittlerweile perfekt imitieren konnte. Die Eltern wurden ins Gymnasium einbestellt; Verweise hatte es schon reichlich gehagelt, die Flori ebenfalls eigenhändig unterschrieben hatte. Jetzt drohte sogar ein Schulausschluss, was Claire durch ihre flehentlichen Bitten gerade noch im letzten Moment verhindern konnte.

Aber ob die Jüngste der Familie wirklich einsah, dass es so nicht weitergehen konnte? All die elterlichen Ermahnungen schienen wirkungslos an ihr abzuprallen. Schließlich hatte Friedrich seine Große um Hilfe gebeten, weil er mit der Jüngsten nicht mehr zurechtkam, aber selbst Rike resignierte beinahe vor so viel Eigensinn.

«Lasst mich einfach alle in Ruhe!», hatte Flori aufbegehrt. «Ich will doch nur so leben, wie ich es will!»

«Das können wir aber nicht. Du bist schließlich noch nicht einmal volljährig», argumentierte Rike. «Und leider führst du dich gerade alles andere als klug auf.»

«Was redest du da? Dumm wird man doch nur in der Schule – mit all dem Quatsch, mit dem sie uns dort traktieren.»

«Und ich dachte, euer brillanter Herr Gachon führt euch so toll in Literatur und Geschichte ein …»

«Hat er ja auch. Aber er ist der Einzige aus diesem ganzen uninspirierten Haufen. Außerdem haben wir ihn dieses Jahr gar nicht mehr in Deutsch, sondern eine grauenhafte Schnepfe namens Ida Jung, und die hat keine Ahnung. Barockgedichte und Westfälischer Frieden – ich könnte nur noch kotzen! Wenn wir Gachon im nächsten Schuljahr nicht wieder als Lehrer bekommen, gehe ich sowieso vom Gymnasium ab!» Flori schniefte. «Und wenn du mir nur ein einziges Mal richtig zuhören würdest, dann wüsstest du das alles längst. Aber du hast ja nur noch den Laden im Kopf sowie deinen komischen italienischen Verehrer – und sonst gar nichts mehr!»

Sie lag damit gar nicht so verkehrt, zumindest in gewisser Weise, wie Rike einräumen musste, nachdem Flori sich nach stundenlangen Diskussionen doch einsichtig gezeigt und ihr hoch und heilig versprochen hatte, ab jetzt wieder im Unterricht zu erscheinen.

Silvie hatte den anderen erst gar nicht von Sandro erzählen müssen. Nachdem Rikes Plan, Sandro ihrer Familie im Zug der Modenschau vorzustellen, nicht aufgegangen war, hatte sie selbst sich durch ihre Telefonate in der Villa verraten. Friedrich hatte den Vorkriegsanschluss reinstallieren lassen, was nicht gerade billig gewesen war, aber nun waren sie endlich wieder «mit der Welt verbunden», wie er sich leicht pathetisch ausdrückte. Rike wusste es so einzurichten, dass er nicht zu Hause war, wenn sie in Mailand anrief. Reichte schon, dass Claire jedes Mal vor der Tür vorbeistrich, sobald sie zum Hörer griff, und Flori sich geradezu penetrant auf der Treppe tummelte, um ja nichts zu verpassen. Beides ging Rike auf die Nerven, ebenso wie die neugierigen Fragen der beiden, auf die sie eher ausweichend antwortete, weil diese kleine Privatheit nur ihnen beiden gehörte.

Aber was sollte sie machen?

So hatte sie wenigstens Sandros Stimme im Ohr. Und wenn sie Italienisch sprach, konnten die Lauscherinnen bestenfalls vom Tonfall her erraten, worum es gerade ging.

Manchmal jedoch verstärkten gerade diese kurzen Gespräche am Telefon ihre Sehnsucht nur noch mehr, und Rike musste anschließend erst recht unablässig an ihn denken. Gelegentlich überkam sie dabei als finsteres Schreckgespenst der Gedanke an Stefanos Treulosigkeit. Die weite Entfernung. Der eingeschränkte Kontakt über so viele Monate. Die unterschiedliche Kultur, alles ernst zu nehmende Hindernisse, die sie trennten – und womöglich entzweiten?

Doch dann beruhigte sie sich wieder.

Sandro war anders, das bewiesen seine zärtlichen Worte am Telefon ebenso wie die liebevollen, ausführlichen Briefe aus Mailand, die wie die gesamte Post ebenfalls per Flugzeug nach Berlin kamen. Nein, es gab keinen Zweifel Sie beide gehörten zusammen und waren bereit, das auch der ganzen Welt zu demonstrieren – hätte die Blockade sie nicht daran gehindert. Natürlich gab es Berühmtheiten, die von den Alliierten in die «Festung Berlin» eingeflogen wurden, um den Menschen Mut zu machen, Musiker, Sänger, Schauspieler, aber dazu gehörte eben leider kein verliebter italienischer Stoffhändler. In Ausnahmefällen konnte man Berlin auch mit dem Flugzeug verlassen: Schulkinder, denen der unablässige Motorenlärm und die einseitige Ernährung gesundheitlich zusetzten, wurden zur Erholung für ein paar Wochen nach Westdeutschland gebracht. Voller Neid schaute Rike diesen Maschinen dann hinterher.

Wenn sie doch nur auch in einem dieser Flieger sitzen könnte!

Allerdings gestaltete sich der Alltag so aufreibend, dass er reichlich Ablenkung bot. Einschränkungen gab es allenthalben; die meisten betrafen die Elektrizität. U- und S-Bahnen fuhren wegen Strommangels nur nach sechs und bis höchs-

tens achtzehn Uhr; für private Haushalte war die Strom-
abgabe auf maximal je zwei Stunden pro Tag und Nacht
beschränkt.

Was davor und danach lag, war stromlos, lichtlos, radio-
los.

Als Reaktion darauf schickte der RIAS Berlin, Silvies
neuer Arbeitgeber, Lautsprecherwagen durch die Straßen
der Westsektoren, um die neuesten Nachrichten zu ver-
breiten. Silvie riss sich regelrecht um diese Einsätze, ebenso
wie um die nächtlichen im Funkhaus. War sie zuvor eine
engagierte Befürworterin des sozialistischen Rundfunks gewesen, so avancierte sie nun zur leidenschaftlichen Stimme
der freien Welt. Ihrer Popularität tat dieser Sinneswandel
keinerlei Abbruch. Ganz im Gegenteil: Die Geschichte
dieser jungen Frau, die sich zunächst aus Naivität für die
falsche Seite entschieden hatte, rührte die Hörer in den
Westsektoren zu Tränen und wurde von ihr in vielen Beiträ-
gen stets wieder aufs Neue aufbereitet. Dabei gerieten ihre
Ausschmückungen nach und nach immer phantastischer:
Mittlerweile hätte man fast glauben können, sie sei gerade
noch im allerletzten Moment den Sowjets von der Sichel
gesprungen.

Allerdings vermied Silvie bei allem, was sie öffentlich
von sich gab, auch nur den kleinsten Hinweis auf Ralf. Carl
hatte ihr eindringlich dazu geraten, denn noch immer saß
ihr Liebster im «Lindenhotel», wie das Potsdamer Untersuchungsgefängnis von der Bevölkerung halb ängstlich,
halb spöttisch genannt wurde. Sein ursprünglicher Ankla-
gepunkt war inzwischen auf diverse weitere Vergehen erwei-
tert worden, die bei einem Verfahren empfindliche Strafen

nach sich ziehen würden. Erschwerend kam hinzu, dass die SED ohnehin großangelegte Säuberungsaktionen durchführte. Im Osten brodelte es, weil die Blockierung aller Verkehrswege auch die ostdeutsche Produktivität stark abgesenkt hatte. Jeder, der öffentlich darüber murrte, hatte mit bitteren Sanktionen zu rechnen. Sogar der sonst so mutige Carl legte seine Potsdamer Diskussionsrunde auf Eis, um nicht unliebsam aufzufallen. Einmal hatte er Heiger für ein paar Minuten im Gefängnis aufsuchen dürfen; seine Eindrücke waren derart verheerend, dass er Silvie gegenüber so gut wie nichts davon preisgab, um sie nicht noch trauriger zu machen, als sie es ohnehin schon war.

Rike jedoch ließ er ungefiltert wissen, was er gesehen hatte.

«Dort brechen sie die Menschen», sagte er bedrückt. «Was hat das noch mit dem Sozialismus zu tun, den ich mir für das neue Deutschland gewünscht habe? Heiger war immer ein guter Mann, mutig, kämpferisch, als Journalist äußerst talentiert. Sogar das KZ Buchenwald hat er überstanden. Und jetzt stecken sie einen wie ihn in die Dunkelzelle, damit er andere denunziert und Verbrechen gesteht, die er gar nicht begangen hat. Oder sie lassen ihn nicht mehr schlafen, bis er halb den Verstand verliert. Das sind in meinen Augen Nazi-Methoden! Fast könnte man meinen, das Dritte Reich mit seinen menschenverachtenden Schindereien habe niemals geendet …»

So hatte Rike ihn noch gehört. Und ihn ebenso wenig derart verzweifelt erlebt. Was Carl von sich gab, machte ihr Angst – Angst um ihn.

«Sag so etwas bloß nicht laut bei euch in der SBZ, sonst

musst du Ralf Heiger vielleicht bald Gesellschaft leisten», warnte Rike. «Wenn es so falsch für dich ist, dann solltest du auch die Konsequenzen ziehen: Verlass Potsdam und komm zu uns in den Westen. Ernst Reuters empathische Rede vor dem Reichstag hat mich derart berührt, dass ich spontan in die SPD eingetreten bin. Reuter hat selbst in seinem Leben die Wandlung vom Kommunisten zum Sozialdemokraten vollzogen. Der würde deinen Entschluss verstehen und viele andere um ihn herum auch. Leute wie dich, die keine braune Vergangenheit beschwert, brauchen wir hier dringender denn je – erst recht, wenn sie Juristen sind!»

Er wand sich, sah plötzlich wie zerknittert aus.

«Das kann ich nicht, Rike. Nicht jetzt.»

«Und weshalb nicht?», fragte sie bang.

«Weil es mir wie Verrat vorkäme. Wir sind mit so großen Hoffnungen, so edlen Vorsätzen angetreten: *Nie wieder Krieg – nie wieder Unmenschlichkeit!* Eine gerechtere Gesellschaft wollten wir erschaffen, ohne Unterdrückung, ohne Bereicherung von wenigen auf Kosten vieler. Ein besseres Deutschland, wenn du so willst. Das kann, das *darf* doch nicht alles schon wieder vergessen sein. Weglaufen ist keine Lösung. Überleg doch nur einmal: Wenn sich jetzt alle, die kritisch denken, aus dem Osten wegstehlen, was wird dann aus den anderen?»

Jetzt klang er beinahe flehentlich.

«Das darf ich nicht, Rike, und wenn eine mich versteht, dann doch du. Man übernimmt Verantwortung für die Menschen, die mit einem zu tun haben, ob einem das nun passt oder nicht. Die kann man nicht wieder abstreifen, wenn es einem zu schwierig wird. Ich werde also bleiben und versuchen, Gesicht zu zeigen und das Schlimmste zu verhindern, keine leichte Aufgabe für einen Staatsanwalt am Landgericht, dafür aber umso notwendiger. Du an meiner Stelle würdest nichts anderes tun, das weiß ich.»

In diesem Moment hätte Rike es ihm beinahe gesagt.

Ich brauche dich, weil du mein Vater bist, Carl. Mit deinem Bruder Friedrich drifte ich immer weiter auseinander. Wir beide dagegen könnten uns gegenseitig stützen und halten. Ich fühle mich dir so nah, so zutiefst verbunden. In vielem bin ich ganz wie du, siehst du das denn nicht?

Aber sie ließ die Gelegenheit verstreichen, bis er sich mit einem spröden Handschlag verabschiedete, als habe er zu viel von sich preisgegeben, und mitten in der Nacht im kalten Frühlingsregen auf seiner Zündapp zurück nach Potsdam fuhr.

Unvermittelt ging das Licht an, und aus dem Radio kam zuerst Musik, dann ertönte plötzlich Silvies schmeichelnde, leicht belegte Stimme, die immer so klang, als habe sie noch ein wichtiges Geheimnis in petto.

«Sie hörten gerade Ich hab noch einen Koffer in Berlin *von den 3 Travellers, ein fabelhaftes Trio, das uns mit seinen Schlagern immer wieder große Freude bereitet. Und nun für all jene, die die Sehnsucht nach dem Süden kennen und sich gern in sonnigere Gefilde wegträumen: Erleben Sie zusammen mit mir Rudi Schurikes* Wenn bei Capri die rote Sonne im Meer versinkt …»

Silvie summte die ersten Takte mit, weil sie genau wusste, dass ihre Hörer das ganz besonders liebten. Wie sehr sie sie alle doch im Griff hatte! Die Flut der Leserbriefe, die sich noch «mehr» Silvie im Äther wünschten, schwoll weiter an.

Das Mikro im Funkraum war für sie eine Klaviatur, die sie inzwischen meisterhaft beherrschte.

Gesendet wurde nun stündlich, rund um die Uhr, um möglichst viele Hörer zu erreichen. Claire hatte schon um zwei Uhr nachts beim Friseur ihre Stieftochter im Radio gehört, weil der nur in dieser knappen Zeitspanne seine Trockenhauben betreiben konnte. Sonst begann man bei Radiomusik zu kochen, sobald Strom oder Gas wieder vorrätig waren, egal, zu welcher Uhrzeit, wusch ein paar Sachen aus oder bügelte. Fertiges Essen kam anschließend direkt unter das Federbett, damit es halbwegs warm blieb. Friedrich war es gelungen, eine Kochkiste aufzutreiben, die die gleiche Funktion erfüllte, heiß begehrt in ganz West-Berlin.

Nach solch hektischen Aktionen fühlte man sich anschließend wie gelähmt, wenn das Licht wieder erlosch, der Strom wegblieb, das Gas nicht mehr funktionierte. Viele Betriebe in den Westsektoren hatten bereits schließen müssen, andere standen unmittelbar davor. Die Zahl der Arbeitslosen in Berlin erklomm neue Rekordhöhen. Ja, die Schaufenster waren wieder voll mit verlockenden Waren, doch wer konnte sie sich leisten?

Die frischgedruckte Ost-Mark der SBZ, die das geschmähte «Tapetengeld» ersetzte, war in den Westzonen nicht länger gültig. Man konnte sie in den Wechselstuben, die es inzwischen in allen Westsektoren gab, zwar in D-Mark umtauschen, doch ihr Umrechnungskurs wurde von Monat zu Monat ungünstiger. Aber auch die Menschen, die in D-Mark entlohnt wurden, mussten auf den Pfennig schauen. Viele hatten sich also noch immer damit zu begnügen, zu schauen, anstatt zu kaufen.

Was natürlich erst recht für die gesamte Kleiderkonfektion galt. Der kurze Aufschwung vor der allerorts ersehnten Währungsreform hatte jäh an Fahrt verloren. Allein Stoffe nach Berlin zu bringen glich einem Abenteuer. Brahm verzweifelte schier an seinen Produzenten aus dem Rheinland weil diese zwar liefern wollten, nun aber nicht mehr konnten. Seine eigene kleine Fabrikation vor Ort lief auf niedrigster Sparflamme, und eigentlich wäre auch bei ihm Schließung anstatt extremer Kurzarbeit angesagt gewesen.

Andere machten es pfiffiger.

So hatte Sandro sich beispielsweise mit einem Stoffgrossisten aus Frankfurt zusammengetan. Dieser wiederum besaß gute Kontakte zur *Rhein-Main-Airbase*, von der aus viele der Flieger nach Berlin starteten, und brachte das Kunststück fertig, dass tatsächlich einige dieser Ballen mit an Bord durften. Wer da wen geschmiert hatte, daran wollte Rike lieber gar nicht erst denken.

Womöglich hätte die Lieferung sie trotz allem nicht erreicht, würde es nicht Männer wie Paul und Gregor geben. Da er nicht nach Westdeutschland konnte und gutbezahlte Auftritte in Berlin wegen der aktuellen Krise immer seltener wurden, hatten sich erst der jüngere Bruder, schließlich auch der ältere in Tempelhof zum Ausladen der Maschinen gemeldet. Der Stundenlohn konnte sich sehenlassen, weil jede Hand gebraucht wurde; zudem gab es pro Tag eine Zusatzmahlzeit von siebenhundert Kalorien, nicht auf die Lebensmittelkarten anrechenbar, die trotz Währungsreform noch immer gültig waren.

«Ich werd noch fett, wenn das so weitergeht», juxte

Gregor, der in den letzten Wochen so entspannt wirkte wie selten zuvor.

«Kannst ja was abgeben, wenn es dir zu viel wird», sagte Paul. «Aber teilen hat meinem großen Bruder eigentlich noch nie sonderlich gelegen, das musste wissen, Hotte!»

Horst Warnke, alias Hotte, ebenfalls in Tempelhof zum Ausladen engagiert, grinste wissend. Seit Jahren in einem halbzerstörten Haus mehr hausend als wohnend, hatte er nur zu gern Gregors Angebot akzeptiert, bis auf weiteres auf dessen Sofa in der kleinen Dachwohnung der Thalheimvilla zu nächtigen. Auch Miriam hätte dem charmanten Blondschopf gern Unterschlupf gewährt, den Paul eines Abends angeschleppt hatte, kassierte aber einen Korb.

«Lass man», sagte Hotte. «Is alles jut so, wie et is. Und is ja auch nur vorüberjehend. Danke trotzdem. Man weiß ja schließlich nie, wie es noch eenmal kommt.»

Fragen nach seinem Leben vor Kriegsende wehrte er so geschickt ab, dass es zunächst niemandem auffiel. Nicht einmal Gregor, der die meiste Zeit mit ihm verbrachte, hätte sagen können, ob Hotte ebenfalls Soldat gewesen war.

«Is doch eigentlich auch egal», sagte er, als Friedrich ihn darauf ansprach. «Überlebt hat er jedenfalls, und anpacken kann er auch. Der sieht nur schmächtig aus. Bei den schweren Lasten ist er immer ganz vorne dran.»

«Na ja, man möchte ja schließlich wissen, wen man da im Haus hat.»

«Meine Wohnung, Onkel, schon vergessen?» Gregor hob die Stimme nur um eine Nuance. «Regulär angemietet, wenngleich zu einem erfreulich günstigen Mietzins. Aber falls es dir zu viel wird …»

335

Friedrich ruderte zurück, allerdings nicht, ohne zum wiederholten Mal seine Missbilligung darüber zu äußern, dass der Neffe das geplante Architekturstudium nochmals verschoben hatte.

«Der verdammte Krieg hat euch schon so viel an Lebenszeit geklaut, Junge. Und dazu auch noch dieser Blockadewahnsinn, der alles lahmlegt! Ihr müsst endlich richtig angreifen, sonst seid ihr eines Tages noch die Gelackmeierten. Vielleicht überlegst du es dir ja und steigst doch noch mit bei uns ein! Die Türen des Kaufhauses Thalheim stehen dir jedenfalls nach wie vor offen …»

Da hätte Rike allerdings auch noch ein Wörtchen mitzureden gehabt. Sie mochte Gregor – ihren Bruder, wie sie inzwischen jedes Mal dachte, wenn sie ihn ansah –, und dennoch hatte es zwischen ihnen seit jeher eine unsichtbare Schranke gegeben, die bis heute bestand. Machte sie ihn nervös? Fühlte Gregor sich in ihrer Gegenwart unsicher?

Und wenn ja, weshalb?

Eigentlich war es schon in Kindertagen so gewesen. Mit dem jüngeren Paul hatten die Thalheimschwestern ausgelassen getobt und jede Menge Blödsinn veranstaltet; Gregor dagegen war immer verhalten und eher zögerlich gewesen, ein Einzelgänger, der sich selbst zu genügen schien.

Viel Zeit, sich darüber Gedanken zu machen, blieb ihr nicht, denn der Umsatz im Laden war angesichts der aktuellen Krise noch immer schleppend. Sie blieben auf der Ware sitzen, beileibe nicht, weil sie den Kunden nicht gefallen hätte, sondern weil bei den meisten andere Anschaffungen Vorrang hatten. Mit zahlreichen Aktionen hatten Rike und Friedrich seit der Neueröffnung ihres kleinen Ladens versucht, die West-Berliner zum Kauf zu animieren: Freitagsrabatte, um Interessierte in den Laden zu ziehen. «Kauf zwei – nimm drei», was zwar angenommen wurde, leider aber nicht genug Umsatz brachte. Schließlich griffen sie auf Altbewährtes zurück und verkündeten auf großen Transparenten «Weiße Wochen», eine Art saisonalen Schlussverkauf, wie ihn schon die großen Kaufhäuser vor und nach dem Ersten Weltkrieg angeboten hatten.

Die Leute wollten ja, aber sie konnten eben nicht, was Rike traurig stimmte, wenn sie las, wie steil die Wirtschaft in Westdeutschland nach oben zog, während sie bei ihnen in den Westsektoren Berlins sogar deutlich rückläufig geworden war.

Es gab nur die eine Frage, die alle beschäftigte: Wann würde die Blockade endlich vorbei sein?

«Jetzt verlieren wir auch noch unsere Hauptstadt.» In diesen ersten Maitagen 1949 schimpfte Friedrich Thalheim auf alles und jeden. «Und als Ersatz haben meine Parteifreunde im Parlamentarischen Rat Bonn beziehungsweise Frankfurt ins Spiel gebracht – ein rheinisches Provinznest und die Stadt der Börsenheinis. Als ob eine von diesen beiden Städten Berlin das Wasser reichen könnte!» Er schnäuzte geräuschvoll in sein Taschentuch. «Angeblich soll Bonn aktuell die Nase leicht vorn haben. Daran hat doch garantiert wieder Konrad Adenauer etwas dran gedreht, der alte Fuchs, der immer für seine geliebte Heimat in die Bresche springt! Ja, der kann was – aber der hat es auch faustdick hinter den Ohren. Dieser Mann geht über Leichen, wenn es nötig ist – und lächelt noch fein dabei.»

Rike und Friedrich Thalheim saßen in dem kleinen Büro neben dem Lager, das zum Laden gehörte; zwei Tische, zwei Stühle, eine Schreibmaschine, ein paar halbleere Regale, dazu jedes Menge Kartons, die noch aufs Auspacken warteten. Jeder hatte eine Tasse Kaffee vor sich aus den letzten Vorräten der bunten Blechdose. Claire, die sich im Verkaufsraum um die wenigen Kunden kümmerte, die um die Mittagszeit zu erwarten waren, hatte Möhrenkuchen gebacken, doch leider war das Gas wieder eher ausgegangen, als es laut Zuteilung hätte sein dürfen, und daher war er innen noch viel zu matschig.

«Sei doch froh, dass zumindest Stuttgart oder Kassel aus dem Rennen sind», erwiderte Rike genervt, weil sie sein ständiges Mosern über Dinge, die sich doch nicht ändern ließen, langsam satthatte. «Die wären ja noch unbedeutender gewesen. Außerdem habe ich gehört, dass es bloß ein Regierungssitz sein soll und keine Hauptstadt.»

«Und wie sollen uns die anderen Nationen jemals wieder ernst nehmen, wenn wir Deutschen nicht einmal eine Hauptstadt haben?» Friedrich sprang erregt auf. «Oder willst du, dass wir für alle Zeiten ein Besatzungsland bleiben?»

«Als ob mich das jemand fragen würde!» Jetzt war sie ebenfalls lauter geworden. «Außerdem drücken uns doch gerade ganz andere Sorgen. Ich habe zum Beispiel noch immer nicht die blasseste Ahnung, woher wir unsere Herbst-Winter-Kollektion nehmen sollen. Wenn es kalt wird, können wir unseren Kundinnen jedenfalls keine Baumwollfähnchen mehr verkaufen, so viel steht fest.»

«Du könntest Wölfle kontaktieren …»

«Und der bricht dann von Bayern aus mit dem Laster

durch die Grenzsperren und erlöst uns mit seinem edlen Gestrickten? Vergiss es! Für den sind wir als Geschäftspartner doch längst nicht mehr attraktiv. Sein Kundenstamm in Westdeutschland dagegen wächst von Saison zu Saison. Vielleicht fallen wir über kurz oder lang sogar ganz aus seinem Verteiler, weil wir nichts mehr ordern können. So sieht die Realität aus, Papa.»

Sie nannte ihn nicht mehr oft so, und jedes Mal, wenn sie es doch wieder tat, mit einem äußerst schalen Gefühl. Bildete Rike sich das bloß ein, oder schien er seinerseits regelrecht auf diese Anrede zu lauern? Bisweilen fühlte sie sich in seiner Gegenwart so verkrampft, dass sie am liebsten ganz den Mund hielt.

«Jetzt übertreibst du wieder, Rike, typisch weiblich, wenn du mir diese Bemerkung verzeihst! Ich habe es wirklich nicht immer ganz leicht mit all diesen emotionalen Frauenzimmern in meiner Umgebung ...»

Wie auf ein Stichwort flog die Tür auf. Mit geröteten Wangen und funkelnden Augen kam Silvie ins Büro gestürmt.

«Die Blockade geht zu Ende!», rief sie. «Ach, wieso habt ihr hier denn nur kein Radio? Dann könntet ihr es mit eigenen Ohren hören. Der RIAS sendet es jede Stunde. Ich durfte es auch schon ansagen. Aber bald verkünden es unsere Sendewagen in ganz West-Berlin ...»

«Das ist ja wunderbar!» Rike sprang auf und umarmte ihre Schwester. «Und wann genau soll es so weit sein?»

«Am 12. Mai, also in gut einer Woche. Beschlossen von den Siegermächten anlässlich einer Konferenz in New York. Die Russen verzichten auf die Anerkennung der Ost-Mark in ganz Berlin. Damit ist der Siegeszug der D-Mark unaufhaltsam! Die großen Nachrichtenagenturen haben es alle schon gebracht.»

«Das glaube ich nicht», sagte Friedrich. «Ist doch garantiert nur wieder eine Finte der Sowjets, um dann umso härter zu einem Gegenschlag auszuholen.»

«Glaub es ruhig, Papa, denn es ist wahr!» Sie breitete die Arme aus und drehte sich schwungvoll einmal um die eigene Achse. «Berlin wird endlich wieder mobil – und wir alle mit. Ist das nicht absolut phan-tas-tisch, ihr Lieben?»

Friedrich griff nach seiner Kaffeetasse, leerte sie. Dann schüttelte er den Kopf, noch immer bedenkenschwer.

«Ich glaub, ich brauch jetzt etwas Stärkeres», murmelte er. «Da muss doch noch irgendwo dieser Wodka sein, den Carl uns zur Einweihung geschenkt hat …» Aus einem der Kartons angelte er eine halbleere Flasche, schraubte sie auf und setzte sie an. Sein Zug war kräftig, aber besonders zu schmecken schien es ihm nicht, denn er verzog angeekelt den Mund. «Scheußliches Zeug!»

«Warum trinkst du es dann?», fragte Rike.

«Warum, warum, warum?», äffte er sie nach. «Weil ich es eben tue. Aus die Maus!» Schwer atmend ließ er sich auf seinen Stuhl fallen.

«Alles in Ordnung, Papa?» Silvie beobachtete ihn besorgt. «Du bist ja auf einmal so weiß im Gesicht wie ein Laken!»

«Nein …» Er fasste sich an den Bauch. «Mir ist auf einmal gar nicht gut … schnell, der Papierkorb …»

Der Schwall seines Erbrochenen auf dem hellen Boden glich dunklem Kaffeesatz, vermischt mit …

«Blut», erkannte Rike erschrocken. «Du musst sofort ins Krankenhaus, Papa!»

«Ach was, ich werd doch nicht gleich ...» Er stand auf, taumelte und schlug dann längs hart auf den Boden.

Alarmiert durch den lauten Knall, kam Claire ins Büro gerannt.

«Friedrich!», schrie sie erschrocken und kniete sich neben ihn. «Was ist denn um Gottes willen passiert, *Chérie*? Du siehst ja aus wie ein Toter!»

Vom Nachbarladen aus, einem Juweliergeschäft, hatten sie telefonisch einen Rettungswagen gerufen, der Friedrich ins Krankenhaus Westend brachte. Dort, in der großen Klinkerklinik am Spandauer Damm, versprach man, ihn auf der Inneren gründlich zu untersuchen.

«Kommen Sie morgen Nachmittag zur Besuchszeit wieder. Bis dahin gehört der Patient uns.» Die energische Stimme der weiß gewandeten Oberschwester duldete keinerlei Widerspruch. «Sie wollen doch, dass er wieder ganz gesund wird, oder nicht? Dann halten Sie sich auch an unsere Vorgaben!»

So willigten Claire und Rike nach einigem Protest schließlich ein, nach Hause zu gehen und Friedrich der Obhut der Ärzte zu überlassen.

Was für ein Abend, was für eine Nacht voller Ängste!

Rike hatte Claire in die Villa begleitet, und nachdem ihre Arbeit beim RIAS für heute beendet war, stieß auch Silvie zu der verzagten kleinen Truppe. Flori weinte, als sie erfuhr, was passiert war, Claire weinte sowieso, und irgendwann weinten sie dann zu viert beim trüben Licht einer uralten

Petroleumlampe, weil es mal wieder keinen Strom gab. Irgendwann kehrten Gregor und Hotte verschwitzt und todmüde von ihrer anstrengenden Ausladearbeit in Tegel zurück. Dort hatte die Neuigkeit vom Ende der Blockade ebenfalls die Runde gemacht, aber noch brauchten die beiden nicht um ihren Arbeitsplatz zu zittern.

«Die Amis und die Briten werden weiterfliegen, bis in den Herbst hinein. Se wollen Reserven für uns West-Berliner bilden, det hab ick heute von alleroberster Stelle jehört», versicherte Hotte. «Eener mit lauter Sterne uf der Uniform. So eener, der weeß och, wat er sagt.»

«Wenn mein Friedrich das überhaupt noch erlebt», schluchzte Claire auf. «Ohnmächtig war er. Aus dem Magen hat er schwarzes Zeugs geblutet – und ausgesehen hat er wie eine Leiche. Wir alle haben ihm unrecht getan – bitteres Unrecht sogar, als wir seine ständigen Beschwerden auf die leichte Schulter genommen haben. Er ist ernsthaft krank!»

«Natürlich wird er das erleben», versicherte Gregor. «Onkel Friedrich ist eine so starke Persönlichkeit. Den haut doch so eine doofe Magenmalaise nicht gleich um.»

«Aber wenn es nun doch Krebs ist ...»

Silvie hatte laut ausgesprochen, was alle heimlich dachten, und nun schwebte dieses böse Wort wie eine dunkle Wolke im Wohnzimmer.

«Jetzt essen wir erst einmal!» Hotte zerrte eine gutgefüllte Kiste ins Zimmer. «Strom is ja mal wieder nich, aber der Sternengeneral hatte heute offenbar die Spendierhosen an: Sandwiches vom Allerfeensten, Bananen, Erdnüsse – und een paar ordentliche Dosen Bier hat er och noch springenlassen. Und das verzehren wir nu allet mit Jenuss!»

Das Weißbrot war labbrig, der Belag schmeckte künstlich – Thunfischcreme, Mayonnaise, Schinken als Paste, salzige Cornichons –, aber sie vertilgten alles bis zum letzten Krümel. Das Dosenbier, mit dem sie es hinunterspülten, wirkte rasch; sogar Flori hatte ausnahmsweise ein paar Schluck davon trinken dürfen und schlief eingekringelt wie ein Kätzchen auf dem Sofa.

Irgendwann stand Claire leicht schwankend auf.

«Und morgen zeigen wir im Krankenhaus alle zusammen Haltung», forderte sie. «Egal, was kommt. Verstanden? Denn nichts anderes hat Friedrich verdient!»

«Zu Befehl, Frau Generalin», erwiderte Gregor grinsend und grüßte sie militärisch. «Kompanie Thalheim & Co meldet: marschbereit!»

In dem Moment ging das Licht an, und das Radio begann zu spielen, Marlene Dietrichs mehr gehauchtes als wirklich gesungenes *«Jonny, wenn du Geburtstag hast ...»*.

Blitzschnell zog Hotte seine Hand weg und fuchtelte sinnlos in der Luft herum.

Rike hatte trotzdem gesehen, wo sie gerade noch eben gelegen hatte: auf dem gutgeformten Hintern von Gregor, ihrem ältesten Bruder.

○ ○ ○

Friedrich hatte noch Glück gehabt, Riesenglück sogar. Es war kein Krebs, der ihn außer Gefecht gesetzt hatte, wohl aber eine handfeste Magenschleimhautentzündung, verbunden mit tiefen Einrissen in der Speiseröhre. Mallory-Weis-Syndrom, so lautete der komplizierte Name seiner

Krankheit. Viel dagegen tun konnte man leider nicht, außer Aufregungen nach Möglichkeit zu vermeiden und die Ernährung anzupassen. Friedrich würde auf Schonkost setzen müssen, möglicherweise ein Leben lang. Zudem war ihm ab sofort jegliche Art von Alkohol strikt verboten, denn die Gefahr von bösartigen Mutationen bestand durchaus.

Immer noch sehr blass, aber wieder um einiges munterer kehrte der Patient am Tag des offiziellen Blockadeendes in den Laden am Kurfürstendamm zurück. Die Ärzte hatten eigentlich zu einem längeren Aufenthalt in der Klinik geraten, doch davon hatte Friedrich nichts wissen wollen.

«Wenn ich wieder stehen kann, dann kann ich auch arbeiten», versicherte er. «Solch einen historischen Tag im Bett verpennen – kommt ja gar nicht Frage!»

Ganz West-Berlin war im Freudentaumel. Seit Mitternacht gab es wieder uneingeschränkt Gas und Strom, alle Bahnen fuhren, in den Fabriken liefen die Maschinen, wildfremde Menschen lagen sich auf den Straßen und Plätzen in den Armen, und vom Himmel regnete es Bonbons und Schokolade.

Rike hatte schon vor ein paar Tagen mit Brugger telefoniert, der über die neuesten Entwicklungen der Berlinblockade natürlich ebenfalls informiert war.

«Jetzt wird es langsam ernst, Fräulein Thalheim», hatte er in seinem leicht schleppenden Schweizer Tonfall gesagt, doch seine Stimme hatte sich so aufgeregt und jung wie selten zuvor angehört. «Wo schon ganz bald nicht mehr jeder Nagel und jeder Ziegelstein nach Berlin eingeflogen werden müssen, könnten Ihre großen Pläne endlich Wirklichkeit werden …»

Eine Vorstellung, die sie einerseits überglücklich machte, zugleich aber auch viele Ängste weckte. Denn wenn sie ihren Plan eines opulenten Neubaus endlich in die Tat umsetzen wollte, dann müsste sie vor der ganzen Familie Farbe in Bezug auf Opa Schuberts Erbe bekennen – einer Familie, die sich in Wirklichkeit ganz anders zusammensetzte, als sie es alle viele Jahre lang geglaubt hatten.

Gänsehaut überkam Rike, wenn sie daran dachte.

Wie würde Silvie reagieren, die ja offiziell leer ausgegangen war?

Und wäre Friedrich, gerade erst wieder genesen, überhaupt schon in der Lage, solche Enthüllungen zu verdauen, auch wenn sie ihn seinem sehnlichsten Wunsch eines wieder erstrahlten Kaufhauses ein ganzes Stück näher brachten?

War es vor allem nicht an der Zeit, Carl endlich zu sagen, dass sie seine Tochter war?

So viele schwerwiegende Eröffnungen, die ihr da bevorstanden!

Rike konnte es auf einmal im stickigen Büro nicht mehr aushalten und ging nach nebenan in den Verkaufsraum.

Der Laden war erfreulich gut besucht. Vielleicht saßen an diesem Jubeltag ja auch die Geldbörsen endlich wieder lockerer. Die Thalheims waren für das Kommende bestens gerüstet: Brahm hatte alle Lieferanten in Westdeutschland bereits in Stellung gebracht, Wölfe ihnen telegraphiert, dass selbstredend natürlich neue Winterware für sie bereitliege. Nur Sandro war bei ihrem Telefonat vor ein paar Tagen seltsam einsilbig gewesen.

Lag ihm etwas auf der Seele, mit dem er nicht herausrücken wollte? Hatte ihn das Warten für nahezu ein Jahr zermürbt? Oder hatte sie ihn in ihrem Überschwang einfach nur plattgeredet?

Hätte Rike sein Gesicht sehen können, alles wäre so viel einfacher gewesen. So aber blieben nur Spekulationen, die ihre innere Unruhe weiter verstärkten. Am Telefon konnten so viele Missverständnisse entstehen. Manchmal hasste sie diesen leblosen schwarzen Bakelitapparat aus ganzem Herzen.

Miriam war gekommen, um mit ihnen zu feiern. Und ausnahmsweise war heute auch Flori mit im Laden, die zum Jubeltag ein neues Transparent mit der Aufschrift BERLIN – DIE FREIHEIT HAT GESIEGT in bunten Lettern gemalt hatte, das Friedrich und Claire gerade über der Ladentür anbringen wollten.

«Lass mich das mal lieber machen, Papa!» Energisch nahm Rike ihm die Leiter aus der Hand, als sie plötzlich stutzte.

Welcher Vollidiot kam da laut hupend den Ku'damm entlanggefahren?

Der Lieferwagen war hellblau und hatte vorne links einen dunkelgrünen Kotflügel. Und auch die Automarke war ihr ganz und gar unbekannt. Schwarzes Kennzeichen, weiße Schrift.

Ihr Gehirn registrierte jede auch noch so kleinste Einzelheit, ohne sie jedoch zu einem Ganzen zusammensetzen zu können.

Der Lieferwagen bremste und hielt genau vor dem Laden. Die Fahrertür ging auf, ein schlanker, dunkelhaariger Mann stieg aus, mit verknittertem Hemd, über das ganze Gesicht mit dem Bartschatten strahlend …

«Sandro!» Rike ließ die Leiter fallen und lief auf ihn zu.

«Rica, *amore mio, mi sei mancata molto*!» Er zog sie in seine Arme und küsste sie leidenschaftlich. «Wie sehr hab ich dich vermisst, mein Herz!»

Passanten blieben stehen und applaudierten. Miriam, die sofort kapiert hatte, um wen es da ging, hob den Daumen nach oben. Claire zeigte ein zaghaftes Lächeln, nur Friedrich schaute reichlich fassungslos drein.

«Darf ich fragen, wer Sie sind?», sagte er, als die beiden sich wieder voneinander gelöst hatten.

«*Ma certo* – ich meine, sicherlich!» Rike spürte, wie ihr Liebster sich bei jedem deutschen Wort ganz besondere Mühe gab. «Ich bin Alessandro Lombardi aus Mailand. Mein Wagen ist voll mit den schönsten Stoffen für Ihr Kaufhaus, *Signor* Thalheim. Und ich liebe Ihre wunderbare Tochter Rica!»

○ ○ ○

Ihn zu küssen, zu umarmen, mit ihm ungestört die Nacht zu verbringen und am nächsten Morgen ebenso liebes- wie schlaftrunken neben Sandro zu erwachen war für Rike überwältigend. Es gab keinerlei Fremdheit zwischen ihnen, keine Peinlichkeit oder Scham, sondern nur ein tiefes gegenseitiges Erkennen, gemischt mit neugieriger Freude. Ihre Körper harmonierten miteinander, und die Liebe gemeinschaftlich zu erkunden erfüllte sie beide. Nie zuvor hatte sie sich so glücklich, so rundum verstanden und geliebt gefühlt.

«Du strahlst von innen», sagte Miriam, die sich erboten

hatte, Rikes Schichten im Laden zu übernehmen. «So erlebe ich dich zum ersten Mal, Rike.»

Sandro schien es nicht anders zu gehen.

«Die Männer meiner Familie waren *molto intelligenti*», seufzte er, leicht erschöpft nach einem endlosen Liebesspiel. «Frauen aus dem Ausland? *Veramente fantastiche!*»

Rike gefiel es, immer wieder zwischen den Sprachen zu springen, aber sie genoss es ebenso, sich mit Sandro gänzlich auf Italienisch zu unterhalten, der Sprache ihres Herzens. Jetzt, endlich, bekam sie auch Gelegenheit, ihm «ihr» Berlin zu zeigen, und dass es sich nach dem Ende der Blockade so heiter und offen präsentierte, versöhnte sie mit vielem. Sie erkundeten die Stadt auf dem Fahrrad, und Sandro erkannte auch das großartige Potenzial, das hinter all der Zerstörung schlief und auf eine Wiedererweckung wartete. Silvie, die sich ungewöhnlich zurückhaltend verhielt und nur noch auf Zehenspitzen durch die Wohnung schlich, um die endlich wieder vereinten Turteltäubchen möglichst wenig zu stören, hatte ihr Rad zur Verfügung gestellt.

«Ich mag ihn», sagte sie schon sehr bald zur Rikes freudiger Überraschung, die bei dieser Gelegenheit merkte, wie viel ihr doch am Urteil der Schwester lag. «Und gleichzeitig beneide ich dich um ihn, denn euch beide so verliebt zu sehen macht mir meine Einsamkeit nur noch bewusster. Ja, er passt ganz wunderbar zu dir. Die Italiener hatte ich mir immer ganz anders vorgestellt – lauter. Protziger. Irgendwie aufgeblasen. Aber dein Sandro ist ein feiner, sehr intelligenter Mann, der genau weiß, was er will. Gratulation, Rikelein! Das hast du wirklich gut gemacht.»

Ihren Segen hatte sie also, was Rike beruhigte.

Doch was war mit den anderen?

Ein längeres Zusammentreffen mit Friedrich und Claire zögerte sie so lange hinaus, bis Sandro sie direkt darauf ansprach.

«Du versteckst mich vor deinem *papa*», sagte er. «Warum? *Ti vergogni di me?*»

Seine Frage fuhr ihr direkt ins Herz.

Natürlich schämte sie sich *nicht* für diesen wunderbaren Mann, ganz im Gegenteil. Aber sie fürchtete sich vor Friedrichs abwertenden Kommentaren, die, wie sie wusste, sehr weh tun konnten.

Sandro schaute sie nachdenklich an, als sie ihm das zu erklären versuchte.

«Wir beide sind keine Kinder mehr», sagte er schließlich, «sondern erwachsen, *no?*»

Rike nickte.

«Also muss dein Vater auch den Mann akzeptieren, den du dir wählst. Ob er ihn auch ins Herz schließt, bleibt natürlich seine Entscheidung ...»

Am Abend dieser Unterhaltung kam Carl in der Bleibtreustraße vorbei. Es gab endlich einen Termin für das Verfahren gegen Ralf Heiger, und man hatte ausgerechnet ihn als Staatsanwalt dafür bestellt; allerdings sollte der Prozess erst im September beginnen. Eigentlich wollte er nach dieser Ankündigung, mit der er erst selbst fertigwerden musste, gleich wieder gehen. Dann jedoch blieb er – sogar eine ganze Weile. Da Carl kein Wort Italienisch sprach, verlief die Unterhaltung auf Deutsch. Rike nahm zunächst rege daran teil, irgendwann aber überließ sie den beiden Männern das Feld. Sie sprachen über Gerechtigkeit, über Geschichte, über Politik – und verstanden sich trotz gegenteiliger Ansichten prächtig.

«Schade, dass Sie Kommunist sind», sagte Sandro schließlich. «Männer wie Sie könnten wir auch in Italien gut gebrauchen.»

«Dass *du* ein Kommunist bist», korrigierte Carl.

«Nun, das bin ich sicherlich nicht!», widersprach Sandro. «Obwohl mir die *Democrazia Christiana* in vielem auch nicht gefällt. Aber was sonst wählen? Italien hat einen schweren Weg vor sich!»

«Er hat dir gerade das Du angeboten», mischte Rike sich lachend ein, die im Hintergrund ein paar Brote vorbereitet hatte.

«Ganz genau.» Auch Carl begann vergnügt zu grinsen. «Unter Genossen ohnehin seit jeher so üblich, und wo du jetzt doch zur Familie gehörst …»

Sie stießen mit Tee an.

«Willkommen bei den Thalheims», sagte Carl. «Und ich meine es so, wie ich es sage.»

«*Zio* Carlo ist ein besonderer Mann», kommentierte Sandro, als Carl sich von ihnen verabschiedet hatte, um zurück nach Potsdam zu fahren.

«Besonders? Da hast du recht», sagte Rike. «Aber Onkel? Damit liegst du falsch.»

«*Come? Non capisco …*» Sandro war plötzlich ganz verwirrt. «Ich verstehe gar nichts mehr …»

«Wie solltest du auch?», erwiderte Rike. «Eines meiner Geheimnisse. Leider nicht das einzige.»

Sie begann zu erzählen, und mit jedem Wort, das sie laut

aussprach, wurde die Last auf ihrem Herzen leichter. Sandro war der ideale Zuhörer, der weder kommentierte noch bewertete, sondern einfach nur aufnahm, was sie zu sagen hatte. Ideal, weil sie ihn liebte und ihm ganz nah war und er ihr unvoreingenommen lauschen konnte. Rike erzählte von dem vertrauten Gefühl, das sie schon als Kind in Carls Nähe gehabt hatte, fuhr fort mit dem tragischen Unfall ihrer Mutter, den sie als Augenzeugin miterleben musste, und kam schließlich zu Opas Schuberts Vermächtnis. Almas Tagebuch, das noch immer ungelesen im Schrank lag, ließ sie ebenso wenig aus wie den Brief, den Egon Schubert ihr hinterlassen hatte.

«Am Tag unserer ersten Begegnung hatte ich gerade erst eine Stunde zuvor von alldem erfahren», sagte sie. «Jetzt verstehst du vielleicht, weshalb ich damals so seltsam gewirkt haben muss. Ich hatte soeben über eine Million Franken geerbt, wenngleich unter schwierigen Auflagen, und einen anderen Vater hatte ich plötzlich auch.»

«*Mamma mia*, da hattest du wirklich einiges zu verdauen. Und was stand in dem Tagebuch deiner Mutter?», fragte er.

«Ich habe es noch nicht gelesen. Ich … ich konnte einfach nicht.»

«Aber vielleicht macht es dich ruhiger, wenn du alles weißt.»

«Irgendwann einmal», sagte Rike. «Ich bin eben nicht wie du. Ich kann es nur stückweise annehmen, *capisci*?»

Sandro küsste sie zärtlich.

«Zum Glück bist du, wie du bist! Und ja, mach es ganz auf deine Weise. So wird es genau richtig für dich sein.

Danke für dein Vertrauen, *amore*», sagte er. «Ich weiß es sehr zu schätzen. Gefällt mir natürlich, dass meine Liebste eine reiche Frau ist. Aber ich hatte mich bereits zuvor mit ganzem Herzen für dich entschieden, ohne es zu wissen – *non dimenticare!*»

Sie schmiegte sich an ihn.

«Weiß ich doch! Und ich bin sehr froh darüber. Jetzt müssen es nur noch die anderen erfahren.» Rike bemühte sich um ein Lächeln. «Wenn ich nur wüsste, wie!»

Sandro blieb eine ganze Weile still, schien intensiv nachzudenken.

«Für mich fällt das, was du mir soeben erzählt hast, in zwei Teile», sagte er schließlich. «Erstens: die Erbschaft *del nonno* und seine Bedingungen. Zweitens: die Vaterschaft. Teil eins *per tutti*, denn es geht ja alle etwas an. Teil zwei *molto discreto*. Da musst du sehr vorsichtig sein …»

«Du hast recht. Dann soll es so sein», sagte Rike. «Ich hoffe nur, ich schlafe danach wieder besser.»

Friedrich sah sie misstrauisch an, als Rike nach dem Abendessen in der Villa von ihrem Platz aufstand. Der Abend war anfangs schwierig gewesen, weil der Patriarch Sandro zunächst unmissverständlich gezeigt hatte, wie wenig er hier erwünscht war. Doch als der junge Italiener standhaft weiterlächelte und in fließendem Deutsch alle Fragen beantwortete, entspannten sich alle ein wenig. Dass es nur ein Etappensieg war, wusste Rike trotzdem.

Aber immerhin war ein Anfang gemacht.

«Danke für die Einladung», sagte sie. «Und danke auch, dass Sandro bei euch sein durfte. Was uns beide verbindet, habt ihr sicherlich bemerkt. Heute aber soll es erst einmal um etwas anderes gehen.»

Sie sah erst Friedrich an, dann Silvie.

«Ich war, wie ihr wisst, nach Opa Schuberts Tod 1946 in der Schweiz. Dort, in Zürich, wurde sein Testament eröffnet ...»

«Aber das wissen wir doch bereits», unterbrach sie Friedrich. «Der alte Fuchs hat dir ein paar Franken vererbt, die du im Lauf der letzten Jahre zugeschossen hast, wenn es notwendig wurde – dankenswerterweise.»

Rike spürte, wie ihre Knie weich wurden. Überhaupt begann ihr ganzer Körper zu beben, so aufgeregt war sie auf einmal.

Aber jetzt gab es keinen Aufschub mehr.

«Genau genommen hat er mir 1,2 Millionen Franken vererbt», sagte sie, «die ich bis zur Währungsreform nicht anrühren sollte, damit sie nicht an Wert verlieren. Ein erfahrener Bankier hatte mir dazu geraten, und ich habe gut daran getan, dieser Empfehlung zu folgen. Aber jetzt wird alles anders. Jetzt kann ich das Geld verwenden, es kann ein neuerbautes Kaufhaus Thalheim damit geben, wenn wir das wollen. Darauf möchte ich heute mit euch anstoßen!»

Außer Sandro, der ihr lächelnd zuprostete, rührte keiner am Tisch einen Finger.

«Du hattest die ganze Zeit einen Haufen Geld in der Hinterhand und lässt uns jahrelang hungern?» Silvies berühmte Funkstimme drohte zu kippen. «Ich reiß mir an der Schwarzen Börse die Beine für uns aus – und riskiere dabei sogar, in den Knast zu kommen! Und überhaupt, warum vermacht der Opa mir nicht einen einzigen lumpigen Groschen? Was hab ich ihm eigentlich getan, kannst du mir das vielleicht mal verraten?»

«Nichts», sagte Rike. «Gar nichts natürlich. Ich glaube, ich war Mama einfach am ähnlichsten. Und er hat seine Tochter so sehr vermisst. Anders kann ich es mir auch nicht erklären.»

«Ich bin unendlich enttäuscht von dir, Rike.» Friedrich wirkte mit einem Mal um Jahre älter. «Sieht so etwa aus, was du in dieser Familie über Vertrauen gelernt hast? Dann allerdings habe ich vollkommen versagt.»

«Also, ich finde gut, was Rike gemacht hat.» Mutig sprang Claire in die Bresche. «Und klug dazu. Sie teilt es ja jetzt mit uns. Und niemand kann es uns wegnehmen oder entwerten. Es wird ein neues Kaufhaus Thalheim geben, Friedrich! Haben wir nicht alle davon geträumt?»

«Aber doch nicht so …», stieß er hervor.

«Warum nicht?», sagte Rike.

Beinahe hätte sie ihm ins Gesicht gesagt, dass der Großvater ihn ausdrücklich vom Erbe ausgeschlossen hatte, aber wozu würde das schon führen – außer zu neuen Verletzungen und noch mehr Verdruss? Nein, sie würde es weiterhin so handhaben, wie sie es schon seit 1946 tat: auf ihre Weise. Nach ihren Regeln.

Friedrich musste sich daran gewöhnen. Am besten fing er heute gleich damit an.

«Opa Schubert war anscheinend der Meinung, dass sein Erbe bei mir am besten aufgehoben sei», fuhr sie fort. «Und deshalb werde ich alles versuchen, um dieser Ehre auch gerecht zu werden. Lasst es uns gemeinsam angehen, Seite an Seite, jeder nach seinen Fähigkeiten und Möglichkeiten. Dann erreichen wir unser Ziel am schnellsten.»

«Kann man dieses Testament eigentlich auch einsehen?», bohrte Friedrich nach.

«Natürlich», versicherte Rike. «Ich bringe dir eine Abschrift davon ins Büro. Du kannst dich gern mit eigenen Augen davon überzeugen, dass alles seine Richtigkeit hat.»

Den Zusatzbrief ließ sie unerwähnt und sandte Sandro über den Tisch einen stummen Kuss. Wie recht er doch mit seinen *due parti* gehabt hatte! Jetzt auch noch mit Carls Vaterschaft herauszukommen hätte den Bogen eindeutig überspannt.

«Ich muss das alles erst einmal verdauen», sagte Friedrich. «Wahrlich keine einfache Kost für einen Magenkranken! Lass uns die Tage in aller Ruhe weitersprechen, wenn dein Besuch abgereist ist.»

«Ich bin kein Besuch», sagte Sandro. «Jedenfalls hoffentlich bald nicht mehr.»

Er zog ein kleines Kästchen aus seiner Tasche und klappte es auf. Auf nachtblauem Samt funkelten drei Diamanten.

«Glaube, Hoffnung, Liebe», sagte Sandro. «Der Ring meiner Großmutter Saskia, die aus Amsterdam stammte.» Er stand auf, ging mit dem Ring zu Rike und kniete vor ihr nieder. «Willst du mich heiraten, *amore*? Du würdest mich zum glücklichsten Mann der Welt machen!»

Rike war zunächst sprachlos vor Freude. Dann aber begann sie zu nicken. «*Sì*», flüsterte sie.

Sandro steckte ihr den Ring an den linken Zeigefinger. Er passte wie angegossen.

«Ich bitte Sie hiermit um die Hand Ihrer Tochter, *Signor* Thalheim», sagte Sandro, nachdem er wieder aufgestanden war. «Erweisen Sie mir die große Ehre, mir Rica zur Frau zu geben!»

Jetzt wurde Friedrichs Blick auf einmal weich. So hatte er sie angesehen, als sie ein kleines Mädchen gewesen war, voller Liebe zu ihm, voll von tiefstem Vertrauen.

«Willst du das denn auch, meine Große?», fragte er leise. «Denn allein darauf kommt es ja schließlich an.»

«Und ob», sagte Rike und versuchte, das Kratzen in ihrer Kehle zu ignorieren. «Es gibt nichts, das ich mir mehr wünsche.»

11

Berlin, Herbst 1950

So lange hatten sie davon geträumt, ihr Kaufhaus am selben Ort wieder aufzubauen, und nun war der Traum zum Greifen nahe. Morgen sollte das Richtfest für das neue Kaufhaus Thalheim gefeiert werden. Kaum zu glauben, wie Rike fand – was für ein atemloses Jahr lag hinter ihnen allen!

Inzwischen gab es zweimal Deutschland: die Bundesrepublik Deutschland, deren Grundgesetz am 25. Mai 1949 in Kraft getreten war, mit ihrem Kanzler Konrad Adenauer und dem Regierungssitz Bonn, sowie die Deutsche Demokratische Republik, am 7. Oktober gleichen Jahres gegründet, der Wilhelm Pieck als Präsident vorstand, mit der Hauptstadt Ost-Berlin. Die Bundesrepublik Deutschland erkannte die DDR allerdings nicht an; Adenauer und andere sprachen konsequent von der «Ostzone», was die unsichtbaren Gräben in Berlin weiter vertiefte.

Die Würde des Menschen ist unantastbar. Sie zu achten und zu schützen ist Verpflichtung aller staatlichen Gewalt.

Flori hatte den Artikel 1 des Bundesdeutschen Grundgesetzes in Versalien als leuchtend blauen Vries unter ihre Zimmerdecke gepinselt. Wenn die Siebzehnjährige nicht gerade zeichnete, trug sie jetzt meistens *Das Tagebuch der*

Anne Frank unter dem Arm, das endlich auf Deutsch erschienen und von ihr während der Lektüre mit zahllosen bunten Einmerkern versehen worden war. Oft zitierte sie daraus, inzwischen meistens auswendig, so oft hatte sie es schon gelesen. Oder sie deutete, wann immer sie es für nötig befand, schweigend auf den aussagestarken Zimmervries. Dabei hatten sich die Auseinandersetzungen mit ihren Eltern beruhigt, allein schon aus Zeitmangel ihrer Erziehungsberechtigten, denn das Thema Neubau beherrschte den Alltag aller Thalheims.

Den Geldsegen, den Opa Schuberts Erbe beschert hatte, bewerteten die Familienmitglieder äußerst unterschiedlich: Bei Claire herrschte nach wie vor pure Freude vor, während Silvie sich noch immer persönlich übergangen fühlte. Friedrich dagegen hatte sehr damit zu kämpfen, dass Rike als Alleinerbin nun ein so großes Mitspracherecht bei allen wichtigen Belangen beanspruchte.

Somit war auch die Suche nach dem richtigen Architekten alles andere als einfach gewesen. Rike wollte unbedingt jemanden engagieren, der sich dem Neuen öffnete; Friedrich dagegen pochte auf einen Kandidaten mit Erfahrung, was in Deutschland zumeist auch eine braune Vergangenheit beinhaltete. Nach endlosen Diskussionen setzte sie sich schließlich durch. Sie einigten sich auf den Schweizer Urs Lüthi, der an der Berliner FU Architektur lehrte und dessen Bauten auch international Anerkennung fanden. Lüthi war eigen, vierschrötig, sah aus wie ein Bauer aus dem Berner Oberland und zeichnete lieber, als viel zu reden. Rike mochte ihn auf Anhieb, weil sie das Gefühl hatte, dass sie beide sich auch wortlos verstanden.

Ihren Wunsch nach einem gläsernen Dach nahm er auf, trotz aller Mehrkosten, die daraus erwachsen würden – und setzte sie in seinen Plänen auf geradezu geniale Weise um, wie Rike fand. Glas, das zwischen Stahlstreben viel Licht einfing, allerdings nicht zur Kuppel geformt wie im alten Kaufhaus Thalheim, das 1943 der Bombardierung zum Opfer gefallen war, sondern als Dreieck, in sich gegliedert als unregelmäßiges Schachbrett mit kühner Neigung. Lange musste er knobeln, wie bei Regen damit umzugehen sei, bis er die Lösung in massiven Kupferrohren fand, durch die das Wasser nach unten rauschen würde. Ein starker Kontrast zur hellgrau gehaltenen Fassade mit Netzstruktur, unterbrochen von großen Fensterfronten, die ruhig, fast streng wirkte.

«Auffallen muss sein», sagte Lüthi. «Das bündelt das Interesse. Nur Mittelmaß geht unter.»

Wenn Rike die Augen schloss, sah sie das fertige Kaufhaus schon vor sich: drei Geschosse, Parterre plus zwei Stockwerke, ganz von der Moderne dominiert. Das Treppenhaus minimalistisch mit Stufen in hellem Granit, kühl und leicht zu pflegen, Treppenläufe aus dunkelgrauem Kunststoff. Über die Rolltreppen und einen gläsernen Lift an der Südseite gelangte man nach oben und unten. Bisher existierte alles erst als Plan, im Rohbau sowie als Miniaturmodell, begleitet von den Farbmustern. Schon jetzt aber konnte man sich bildlich vorstellen, wie es nach der Fertigstellung innen einmal aussehen würde.

Noch eine Entscheidung, um die Rike und Friedrich lange gerungen hatten: auch künftig nur noch Damenoberbekleidung nebst den passenden Accessoires anzubieten, während vor 1943 ja auch ein umfassendes Herrensortiment geführt worden war. Den letzten Impuls für diese Entscheidung hatte die Neueröffnung des KaDeWe im Juli gegeben. Zusammen mit unzähligen anderen Schaulustigen waren auch die Thalheims mit Miriam staunend durch die riesigen Etagen flaniert, ein Vielfaches ihrer eigenen Verkaufsfläche, wo man jetzt wie überall in der Bundesrepublik die Waren erstehen konnte, ohne wie in den letzten Jahren Marken oder Bezugsscheine vorweisen zu müssen. Anschließend zogen die Thalheims einvernehmlich das Fazit, dass sich jeder Vergleich mit diesem großen Haus von vornherein ausschließe.

«Konzentration ist das Gebot der Stunde», hatte Rike gesagt. «Mode, Mode und noch einmal Mode, so muss unser Motto lauten. Die Frauen haben uns mit ihrer Treue durch diese schweren ersten Nachkriegsjahre getragen – ab jetzt wollen wir sie im neuen Haus mit allem verwöhnen, was uns zur Verfügung steht!»

Modekaufhaus Thalheim – der leicht veränderte Name sollte dieser neuen Entwicklung Rechnung tragen. In großer Leuchtschrift würde er quer über die gesamte Fassade laufen, vierundzwanzig Stunden lang, während die Gitterstruktur nachts ebenfalls von innen erleuchtet werden und an abstrakte Bienenwaben erinnern sollte.

«Die ganze Nacht lang?», hatte Friedrich entsetzt gefragt. «Das wird ein Heidengeld kosten!»

«Wir bekommen einen Strompreisnachlass von der Berlin-Hilfe.» Rike war von ihrem Entschluss nicht abzubringen. «Zum Glück gibt es ja endlich staatliche Unterstützung für Unternehmen in West-Berlin. Und ja, wir werden

Flagge zeigen, Tag und Nacht. Thalheim ist wieder zurück, nach all den dunklen Jahren, und das soll jeder sehen. Werbung ist alles. Ohne die kommt heute keiner mehr aus.»

«Du bist so anders, seitdem du wieder zur Uni gehst», stellte er fest. «Streng, auf einmal ganz theoretisch orientiert. Muss das alles denn wirklich sein? Der ganze Aufwand, die Nächte, die du dir mit der Lernerei um die Ohren schlägst? Uns Thalheims liegt das Verkaufen doch ohnehin im Blut! Also, meinetwegen bräuchtest du dich nicht so abzumühen …»

Aber meinetwegen, dachte sie. *Jetzt bin ich dreißig und will endlich nicht mehr nur Tochter sein, Schwester, Enkelin und bald auch Ehefrau.*

Ich möchte etwas haben, das mir ganz allein gehört.

Sie hatte das Glück gehabt, dass ihr die früheren Semester ihres betriebswirtschaftlichen Studiums angerechnet wurden; nur noch wenige Prüfungen fehlten, die sie jetzt nachholen musste, um ihren Abschluss in der Tasche zu haben. Und sie hatte mit der Diplomarbeit zu kämpfen, die Professor Marquardt ihr zugeteilt hatte, der trotz Nazi-Vergangenheit wieder an der FU in West-Berlin lehren durfte. *Der Prozess der Neukundenakquise im strategischen Marketing,* so lautete Rikes Thema. Angegangen war sie diese Herausforderung beherzt wie beinahe alles in ihrem Leben, aber sie hatte unterschätzt, wie lange sie nicht mehr wissenschaftlich gearbeitet hatte. Zwischen diesem und den vorangegangenen Semestern lagen Krieg, Hunger und Blockade. Das Schreiben auf der nagelneuen grauen *Olympia SM1,* die sie extra dafür angeschafft hatte, gestaltete sich bisweilen doch recht mühsam, und ihr Papierverbrauch war enorm, weil vieles keine Gnade vor ihren Augen fand und zerknüllt auf dem Boden landete. Doch wenn Rike schließlich ein Kapitel erfolgreich beendet hatte, fühlte es sich an wie ein Sieg, der ihr neue Energie schenkte, auch wenn dafür gestohlene Nachtstunden herhalten mussten. Außerdem liebte sie die Fahrradstrecke hinaus nach Dahlem, wo die neugegründete Freie Universität mit ihren zahlreichen Instituten lag, nachdem die Alexander-von-Humboldt-Universität im Ostsektor der Stadt nun ganz unter der Vorherrschaft der SED stand. Nur ein paar Straßen weiter befand sich auch Opa Schuberts ehemalige Villa, die jetzt dem Internationalen Roten Kreuz gehörte. Einst hatte er sie in ein Mausoleum für seine tote Tochter Alma verwandelt, bevor er beschloss, alle Zelte in Berlin abzubrechen und seinen Lebensabend in Zürich zu verbringen.

Ja, er hatte damals unbedingt allein sein wollen, doch im Nachhinein tat es Rike leid, dass sie ihm nicht öfter geschrieben hatte.

Wo wären sie alle heute ohne ihn und sein großzügiges Erbe?

Weil sie anschließend den klugen Ratschlägen Bruggers gefolgt war, profitierte nun die ganze Familie davon.

Silvie allerdings trug den Groll über die in ihren Augen ungerechte Verteilung noch immer in sich. Am Vorabend zum großen Richtfest sprach sie Rike erneut darauf an.

«Was hast du eigentlich an dir, dass alle aus der Familie dich mir vorziehen?», murrte sie.

«Das stimmt doch gar nicht», verteidigte sich Rike.

Sie saßen in der Küche beim Tee wie unzählige Male zuvor, aber heute war die Stimmung zwischen ihnen gereizt.

362

Miriam hatte ihnen vorhin die neuen Ensembles für die Festivität in die Wohnung gebracht, in den Farben der späteren Inneneinrichtung des Kaufhauses: ein mintgrünes Kostüm mit taillierter Jacke für Rike, ein Wollkleid in Bleu mit breitem Ledergürtel für Silvie, während Claires zart lila Bouclé-Jackenkleid bereits anziehbereit in der Villa am Branitzer Platz hing. Danach hatte Miri sich auffallend schnell wieder nach oben verabschiedet, angeblich, um ausgeschlafen für die morgige Feier zu sein.

Oder war nicht doch viel eher Ben Greens Brief aus Israel der Grund für ihren Rückzug? Über den Inhalt hatte Miriam nicht viel verraten, außer, dass er seit einem Jahr am See Genezareth in einem *Kibbuz* lebte, was auch immer man sich darunter vorzustellen hatte. Die Lektüre schien sie ungemein zu beleben. Miris Wangen waren rosig wie schon lange nicht mehr, und sie hatte versonnen vor sich hin gesummt.

«Und ob das stimmt!», fuhr Silvie auf. «Du warst immer Mamas Liebling, und glaub bloß nicht, ich sei noch zu klein gewesen, um das mitzukriegen. Opa Schubert hat dich zur Alleinerbin bestimmt, Papa hält die allergrößten Stücke auf seine ‹Große›, und sogar Claire kommt immer erst zu dir, sobald es um etwas Wichtiges geht. Einzig das Küken ist meine Verbündete, vielleicht weil Flori ganz genau spürt, dass wir beide die Außenseiter der Thalheims sind.» Silvie begann zu schniefen. «Dabei habe ich mich längst verändert, auch wenn ihr alle viel zu beschäftigt seid, um das zu bemerken. Ich bin schon lange nicht mehr das flatterhafte Fräulein Lustig-Lustig von früher. Wie könnte ich das noch sein, nachdem sie meinen Ralf eingesperrt haben? In gewisse Weise fühle ich mich als seine Witwe, wenn du es ganz genau wissen willst, obwohl mein Liebster ja noch lebt.»

«Irgendwann werden sie ihn wieder herauslassen müssen ...»

«Ja, nach fünfzehn endlosen Jahren, dann bin ich zweiundvierzig – steinalt! Falls Ralf die entsetzlichen Knastbedingungen in Weißensee überhaupt so lange durchhält, so sehr, wie sie ihn schon geschunden haben. Maximal sieben Zeilen pro Monat, die er nach draußen schreiben darf – und das nur, wenn er nicht wieder gegen eines der unzähligen Verbote verstoßen hat! Nicht einmal unser Onkel Carl konnte etwas für ihn tun, weil sie ihn ja mitten im Prozess durch einen linientreueren Staatsanwalt ersetzt haben.»

Ihre Stimme schwankte. «Aber ich muss doch irgendwie weiterleben. Auch ohne Ralf. Deshalb stürze ich mich ja so in Arbeit. Und wenigstens da läuft alles, wie es soll. Meine Sendungen stehen beim Publikum hoch im Kurs. Niemand sonst beim RIAS erhält so viel Fanpost wie ich. Manche dort halten mich sogar für einen Star. Nur der eigenen Familie bin ich noch immer nichts wert!» Silvies Unterlippe zitterte leicht.

«So ein Unsinn. Wir alle wissen, was wir an dir haben ...»

«Was denn zum Beispiel?», fiel Silvie ihr ins Wort.

«Dass du ein riesengroßes Herz hast. Dass du mutig bist und auf Menschen zugehen kannst. Dass du wunderbar singen kannst, eine ebenso eindrucksvolle Sprechstimme hast und mit deinem Charme alle bezauberst. Das merkst du doch selbst Tag für Tag an deiner begeisterten Hörerschaft, oder etwa nicht?» Rike kam plötzlich ins Stocken, weil Silvies Mundwinkel immer noch weiter nach unten sackten. «Das waren doch lauter positive Eigenschaften, die ich da gerade aufgezählt habe. Oder habe ich etwas Falsches gesagt?»

«Nein, aber du hast *nicht* erwähnt, dass ich klug bin. Aber das bin ich, auch, wenn ich nicht auf der Uni war und kein Bücherwurm wie du bin. Ich mag eben das richtige Leben und handle lieber, anstatt zu grübeln.» Silvie legte den Kopf leicht schief, wie sie es als Kind getan hatte, bevor sie etwas Wichtiges sagen wollte. «Oskar ist auch so, das hat es früher leichter gemacht, weil wir ja immer zu zweit waren. Er wird stolz auf mich sein, wenn er wieder zurückkehrt, das weiß ich. Aber Mama? Meinst du, ihr hätte meine Karriere auch gefallen?»

«Ganz bestimmt!», versicherte Rike, die der unerwartete Ausbruch der Schwester berührte. «Sie hat doch alles geliebt, was mit Rundfunk zu tun hatte. Und dann auch noch die eigene Tochter zu hören! Wahrscheinlich wäre sie vor Stolz fast geplatzt. Kannst du dich eigentlich noch richtig an sie erinnern? Oskar und du, ihr wart ja erst zehn, als sie gestorben ist.»

«Was für eine Frage! Obwohl … manchmal verschwimmt ihr Gesicht, wenn ich an sie denke, so lange ist das alles schon her. Aber mein Gefühl für sie ist noch immer ganz lebendig. Mama war für mich wie eine Wolke, duftig, hell, irgendwie federleicht. Heute glaube ich, dieses ganze Familiengedöns war ihr einfach oft zu viel. Wir drei kleine Kletten, die an ihr geklebt sind. Und dann auch noch ständig schön sein zu müssen: die Frisur, das Kleid, die Schuhe, der Schmuck – alles perfekt. Darauf hat Papa großen Wert gelegt, obwohl sie selbst am liebsten gar nicht zurechtgemacht war. Ich will ihr altes Glitzergeschmeide eigentlich gar nicht anlegen, weil sie einen so hohen Preis dafür bezahlen musste. Keine Ahnung, wie sie das alles gestemmt hat: die Modeschauen, die vielen Galas und Filmpremieren. Dazu diese permanenten Einladungen bei uns zu Hause. Eigentlich war sie nur richtig entspannt, wenn Onkel Markus zu Besuch kam. Dann hat sie immer gegluckst und ausgelassen gekichert wie ein junges Mädchen …»

… bis sie aus einem Hotel blindlings auf die Fahrbahn rannte und mitten auf dem Ku'damm überfahren wurde.

Es war noch immer schmerzhaft für Rike, sich diesen Erinnerungen zu stellen. Aber es half auch nichts, vor ihnen wegzulaufen. Sobald das Richtfest überstanden war, würde sie sich das Tagebuch ihrer Mutter vornehmen, das hatte sie sich geschworen.

Du musst sie loslassen, hatte Miri schon vor langem gefordert. *Nur so hast du eine echte Zukunft.*

Wenn das nur nicht so unendlich schwer wäre …

«Danke übrigens für die Fahrstunden», sagte Silvie, die wieder heiterer wirkte. «Wenn alles gutgeht, habe ich meinen Führerschein in zwei Wochen in der Tasche.»

«Du wirst die Prüfung also bestehen?»

«Claro! Und irgendwann muss dann auch ein kleines eigenes Auto her. Und selbst? Keine Lust, dich ans Steuer zu setzen und zu deinem Schatz nach *bella Italia* zu düsen?»

«Bis jetzt nicht.»

Rikes Autotrauma hatte sie nicht mehr ganz so fest im Griff, verschwunden war es keineswegs. Sie war noch immer lieber mit der Bahn unterwegs, wo sie lesen, träumen und die vorbeifliegende Landschaft genießen konnte, auch wenn es mit Umsteigen und Zwischenstopps um einiges länger dauerte. Die Entfernung Berlin – Mailand war enorm, und manchmal kam es ihr so vor, als würde sie mit jedem Tag, der sie von Sandro trennte, immer noch größer. Jetzt, wo sie keine Blockade mehr am Reisen hinderte, hätten sie eigentlich viel öfter zusammen sein können. Und dennoch hatten sie sich im letzten Jahr nur alle paar Monate gesehen, einige traumhafte Ferientage am sommerlichen Meer eingeschlossen, das sie seitdem fast ebenso vermisste wie ihn.

Sandros Mutter war gesundheitlich angeschlagen. Nach einer Lungenentzündung, die sie anfangs verschleppt hatte, weil jemand wie sie ja eigentlich niemals krank wurde, blieb Antonia mitgenommen und schwach. Später kamen weitere Beschwerden hinzu, «Frauenleiden», wie Sandro sich kryptisch äußerte, die eigentlich eine Operation erfordert hätten, welche jedoch aufgrund der fragilen Konstitution der Patientin immer wieder verschoben werden musste. Jetzt brauchte sie die Fürsorge der Söhne, und sie forderte diese auch energisch ein. Sogar der bislang so unstete jüngere Sohn Valentino besann sich und kehrte reumütig aus Südamerika nach Mailand zurück, um sich endlich ebenfalls in der Firma nützlich zu machen.

Unübersehbar, dass es Antonia Lombardi alles andere als gutging. Aber Rike spürte auch, wie unerbittlich sie in dieser Krise ihre Söhne an sich fesselte. Jetzt ging es plötzlich nur noch um sie, und das Thema Hochzeit rückte in immer weitere Ferne. Natürlich würden sie heiraten, das versicherte Sandro, aber doch sicherlich erst, wenn *mamma* wieder in besserer Verfassung wäre, *davvero*?

Die Bauvorbereitungen und der Start des Neubaus hatten wiederum Rikes Anwesenheit in Berlin erforderlich gemacht. Nicht einmal nach Zürich musste sie mehr. Opa Schuberts Erbe lag inzwischen umgewandelt in D-Mark bei einer Berliner Bank, bis auf eine kleine Frankenreserve, die sie aus nostalgischen Gründen bei der Credit Suisse belassen hatte. Allerdings liefen ihnen die Kosten davon, je weiter der Neubau fortschritt, und so hatten die Thalheims zusätzlich einen stolzen Kredit aufnehmen müssen. Nach Fertigstellung würde die Miete für den Übergangsladen zwar wegfallen, was finanzielle Entlastung bedeutete. Zudem war es gelungen, die kleinen Geschäftsräume am Savignyplatz profitabel zu veräußern, während das dreistöckige Haus im sowjetischen Sektor Lichtenberg, das Friedrich zur Zeit der Bombardierung ebenfalls auf die Schnelle erworben hatte, aufgrund der von der DDR eingefrorenen Mieten nicht einmal kostendeckend lief. Zudem mussten sie für die große Verkaufsfläche des Neubaus ja nicht nur Personal in ausreichender Anzahl finden, sondern dieses auch entsprechend entlohnen.

Manchmal schwirrte Rike der Kopf von all den Zahlen und Aufgaben, die noch zu bewältigen waren. In solchen Momenten hätte sie sich so sehr gewünscht, Sandros Stimme nicht nur am Telefon zu hören, sondern sich abends ganz eng an ihn zu kuscheln und alles loszuwerden, was ihr gerade auf dem Herzen lag. Wenigstens hatten sie in der Bleibtreustraße inzwischen einen eigenen Telefonanschluss, das machte vieles einfacher.

So griff sie auch heute zum Hörer, als Silvie schon schlafen gegangen war. Sandro nahm sofort ab, als die Verbindung nach Italien stand.

«*Amore*, wie geht es dir?», fragte er zärtlich. «*Tutto bene?*»

«Frag mich das bitte morgen noch mal», erwiderte sie mit einem kleinen Lachen. «Ich bin so fertig, dass ich nur noch schlafen möchte. Am besten tagelang ...»

«*Ma no senza di me* – nicht ohne mich!»

«Mit dir wäre es natürlich viel schöner. Wie geht es deiner Mutter?»

«*E difficile*, Rica, leider immer noch mehr Sorgen. Sie isst kaum etwas, und sie ist immer erschöpft. Valentino will sie dieser Tage zu einem Spezialisten nach Rom bringen. *Povera mamma!* Sie muss einfach wieder ganz gesund werden ...»

Und wenn nicht?, dachte Rike. *Wird unsere Hochzeit dann endgültig ins Wasser fallen?*

Beinahe hätte sie es laut gesagt, aber sie hatte bei anderen Gelegenheiten schon gemerkt, wie empfindlich ihr Liebster auf das Thema Familie reagieren konnte, also hielt sie gerade noch rechtzeitig den Mund.

«Ich gehe jetzt schlafen», sagte sie. «Wird morgen ein langer Tag. Bitte denk ganz fest an mich!»

«*Sempre*», versicherte er inbrünstig. «Immer, immer, immer, das weißt du doch, *amore*.»

Viele waren zum Richtfest gekommen an diesem strahlenden Oktoberfreitag, der mit seinen fast zwanzig Grad auch einem Spätsommertag Ehre gemacht hätte. Vierundzwanzig Stunden *vor* dem ersten Jahrestag der DDR, der feierlich begangen werden sollte, darauf hatte Friedrich großen Wert gelegt.

«Wir in West-Berlin werden immer die Nase vorn haben», begrüßte er gut gelaunt die ersten Gäste, in grauem Flanell mit einer blausilbernen Krawatte, die perfekt zu dem inzwischen hohen Silberanteil in seinen blonden Haaren passte. «Das Café Kranzler macht wieder auf, und bald werden Sie auch im Modekaufhaus Thalheim entspannt einkaufen können. Jahrespläne und Produktionssoll bringen nun einmal nicht das Tüchtigste im Menschen hervor, das werden die roten Herren dadrüben schon noch merken. Aber ein so kühnes unternehmerisches Projekt wie ein hochmoderner Neubau, das weckt bei allen die allerbesten Energien!»

Neben ihm stand lächelnd Claire, schlank und elegant in ihrem fliederfarbenen Ensemble, während Flori die heißgeliebten Karohosen nicht einmal für diesen offiziellen Anlass gegen einen Rock vertauscht hatte. Als kleines Zugeständnis trug sie ein türkises Dreieckstüchlein um den Hals und hatte die Haare so lange gebürstet, bis sie in der Sonne wie flüssiges Kupfer schimmerten. Sie hatte darauf bestanden, Taps mitzubringen, und durfte ihn jetzt nicht von der Leine lassen, weil er sonst wie der Blitz im Rohbau verschwunden gewesen wäre. Gregor, inzwischen im dritten Semester Architektur, sollte aufpassen, dass die beiden keinen Unsinn anstellten. Dabei hatte er eigentlich nur Augen für Hotte, der sich unter Erwin Broses Bauarbeitern befand und ihm kurz zuwinkte. Über kurz oder lang mussten Friedrich doch die Augen über diese Beziehung aufgehen.

Rike war gespannt, wie er darauf reagieren würde.

Einige Herren vom Magistrat waren anwesend, ein bunter Durchschnitt quer durch die Parteien, zu Friedrichs Leidwesen allerdings nicht Oberbürgermeister Reuter, der sich wegen einer Unpässlichkeit hatte entschuldigen lassen. Aber immerhin war Heinrich Vockel gekommen, Mitbegründer der Berliner CDU und Bevollmächtigter der Bundesrepublik in Berlin. Dazu diverse Presseleute, die so eifrig fotografierten, dass Rike irgendwann genug von den unzähligen Aufnahmen an der Seite ihres Vaters hatte.

«Wieso nehmen Sie eigentlich ständig nur uns auf?», sagte sie ein wenig scharf. «Um die Baustelle geht es doch! Deshalb sind Sie heute hier, oder etwa nicht?»

«Wenn ich vielleicht mal ganz kurz das Ruder übernehmen dürfte?»

Silvie, soeben einem Taxi entstiegen, das sie vom RIAS in Schöneberg zum Rohbau am Ku'damm gebracht hatte, traf sofort den richtigen Ton.

«Meine bezaubernde Schwester Ulrike ist nämlich ein bisschen aufgeregt.» Ihre Stimme klang rauchig, und sie ließ beim Reden die sorgfältig getuschten Wimpern spielen. «Und das mit gutem Grund. Denn was wir heute mit der Richtkrone feiern, ist etwas Neues für Berlin. Architektonisch spek-ta-ku-lär, meine Herren! Ich darf Sie einmal zum Modell bitten, dann können Sie sich mit eigenen Augen davon überzeugen …»

Lüthi hatte auf Rikes Bitte hin eine Modellversion des Kaufhauses anfertigen lassen, die im Erdgeschoss des Rohbaus auf einem großen Brett aufgebaut war. Kein Vergleich mit dem detailverliebt ausgearbeiteten Original, doch Silvie präsentierte die Miniatur, als handle es sich um die britischen Kronjuwelen. Binnen kurzem war sie von den Fotografen umringt. Kameras klickten, Blitzlichter zuckten, sie ließ sich neben der Miniaturausgabe des Kaufhauses von allen Seiten ablichten und wirkte dabei so zufrieden wie ein Kätzchen, das gerade den Sahnetopf leergeleckt hatte.

«Sie hat einfach das gewisse Etwas», sagte Miri halblaut zu Rike. «Drei Sätze, zweimal blinkern – und schon küssen ihr alle die Füße. Das werde ich niemals lernen!»

«Ich auch nicht», sagte Rike. «Wozu auch? Sandro liebt mich auch so, und Ben hat *dir* aus Israel geschrieben – nicht ihr.»

«Er möchte, dass ich ihn besuche», flüsterte Miri verzückt. «Sie leben dort alle zusammen, Juden aus zwanzig verschiedenen Nationen und mehr. Sie teilen sich die Arbeit, machen das Land fruchtbar und bewässern es, sie erziehen die Kinder zusammen, und Frauen sind gleichberechtigt auf allen Ebenen. Es gibt kein Mein und Dein mehr, sondern nur noch ein riesengroßes Wir. Ist das nicht wunderbar?»

«Klingt durchaus verlockend», sagte Rike zurückhaltend, weil sie einiges davon an die Versprechen der SED erinnerte. «Aber du als Pionierin mitten in der Wüste? Miri Sternberg, eine original Berliner Pflanze? Tut mir leid, aber das kann ich mir gerade so gar nicht vorstellen.»

«Jeder Jude ist dort willkommen.» Miriam schien sie gar nicht gehört zu haben. «Woher auch immer er stammt. So hat es die Regierung Israels beschlossen. Das ist jetzt unser Land, Rike. Und niemand kann uns mehr daraus vertreiben!»

«Da sind die arabischen Nachbarn aber offenbar anderer Meinung.» Sie wollte die Freundin nicht verletzen, aber sie musste ihr sagen, was sie gelesen und gehört hatte. «Die werden um jeden Quadratmeter Boden streiten, den Israel beansprucht – wenn nötig auch mit Waffengewalt. Willst du dich dem wirklich aussetzen, nach allem, was du hinter dir hast?»

«Warum nicht?» Jetzt klang Miriam trotzig. «Wer nicht wagt, der nicht gewinnt, hast du das nicht selbst gesagt?»

Ihre Stimme wurde wieder weicher.

«Ben meint, ich könnte der Gemeinschaft dort sehr nützlich sein, anderen das Nähen und den Umgang mit Stoff beibringen. Ich muss mit meinem kaputten Rücken nicht auf die Felder, das hat er mir versprochen. Ich werde Lehrerin. Als kleines Mädchen habe ich oft davon geträumt ...»

Und was ist dann mit uns? Wir brauchen dich, wir lieben dich doch wie eine Schwester – all diese Worte drängten sich auf Rikes Zunge, doch sie sprach sie nicht aus.

Wer waren die Thalheims, Miris Lebenstraum zu verhindern, nach allem, was sie durchgestanden hatte?

Sie hatte niemals aufgehört, Ben zu lieben – und jetzt streckte er die Hand nach ihr aus, zum allerersten Mal. Rike konnte nur hoffen, dass ihm auch bewusst war, was er da tat. Er warb keine *Kibbuzim* an, die aus religiösen oder politischen Gründen ins Gelobte Land wollte, sondern eine junge Frau, die allein seinetwillen kommen würde. Falls er sie vor Ort zurückstieß, wäre Miriams Enttäuschung riesengroß.

«Du musst gar nicht so kritisch dreinschauen», sagte Miri. «Zum einen will ich mich in Bens Kibbuz ja erst einmal nur umsehen. Dort kann ich dann immer noch entscheiden, ob das wirklich etwas für mich ist. Außerdem würde ich nicht sofort reisen. Meine Arbeit hier für euch mache ich natürlich erst fertig ...»

Brahms Eintreffen an der Baustelle ließ sie verstummen. Miriam mochte ihn noch weniger als Rike. Sie weigerte sich nicht, mit ihm zusammenzuarbeiten, aber sie ging inzwischen bei jeder Zusammenkunft überdeutlich auf Distanz.

Ob er sie ebenfalls dreist anmachte?

Bei Rike hielt ihn nicht einmal der Verlobungsring davon ab.

Als Letzte erschienen Urs Lüthi und Hans Weigand, Architekt und Polier, die die anderen bereits anwesenden Handwerker ergänzten. Die extravagante Konstruktion erlaubte nicht, sich auf dem Dach aufzuhalten, wie der Brauch es eigentlich erforderte, aber sie hatten zumindest einen blumengeschmückten Richtbaum zwischen den Eisenstreben festgebunden. Weigand kletterte dennoch kühn bis ganz nach oben. Mittels eines Seilzuges bekam er ein gefülltes Bierglas nachgereicht.

«Glückauf», rief er mit kräftiger Stimme. «Möge Gott dieses Haus schützen und bewahren – und alle, die darin verkehren!»

Er warf das Glas vom Dach. Es zerschellte am Boden in unzählige Splitter, ein gutes Omen für das Bauwerk. Natürlich hatte Claire belegte Brote, Bouletten mit Senf und reichlich Bier für einen anständigen Hebeschmaus vorbereiten lassen, der anschließend gereicht werden sollte. Doch nun ergriff Friedrich selbst noch einmal das Wort.

«Ein großer Tag für die Familie Thalheim», begann er, und Rike runzelte die Stirn, weil sie schon ellenlange Ausführungen befürchtete, als sie sah, wie ein Mann sich dem Rohbau näherte, der eine Saite in ihr anschlug, die sie lange verdrängt hatte.

Sein Gang war federnd, als ob er auf dem Sprung sei. Er war noch immer schlank und hielt sich kerzengerade. Aber die früher dunkelbraunen Locken waren weiß geworden.

Schaute er sie an?

Schauer überliefen Rike, dann aber erkannte sie, dass sein Blick nicht ihr galt, sondern auf den Redner gerichtet war.

Friedrich, der soeben noch wortreich vom neuen Konzept des Modekaufhauses Thalheim geschwärmt hatte, hielt plötzlich mitten im Satz inne.

«Hallo, Fritz», sagte der Weißschopf. «Du feierst heute Richtfest, wie ich sehe.» Die Spur eines Lächelns, das nicht echt aussah. «Es gibt also ein neues Kaufhaus. Freut mich sehr!»

«Woher weißt du ... ich meine, wieso ...»

Ihm gingen regelrecht die Worte aus, eine Seltenheit bei Friedrich Thalheim.

«Ich habe da so meine Verbindungen in die alte Heimat, Fritz. Hab sie all die Jahre gehabt. Ich sehe, du hast dich verändert, bist älter geworden, dünner und ganz schön grau. Achtzehn Jahre sind eben keine Kleinigkeit. Los Angeles war eine durchaus interessante Erfahrung. Um ein Haar wäre sogar aus mir noch ein echter Ami geworden. Doch nun war es an der Zeit, heimzukommen.»

«Was willst du?», flüsterte Friedrich. «Ich war immer fair zu dir ...»

«Ach, warst du das?»

Der Mann mit den weißen Locken drehte sich zu den Presseleuten um, die gebannt die Szene verfolgten.

«Mein Name ist Markus Weisgerber», sagte er. «Ich musste Deutschland 1933 verlassen, weil ich als Jude in diesem Land nicht mehr erwünscht war. Friedrich Thalheim und ich waren Partner. Thalheim & Weisgerber, so hieß unser Kaufhaus. Und jetzt bin ich hier, um den Anteil zu fordern, der mir zusteht.»

Sie konnte nicht sofort nach Hause, weder in die Bleibtreustraße zu Silvie noch in die Villa am Branitzer Platz, wo Friedrich sicherlich wie ein gereizter Tiger auf und ab lief. Morgen würden die Zeitungen ihre umsatzstarken Schlagzeilen haben, daran war nichts mehr zu rütteln. *Kaufhauschef botet Juden aus* – mit solchem oder gar noch Ärgerem war zu rechnen. Spätestens seit der Währungsreform gab es in Westdeutschland keine ehemaligen Nazis mehr, sondern nur noch unbescholtene Bürger, die keine Ahnung gehabt hatten, was ihren jüdischen Nachbarn an Schrecklichem widerfahren war. Das Richtfest war plötzlich Nebensache. Und Friedrichs Beteuerungen, bei der Auszahlung des Ehepaars Weisgerber vor seiner Emigration in die USA sei alles rechtens zugegangen, hatte niemanden wirklich interessiert. Dagegen hatten sich alle um Markus Weisgerber geschart, gierig nach druckbaren Skandalen.

«Werden Sie jetzt in Berlin bleiben?»

«Wird das neue Kaufhaus wieder beide Namen tragen?»

«Hat Friedrich Thalheim Sie damals bewusst über den Tisch gezogen …»

Verdammt noch einmal – Rike konnte all diese sensationslüsternen Fragen nicht mehr hören!

Viel dazu sagen konnte sie ebenso wenig, denn sie war 1933 noch ein Kind gewesen. Bislang hatte sie Friedrich alles geglaubt, was er über diese unerfreulichen Vorgänge erzählt hatte. Hatte er seine weiße Weste nicht auch bei der Anhörung zur Entnazifizierung wortreich beschworen?

Was aber, wenn es in Wahrheit doch ganz anders gewesen war?

Inzwischen hielt sie alles für möglich in dieser Familie,

in der so viele verschiedene «Wahrheiten» nebeneinander existierten.

Doch eine Wahrheit wollte und musste Rike heute erfahren, und sie würde sich nicht von der Stelle rühren, bis sie alles wusste.

Die S-Bahn brachte sie nach Potsdam, ohne weitere Kontrollen, obwohl es ja in die SBZ ging, fast wie früher, als Carl und Lydia dort noch ein schönes Haus in der Berliner Vorstadt bewohnt hatten, das Lydias verstorbener Vater Siegfried finanziert hatte. Damals waren sie regelmäßig bei ihnen zu Besuch gewesen, zumeist allerdings von Friedrich sonntags mit dem Auto in die alte Garnisonsstadt kutschiert. Manchmal hatte Alma ihre drei Sprösslinge aber auch mitten in der Woche in die S-Bahn gepackt, um ohne ihren Gatten die Potsdamer Verwandtschaft zu sehen. Wie fröhlich die Zwillinge damals auf der Glienicker Brücke über die Havel getobt waren, die Bomben kurz vor Kriegsende 1945 zerstört hatten, Oskar immer vorneweg, voller Erwartung auf ausgelassene Spiele!

Rikes Kehle wurde eng, als sie die neuerbaute Brücke betrat und dabei an den fröhlichen Blondschopf denken musste. Er würde niemals mehr zurückkommen, auch wenn Friedrich und Silvie sich noch sosehr an diese Hoffnung klammerten. *Noch jemanden, den ich innerlich loslassen muss*, dachte sie bedrückt.

Ihr Blick glitt nach oben. *Brücke der Einheit*, las sie da.

Was für ein Hohn, wo Deutschland doch in zwei Lager gespalten war!

Vom einstmals so prachtvollen Potsdamer Stadtschloss, das linker Hand auf ihrem Weg lag, gab es nur noch traurige Reste; Allerdings hatte man auf dem Areal des ehemaligen Lustgartens ein großes Stadion errichtet, das bis zu zwanzigtausend Zuschauer fasste und vor einem Jahr feierlich eingeweiht worden war. Dessen Namenspatron Ernst Thälmann, einstiger Vorsitzender der KPD, war 1944 im KZ Buchenwald ermordet worden. Mochte der Neubau vielen Menschen Spaß und Freude bringen – für das einst so geschlossene Potsdamer Stadtbild war er eine einzige Katastrophe.

Es wurde nicht besser, je weiter sie kam. Der Alte Markt, ein wunderbares barockes Ensemble, war vollkommen zerstört. Auch wenn Rike die Hohewegstraße sehr schnell entlangging, so deprimierte sie trotzdem der Blick auf die vielen Ruinen links und rechts. Auch das Hotel Zum Einsiedler, in dem Carl als Nachtportier gearbeitet hatte, nachdem er unter den Nazis kein Beamter mehr hatte sein wollen, war nur noch ein Trümmerhaufen. Nicht viel anders sah es bei anderen Gebäuden aus, wenngleich, wo immer es möglich war, riesige Stalin-Konterfeis an die zerstörten Wände gehängt worden waren. Zusammengeräumt und aufgeschichtet hatte man offensichtlich auch in der Potsdamer Altstadt; doch von einem Wiederaufbau, wie ihn vor allem West-Berlin seit der Währungsreform erlebte, konnte sie hier kaum etwas feststellen.

Erleichtert sah sie schließlich die roten Giebelhäuser des Holländischen Viertels näher rücken. Errichtet im 18. Jahrhundert, hatten in diesen Gebäuden vor allem Künstler und Handwerker gelebt; auch der Dichter Theodor Storm war ein Jahrhundert später an diesem Ort zu Hause gewesen. Inzwischen sahen die einstmals prächtigen Häuser leicht mitgenommen aus; dennoch war Carl überglücklich gewesen, vor Jahren eines davon anmieten zu können.

Gutenbergstraße 47.

Die Zündapp stand nicht vor der Tür; sie würde also warten müssen. Aus einem Impuls heraus drückte Rike trotzdem auf die Klingel – und Carl öffnete die Tür.

«Du?», sagte er verblüfft.

«Lässt du mich rein? Ich musste zu dir!»

Er trat zur Seite, machte Rike Platz.

Bis auf zwei schlichte Holzrahmen, die auf einer kleinen Kommode standen und zum Fenster gedreht waren, nicht ein überflüssiger Gegenstand. Carls Zuhause passte zu ihm, spartanisch, aber mit Stil: ein alter Holzofen, blaue Kredenz, Küchentisch mit vier Stühlen. Ein Regal mit verschiedenfarbigen Bücherrücken, dicht an dicht.

Kein Teppich auf dem schwarzweißen Kachelboden.

«Ich habe gerade frischen Tee gekocht», sagte er. «Setz dich, Rike. Was ist passiert? Du siehst ganz aufgelöst aus.»

«Dazu kommen wir später», sagte sie und folgte seiner Aufforderung.

Carl stellte die Kanne, eine Zuckerdose und zwei Tassen auf den Tisch.

«Dann schieß los», sagte er. «Was kann ich für dich tun?»

Rike atmete einmal tief durch. «Seit wann weißt du, dass du mein Vater bist?»

Tausendmal war Rike dieses Gespräch in Gedanken durchgegangen. Welche Worte sollte sie wählen, wie würde Carl reagieren? Nun war es endlich raus, aber ganz anders, als sie es sich vorgenommen hatte.

Sein Blick wurde noch wärmer. «Wie kommst du darauf, Rike?», sagte er schließlich.

«Weil ich zwei und zwei zusammenzählen kann!» Jetzt schrie sie vor lauter Aufregung beinahe. «Du selbst hast mir erzählt, wie sehr du Mama geliebt hast. Und nach Opa Schuberts Tod gab es zusätzlich zu seinem Testament und Mamas Tagebuch noch einen Brief, den er an mich geschrieben hatte.»

Rike hatte diese Zeilen inzwischen so oft gelesen, dass sie sie fehlerfrei aus dem Gedächtnis zitieren konnte.

«Ich wünsche mir so sehr, dass du es einmal besser machst und zu dem Lebenspartner stehst, der deiner auch würdig ist. Dabei baue ich auf den klugen Mann, der dein wahrer Vater ist. Kommst du nach ihm, muss ich mir keine Sorgen machen ...»

Sie hätte ihr Gegenüber am liebsten geschüttelt, so ruhig und konzentriert, wie Carl dasaß.

«Damit meint er doch dich – eindeutig! Wieso sagst du nicht endlich etwas? Hast du Angst vor der Wahrheit?»

Carl war aufgestanden und kam zu ihr. Er zog sie hoch, jetzt lag sie an seiner Brust, fühlte sich sicher und geborgen.

«Du meine Tochter? Mein Herzblut hätte ich dafür gegeben», sagte er leise. «Aber es ist nicht wahr, Rike. Es ist schlicht und einfach unmöglich.»

«Das kann doch gar nicht sein! Du hast mir doch erzählt, dass du vor Papa mit ihr zusammen warst ...»

Eine große Schwäche hatte ihren ganzen Körper erfasst. Rike war froh, dass Carl sie hielt, denn sonst hätte der Kachelboden sie womöglich nicht mehr getragen.

«Seelisch-geistig – ja. Da waren wir uns sehr nah. Körperlich aber leider nicht. Ich war unsterblich verliebt in Alma, aber sie hat mich nicht begehrt. Ich habe niemals mit ihr geschlafen, sosehr ich mir das auch gewünscht hätte. Sie hat mich eine ganze Weile hingehalten, und natürlich habe ich mir Hoffnungen gemacht. Aber ich blieb immer nur der für die Gedichte und die romantischen Abende. Ihr Bett hat sie mit einem anderen Mann geteilt.»

«Papa?», flüsterte Rike. War Friedrich Thalheim doch ihr Vater?

«Fritz kam erst später zum Zug. Ich denke, da müsste sie bereits mit dir schwanger gewesen sein, was mein eitler Bruder damals natürlich nicht geahnt hat.»

«Warum hat sie denn dann nicht diesen anderen Mann geheiratet?»

«Sie muss ihre Gründe gehabt haben, Rike.» Es klang abschließend.

«Du hast sie trotzdem weiterhin geliebt?» Sie machte sich frei und setzte sich wieder.

«Ich konnte nicht anders. Und ja, ich hätte auch eine Alma in anderen Umständen geheiratet, wenn sie mich gewollt hätte. Aber sie hat Fritz gewählt.»

Rike griff nach ihrer Tasse und trank.

«Weißt du, wer es war?», fragte sie.

Carl zuckte die Achseln. «Ich habe nicht die leiseste Ahnung. Wenn Alma wollte, konnte sie ungemein verschlossen sein.»

«Opa Schubert muss diesen Mann gekannt haben, und er hat ihn auch geschätzt, sonst hätte er es nicht so formuliert ...» Rike gingen die Worte aus, so durcheinander fühlte sie sich.

381

«Alma und ihr Vater sind beide tot. Du solltest die Vergangenheit ruhen lassen.» Es klang fast bittend.

«Wie könnte ich das?», sagte Rike kopfschüttelnd. «Ich muss doch wissen, wer ich bin. Verstehst du das?»

Carl nickte.

«Und trotzdem muss ich heute ausnahmsweise für meinen Bruder sprechen», sagte er. «Als Almas Ehemann hat Friedrich versagt, bei dir jedoch habe ich ihm nichts vorzuwerfen. Er hat dich selbstbewusst und mutig erzogen, ist voller Stolz auf deinen schlauen Kopf und liebt dich sehr, das weiß ich. Zu erfahren, dass ein anderer dein Vater ist, würde ihm das Herz brechen. Willst du wirklich so weit gehen?»

Rike stand auf und begann durch die Küche zu laufen.

«Sogar das hast du von ihm», sagte Carl mit einem traurigen kleinen Lächeln. «Ihr beide seid euch ähnlicher, als du glaubst.»

Sie war bei den Bilderrahmen angelangt.

«Darf ich?», fragte sie.

Er nickte, nach einem kleinen Zögern, und Rike nahm den ersten in die Hand.

Die Frau auf dem Foto war ihre Mutter, ein Halbporträt, das aus Almas frühen Zwanzigern stammen musste. Sie trug eine schlichte weiße Bluse, hatte die dunklen Haare im Nacken lose zusammengenommen und sah versonnen drein, fast träumerisch.

«So mochte ich sie am liebsten», sagte Carl leise. «Vielleicht, weil ich dann glauben konnte, dass meine Träume eines Tages doch wahr werden würden.»

Die Frau auf dem rechten Foto war blond, machte einen

Spagat und zeigte dabei ein strahlendes Lächeln, mit dem sie die ganze Welt zu umarmen schien.

«Katharina», sagte Carl. «Aber alle haben sie nur Kitty genannt. Die Nazis wollten vor der Olympiade auf Biegen und Brechen einen Leichtathletikstar aus ihr machen, weil sie so gut im Weitsprung war, aber das hat sie nicht interessiert. Sie hat sich dem Drill verweigert und lieber ihr Brot als Statistin in Babelsberg verdient, da sind wir uns damals auch begegnet. Sie war jung, schön, ungemein talentiert. Schließlich gab es sogar die Chance auf eine anständige Filmrolle, doch dazu ist es leider nicht mehr gekommen.»

Rike sah ihn fragend an.

«Eines Tages war Kitty weg, wie vom Erdboden verschluckt. Ich habe nach ihr gesucht – leider vergebens. Seitdem habe ich sie nie wieder gesehen.» Er nahm Rikes Hände. «Und jetzt wieder zu dir», sagte er. «Warum bist du so aufgelöst, was ist beim Richtfest passiert?»

«Markus Weisgerber ist zurück in Berlin, das ist passiert», erwiderte Rike. «Und zwar mit großem Tamtam. Anklage vor dem Rohbau – was für ein Auftritt! Morgen wird die lokale West-Presse voll davon sein. Ich könnte mir sogar vorstellen, dass auch bei euch im Osten darüber berichtet wird.» Sie strich sich über das Gesicht. «Unser Richtfest hatten wir uns anders vorgestellt!»

Carl zog sich einen Stuhl heran.

«Jetzt erzähl mal schön der Reihe nach», sagte er. «Ich bin ganz Ohr!»

Als sie lange nach Mitternacht vor der Bleibtreustraße von Carls Motorrad stieg, das er tagsüber einem Nachbarn geliehen hatte, und nach oben schaute, brannte in ihrem Zimmer noch Licht. Er verabschiedete sich liebevoll, dann stieg er auf und fuhr wieder zurück.

Schwierige Tage, die auch ihm bevorstanden. Am Landgericht bekam er wegen seiner in den Augen der Vorgesetzten zu laxen Strafmaßforderungen immer größere Schwierigkeiten. Carl erwog bereits, zum zweiten Mal in seinem Leben die Karriere beim Staat zu beenden und künftig als Anwalt tätig zu werden. Außerdem hatte Lydia die Scheidung eingereicht, weil sie Pastor Grothe heiraten wollte. Carl lebte schon viele Jahre getrennt von ihr – nicht gerade mönchisch, wie alle wussten –, und dennoch schien ihm dieses endgültige Ehe-Aus mehr zuzusetzen, als Rike jemals gedacht hätte.

Alles ist im Wandel, dachte sie, während sie die Treppen hinaufstapfte. *Dabei hatte ich so sehr gehofft, wir alle würden endlich ein bisschen innere Ruhe finden.*

«Silvie?», rief sie, als sie im Flur angelangt war. «Wieso bist du so spät noch auf – und was machst du eigentlich in meinem Zimmer?»

«Ich hätte da auch eine Frage», kam es dumpf zurück. «Was hast du dir eigentlich dabei gedacht?» Sie saß vor dem Bett auf dem Boden, auf dem Schoß Almas Tagebuch, und schaute Rike wütend an. «Wie lange hältst du das schon vor mir versteckt?», schnaubte sie. «Und sag jetzt bloß nicht, seit 1946!»

«Aber wie kommst du denn ...»

«Die Absätze meiner schwarzen Schuhe sind total im

Eimer, da wollte ich mir deine pumpen. Um mit Kollegen noch einen trinken zu gehen – nach diesem Wahnsinnstag. Aber wie es aussieht, ist mit dem Wahnsinn noch lange nicht Schluss ...»

«Du hast heimlich in meinem Schrank gewühlt?»

«Jetzt bleib mal schön auf dem Teppich, Ulrike! Mir das Tagebuch unserer Mutter vorzuenthalten ist eine Mordsschweinerei!»

«Ich wusste nicht, was ich damit machen sollte, als ich damals aus Zürich zurückkam.» Rike spürte selbst, wie flach diese Ausrede klang. «Du hast es gelesen?»

«Natürlich habe ich das! Du etwa nicht?», fragte Silvie zurück.

«Ich konnte es einfach nicht ...»

«Vielleicht gar keine so schlechte Idee bei deiner Prüderie! Mama hat nämlich so gut wie nichts ausgelassen. Ganz verrückt muss sie nach diesem Kerl gewesen sein. Hör doch nur mal:

... Mann im Fleisch, Feuer in meinen Adern, Glut unter meiner Haut, kann nicht schlafen, mag nichts mehr essen, kann nur noch sehnen. Du, du, du! Mach mich wieder ganz, erfüll mich mit deiner Lust, mach mich leben, mach mich fühlen, mach mich lieben. Ohne dich bin ich nichts. Ohne dich verliere ich noch mein allerletztes bisschen Verstand ...» Sie schaute auf.

«Ganz schön starker Tobak, oder? Und das alles kurz nach dem Großen Krieg, zu einer Zeit also, in der die deutschen Frauen noch so keusch sein mussten!»

Rike hielt den Atem an. «Hast du einen Namen gefunden?»

«Ich bin noch nicht ganz durch, aber bislang nennt sie ihn durchgehend *Liebster*. Vielleicht hatte sie Angst, dass irgendjemand diese Zeilen lesen könnte, was ich gut verstehen kann. Stell dir nur mal vor, das wäre Papa gewesen … Allerdings hätte sie das auch ohne Namensnennung in allergrößte Schwierigkeiten bringen können – dich eingeschlossen, meine Liebe!»

Silvie sah Rike durchdringend an.

«Denn wer immer auch dieser Mann war – er ist dein Vater. Steht hier schwarz auf weiß.» Silvie blätterte zurück.

«… *bin ich schwanger. O Gott, ich bin schwanger, ohne einen Ring am Finger! Was soll ich nur tun? Mein Liebster ist gefunden. Carl würde mich nehmen, auch so, doch mit ihm kann ich mir ein Leben nicht vorstellen. Und Friedrich? Er ist stark, er hat Pläne, er wird mich tragen, aber es muss schnell gehen …*»

«Sie hat mich ihm eiskalt untergeschoben.» Rike klang bitter.

«Eiskalt?», fuhr Silvie auf. «Ganz im Gegenteil! Sie konnte lieben wie eine Wahnsinnige, rasend bis zur Selbstzerstörung. Vielleicht habe ich meine Fähigkeit, tiefe Gefühle zu empfinden, ja von ihr geerbt.»

«Ein Strohfeuer! Etwas ohne Halt und Bestand …»

«Von wegen Strohfeuer! Sie hat an dieser Liebe festgehalten, auch wenn sie sie über Jahre nicht leben durften, doch irgendwann ist ihre Abwehr zerbröselt. Hier, das ist Jahre später, Januar 1933, da war Hitler gerade an die Macht gekommen:

… *bin wieder schwach geworden. Kann nicht anders, will*

nicht anders. Du in meiner allernächsten Nähe, unerreichbar, fest gebunden, bringst mich um den Schlaf. Will in deinen Armen ertrinken, will wieder diese grenzenlose Lust erfahren, die nur du mir schenken kannst, mein über all die Maßen Geliebter. Unsere Körper verschmolzen in alchemischer Hochzeit. Komm nicht mehr zu uns nach Hause, ich flehe dich an, wo lauter neugierige Augen und Ohren lauern. Lass uns einen Ort wählen, der allein uns gehört, ein kleines Hotel am Ku'damm, unser Zimmer wartet schon auf uns ...»

Und plötzlich war es, als hätte jemand den Schleier von Rikes Augen gezogen, den sie selbst jahrelang mit aller Kraft festgehalten hatte.

Sie hatte es gewusst. Sie hatte *alles* gewusst.

Die überraschenden Nachmittagsbesuche in der Villa.

Das abgeschlossene Zimmer im zweiten Stock.

Mamas verlegenes Hüsteln, wenn sie später ihr Kleid zurechtzupfen musste.

Die Anrufe, bei denen plötzlich aufgelegt wurde, wenn eines der Kinder abgehoben hatte.

Schließlich dann der Zettel, der der Mutter aus der Tasche gefallen war. *17. Februar, 12 Uhr, Hotel Mira, Ku'damm 40 ...*

Rike hatte Übelkeit vorgetäuscht, war früher aus der Schule weggegangen, angeblich direkt nach Hause, in Wirklichkeit aber zu jenem Hotel. Mama war zu spät dran gewesen, wie meistens, war fast eine halbe Stunde später als vereinbart in die Lobby gestürzt und sofort im Aufzug nach oben verschwunden.

Was tun? Warten? Abhauen?

Eigentlich hatte Rike alles gesehen, was sie sehen musste.

Kurz darauf war Mama wieder in der Lobby erschienen, verweint, offensichtlich verwirrt, wie nicht ganz bei sich.

Rike, schon im Begriff zu gehen, hielt sich eng an eine Säule gedrückt.

Doch die Mutter schaute nicht zu ihr, daran erinnerte sich Rike plötzlich wieder ganz genau, sondern sie rannte wie eine Schlafwandlerin aus dem Hotel mitten auf die Fahrbahn.

Der Mann kam erst dazu, als sie bereits tot war.

Sein Gesicht wie versteinert, sogar das Kinngrübchen war plötzlich verschwunden. Er schüttelte den Kopf, wieder und wieder, als könne er nicht fassen, was seine Augen sehen mussten, und legte die Hand auf ihr Herz, das nun nicht mehr für ihn schlug.

Bitterlich weinend …

Markus, dachte Rike, *und ich bin kein bisschen schuld an allem. Mama hat nicht so panisch reagiert, weil sie mich entdeckt hatte und Angst haben musste, dass ihre Affäre aufgeflogen war, wie ich all die Jahre stets geglaubt habe.*

Es fühlte sich für sie an, als sei sie soeben aus einem endlosen Schlaf erwacht. Die Gewissheit traf sie wie ein Schlag.

Markus Weisgerber. Er ist mein Vater.

12

Berlin, Sommer 1951

Die Stadt war voller deutscher Stars. Morgen sollte das Erste Internationale Filmfestival mit Alfred Hitchcocks Thriller *Rebecca* als festlichem Auftakt beginnen – Berlinale genannt. Gustav Knuth war gesichtet worden, Adrian Hoven, Maria Schell, Dieter Borsche, Olga Tschechowa und der blonde Frauenschwarm Curd Jürgens. Alle Zeitungen berichteten darüber; Autogrammjäger lagen vor den großen Hotels auf der Lauer. West-Berlin im Filmtaumel: große bunte Plakate hingen an den Kinos, zahlreiche festliche Zusatzveranstaltungen waren geplant. Die Stadt gab sich redlich Mühe, an die alte kulturelle Größe vor dem Naziregime anzuknüpfen, auch wenn Trümmergrundstücke und Schutthalden noch immer davon zeugten, was sie im Krieg erlitten hatte. «Dem Osten zeigen, was die freie Welt kann – auch im Film», so lautete der Anspruch, eine starke Parole anlässlich des seit mehr als einem Jahr anhaltenden Koreakriegs, der längst international geworden war und in vielen Ländern Befürchtungen auslöste, es könne zu einem Dritten Weltkrieg kommen.

Politischer Gegenwind aus dem Osten Deutschlands ließ nicht lange auf sich warten. Die Entscheidung, für das Festival keine Beiträge aus dem Ostblock zuzulassen, hatte die DDR-Führung scharf kritisiert. Außerdem reagierte man auf die Ankündigung, in den Kinos nahe den Sektorengrenzen Filme laufen zu lassen, die mit Ost-Währung bezahlbar waren, mit Verschärfungen an den Sektorengrenzen. Schon jetzt bildeten sich immer längere Schlangen vor den Schlagbäumen, und Ausweisdokumente wie Tascheninhalte wurden streng kontrolliert. Ein tägliches Ärgernis für die nahezu hunderttausend Ost-Berliner, die in West-Berlin ihren Arbeitsplatz hatten und umgekehrt, wenngleich die Anzahl der West-Berliner, die im Osten arbeiteten, etwas niedriger lag.

Aber noch etwas anderes stand für morgen an, etwas, das für Rike weitaus wichtiger war als die Berlinale: die offizielle Wiedereröffnung des *Modekaufhauses Thalheim*. Eigentlich hätte die schon vor mehreren Wochen stattfinden sollen, doch technische Probleme mit der ausgefallenen Dachkonstruktion hatten eine zweimalige Terminverschiebung notwendig gemacht. Nun aber war endlich alles so, wie es sein sollte, außen wie innen. Es war ein prächtiger, auffälliger Bau geworden, die Leuchtschrift lief, und die Bienenwaben an der Fassade würden die ganze Nacht über erstrahlen. Sogar das Wetter spielte mit und hatte einen wolkenlosen, tiefblauen Juniabendhimmel über die Stadt gespannt.

Bunte Luftballons in den Farben Mint, Blau und Flieder schwebten innen durch die Geschosse des Neubaus. Für das ebenso extravagante, nur auf den ersten Blick schlicht wirkende Beleuchtungskonzept zeichnete der Brandenburger Hans Schlehvogel verantwortlich, der den Krieg bei Verwandten in Uruguay verbracht hatte: Aus einem unter der Decke umlaufenden «Graben» strömte indirektes Licht in den Verkaufsraum und ließ ihn taghell wirken. Zusätzlich angebrachte Spots, nach Wunsch verstellbar, sollten Akzente setzen. Lichtgraue Böden, an den Wänden abgetöntes, ruhiges Weiß, dazu als Farbtupfer Claires Lieblingsfarben Mint, Bleu und helles Flieder für Theken, Regale und die geräumigen Umkleidekabinen, in denen sich keine Kundin beengt fühlen musste.

Überall roch es ein wenig nach Farbe, aber die neue Damenmode von Mantel, Kleid, Kostüm, Rock und Bluse bis hin zu einer phänomenalen Strickkollektion und Accessoires wie Tüchern, Gürteln und Handtaschen hing an Ort und Stelle. Jetzt, wo es wieder alles ohne Marken zu kaufen gab, sollte es den Kundinnen an nichts fehlen. Der Gesamteindruck war schier überwältigend – hell, luftig, topmodern.

Einfach sen-sa-tionell, wie Silvie immer wieder beteuerte.

Lüthi gab sich wie meistens schweigend, von der Presse bereits im Vorfeld zum Architekten des Jahres gekürt, doch man sah ihm an, dass auch er zufrieden war. Angesichts des Eklats beim Richtfest hatten Friedrich und Rike auf eine pompöse Feier verzichtet und an diesem Vorabend nach Absprache mit Silvie nur einen ausgesuchten Journalistenkreis geladen.

«Wir wollen durch Qualität überzeugen», wandte Rike sich nach der ersten Begrüßung an die Presseleute und Fotografen, die sich im Vestibül versammelt hatten. Jeder hatte ein Glas Sekt in der Hand, um die Stimmung etwas aufzulockern. Dass sie sie sehr genau im Auge behalten würden, war ihr bewusst. Nicht nur Silvie, ganz in Lichtblau, die emsig umherschwirrte, damit alle versorgt waren, zog die allgemeine Aufmerksamkeit auf sich. In ihrem korallenroten Sommerkleid mit Carmenausschnitt war auch Rike eine Augenweide. Die anerkennenden Blicke der Männer sagten es ihr, aber auch die sehnsüchtigen der jungen Frauen, die sich unter den Journalisten befanden. «Und nicht durch Skandale. Deshalb stellen wir Thalheims uns der Vergangenheit – ohne Wenn und Aber.»

Rike sah hinauf zum prächtigen Glasdach. Unwillkürlich musste sie an jenen Tag im Jahr 1932 denken, an dem die Familie in festlicher Stimmung am selben Ort zusammengekommen war. Viele von damals fehlten heute, allen voran ihre Mutter, ein Jahr später auf dem Ku'damm tödlich verunglückt, ebenso wie Ruth Sternberg, 1942 ermordet im KZ Sachsenhausen. Oskar, den der Krieg ihnen genommen hatte. Lydia, mittlerweile mit Pfarrer Grothe verlobt, die kaum noch Kontakt zu ihnen hielt. Oma Frieda, die ganz in ihrer eigenen Welt lebte. Carl, den mit seinem geplanten Berufsumstieg derzeit existenzielle Sorgen plagten. Paul, der ausgerechnet heute mit dem *Rosenquartett* in einem angesagten Kellerlokal gebucht war. Gregor, der für eine wichtige Prüfung paukte. Flori, bei der heute eine Schulaufgabe in Englisch anstand. Auch Miri war nicht dabei, doch über sie musste man sich derzeit keine Sorgen machen. Jedenfalls klangen ihre Briefe aus dem Kibbuz noch immer euphorisch. Dafür stand Claire neben ihrem Mann, lächelnd, charmant, Friedrich eine liebende Stütze in guten wie schwierigen Zeiten. An ihrem Handgelenk funkelte erstmalig Almas Brillantarmband. Alle aus der Familie waren sich darüber einig gewesen, dass es von nun an ihr gehören sollte.

Damals war Rike noch ein Kind gewesen. Heute, neunzehn Jahre später, ruhte die Verantwortung für das Kaufhaus auf ihren Schultern. Sie hatte Opa Schuberts Erbe investiert und alles riskiert; ging der Plan nicht auf, gab es keine weiteren Reserven mehr. Ihre Hände waren feucht, so nervös war sie, aber sie würde sagen, was sie zu sagen hatte. Leider fehlte Sandro an ihrer Seite, der als Einziger das Kunststück beherrscht hätte, sie zu beruhigen. Seiner Mutter ging es nach einer Phase der Besserung gesundheitlich erneut schlechter, das hatte ihn in Sorge versetzt und die geplante Reise nach Berlin verschieben lassen. Aber er hatte fest versprochen, im August zu kommen und dann länger zu bleiben.

Rike sprach frei, ohne vom Blatt ablesen zu müssen. Das Training an der FU, wo sie inzwischen die letzten Prüfungen abgelegt und das Diplom in Betriebswirtschaft erhalten hatte, half ihr dabei.

«Die Familie Thalheim bedauert unendlich, was Markus und Lilo Weisgerber durch das nationalsozialistische Verbrechersystem an Schrecklichem widerfahren ist. Die aktive Verstrickung der damaligen Behörden, in diesem Fall insbesondere des zuständigen Finanzamtes Berlin-Charlottenburg, schreit zum Himmel. Repressalien gegen jüdische Mitbürger wie die sogenannte ‹Reichsfluchtsteuer› und das Einfrieren von Vermögen auf Sperrkonten waren ein großes Unrecht, das leider nicht nur die Weisgerbers erleben mussten, sondern auch viele andere.»

Sie atmete tief ein und wieder aus. Jetzt kam der wichtigste Teil ihrer Rede.

‹Ein britisch-deutsches Juristengremium hat inzwischen einwandfrei geklärt, dass meinen Vater Friedrich Thalheim in diesem speziellen Fall keinerlei Schuld trifft. Er hat seinen ehemaligen Partner vor dessen durch die Nationalsozialisten erzwungenen Emigration in die USA korrekt ausbezahlt. Wie hätte er auch ahnen können, dass ein höherer Bankangestellter, offenbar in vorauseilendem Gehorsam, eigenmächtige Kontomanipulationen vornehmen würde?»

Rike legte eine effektvolle Pause ein, genau so, wie Silvie es ihr empfohlen hatte, und ließ den Blick über die Anwesenden schweifen, die allesamt an ihren Lippen hingen.

«Damit landete das *gesamte* Geld auf einem Sperrkonto, und Markus Weisgerber und seine Frau konnten lediglich mit einem kleinen Barbetrag in die USA einreisen. Auch später blieb ihnen der Zugriff auf ihr Vermögen verwehrt. Es muss ungemein hart für sie gewesen sein, auf diese Weise den Weg in ein neues Leben zu wagen, zudem in einer Sprache, die beide anfangs nur rudimentär beherrschten. Dazu kam die tiefe Enttäuschung über den einstigen Freund und Partner in Deutschland, der sich – in ihren Augen – gegen sie verschworen und damit nicht nur ihr Vertrauen, sondern auch ihren Stolz zutiefst verletzt hatte. Erst die Rückkehr der beiden nach Berlin viele Jahre später konnte schließlich Klarheit schaffen. Es liegt nun an den offiziellen Stellen, die fällige Entschädigung zügig abzuwickeln. Die Bundesrepublik Deutschland und das Land Berlin dürfen diese jüdischen Opfer nicht länger warten lassen ...»

Ihr Blick glitt zu Markus, der ihn gelassen erwiderte, während Lilo neben ihm die Augen geschlossen hielt. Seit Rike die Wahrheit über ihre Herkunft kannte, war es ihr schleierhaft, dass sie die Ähnlichkeit nie bemerkt hatte: Sie hatte seine Augen, seine Stirn, seine Locken, daran bestand kein Zweifel. Wann immer sie ihn seit seiner Rückkehr gesehen hatte, schwankte sie, ob sie ihn lieben oder hassen sollte. Als Kind hatte sie ihn heimlich angebetet. Dann kam der tödliche Unfall ihrer Mutter, der alles verändert und sie unendlich weit von ihm entfernt hatte. Inzwischen wusste sie, wie tief sie trotz allem mit ihm verbunden war.

Aber was war mit Markus?

Ahnte er nicht, dass sie sein Fleisch und Blut war?

Nicht einmal Silvie wusste bislang, dass Markus der geheimnisvolle Liebhaber aus dem Tagebuch der Mutter war. Nur Miri war eingeweiht, aber die war weit weg. Und natürlich Sandro, ihr Verlobter, der ihr abermals zur Besonnenheit geraten hatte. «Eine Familie, aus der man eine so wichtige Person wie den Vater austauscht, kann zu einem Haus ohne Fundament werden. *Un casa senza fondamento? Molto pericoloso* – sehr gefährlich! Du musst den richtigen Moment finden, *amore*. Sonst kracht alles in sich zusammen.»

Der richtige Moment. Leicht gesagt.

Aber wann genau würde der sein?

«In einer Presserklärung haben wir die wichtigsten Fakten für Sie noch einmal zusammengefasst, meine Damen und Herren», ergriff nun Friedrich das Wort, der sich mehrfach geräuspert hatte, als habe er zu lange geschwiegen. «Alle Missverständnisse zwischen den Familien Thalheim und Weisgerber sind inzwischen ausgeräumt, und ich hoffe doch sehr, Sie werden in Ihren Artikeln diesem Umstand gebührend Rechnung tragen. Lassen Sie uns nun zum Eigentlichen unseres heutigen Zusammentreffens kommen: dem brandneuen *Modekaufhaus Thalheim*, das ab morgen allen Kundinnen und Kunden offen steht. 1943 wurde es ein Opfer der Bomben und brannte bis auf die Grundmauern nieder. Nun ist es am Ku'damm wiederauferstanden – schön und so sehr am Puls der Zeit wie nie zuvor. Wenn unser Herz auch schwer ist, weil unser geliebter Sohn und Bruder Oskar, der nicht aus sowjetrussischer Kriegsgefangenschaft zurückgekehrt ist, an diesem festlichen Tag nicht bei uns sein kann, so ist unsere Freude über diesen Neubeginn dennoch riesengroß. Teilen Sie sie mit uns! Schwirren Sie aus, erkunden Sie alles auf eigene Faust, und stellen Sie dann dem international ausgezeichneten Architekten Urs Lüthi, meiner Frau, meiner Tochter Ulrike, unserer neuen Personalchefin, und mir Ihre Fragen. Meine Tochter Silvia, Ihnen allen sicherlich von Ihrer Arbeit beim RIAS bekannt, steht ebenfalls dafür zur Verfügung: Wir alle sind für Sie bereit!»

«Sie lieben es jetzt schon», sagte Markus halblaut zu Rike, während die Journalisten und Fotografen eifrig die oberen Stockwerke erkundeten. «Und dass ihr so reichlich Verkaufspersonal aus dem Osten eingestellt habt, spart euch nicht nur Geld, sondern wird den Westmedien besonders gut gefallen. Kluger Schachzug übrigens, die Eröffnung mit dem Festival zu verknüpfen. Könnte fast von mir sein.» Er zwinkerte ihr zu. «Auch wer sich niemals im Leben ein Cocktailkleid leisten könnte, möchte in diesen Tagen wenigstens davon träumen. Ab morgen werden sie euch die Bude einrennen ...»

«Wir sind schlicht und einfach nicht früher fertig geworden», erwiderte Rike. «Aber wenn uns die Berlinale jetzt beim Umsatz nützt, soll es mir recht sein.»

«Bist du eigentlich jemals unvernünftig, Rike?», sagte Markus plötzlich. «Schon als Kleine bist du mir oft wie ein tapferer kleiner Soldat vorgekommen.»

Das hatte Miri auch gesagt. Allerdings hatte sie sie dabei mit Carl verglichen.

«Blieb mir denn etwas anderes übrig?», antwortete sie. «Für das Chaos habt doch schon ihr Erwachsenen gesorgt – und das reichlich.»

Ihre Blicke kreuzten sich. So viel Ungesagtes lag zwischen ihnen in der Luft.

«Wir sollten in Ruhe reden», murmelte Markus. «Nur wir beide. Sobald das alles hier gut über die Bühne gegangen ist.»

«Allerdings», entgegnete Rike, während ihr Herz wie wild zu klopfen begann.

«Aber zuvor hätte ich noch einen Vorschlag: Ganz zufällig bin ich ziemlich gut bekannt mit Oscar Martay, dem amerikanischen Initiator des Filmfestivals.»

«Du kennst Martay persönlich?»

Er nickte. «Das mit dem Catering für die Filmstudios, mit dem ich uns anfangs in Hollywood über Wasser gehalten habe, war mir bald zu öde. Lilo hat zwar immer mehr Aufträge als Maskenbildnerin bekommen, weil sich ihre Qualitäten unter den Schauspielern herumgesprochen haben, aber allein davon hätte eine Familie nicht leben können.»

Rikes Blick wurde noch fragender.

«Ja, sie war endlich wieder schwanger, was sie sich so

inniglich gewünscht hatte, aber leider hat Lilo auch dieses Kind zu früh verloren. Es hat lange gedauert, bevor sie sich halbwegs davon wieder erholt hatte. Ein Teil von ihr trauert bis heute darüber. Vier Fehlgeburten innerhalb weniger Jahre, das ist mehr, als eine Frau ertragen kann. Um sie und mich abzulenken, bin ich schließlich in die Kinowerbung eingestiegen. Verkaufen hat mir schon immer gelegen, wie du ja weißt. Damit hat Martay in den USA gutes Geld verdient. Und so sind wir beide miteinander bekannt geworden.»

Er nahm Rikes Hand, was sie nur kurz aushielt, bevor sie sie wieder zurückzog. Als Kind hatte er sie oft durch die Luft gewirbelt, eines ihrer damaligen Lieblingsspiele, aber in jenen unbeschwerten Zeiten war er für sie «Onkel Markus» gewesen, der beste Freund der Familie, und sie hatte sich ihm gegenüber stets ungezwungen gefühlt.

«Ich könnte ihn morgen zur Eröffnung herbringen», fuhr er fort. Falls ihm ihr Rückzug etwas ausmachte, ließ er sich nichts anmerken. «Zusammen mit einer reizenden jungen Dame. Nein, Joan Fontaine, die umjubelte Hauptdarstellerin aus *Rebecca*, wird es leider nicht sein», fügte er schnell hinzu, als er Rikes erwartungsvolle Augen sah. «So weit reicht mein Einfluss dann doch nicht. Hollywoodstars kaufen ihre Roben bei Couturiers und nicht in einem Berliner Kaufhaus, selbst wenn es so schick ist. Aber er hat eine deutsche Freundin, ebenfalls Schauspielerin, noch nicht ganz so berühmt. Die soll er mitbringen. Vielleicht fängt die ja bei euch Feuer.»

«Das würdest du tun?», sagte sie.

Oscar Martays Anwesenheit mit seiner Freundin im Modekaufhaus Thalheim war von der erneut anwesenden Presse begeistert ausgeschlachtet worden. Renate Barten, so ihr Künstlername, hatte spontan zwei Kleider und ein Kostüm gekauft, in denen sie sich ablichten ließ, was viele Schaulustige anlockte. Über mangelnden Kundenzulauf konnten sie sich also nicht beschweren, wenngleich einige über zu hohe Preise murrten und die Umsätze des ersten Verkaufstages trotz allem hinter den Erwartungen zurückblieben.

«Viele Menschen müssen noch immer den Pfennig umdrehen», sagte Silvie, als Rike sich abends darüber beklagte.

Rike kümmerte sich um das rund zwanzigköpfige Personal sowie Werbung und Öffentlichkeitsarbeit, während Friedrich zusammen mit der neuen Direktrice Eva Kukschinski, die auch dem stark verkleinerten Maßatelier vorstand, den Warenbestand kontrollierte und die Nachorder besorgte. Die Zusammenarbeit mit Brahm hatten sie inzwischen auf ein Minimum reduziert. Nicht nur mit seinem Geschmack, vor allem mit seinem Frauenbild schien er ganz aus der Zeit gefallen zu sein. Keine der jungen Verkäuferinnen, von ihm launig «Mädels» genannt, mochte seine schmierigen Avancen. Rike hatte vor, sich geschäftlich demnächst ganz von ihm zu trennen.

«Nachdem sie so lange hungern mussten, investieren sie lieber in anständiges Essen», fuhr Silvie fort, «anstatt sich neue Klamotten zu kaufen. Aber das kommt, wirst schon sehen – sobald alle satt sind!»

«Ich hoffe nur, wir überstehen diese Phase», sagte Rike. «Ich dachte eigentlich, sie alle brennen schon jetzt für ein neues Kleid oder eine schöne Bluse. Miriam meinte immer, die Frauen wollen nach dem Krieg vor allem wieder schön sein Ach, Miri, wie sehr ich sie vermisse!»

«Meinst du, sie wird glücklich mit Ben?», sagte Silvie leise. «Und schafft das, was ich nicht hinbekommen habe?»

Das erste Mal, dass sie nach langer Zeit offen darüber sprach. Rike überlegte sich jedes Wort, das sie erwiderte.

«In erster Linie schreibt sie über das Kibbuz», sagte sie. «Die Menschen, die Kinder, ihre Arbeit, die vielen Vorhaben, die die Gemeinschaft dort noch angehen will. Sie fühlt sich herzlich aufgenommen, was ihr offensichtlich sehr guttut. Ben kommt eher am Rande vor. Ihm gegenüber bleibt sie vorsichtig, würde ich mal sagen.»

«Aber wie lange noch? Ben kann sehr überzeugend sein, wenn er es darauf anlegt, daran erinnere ich mich noch ziemlich genau.» Silvies Lachen hatte etwas Schmerzliches. «Dann enttäuscht er sie vielleicht ebenso wie mich – obwohl sie Jüdin ist.»

«Unsere Freundin Miriam ist alles andere als eine Idiotin», sagte Rike. «Sie hat aus nächster Nähe miterlebt, dass Bens Gefühle ganz schön schwanken können. Ich denke, er müsste schon einen großen Schritt auf sie zu tun, damit sie ihm ganz vertraut.» Sie zögerte, dann sprach sie weiter: «Und außerdem war Ben damals ja längst nicht mehr der Einzige in deinem Leben, oder irre ich mich da?»

«Wäre ich nicht so feige gewesen, dann hätte ich jetzt ein Kind», fuhr Silvie fort. «Eigentlich doch schnurzegal, welchen Vater es hätte. Eine Mutter hätte es auf jeden Fall gehabt. Aber so bin ich heute ganz allein …»

«Was redest du da? Du hast doch uns, deine Familie!»

«Du weißt genau, wie ich das meine.» Silvies Tonfall war

schärfer geworden. «Papa und Claire sind sich gegenseitig genug, Flori macht demnächst ihr Abi und geht schon jetzt eigene Wege, und du wirst bald *Signora* Lombardi. Aber was ist mit mir? Außer Arbeit und noch einmal Arbeit gibt es gar nichts mehr in meinem Leben. Manchmal komme ich mir schon jetzt vor wie lebendig begraben. Sie haben nicht nur Ralf in den Bau gesteckt, sondern mich gleich mit dazu!»

Seit Monaten hatte er nicht mehr aus dem Gefängnis schreiben dürfen, aber Carl hatte sie wissenlassen, dass es nicht gut um ihn stand. Aufgrund der Schikanen, denen Ralf im «U-Boot» ausgesetzt war, wie das unterirdische, fensterlose Zellengefängnis in Weißensee von den Häftlingen genannt wurde, litt er mittlerweile an Herzschwäche und Vorhofflimmern.

«Die medizinische Versorgung dort ist marginal», hatte Carl besorgt gesagt. «Und für die Gefängnisleitung bedeutet jeder tote Gefangene ein Problem weniger, vor allem, wenn er zu krank geworden ist, um unbezahlte Zwangsarbeit zu leisten.»

«Trotzdem willst du der Juristerei treu bleiben?», hatte Rike nachgefragt, die ihn selten zuvor so verbittert erlebt hatte. «Auch wenn in eurem neuen, angeblich so viel besseren Deutschland derart mit Menschen umgesprungen wird?»

«Gerade deshalb! Soll ich etwa Kohlenfahrer werden, was ich mit meinem kaputten Bein ohnehin nicht könnte – wem wäre damit gedient?» Auf einmal klang er richtig kämpferisch, wie sie es schon viel zu lange nicht mehr von ihm gehört hatte. «So schnell werden die mich nicht los. Wie eine Zecke sitze ich ihnen im Pelz.»

«Ein Staatsanwalt, der die Seiten wechseln will? Werden sie dich dann als Anwalt vor Gericht nicht erst recht ausbremsen?»

«Mach dir um mich keine Sorgen, Rike! Ich weiß mich schon zu wehren. Außerdem brauchen Menschen auch bei zivilen Streitereien intelligente juristische Unterstützung. Noch warte ich auf die Antwort des Anwaltskollegiums in Friedrichshain, wo ich mit einsteigen könnte. Man muss ja irgendwo dazugehören; als Einzelkämpfer hat man in der DDR nur wenige Chancen. Aber man hat mich unter der Hand wissenlassen, dass die Zusage lediglich eine Frage der Zeit sei.»

«Du würdest dein geliebtes Potsdam tatsächlich verlassen?»

«Nur zum Arbeiten. Wohnen bleibe ich weiterhin im Holländischen Viertel.»

Diese Unterhaltung war ihr soeben wieder in den Sinn gekommen, während Silvie noch immer auf eine Antwort zu warten schien.

«Dann steig endlich aus deinem Grab», forderte Rike sie auf. «Ich bin mir sicher, dass Ralf so etwas niemals von dir verlangt hätte. Er weiß doch, wie du bist – ein durch und durch lebenstrunkenes Geschöpf!»

«Das hast du jetzt aber schön gesagt! Ich soll also auf Männerfang gehen?»

«Nein, lebendig sollst du wieder sein, Freude haben, Menschen treffen, dir spannende Filme anschauen, die du sonst nicht sehen kannst. Jetzt ist die beste Gelegenheit dafür! Nimm dir ein Beispiel an unserem Küken: Flori rennt jeden Abend in ein anderes Kino. Angeblich hat sie dabei auch noch ein sympathisches junges Mädchen aus Ost-Berlin kennengelernt, mit dem sie sich bestens versteht. Das Allerbeste daran: Vor lauter Begeisterung hat sie ganz vergessen, gegen alles und jeden zu sein – das nenne ich mal geglückte Unterhaltung.»

«Ich staune, Ulrike Thalheim», sagte Silvie leicht spöttisch. «Als Nächstes wirst du mir noch vorschlagen, dass ich Moschusduft tragen soll, um wildfremde Kerle anzulocken.»

Rike schmunzelte.

«Warum eigentlich nicht?», sagte sie. «Wenn es denn hilfreich wäre …»

«Gut!» Silvie stand so ungestüm auf, dass der Küchenstuhl hinter ihr krachend umfiel. «Warum legen wir beide dann kein Rouge auf und ziehen heute Abend gleich mal zusammen los?»

«Geht leider nicht.» Rike spürte selbst, wie steif sie plötzlich wieder klang.

«Ach, komm schon! Das Diplom hast du doch längst in der Tasche, und immer nur arbeiten ist auch keine Lösung.»

«Ich kann wirklich nicht.»

«Sieh einer an, Geheimnisse also», sagte Silvie spitz. «Die keinesfalls preisgegeben werden sollen. Ja, so ist es eben manchmal im Leben, Rike!»

Die kurze Strecke von Charlottenburg nach Lichterfelde in den amerikanischen Sektor bewältigte Rike in weniger als einer halben Stunde. Es gab unterwegs keine Hindernisse. Die letzten Schlagbäume innerhalb der westlichen Trizone Berlins waren 1948 abmontiert worden. Am Beginn der von alten Bäumen bestandenen Limonenstraße, in der die Weisgerbers ein neues Zuhause gefunden hatten, stieg sie vom Fahrrad und schob es die letzten Meter.

Markus schien sie bereits erwartet zu haben. Lässig rauchend stand er vor der Haustür.

«Schön, dass du da bist!» Er drückte seine Zigarette aus. Für einen Moment hatte es den Anschein, als wolle er sie umarmen, dann aber begnügte er sich mit einem Handschlag. «Komm rein. Wir gehen am besten gleich ins Wohnzimmer.»

Dunkle, erstaunlich altmodische Möbel, die den Raum fast erdrückten, ein Eindruck, den der schwere Orientteppich mit seinen üppigen Musterungen noch weiter verstärkte. Das war kein Ort, an dem es sich frei atmen ließ. Zum Glück ließen die Fenster zum Garten hin Licht und Grün herein.

Er schien zu ahnen, was Rike dachte.

«Eigentlich sollte man hier gar nicht wohnen», sagte er achselzuckend. «Das ganze Viertel war eine einzige Nazihochburg, und das spürt man noch heute an jeder Ecke. Aber was willste machen? Ist ja so vieles zerstört in Berlin. Unsere amerikanischen Freunde waren so liebenswürdig, uns dieses Haus übergangsweise zur Verfügung zu stellen. Sobald wir etwas Anständiges gefunden haben, sind wir hier raus. Ich suche ohnehin Räume für meine neue Firma. Werde mich nämlich mit einem amerikanischen Freund als Filmproduzent selbständig machen. Mach es dir bitte einstweilen so bequem wie möglich.»

«Du willst wirklich nicht wieder bei uns einsteigen? Braum ist so gut wie raus, dafür hab ich gesorgt. Wir könnten einen klugen Partner wie dich gut gebrauchen, Markus. Jemanden, der wie du die Branche von der Pike auf kennt. Und der sich zudem auch noch umgeschaut hat, wie es in den USA läuft! Also, meine Stimme hättest du …»

«Lieb von dir, Rike! Aber det mit die Klamotten, det war eenmal, verstehste? Ich bleibe beim Film, ein Metier mit großer Zukunft, wie ich glaube. Dort werde ich mich künftig austoben!»

Sie setzte sich vorsichtig auf die steife dunkelrote Couch.

«Was willst du trinken? Vielleicht einen *Whiskey sour*? In Hollywood sehr beliebt!»

«Warum nicht?», erwiderte Rike. Sie konnte ja nur daran nippen, wenn es ihr nicht schmeckte. «Wo ist Lilo? Oben?»

«Mit einer Freundin im Kino. Bin heilfroh, dass sie wenigstens ein paar Kontakte wiederbeleben konnte. Viele gibt es ja nicht mehr.»

Er ging nach nebenan in die Küche und kam nach einer Weile mit zwei Gläsern wieder zurück, in denen Eiswürfel klirrten.

«Whiskey, Zitronensaft, Zuckersirup», sagte er. «Ebenso einfach wie göttlich. Ich hoffe, er ist dir nicht zu stark.» Er hob sein Glas. «*Cheers*, Rike!»

Sie nahm einen winzigen Schluck und musste sich bemühen, nicht das Gesicht zu verziehen. Nicht ihr Fall, aber sie lächelte trotzdem höflich. Dann griff sie in ihre Handtasche und zog Almas Tagebuch heraus, jetzt, ohne nachzudenken, weil sie es sich sonst vielleicht noch einmal überlegen würde.

«Kennst du das?», fragte sie. «Es hat meiner Mutter gehört, und sie hat darin ihre geheimsten Gedanken aufgeschrieben. Unter anderem über einen Mann, den sie so leidenschaftlich geliebt hat, dass sie daran verbrannt ist.»

«Woher hast du das?» Er war blass geworden. «Das hat Alma ganz allein gehört, es war niemals für fremde Augen bestimmt!»

«Von Opa Schubert», sagte Rike. «Er hat das Tagebuch wohl genau aus diesem Grund nach ihrem Tod an sich genommen und schließlich mir vererbt, zusammen mit seinem beachtlichen Vermögen, das ich zur Gänze in den Kaufhausneubau investiert habe. Dazu gibt es noch einen an mich gerichteten Brief, der mich seit Jahren beschäftigt.»

Sie schloss die Augen und zitierte aus dem Gedächtnis:

Ich wünsche mir so sehr, dass du es einmal besser machst und zu dem Lebenspartner stehst, der deiner auch würdig ist. Dabei baue ich auf den klugen Mann, der dein wahrer Vater ist. Kommst du nach ihm, muss ich mir keine Sorgen machen ...»

Rikes Augen waren wieder offen. Unverwandt schaute sie Markus an.

«Bist du dieser Mann, Markus? Bist du mein Vater?»

Er sprang auf. «Der alte Schubert und ich mochten uns sehr. Wir hatten jahrelang schriftlichen Kontakt, als Lilo und ich schon in den USA lebten. Er hat uns sogar finanziell nicht unerheblich unter die Arme gegriffen, anfangs, als alles noch so schwierig war.»

«Das ist keine Antwort auf meine Frage, Markus!», beharrte Rike.

«Manchmal erinnerst du mich sehr an deine Mutter, weißt du das eigentlich?»

Sein Lächeln erlosch. Er wurde wieder ernst.

«Du fragst mich nach unserer Beziehung, und ich will dir ehrlich antworten. Ja, das zwischen mir und Alma war in der Tat besonders. Ich hab sie beim Tanzen kennengelernt, und als ich sie später dann zum ersten Mal richtig in den Armen hielt, war es um mich geschehen. Da war so viel Glut, so viel Leidenschaft, eine so grenzenlose Hingabe, wie ich sie noch nie zuvor erlebt hatte. Ich war hingerissen, ganz und gar in Almas Bann. Es gibt diese chemische Anziehung zwischen zwei Menschen, und die muss nicht einmal unbedingt mit Liebe zu tun haben. Ich bin geschwebt, geflogen, konnte über Wochen an nichts anderes mehr denken. Aber diese liebestolle Raserei, die zwischen zwei Laken gehört und nicht in den Alltag, hat mir auch Angst gemacht.»

Er zündete sich eine Zigarette an, bot auch Rike eine an, sie aber schüttelte den Kopf.

«Zudem war ich bereits mit Lilo verlobt, der heiteren, stets ausgeglichenen Lilo, die schon früh ihre Eltern verloren hatte und sich nichts so sehr wie eine Familie wünschte. Carl Thalheim, dein Onkel, hatte sich ebenfalls nach Alma verzehrt, aber dessen Avancen hat sie keinen Augenblick ernst genommen. Ganz anders dagegen sah es aus, als mein Kriegskamerad Friedrich ins Spiel kam, gewohnt, zu erobern und zu siegen …»

«Das alles weiß ich bereits», unterbrach ihn Rike ungeduldig. «Bist du nun mein Vater? Ich muss die Wahrheit wissen, Markus!»

«Die Wahrheit willst du wissen?», wiederholte er. «Ich fürchte, die hat deine Mutter für immer mit ins Grab genommen.»

«Was soll das heißen?»

‹Sie hat mir gesagt, dass sie ein Kind von mir erwartet. Wenige Stunden später verkündete Fritz mir freudestrahlend, dass Alma von ihm schwanger sei.»

‹Ja, das hat sie ihm offenbar gesagt, aber doch nur, weil sie nicht mehr weiterwusste.» Rike schlug das Tagebuch auf. «Hier, lies selbst!»

‹... bin ich schwanger. O Gott, ich bin schwanger, ohne einen Ring am Finger! Was soll ich nur tun? Mein Liebster ist gebunden. Carl würde mich nehmen, auch so, doch mit ihm kann ich mir ein Leben nicht vorstellen. Und Friedrich? Er ist stark, er hat Pläne, er wird mich tragen, aber es muss schnell gehen ...›*

Markus schlug das Tagebuch zu, als habe er schon zu viel gesehen, und schüttelte den Kopf.

‹Sie war mit uns *beiden* zusammen, zur selben Zeit, was sie natürlich keinem von uns erzählt hat. Vielleicht wusste sie ja selbst nicht, wer dich gezeugt hatte. Vielleicht aber hatte Alma sehr wohl eine Ahnung und hat es trotzdem für sich behalten. Nachprüfen lässt es sich heute nicht mehr. Denn wie das Schicksal so spielt, haben Fritz und ich die gleiche Blutgruppe. 0 – und damit mit allem kompatibel. Ich habe ihm damals im Feldlazarett Blut gespendet, daher weiß ich das so genau.»

Er lächelte.

«Aber mir insgeheim gewünscht, dein Vater zu sein, das habe ich oft. Besonders, als sich im Lauf der Jahre herausstellte, dass Lilo und ich keine Kinder haben würden. Doch damals hatte Alma sich für Fritz entschieden. Und ab jenem Moment habe ich die Finger von ihr gelassen.»

Plötzlich wurde es ganz leer in Rike.

Sie hatte so sehr auf eine eindeutige Antwort gehofft. Jetzt aber würden die Zweifel bleiben, ein Leben lang. Doch da gab es noch etwas, über das sie endlich Klarheit bekommen musste.

«Für einige Jahre – ja», sagte sie. «Doch dann ging es erneut mit euch los, als ich ungefähr elf war.»

Seine Miene verdüsterte sich.

«Ja, du hast recht», sagte Markus. «Leider. Denn das hätten wir niemals tun dürfen. Aber es war eine Ausnahmesituation, prall gespickt mit Schönem wie mit Schrecklichem: der Kaufhausumbau, der Aufstieg der Nazis, die ersten antisemitischen Auswüchse, Lilo, die gerade ihr drittes Kind verloren hatte. Wir alle waren wie im Rausch, das hat uns unvorsichtig werden lassen …»

«Warum ist Mama an jenem Tag gestorben?», fragte Rike. «Ihr wart zusammen im Hotel. Das weiß ich, denn ich hatte ihre Nachricht gelesen und bin ihr heimlich nach. Was ist dann passiert? Wieso war sie derart von Sinnen?»

Er schien mit sich zu ringen, ob er antworten sollte, tat es dann aber schließlich doch.

«Alma war erneut schwanger. Just an diesem Tag hatte sie es erfahren, und dieses Mal war klar, dass Fritz der Vater war, denn wir hatten uns eine Zeitlang nicht getroffen. Sie wollte nach der schwierigen Zwillingsschwangerschaft kein weiteres Kind bekommen, schon gar nicht von ihm. Stattdessen wollte sie mich, und zwar mit Haut und Haar. Sie wäre auf der Stelle mit mir durchgebrannt. Als ich ihr sagte, dass ich Lilo niemals verlassen könnte, schon gar nicht jetzt, wo es für Juden in Deutschland so schwierig wurde, ist Alma plötzlich durchgedreht. ‹Dann will ich nicht mehr leben …›, hat sie geschrien. In jenem Augenblick habe ich es für eine überdrehte Spinnerei gehalten, aber es war ihr wohl bitterernst damit. Sie ist aufgesprungen und aus dem Zimmer gerannt, direkt in den Tod …»

«Du hättest sie daran hindern müssen», sagte Rike. «Sie zurückhalten oder ihr schneller nachlaufen müssen!»

«Ich weiß.»

Er barg sein Gesicht in den Händen.

«Tausendmal hab ich mich seitdem in Gedanken gemartert, wie ich es hätte verhindern können», sagte er dumpf. «Aber ich habe es nun einmal nicht getan. Mit dieser Schuld muss ich leben, und glaube mir, Rike, es lebt sich nicht gut damit.»

«Weiß Lilo davon?»

Kopfschütteln. «Es würde sie zutiefst verletzen, und das Leben hat ihr auch so schon genügend Blessuren beigebracht.» Er zögerte. «Und Fritz?»

«Papa?» Zum ersten Mal seit Jahren war es ihr einfach so herausgerutscht. «Nein. Er glaubt bis heute an einen schrecklichen Unfall. Sonst wäre der Sockel, den er für Mama errichtet hat, wohl nicht ganz so hoch. War alles andere als einfach für Claire, es damit aufzunehmen. Aber sie hat sich wacker geschlagen. Übrigens hat sie sich nach Flori auch noch ein weiteres Kind gewünscht. Aber wie wir wissen, gehen nicht alle Wünsche in Erfüllung.»

«Vergibst du mir?», sagte er leise.

«Das weiß ich noch nicht.»

«Bitte, Rike, versuch es. Es würde mir unendlich viel bedeuten.»

Sie erhob sich, öffnete die Tür zum Garten und ging

hinaus auf die Terrasse. Nach einer ganzen Weile, in der er sich drinnen nicht gerührt hatte, kam sie wieder zurück ins Zimmer.

«Vielleicht», sagte Rike mit einem schiefen Lächeln. «Lass mir Zeit.»

«Natürlich, Rike, alle Zeit, die du brauchst.»

«Ist ja nicht auszuschließen, dass du doch mein Vater bist.»

○ ○ ○

Mitte August waren Rike und Sandro endlich wieder vereint. Die ersten vierundzwanzig Stunden kamen sie gar nicht mehr aus dem Bett, so groß war die Wiedersehensfreude: sich zu riechen, zu fühlen, zu schmecken, zu küssen, zu lieben – *fantastico*!

«Ich hab es kaum noch ausgehalten», seufzte Rike, während er jeden Zentimeter ihrer erhitzten Haut mit winzigen Küssen bedeckte. «Abend für Abend allein schlafen zu gehen war Folter pur!»

«*E io?*», stöhnte er, ohne in seinen Zärtlichkeiten innezuhalten. «Ich war so hallein …»

Rike musste kichern. Selten inzwischen, dass er mit deutschen Wörtern noch Schwierigkeiten hatte, doch diesen Versprecher fand sie einfach nur charmant.

«So kann es jedenfalls nicht weitergehen», sagte sie entschlossen. «Ich will nicht ständig ohne dich sein.»

«Und ich nicht *senza di te, Rica*! Wir müssen so bald wie möglich heiraten. Jetzt, wo es meiner *mamma* endlich besser geht, will ich mit dir einschlafen und wieder mit dir aufwachen – *ogni giorno*. Jeden Tag.»

«Das will ich doch auch. Aber wo, Sandro?», fragte Rike. «In Milano? Du weißt, wie wohl ich mich dort fühle, aber ich werde doch hier im Kaufhaus gebraucht ...»

«*Senti, amore*: Ich liebe *Berlino*, und ich liebe eure schwierige Sprache. Könntest du dir vorstellen, hier mit mir zu leben?», fragte er.

«Wir beide zusammen in Berlin?» Vor Begeisterung bewegte sie sich so ungestüm, dass ihr Fuß mitten in seinem Gesicht landete. «*Scusa*, Sandro, tut mir sehr leid, das wollte ich wirklich nicht!»

«*Tutto bene* ...», sagte er lachend.

«Natürlich würde ich liebend gern mit dir in Berlin leben, das wäre ja mehr als wunderbar. Wir könnten gemeinsam im Kaufhaus Thalheim arbeiten ... Aber deine *mamma* und dein Bruder und das Geschäft ...»

«Stopp!» Er setzte die Erkundung ihres Körpers ebenso zielstrebig wie liebevoll fort. «Zuerst *l'amore*, dann *la famiglia*.»

Als sie später geduscht und in frischen Kleidern in der Küche ausgehungert die Handvoll Buletten verschlangen, die Silvie zur Stärkung für sie vorbereitet hatte, kamen sie erneut darauf zurück.

«Keine Ahnung, wie Papa auf unseren Vorschlag reagieren wird», sagte Rike. «Erstaunt sein wird er sicherlich, das steht fest.»

«Friedrich-Papa, meinst du jetzt?»

«Natürlich.» Sie drohte ihm spielerisch. «Wehe dir, wenn du dich verplapperst! Dazu ist die ganze Angelegenheit viel zu heikel.»

Sie hatte ihm alles über ihren Besuch bei Markus erzählt,

und Sandro hatte feierlich gelobt, es für sich zu behalten, so, wie er es schon die ganze Zeit zuvor getan hatte. Ab und zu jedoch, wenn sie allein waren, zog er sie damit auf. *Una donna con tre padri*, sagte er dann. *Die einzige Frau mit drei Vätern, die ich kenne – un miracolo!*

«Weiß ich», sagte er. «Gefällt mir aber, wenn du dich aufregst. Macht dich nur noch schöner. Meinst du, er hat etwas dagegen, dass ich bei euch ins Geschäft einsteige? Er sagt doch immer, dass in der Familie Thalheim Männer fehlen. Und schließlich kenne ich mich mit der Materie gut aus.»

«Stimmt, du bist ein Profi – wer, wenn nicht du! Vielleicht beruhigt es ihn ja, bei der Arbeit einen Schwiegersohn an seiner Seite zu haben.» Sie boxte ihn zärtlich. «Ich gebe natürlich nichts von meinen Kompetenzen an dich ab, *niente*, damit das schon mal klar ist!»

Noch immer lachend, stiegen sie vor dem Haus in Antonias Alfa Romeo, mit dem Sandro dieses Mal aus Mailand angereist war. Das schnittige Design fiel in der zerstörten Stadt ebenso auf wie die extravagante ochsenblutrote Farbe. Kaum einer, der ihnen nicht hinterhergeschaut hätte, und die Kinder aus dem Nebenhaus hatten bereits mehrfach sehnsüchtig den glänzenden Lack gestreichelt.

Heute allerdings kamen sie nur langsam voran auf ihrem Weg zum Branitzer Platz, wo Friedrich und Claire sie zum Essen erwarteten, da der Ku'damm überfüllt war – allerdings nicht von Autos, sondern von Horden junger Menschen, viele von ihnen in der leuchtend blauen Kluft der FDJ, die mitten auf der Fahrbahn marschierten.

«Was ist das?», wollte Sandro wissen. «*Una manifestazione?*

Davon haben wir in Italien mehr als genug. Die Leute gehen gegen alles auf die Straße …»

«Nein, das sind die Weltjugendspiele in Ost-Berlin, die bereits vor Tagen begonnen haben. Hunderttausende junger Menschen sollen dazu angereist sein, aus allen Teilen Europas, und wenn ich mir das hier so ansehe, glaube ich sogar, dass diese Behauptung nicht nur reine Propaganda ist.»

Inzwischen war der Wagen vollends zum Stehen gekommen.

«Aber wieso Ost-Berlin?» Sandro klang verwirrt. «Hier ist doch der Westen …»

«Ganz genau! Aber offenbar kriegen sie die hungrigen Massen drüben nicht richtig satt, oder das fade Einheitsessen schmeckt den Mädchen und Jungen nicht mehr. Unser Bürgermeister Ernst Reuter hat sie nach West-Berlin eingeladen, damit sie sehen, wie gut wir es hier haben, und sogar Suppenzelte aufstellen lassen. Kam gar nicht gut an bei der SED, heute, wo jede Scheibe Brot politisch ausgeschlachtet wird. Flori hat so etwas erzählt. Die ist natürlich trotzdem jeden Tag drüben, Seite an Seite mit ihrer neuen ostdeutschen Freundin Franzi, die sie seit dem Filmfestival kennt.»

Sandro wurde langsam ungeduldig und drückte auf die Hupe. Das schmetternde Signal machte allerdings keinen großen Eindruck auf die Jugend. Einer von ihnen grinste sogar frech und schlug mit der flachen Hand auf den Kühler.

«*Strenzo!*», rief Sandro erregt und wollte aussteigen, Rike hielt ihn gerade noch zurück.

«Keine Provokation!», warnte sie. «Vielleicht sind sie ja

gerade darauf aus. Das alles kommt mir ziemlich organisiert vor. Flori hat kein Wort davon gesagt, dass sie in Reih und Glied marschieren …»

Von hinten hörte man Pferdegetrappel.

«Hier spricht die Polizei!», dröhnte es durch einen Lautsprecher. «Das ist keine genehmigte Demonstration. Räumen Sie also die Fahrbahn, und gehen Sie friedlich auseinander!»

Inzwischen hatten die Jugendlichen zu singen begonnen. Viel war von dem Text nicht zu verstehen, nur irgendetwas von Rosen, die im August blühten.

«Ich kenne eine Abkürzung», sagte Rike, als der Wagen sich wieder schrittweise in Bewegung setzen konnte. «Hier gleich rechts in die Schlüterstraße. Dann sind wir aus dem Pulk raus.»

Der Rest des Weges verlief ohne Hindernisse. Allerdings stand Silvie am Zaun, als sie ausstiegen.

«Dicke Luft», raunte sie. «Geht wieder einmal um Flori, was auch sonst? Die Kollegen vom RIAS haben gerade durchgegeben, dass dieser Honecker Zehntausende seiner Jugendorganisation in den Westen geschleust hat. Vielleicht wollen sie ja bei uns die Revolution ausrufen, wer weiß? Papa ist jedenfalls auf 180. Claire fürchtet schon um seinen Magen …»

«Aber was hat das mit Flori zu tun?», fragte Rike.

«Na, was wohl? Unser Küken ist natürlich mal wieder mittendrin. Also Vorsicht! Kein falsches Wort, meine Lieben!»

Rike nickte Sandro kurz zu, aber der hatte alles längst verstanden und nickte bestätigend zurück. Es würde einen

geeigneteren Tag geben, um ihre Pläne der Familie zu verkünden, darüber waren sich die beiden einig.

Claire begrüßte sie überschwänglich, während Friedrich
nur etwas Kurzes brummte und sich dann wieder in sein
Herrenzimmer zurückzog, das er sich in Silvies ehemaliger
Bude eingerichtet hatte. Schwere Möbel, ein massiver Glas-
tisch, Humidor für seine Zigarrensammlung, die er ständig
erweiterte. Irgendetwas musste der Mann ja schließlich zum
Genießen haben, wenn schon Alkohol strikt verboten war.

Überall in der Villa Spuren von Claires liebevoller Hand.
Sie hatte neue Vorhänge anbringen lassen, Couch und Sessel waren aufgepolstert und mit einem hellblauen Wollstoff
bezogen worden, der Frische ausstrahlte. Auch die Stehlam-
pe war neu, drei gelbe Hütchen in unterschiedlicher Höhe,
die, wie die Hausherrin begeistert versicherte, besonders
gemütliches Licht schenkten.

Der Esstisch war mit einem rosa Nelkenstrauß geschmückt und für sechs Personen gedeckt; doch von Flori
keine Spur, auch nicht, als Claire bereits das *Ragout fin* auf-
getragen hatte, das es als Vorspeise geben sollte.

«Alle im Kaufhaus schwärmen davon», sagte sie, als sie
die erste Gabel probiert hatte. Ihre zierliche Nase kräuselte
sich missbilligend. «Verkäuferinnen wie auch Kundinnen.
Das Beste überhaupt, haben sie behauptet. Aber ich weiß
nicht so recht. Schmeckt doch ziemlich nach fadem Senio-
renessen, findet ihr nicht auch? Mit französischer Küche hat
das hier jedenfalls nichts zu tun!»

Alle lachten. Der erste befreite Moment an diesem
Abend.

«Ich hoffe nur, mein Kalbsbraten ist besser gelungen.

Und zum Nachtisch gibt es später Birne Helene, die mögt ihr doch alle so …»

Das Klingeln der Haustür durchschnitt ihren Satz.

«Siehst du, Papa», sagte Silvie lächelnd. «Jetzt kommt die verlorene Tochter doch fast rechtzeitig nach Hause. Hopfen und Malz sind bei deiner Jüngsten noch nicht hoffnungslos verloren!»

«Ich geh aufmachen.» Rike sprang auf.

Konnte nicht schaden, der rebellischen kleinen Schwester ein paar ermahnende Worte ins Ohr zu flüstern, bevor sie sich mit an den Tisch setzte.

Aber es war nicht Flori, die durch den Vorgarten auf das Haus zu gewankt kam, sondern eine knochige Gestalt mit gesenktem Kopf, die große Ähnlichkeit mit einer Vogelscheuche hatte: Flickenmantel, wirres Haar, staubgrauer Vollbart, Beuteltaschen, kreuz und quer. Seine Schuhe waren Lumpen, die am Auseinanderfallen waren.

Was hatte diese Jammergestalt hier zu suchen?

Und doch gab es da etwas an ihr, das Rike zunehmend die Luft nahm.

Sie war zunächst außerstande, den Gedanken zu Ende zu denken, derart absurd erschien er ihr, dann aber drängte sich ein Wort auf ihre Zunge, so stark, dass sie machtlos dagegen war.

«Oskar?», flüsterte sie. «Oskar – du lebst!»

Die Gestalt hob den Kopf. Nickte bedächtig. Schaute sie schweigend an.

Und da waren sie wieder, die blitzeblauen Thalheimaugen, die auch seine Zwillingsschwester Silvie schmückten.

BERLIN 1945-1951

1945

30. April 1945: Die frisch Vermählten Adolf Hitler und Eva Braun vergiften sich in der Reichskanzlei. Am selben Tag hissen sowjetische Soldaten auf dem Reichstagsgebäude die rote Fahne.

2. Mai 1945: Berlin kapituliert vor der Sowjetarmee. In der Reichshauptstadt ist der Krieg somit beendet. Mehr als ein Drittel des Straßennetzes ist zerstört, ein Drittel der Wohnungen nicht mehr bewohnbar.

7. Mai 1945: Als erstes von acht Gaswerken nimmt das Gaswerk Lichtenberg den Betrieb wieder auf.

8. Mai 1945: Die bedingungslose Kapitulation der Wehrmacht tritt in Kraft, nun ist der Zweite Weltkrieg in ganz Europa offiziell beendet.

13. Mai 1945: In Berlin beginnt die Ausgabe der ersten Lebensmittelkarten seit Kriegsende.

13. Mai 1945: Der «Berliner Rundfunk» nimmt den Sendebetrieb auf. Am selben Tag hält das Musikleben mit einem öffentlichen Konzert des Berliner Kammerorchesters im Schöneberger Rathaus wieder Einzug in die Stadt.

15. Mai 1945: Zum ersten Mal nach der Kapitulation Deutschlands erscheinen wieder Zeitungen in Berlin, den

Anfang macht die von den Sowjets herausgegebene «Tägliche Rundschau, Frontzeitung für die deutsche Bevölkerung».

17. Mai 1945: Arthur Werner, der neue Oberbürgermeister Berlins, stellt die neue Stadtregierung vor; von den 18 Stadträten gehören sieben der KPD an.

1. Juni 1945: Frauen zwischen 15 und 50 Jahren werden in Berlin zum Arbeitseinsatz und zu Aufräumarbeiten verpflichtet, nur so erhalten sie Lebensmittelkarten. Die «Trümmerfrauen» werden zum Symbol des Wiederaufbaus.

9. Juni 1945: Der Oberbefehlshaber der sowjetischen Besatzungstruppen, Marschall Georgi K. Schukow, gibt durch Befehl Nr. 1 die Errichtung der Sowjetischen Militäradministration in Deutschland (SMAD) bekannt.

10. Juni 1945: Durch Befehl Nr. 2 der sowjetischen Besatzer werden in Berlin antifaschistisch-demokratische Parteien sowie freie Gewerkschaften wieder zugelassen.

15. Juni 1945: In Berlin entsteht ein sozialdemokratischer Zentralausschuss, der die Wiedergründung der SPD vorbereitet.

16. Juni 1945: Der erste sowjetische Stadtkommandant von Berlin – Generaloberst Nikolai E. Bersarin – kommt bei einem Motorradunfall ums Leben.

26. Juni 1945: In Berlin wird die Christlich-Demokratische Union (CDU) gegründet.

1. Juli 1945: Amerikanische und britische Truppen rücken in die ihnen zugewiesenen Sektoren Berlins ein.

14. Juli 1945: Auf Drängen der KPD schließen sich die SPD, die CDU, die Liberal-Demokratische Partei (LDP) und

die KPD zur «Einheitsfront der antifaschistisch-demokratischen Parteien» zusammen.

30. Juli 1945: Bei einem ersten Treffen zwischen den Oberbefehlshabern der Besatzungstruppen – Marschall Schukow, General Dwight D. Eisenhower, Feldmarschall Bernard L. Montgomery und General Louis Koletz – wird die Errichtung eines französischen Sektors in Berlin beschlossen.

4. August 1945: Die Amerikaner starten ihren Militärsender «American Forces Network» (AFN).

1. Oktober 1945: In Berlin beginnt der Schulunterricht wieder. Alle ehemaligen NSDAP-Mitglieder wurden aus dem Lehrkörper entlassen.

20. November 1945: In Nürnberg beginnen die Prozesse gegen die Hauptkriegsverbrecher; angeklagt sind unter anderem die führenden Nationalsozialisten Hermann Göring, Baldur von Schirach und Rudolf Heß.

1946

29. Januar 1946: Die Friedrich-Wilhelms-Universität (spätere Humboldt-Universität) wird wiedereröffnet. Am **9. April** folgt die Technische Hochschule.

7. Februar 1946: Sendebeginn bei «DIAS Berlin» (Drahtfunk im amerikanischen Sektor, dem späteren RIAS Berlin).

7. März 1946: Die «Freie Deutsche Jugend» (FDJ) wird gegründet, erster Vorsitzender ist Erich Honecker.

22. April 1946: Die KPD und die Sowjetzonen-SPD verkünden die Bildung der «Sozialistischen Einheitspartei Deutschland» (SED) – auf Druck der sowjetischen Besatzer und gegen den Willen vieler Sozialdemokraten. Otto

Grotewohl (SPD) und Wilhelm Pieck (KPD) werden als Parteivorsitzende gewählt.

23. April 1946: Erstmals erscheint das neue Zentralorgan der SED: die Zeitung «Neues Deutschland».

14. August 1946: Die ersten CARE-Lebensmittelpakete werden in allen Sektoren Berlins verteilt.

20. Oktober 1946: In Berlin finden die ersten freien Wahlen seit 1933 statt. Bei einer Wahlbeteiligung von über 90 Prozent gewinnt die SPD fast die absolute Mehrheit, die SED landet an dritter Stelle.

29. Oktober 1946: Auf Anordnung der Alliierten wird in Berlin eine Volkszählung durchgeführt. Über drei Millionen Menschen leben zu diesem Zeitpunkt in der Stadt.

6. November 1946: Wegen der nach wie vor brenzligen Versorgungslage werden «Lichtstunden» eingeführt. Die Berliner dürfen täglich höchstens zweieinhalb Stunden Strom verbrauchen.

5. Dezember 1946: Otto Ostrowski (SPD) wird neuer Oberbürgermeister von Berlin, bleibt dies allerdings nur für wenige Monate, da ihm das Stadtparlament das Misstrauen ausspricht.

Dezember 1946: Berlin wird von einer monatelangen Kältewelle heimgesucht. Im Tiergarten werden die Bäume abgeholzt, um sie als Brennholz zu verwenden.

1947

Januar 1947: Wegen der anhaltenden Frostwelle in Berlin wird in Behörden nur noch halbtags gearbeitet. Über 1000 Betriebe werden geschlossen, 150 000 Menschen werden dadurch arbeitslos.

Februar 1947: Seit Beginn der Kältewelle sind bereits 134 Menschen erfroren, 60 000 Berliner befinden sich in ambulanter Behandlung.

8. Februar 1947: In der *Karlslust*-Tanzhalle im britischen Sektor Berlins findet der erste Kostümball seit Kriegsende statt. Als während der Feierlichkeiten ein Brand ausbricht, sterben 81 Menschen.

28. Februar 1947: Die Alliierte Kommandantur richtet Wärmehallen ein und erhöht die Lebensmittelrationen, trotzdem hungern weiterhin viele Berliner. Der Schwarzmarkt blüht.

27. April 1947: Zwei Jahre nach Kriegsende ist die Berliner U-Bahn wieder vollständig in Betrieb.

24. Juni 1947: Der SPD-Stadtrat Ernst Reuter wird zum Oberbürgermeister Berlins gewählt, der sowjetische Stadtkommandant wirft Reuter jedoch vor, antikommunistisch eingestellt zu sein, und verhindert seinen Amtsantritt.

18. Juli 1947: Die in den Nürnberger Prozessen zu Gefängnisstrafen verurteilten Kriegsverbrecher (darunter Rudolf Heß, Albert Speer, Baldur von Schirach und Karl Dönitz) werden in das Spandauer Gefängnis in Berlin eingewiesen.

30. September 1947: Der jüdische Geigenvirtuose Yehudi Menuhin gibt ein Konzert mit dem Berliner Philharmonischen Orchester.

1948

Februar 1948: Laut Listen der Polizei kostet ein Laib Brot am Schwarzmarkt inzwischen bis zu 35 Mark.

14. Mai 1948: David Ben-Gurion ruft den unabhängigen Staat Israel aus. Viele Holocaust-Überlebende und europäische Juden werden in den nächsten Monaten und Jahren dorthin auswandern.

6. Juni 1948: Der «Rundfunk im amerikanischen Sektor» (RIAS) bezieht ein eigenes Gebäude in Schöneberg.

20. Juni 1948: Die Währungsreform tritt in Kraft: In den Westzonen Deutschlands wird die D-Mark eingeführt, drei Tage später auch in den Westsektoren Berlins. Über Nacht gibt es plötzlich wieder Waren in den Läden, die die Händler in weiser Voraussicht gehortet hatten. Die Sowjetische Militäradministration in Deutschland (SMAD) führt in ihren Zonen ebenfalls eine neue Mark ein, weil sie fürchtet, dass sie mit der nun wertlos gewordenen Reichsmark aus dem Westen überschwemmt wird.

24. Juni 1948: Die SMAD sperrt die Land- und Wasserwege zwischen Berlin und den westlichen Besatzungszonen, gleichzeitig werden die Stromlieferungen an den Westteil Berlins eingestellt. Die Blockade Berlins hat begonnen.

25. Juni 1948: Die Westalliierten beginnen, Berlin über den Luftweg zu versorgen; die sogenannten «Rosinenbomber» liefern Lebensmittel und Kohle für die Berliner.

1. Juli 1948: Als Reaktion auf die Währungsreform verlässt die Sowjetunion die Alliierte Kommandantur, was das Ende der Viermächteverwaltung in Berlin zur Folge hat.

9. September 1948: Am Platz der Republik versammeln sich 350 000 Menschen, es ist die größte Kundgebung seit Kriegsende. Ernst Reuter wendet sich in einem flammenden Appell an die Weltgemeinschaft und bittet um Hilfe während der Blockade Berlins: «Ihr Völker der Welt, ihr Völker in Amerika, in England, in Frankreich, in Italien! Schaut auf diese Stadt und erkennt, dass ihr diese Stadt und dieses Volk nicht preisgeben dürft und nicht preisgeben könnt!»

4. Dezember 1948: Nach Verhaftungen politisch missliebiger Studenten im Ostsektor Berlins wird in Steglitz die Freie Universität (FU) gegründet.

5. Dezember 1948: In den Westsektoren Berlins wird eine neue Stadtregierung gewählt, die SPD gewinnt die absolute Mehrheit. Im Ostsektor hat die SMAD die Wahlen verboten, die politische Spaltung Berlins ist besiegelt. Ernst Reuter wird zum zweiten Mal zum Oberbürgermeister Berlins gewählt, diesmal darf er das Amt antreten.

1949

11. Januar 1949: Bertolt Brechts *Mutter Courage und ihre Kinder* wird erstmals in Deutschland aufgeführt, inszeniert von Brecht persönlich im Deutschen Theater, Berlin.

16. April 1949: Zum Höhepunkt der Luftbrücke landet alle 62 Sekunden ein «Rosinenbomber» in Berlin.

8. Mai 1949: Am vierten Jahrestag der Kapitulation Deutschlands wird ein sowjetisches Ehrenmal in Treptow eingeweiht, das an die rund 20 000 sowjetischen Soldaten erinnern soll, die im Kampf um Berlin gefallen sind.

12. Mai 1949: Nach langen Verhandlungen zwischen den Westalliierten, der UNO und der Sowjetunion wird die Blockade Berlins beendet. Die Luftbrücke bleibt aber trotzdem noch bis zum 30. September bestehen.

21. Mai 1949: Die 14 000 West-Berliner Bediensteten der sowjetisch verwalteten Deutschen Reichsbahn streiken, weil sie in West-Mark bezahlt werden wollen. Es kommt zu Zusammenstößen und Schießereien mit der Polizei.

23. Mai 1949: Die Bundesrepublik Deutschland wird gegründet, das Grundgesetz tritt in Kraft.

21. September 1949: In den Westsektoren Berlins tritt das «Kleine Besatzungsstatut» in Kraft, das der Stadt die «volle gesetzgeberische, vollziehende und gerichtliche Gewalt» zurückgibt.

7. Oktober 1949: Die Deutsche Demokratische Republik (DDR) wird gegründet und bestimmt den Ostteil Berlins zur Hauptstadt. West-Berlin liegt somit vollkommen isoliert im Staatsgebiet der DDR und ist auf permanente finanzielle Hilfe aus dem Westen angewiesen.

29. November 1949: Bonn wird zum vorläufigen Regierungssitz der Bundesrepublik Deutschland gewählt.

1950

28. Februar 1950: Die Arbeitslosenzahl erreicht mit 306 460 einen neuen Rekordstand in Berlin.

14. März 1950: Die Bundesregierung in Bonn erklärt Berlin zum Notstandsgebiet, auf diese Weise können weitreichende Wirtschaftsfördermaßnahmen für den Westteil der Stadt eingeleitet werden.

24. März 1950: Die Ost-Berliner Akademie der Künste wird gegründet, der Schriftsteller Arnold Zweig wird erster Präsident, auch Bertolt Brecht und Anna Seghers sind Mitglieder.

16. April 1950: Konrad Adenauer besucht erstmals Berlin in seiner Eigenschaft als Bundeskanzler.

1. Mai 1950: Während der Maifeier versammelt sich eine halbe Million Berliner aus beiden Teilen der Stadt und demonstriert für eine Wiedervereinigung Berlins.

27. Mai 1950: In Ost-Berlin wird das Treffen der Freien Deutschen Jugend eröffnet. 700 000 Jugendliche aus der DDR sowie 30 000 Jugendliche aus der BRD und zahlreichen anderen Ländern nehmen teil.

25. Juni 1950: Erstmals seit Beginn des Zweiten Weltkriegs findet im Berliner Olympia-Stadion wieder ein Endspiel um die Deutsche Fußballmeisterschaft statt.

3. Juli 1950: Das «Kaufhaus des Westens» (KaDeWe) wird wiedereröffnet.

September 1950: Trotz zahlreicher weltweiter Proteste sprengen die Behörden des Ostsektors die Ruine des Stadtschlosses, die für über 500 Jahre Residenz der brandenburgischen Markgrafen sowie der preußischen Könige und der deutschen Kaiser war.

19. September 1950: Die Westalliierten geben auf einer Konferenz in New York eine Sicherheitsgarantie für die BRD und insbesondere für West-Berlin ab.

1. Oktober 1950: West-Berlin erhält eine neue Verfassung, die ihm den Status einer Stadt und eines Landes zugleich verleiht (ähnlich wie Hamburg).

1. Oktober 1950: Bundespräsident Theodor Heuss eröffnet die Deutsche Industrieausstellung in Berlin.

16. Oktober 1950: Um die gewaltigen Flüchtlingsströme aus der DDR bewältigen zu können, bittet die Stadtregierung von West-Berlin das Rote Kreuz um Hilfe. Im ganzen Jahr 1950 fliehen rund 60 000 Menschen aus der DDR nach West-Berlin.

24. Oktober 1950: Zum ersten Mal ertönt die von den USA gestiftete Freiheitsglocke auf dem Turm des Schöneberger Rathauses.

1951

18. Januar 1951: Ernst Reuter wird zum ersten Regierenden Bürgermeister Berlins gewählt, nachdem er zuvor Oberbürgermeister war.

27. März 1951: Die Ruine der Kroll-Oper, in der seit 1933 der Reichstag tagte, wird gesprengt.

6. Juni 1951: Im Steglitzer Titania-Palast werden die ersten Internationalen Filmfestspiele Berlins («Berlinale») eröffnet. Die Schweizer Produktion «Die vier im Jeep» gewinnt den ersten Goldenen Bären.

11.–15. Juli 1951: Mehr als 300 000 Menschen aus beiden deutschen Staaten nehmen am Dritten Deutschen Evangelischen Kirchentag in Berlin teil.

5. August 1951: In Ost-Berlin finden die dritten Weltfestspiele der Jugend statt. Laut Angaben der Veranstalter reisen zwei Millionen Jugendliche aus 104 Ländern an. Die Spiele gelten in den Augen westlicher Beobachter als kommunistische Propaganda, und es kommt zu wiederholten Zusammenstößen in West-Berlin und an den Grenzübergängen, 115 Jugendliche werden verhaftet.

5. September 1951: In West-Berlin finden erstmals die Berliner Festwochen statt.

20. September 1951: Die BRD und die DDR schließen das Berliner Abkommen über den Handel zwischen den beiden Währungsgebieten.

18. November 1951: Bürgermeister Ernst Reuter beginnt die beliebte Sendereihe «Wo uns der Schuh drückt» im RIAS.

DANKSAGUNG

Ich bedanke mich herzlich bei meiner Lektorin Friederike Ney vom Rowohlt Verlag, die mit ihren klugen Anregungen den Text vertieft, belebt und zum Funkeln gebracht hat – so eine fruchtbare Zusammenarbeit kann man sich als Autorin nur wünschen!

Ein großes Dankeschön geht an Dr. Anke Fromme, die mir in ihren Führungen das Charlottenburg der 50er nahebrachte und mit ihrem kundigen Wissen bei schwierigen Recherchefragen weiterhalf.
www.ankefromme.de

Großen Spaß hat es gemacht, von Heike Kleinert durch Potsdam geführt zu werden, die einfach alles über diese wunderschöne Stadt weiß. Auch sie durfte ich beim Schreiben mit Spezialproblemen kontaktieren – vielen Dank!
www.stadtfühlung.de

Eine große Hilfe waren mir die fachkundigen Kommentare zum Text der Journalistin und Historikerin Lilly Maier – danke, liebe Lilly!

Ich bedanke mich bei der jungen Germanistin Sophie Bichon, die mich bei der Beschaffung der – endlosen! – Sekundärliteratur zum Thema Berlin 1945–1951 so tatkräftig unterstützt hat.

Danke an Agnes Kulik für die polnischen Korrekturen.

Und last, not least geht mein Dankeschön an meine wunderbaren Erstleserinnen Brigitte, Gesine, Babsi, Moni, Sabih und Julia – was wäre ich ohne euch!

Das für dieses Buch verwendete Papier ist FSC®-zertifiziert.